조금은 따뜻하게,
공감共感

한승진

박문사

우리 사회는 남들이 많이 가는 길을 일반적인 길로 당연시하는 사회입니다. 이 길에서 벗어난 행동들은 '딴 짓'이라는 이름을 붙였습니다. 심지어 '쓸데없는 짓'이라고 여기기도 했습니다. 여기엔 갈수록 팍팍해져 가는 현실도 한몫했습니다. 그러다보니 청년들은 생존하기 위해서 인간답게 살기 위한 요소들을 포기해갔습니다. 여가, 우정 이외에 사랑도 포기하는 이 사회에서 하고 싶은 일을 하며 산다는 것은 사치일지도 모릅니다. "너 정말 속편한 소리한다." "너 재능도 없는데 이거 왜하냐?" "돈 낭비 하는 거 아니냐?" "그거 하기에는 나이가 너무 많지 않아?" 새로운 도전을 하려는 사람들에게 종종 이런 말이나 따가운 눈길이 전해집니다. 저도 이런 말을 들은 적이 있었습니다. 그땐 '내가 괜히 뒤처지고 있는 것은 아닐까'라는 마음이 들었습니다. 그러나 저는 딴 짓거리가 의미 있는 일이라고 생각합니다. 자기 나름대로 의미를 붙이고 열정을 쏟는 딴 짓이야말로 자기 삶의 흥미, 재미, 의미를 더하는 만족감이요, 희열이요, 보람이요, 자기표현입니다. 딴 짓은 자본주의 사회에서 소모품이 되지 않기 위해, 자신이 가지고 있는 개성을 지키기 위해서 하고 싶은 일을 하며 살아가는 것도 의미 있는 일입니다.

제가 하는 딴 짓 중에 하나는 글쓰기입니다. 저는 즐거우니까 이 일을 계속합니다. 그런 만큼 지금 하고 있는 글쓰기가 삶에서 중요한 위치를 갖기도 합니다. 글을 쓴다고 밥이 나오는 것도 아니고, 어떤 유익이 되는 것도 아닙니다. 오히려 손해가 되기도 하고, 조심스럽기도 합니다. 그러니 굳이 안 해도 되고 유익도 없고 오히려 손해일 수 있는 일을 자청해서 하고 있습니다.

그저 지금 제 모습대로, 하루하루 살아가는 제 모습과 제 생각과 제 느낌을 표현합니다. 적자생존이랄까요? 생각과 느낌과 의견을 적습니다. 그래서 지금 이 순간을 생각하면서 삽니다. 완성되지 않은 삶을, 서툰 삶을 드러내는 중입니다. 마음이 가는대로 삶을 사는 것도 아주 괜찮다고 자신을 응원하면서 말입니다. 삶은 화석火石이 아닙니다. 돌덩이처럼 굳어져 있거나 한자리에 고정되어 있지 않습니다. 하루하루 살아가면서 늘 변화합니다. 그러기 때문에 무한한 가능성이 있습니다. 그 무한한 가능성을 품고 하루하루 주어진 삶의 흔적을, 그윽한 사랑의 눈으로 제가 사랑하는 학생들과 사람들을 바라봅니다.

이제 제 나이 오십*이 되고 보니 이제는 제 마음의 뜰을 가꿔야겠다는

---

* 지천명(知天命)은 하늘의 명을 알았다는 뜻으로, 나이 50세를 비유적으로 이르는 말입니다. 『논어(論語)』 「위정편(爲政篇)」에 나옵니다. 공자(孔子)가 나이 쉰에 천명(天命), 곧 하늘의 명령을 알았다고 한 데서 연유해, 50세를 가리키는 말로 굳어졌습니다. 천명이란, 우주만물을 지배하는 하늘의 명령이나 원리, 또는 객관적이고 보편적인 가치를 가리키는 유교(儒敎)의 정치사상을 말합니다. 공자는 만년에 「위정편(爲政篇)」에서 다음과 같이 회고했습니다. "나는 나이 열다섯에 학문에 뜻을 두었고(吾十有五而志于學), 서른에 뜻이 확고하게 섰으며(三十而立), 마흔에는 미혹되지 않았고(四十而不惑), 쉰에는 하늘의 명을 깨달아 알게 되었으며(五十而知天命), 예순에는 남의 말을 듣기만 하면 곧 그 이치를 깨달아 이해하게 되었고(六十而耳順), 일흔이 되어서는 무엇이든 하고 싶은 대로 하여도 법도에 어긋나지 않았다(七十而從心所欲 不踰矩)." '지천명'은 위의 글 '五十而知天命'에서 딴 것입니다. 여기서 '천명을 안다'는 것은 하늘의 뜻을 알아 그에 순응하거나, 하늘이 만물에 부여한 최선의 원리를 안다는 뜻입니다. 곧 마흔까지는 주관적 세계에 머물렀으나, 50세가 되면서 객관적이고 보편적인 세계인 성인(聖人)의 경지로 들어섰음을 의미합니다.

생각도 듭니다. 가끔은 땅을 갈아엎어야 농사가 잘 되듯이, 제 마음 껍데기를 걷어내고 갓 볶아낸 커피처럼 은은한 향기가 나는 빛깔과 향기에 걸 맞는 저만의 거름으로 다시 채우고 싶기도 합니다. 남이 제게 하는 지적이나 비판도 기꺼이 웃어넘길 수 있는 마음의 크기도 키울 것입니다. 불광불급不狂不及**이라 했던가요? 한 가지에 몰입해서 뭔가를 이뤄낸다는 것은 생각만으로 가슴 벅찬 일입니다. 미칠 정도로 최선을 다한다면 도달하지 못할 것도 없습니다. 모든 것의 바탕이 되는 것은 '마음 뜰'이라 생각합니다. 아직은 별 볼일 없는 손바닥만한 크기의 뜰이지만 좀 더 예쁘게 가꾸고 다듬어서 근사한 저만의 뜰을 만들고 싶습니다. 누군가가 제 마음의 뜰에 오거들랑 반가이 맞아주며 조금이나마 위로가 되어 줄 것입니다. 사람다운 사람이 되려면 사람처럼 살아가려면 사람으로 지내려면 마음 밭을 잘 가꾸고, 마음의 뜰을 지녀야 합니다. 아직은 보잘것없는 제 마음의 뜰이 무럭무럭 잘 커 나갔으면 좋겠습니다. 이런 제 삶과 이야기와 사색이 이 책에 스며들었습니다.

늘 책을 내면서 드는 생각은 '부족한 것인데, 엉성한 것'인데 하는 마음입니다. 해서 주저하기도 하고 그냥 출판을 하지 않을까 싶기도 합니다. 그러나 또 하나의 마음은 그래도 그냥 제 삶을 그대로 드러냄도 나쁘지만은 않겠다 싶습니다. 그냥 그렇게 못난 모습 그대로 드러내서 화려하지 않고 멋지지도 않고 잘나지도 않은 사람도 책을 낼 수 있다는 생각을 전해주는 것도 좋겠다 싶기도 합니다. 이런 제 멋대로 생각으로 이 책을 부끄러움도 모르고 냅니다. 졸작을 작업해주신 도서출판 박문사 관계자 여러

** 미치지 않으면 이룰 수 없습니다.

분과 구매하는 독자들에게 그저 감사하고 송구한 마음입니다. 작은 농촌 마을에서 작은 학교 선생으로 살아가는 사람의 딴 짓거리로 펼치는 만용蠻勇을 너그럽게 봐주시기를 바랍니다.

많은 것보다 맞는 것이 옳다고 믿으면서
한 승 진

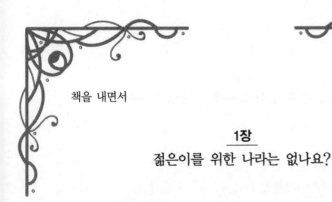

1장

젊은이를 위한 나라는 없나요?

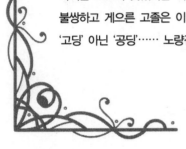

2장
더불어 함께 평화를 이루는 생명공동체

3장
사회학적 상상력, 사회현상을 바라보는 새로운 시각

4장
새롭게 시작할 마을공동체 만들기

1장

젊은이를 위한 나라는 없나요?

조금은 따뜻하게, 공감共感

이야기 창조자로 딴 짓 하렵니다

우리는 본래적으로 이야기를 좋아하는 존재입니다. 이야기를 짓고, 이야기를 듣고, 이야기 속에서 의미를 찾아내고, 이야기의 재미를 함께 나누며, 들었던 이야기를 다시 상기합니다. 이야기를 즐기는 일은 시대를 초월해 이어온 인간의 문화적 '향유방식'입니다. 이야기도 창조됩니다. 새로운 이야기가 만들어지고 그 이야기가 다시 새로운 세상을 열어갑니다. 새로운 문화, 새로운 역사, 새로운 신화를 만들어 갑니다. 어떤 사람의 삶은 삶 자체가 이야기입니다.

어떤 사람의 작은 몸짓 하나가 거대한 이야기의 시작이 됩니다. 우리 모두는 이야기 창조자들입니다. 그 이야기 속에 놀랍고도 경이로운 세상이 새롭게 펼쳐집니다. "브라질에서 나비가 날갯짓을 하면, 텍사스에서 토네이도가 일어날까?" 미국의 기상학자 에드워드 노턴 로렌츠Edward Norton Lorenz가 '나비 효과Butterfly effect'[1]를 설명하며 사용한 문장입니다. 작

---

1 미국의 기상학자 에드워드 N. 로렌츠가 처음으로 발표한 이론이지만 나중에 카오스 이론으로 발전하는 계기가 되었습니다. 일반적으로는 작고 사소한 사건 하나가 나중에 커다란 효과를 가져온다는 의미로 쓰입니다. 이 이론은 로렌츠가 「결정론적인 비주기적

고 사소한 사건이 훗날 커다란 효과가 있다. 나비 효과는 모르는 사람이 거의 없을 정도로 유명한 말입니다.

어느 날 문득 '우리에게도 나비 효과가 일어날 수 있을까?'라는 생각을 해봤습니다. 흔히 말하는 착한 일처럼 권선징악이나 사필귀정의 관점이 아니라, 조금 더 실용적이면서도 현실적인 방법에서 말입니다. 사색의 끝에서 저는 '글쓰기'를 찾았습니다. 내향적인 저로서는 무대공포도 있고 말주변이 없습니다. 이를 만회하고 보완함이 글쓰기였습니다. 하지만 수많은 저명인사의 글 속에서 작은 농촌에서 이름 없이 사는 제가 글을 쓰고 발표하기에는 허들이 너무 높았습니다. 그래도 포기하지 않고 궁리를 한 끝에 제게 맞는 허들을 찾아 나섰습니다. 그렇게 수십 개의 허들 중에서 제게 맞는 허들을 찾아낸 것이 기독교계 신문과 지방신문이었습니다. 마침 칼럼에 따른 원고료를 지급하기 어려우니 다양한 분야의 칼럼필진을 찾던 곳들과 만나게 되었습니다.

이렇게 해서 여러 신문에 제 글이 게재되고 있습니다. 글은 제가 쓰지만 글은 제 것이 아닙니다. 알게 모르게 제 글을 읽고 공감하거나 아쉬워하는

유동(Deterministic Nonperiodic Flow)」이라는 논문을 발표하면서 결정론적 카오스 (Deterministic Chaos)의 개념을 일깨운 새로운 유형의 과학이론이었습니다. 로렌츠는 컴퓨터를 사용하여 기상현상을 수학적으로 분석하는 과정에서 초기 조건의 미세한 차이가 시간의 흐름에 따라 점점 커져서 결국 그 결과에 엄청나게 큰 차이가 난다는 것을 발견했습니다. 브라질에 있는 나비의 날갯짓이 미국 텍사스에 토네이도를 발생시킬 수도 있다는 것입니다. 미세한 차이가 엄청난 결과를 가져온다는 나비효과는 이렇듯 처음에는 과학이론에서 발전했으나 점차 경제학과 일반 사회학 등에서도 광범위하게 쓰이게 되었습니다. 가령 1930년대의 대공황이 미국의 어느 시골 은행의 부도로부터 시작되었다고 본다면, 이것은 나비효과의 한 예가 됩니다. 또한 1달 후나 1년 후의 정확한 기상예보가 불가능하듯이 주식이나 경기의 장기적인 예측이 불가능한 것도 이러한 나비효과가 영향을 미치기 때문입니다.

독자들이 글의 주인입니다. 책을 냄도 그렇습니다. 저자인 저 혼자 책을 냄이 아닙니다. 여러 사람의 노고가 어우러져서 책이 나옵니다. 그러니 여러 사람이 함께 만드는 것입니다. 여기에 제가 참여하는 것뿐입니다. 서툴지만 꾸준히 글을 쓰고 자기 자리를 지킬 정도의 실력과 성실함을 갖춰나가는 것이 제 목표입니다. '나비 효과'라는 것이 과학적으로 입증이 되는지는 알 수 없지만, 무시하기에는 참으로 매력적인 효과가 아닐 수 없습니다. 마치 소소한 투자로 일확천금을 얻을 수 있는 복권과 같지 않은 가요? 제 글들이 누군가에게는 위로가 되고 힘이 되고 생각거리를 제공하고 우리 사회에 깊이를 더하는 작은 불씨라도 될지 하는 기대를 갖습니다.

위기 후에 무엇이 왔나, 외환위기 20년

20여 년 전 이맘 때 즈음 추위는 그 어느 때보다 매서웠습니다. 외부로부터 구제금융이 없이는 우리 스스로 할 수 있는 것이 없음을 알게 된 무력감은 사회전체를 압도하였습니다. 사회 초년병 딱지를 뗄 무렵, IMF 실사단에 제출할 서류뭉치를 들고 남산 어귀의 호텔로 내달리던 그 새벽의 공기는 단순한 차가움 이상이었습니다. 2001년 8월, 불과 4년여 남짓만에 우리는 IMF 역사상 가장 단기간에 성공적으로 대출프로그램을 졸업한 나라로 기록을 남깁니다. 차입금의 마지막 상환분을 보내는 서류결재를 앞두고 당시 전철환 한국은행 총재는 서명을 위해 국산만년필을 고집했습니다. 그간 온 나라가 겪었던 힘든 시간을 잘 알고 있기 때문이었을 것입니다.

위기 이후 우리 사회는 어떻게 변했을까요? 외환위기가 남긴 것은 기회로서 명明과 상처로서 암暗 모두였습니다. 긍정적 영향으로 경제체질의 개선과 사회전반의 투명성 향상을 들 수 있습니다. 부채비율은 눈에 띄게 줄었고 주식시장을 통한 자본조달이 늘었습니다. 폐쇄적이고 불투명한 의사결정구조와 온정주의가 위기의 원인 중 하나였다는 반성은 투명성 제고를 제도개선의 주요과제로 삼게 하였습니다. 여성의 사회진출이 늘어나는 계기가 되었다는 점도 큰 의미가 있습니다. 직장을 잃은 남편을 대신하여 많은 여성들이 취업에 나섰습니다. 당시는 단순일용직이 대부분이었지만 지금은 양질의 전문영역으로 여성의 진출이 확대되고 있습니다.

상처도 깊었습니다. 대표적인 것이 양극화입니다. 폭락하는 자산 가격은 어떤 이에게는 큰 부자가 될 수 있는 기회를 제공하기도 하였습니다. 그러나 기업의 연쇄도산으로 수많은 실업자가 양산되었으며, 중산층은 무너졌고 계층은 고착화되었습니다. 비정규직 문제도 이때부터 본격적으로 시작되었습니다. 고용의 불안과 함께 정규직과의 임금차별은 여전히 양극화를 지속시키는 한 원인이 되고 있습니다. 더 큰 문제는 사회적 연대감이 사라진 것입니다. 극한의 생존의 위협을 경험한 사람들은 방어본능이 더욱 강해지기 마련입니다. 사람들은 과거와 달리 공동체적 가치보다 각자의 생존을 위한 준비에 집중하였습니다. 경제적 어려움은 돈이 최고라는 믿음을 공고히 하였고, 이해의 충돌에서는 밀리면 죽는다는 강박을 낳았습니다. 공정하지 않더라도 이기거나 얻을 수 있다면 큰 문제의식을 갖지 않기 시작했습니다.

20년이 지난 오늘, 우리는 두 가지 과제를 안고 있습니다. 하나는 양극화를 해소하고 우리 사회의 지속가능성을 다시 회복하는 일입니다. 또 다른 하나는 다시 올 수 있는 위기에 대비하는 것입니다. 양극화 해소에는 사회적 대타협이 필요합니다. 그 전제로 건전한 부의 축적은 존중하되, 사회적 약자의 아픔은 공유할 수 있는 공통의 인식이 정립되어야 합니다. 정치권도 양극단의 문제를 정치적 정체성의 기초로 이용하는 것을 자제할 필요가 있습니다. 성숙한 시민들이 숙의할 수 있는 장을 열어주는 데 노력해야 합니다.

위기에 대비하기 위해서는 현실을 직시하는 것이 선결과제입니다. 중국이라는 추격자에 비해 우리가 경쟁력을 갖추고 있는 것들은 그리 많지 않습니다. 특히 디지털혁명시대에 중국의 기세는 맹렬하고 일본은 정교해지고 있습니다. 여기에 국내적으로 가계부채는 임계치[2]를 향해 달려가고 있습니다. 경제구조는 물론이며 교육 등 사회구조 전반의 개선이 필요한 일입니다.

외환위기가 그랬듯이 위기는 변화의 기회를 제공합니다. 그러나 자발적 의지와 계획에 의하지 않은 타율적인 급격한 변화는 반드시 그에 상응하는 부작용을 야기합니다. 급변하는 국제정세와 소규모 개방경제라는 경제구조로 인해 일상이 위기일 수 있는 우리에게 그래서 지난 20년의 경험은 소중합니다. 하지 말아야 할 것들이 주는 경험을 통해 해야 할 것들을 발견해 나가는 일이 지금 우리에게 주어진 과제임을 잊지 않는 일부터 시작해야 할 때입니다.

---

2 임계치(臨界値)는 어떠한 물리 현상이 갈라져서 다르게 나타나기 시작하는 경계의 값을 말합니다.

탈북민을 바라보는 편견 나빠요

탈북학생이 학교생활에서 가장 힘든 순간은 언제일까요? 북한출신으로 생활을 하다보면 힘든 일이 많습니다. 그 중에서도 가장 힘들 때가 있습니다. 그때는 자신을 당당하게 밝히지 못하는 탈북학생 친구를 볼 때입니다. 물론 그 마음을 이해하지 못하는 것은 아닙니다. 그러나 속이 상하고 아쉬움이 큽니다. 자신이 탈북민이라고 당당히 밝히는 것은 상당한 용기를 필요로 하는 동시에 그에 따르는 암묵적인 불이익을 감수해야 합니다. 때로는 무모함이 될지도 모르는 그 용기로 인해 집단따돌림을 당할 수 있음은 탈북학생들에게는 상식과도 같습니다.

바람직하고 제대로 된 관계의 기초는 평등입니다. 서로가 가치 있는 존재라는 확신에 기초한 관계만이 정상적이며 공고한 관계로 발전할 수 있습니다. 그러자면 우선 자기 자신에 대한 존중부터 우선되어야 합니다. 북한에서 왔다는 사실은 부정할 수 없는 사실입니다. 그것에 대해 숨기거나 창피하게 여긴다면 자신에 대한 존중이 부족한 것이라고 볼 수 있습니다. 물론 이런 주장이 누군가에게는 상처가 될 수도 있을 것입니다만 자기 자신에 대한 존중과 인정은 중요합니다.

우리 사회에는 분명 탈북민을 힘들게 하는 편견이 있습니다. 그렇다고 숨기고 살 수는 없습니다. 어차피 알게 될 것이니 처음부터 밝히는 것이 좋습니다. 자신이 충분히 가치 있는 존재라는 것을 인정하는 순간, 자신이 알고 있는 것보다 훨씬 더 훌륭해질 것이며 눈앞에는 넓은 세상이 펼쳐질 것입니다. 탈북민들 누구나, 언제 어디서나 "북한에서 왔습네다"라고 당당히 외치며 순간순간 최선을 다할 때 통일은 더 적은 비용으로, 더 빨리 이루어질 수 있습니다. 자신을 인정하고 공개하는 순간 사명감이 생기기도 합니다. 그것은 매 순간 더 책임감을 갖고 열심히 살도록 추동해주기도 합니다. 이 과정에서 자기수양은 덤입니다.

이 세상에서 가장 나쁜 개 두 마리를 잡아낼 수 있습니다. 사람은 누구나 마음속에 두 마리의 개犬를 키운다고 합니다. 이 두 마리의 개에게는 이름이 있는데, 하나는 "선입견"이고, 또 하나는 "편견"입니다. 이 두 마리의 개를 제압하는 또 한 마리의 특별한 개가 있습니다. "백문이 불여일견聞而不如一見"이라는 개입니다. "백 번 듣는 것보다 한 번 보는 것이 낫다." 이 개의 애칭은 '일견一見'이라고 합니다. "일견"을 키우면 정확한 눈으로 상대를 볼 수 있습니다. 항상 "일견"을 키우면서 상대를 바르게 보는 혜안慧眼을 가져야겠습니다. 종종 진심을 오해 하거나 오해 받는 경우가 많습니다. 마음속에 키우는 두 마리 개 때문은 아닌지요? 선입견과 편견을 마음 밖으로 놓아주고 일견 한 마리를 분양하면 좋겠습니다.

편견극복의 시간이 필요합니다. 사람들의 편견을 해소해 나가는 것, 이것은 돈으로는 계산할 수 없는 통일의 비용을 이미 지불하고 있는 것입니다. 사람이 출신이나 학벌, 재산이나 지위에 따라서가 아니라 그 자신이 지니고 있는 인격적 가치에 따라서 존중받을 수 있는 세상은 때가 되면

갑자기 오는 것이 아닙니다. 현재 우리가 지닌 감정적인 어려움을 극복하면서 우리 자신이 만들어야 하는 것입니다. 알게 모르게 우리 안에 내재된 편견과 선입견을 걷어내고 열린 마음으로 모두가 행복한 세상을 만들어갔으면 좋겠습니다.

보이지 않는 학생들, 특성화고의 삶

"선생님이 졸업생 취업자 페이지를 보여주시면서 말했습니다. '삼성에 갔다. 못생기지 않았냐? 뚱뚱하다. 이런 학생도 갔으니 너희도 갈 수 있다.' 금융권에 가고 싶다고 이야기했더니 '얼굴은 본다. 몸무게도 빼야 하고 웃는 얼굴에 예뻐야 한다. 키도 165cm는 되어야 한다'고 얘기했습니다."

2017년 10월 29일, 학생의 날을 맞아 특성화고등학교(특성화고) 학생 50여 명이 서울 광화문광장에 모여 '특성화고등학생 2,000명 권리선언'을 했습니다. 이날 참여한 학생 중 한 명의 발언이었습니다. 이 밖에 학생들은 '고졸 출신'이 받는 임금 차별과 성차별, 질 낮은 현장학습 실태 등을 고발했습니다. 학생들은 차별과 무시를 받지 않을 권리, 노동인권 교육을 받을 권리, 취업 강요를 받지 않을 권리 등 10가지를 주장했습니다. 특성화고는 특정 분야의 인재와 전문 직업인 양성을 위해 특성화 교육과정을 운영하는 고등학교를 의미합니다. 하지만 어떤 특성화고 학생들은 학교에서 특성화 교육에 앞서 '차별'의 서러움을 먼저 배웠습니다.

특성화고 학생들이 스스로 목소리를 내기 시작한 것은 2017년 7월로 거슬러 올라갑니다. 이들은 단체를 꾸려 서울 지하철 2호선 '구의역 스크

린도어 사고' 현장인 구의역 9·4 승강장에서 기자회견을 열었습니다. 이들은 같은 일이 다시는 반복되지 않도록 직접 바꾸겠다고 선언했습니다. 2016년 5월, 특성화고에 다니던 '구의역 김 군'은 현장실습 나간 업체에 취업한 상태였습니다. 2017년 1월에는 LG유플러스 고객센터 해지방어 부서(협력업체)에서 현장실습을 하던 특성화고 학생이 업무 스트레스를 견디지 못하고 목숨을 끊었습니다.

교육부가 2017년 3월 전국 593개 학교, 3만 1,404개 기업체를 대상으로 현장실습 실태를 점검한 결과, 표준협약 미체결 적발 건수(238건)가 가장 많았습니다. 또 근무시간 초과(95건), 부당한 대우(45건), 유해·위험 업무(43건), 임금 미지급(27건), 성희롱(17건) 순으로 현장실습을 나간 특성화고 학생들의 어려움이 조사됐습니다. 전국의 직업계 특성화고등학교는 2016년 기준 전국 472개입니다.

특성화고등학생 권리연합회는 2017년 11월 11일 창립대회를 열고 2만명 특성화고 학생들의 권리선언을 비롯해 청소년 노동보호법 제정 촉구 등의 활동을 이어가기로 했습니다. 특수목적고등학교(특목고)에 속하지만 전문적인 직업교육을 위해 만들어진 마이스터고 학생들도 함께였습니다. 2017년 10월 29일 현재 회원은 820명입니다. 이 학생들이 말하는 특성화고의 문제점은 현장실습에만 있지 않았습니다. 특성화고 재학생 3명을 만나 각자가 경험한 '나의 특성화고'에 대해 들었습니다. 입학의 계기와 학교 특성 모두 달랐지만, 셋 다 특성화고 학생을 바라보는 시선에 아쉬움을 드러냈습니다.

특성화고등학교에 진학하는 것도 쉬운 게 아닙니다. 중학교 교사들은 특성화고등학교에 대해 잘 모릅니다. 외국어고등학교 같은 특목고에 보내는 데만 관심을 갖습니다. 학교를 찾는 건 개인 몫인 경우가 많습니다. 이처럼 학교의 도움보다 자신이 알아봐서 진학한 특성화고는 기대보다는 실망이 크곤 합니다. 학교 홍보할 때 좋은 점만 들어서 그런지 입학하고 보니 안 좋은 면이 많이 보이기도 합니다. 생각보다 공부하는 학생들이 적습니다. 문제는 한 번 고교에 진학하면 전학이 거의 불가능합니다. 학기 초 적응을 못해 자퇴를 생각하는 학생들도 많습니다.

학교는 내심 취업을 권합니다. 내신 좋은 친구들이 대학에 간다고 할 때 취업을 먼저 하고 가도 나쁘지 않다는 식입니다. '선先취업 후後진학' 제도가 있긴 합니다. 특성화고 졸업 후 3년 이상 산업체에 재직하면 대학에 입학할 수 있는 제도입니다. 명문대 진학에 성공한 소수의 사례가 성공 신화로 알려져 있습니다. 그만큼 문이 좁습니다. 2년 전부터 특성화고 학생을 대상으로 하는 대입 특별전형 모집 인원도 3%에서 1.5%로 줄었습니다. 취업을 중시하겠다는 방침 때문입니다. 학교에선 취업지도부 교사의 권한이 센 편입니다. 학생들과 현장실습 나갈 업체를 연결해주기 때문입니다. 공기업이나 대기업은 성적순으로 자르지만 나머지는 지도교사의 역량에 맡겨집니다. 성적이 좋아도 교사의 눈 밖에 나면 소용없습니다.

학교는 매년 2월, 실습취업 중인 학생을 기준으로 졸업생 취업자 통계를 잡습니다. 취업률을 지표로 각종 지원금이 결정되다 보니 질과 상관없이 취업률을 올리는 데 열중해 문제가 발생하기도 합니다. 현장실습을 나갔다가 돌아온 뒤 다른 곳에 재실습을 나가는 경우, 두 번 다 취업률 통계에 넣을 때도 있습니다. 3학년 때 외부 강사가 화장법을 가르치기도 합니다. 면접 대비용입니다. 입술이 너무 빨간 색이면 곤란하고 생기가 있어 보일 정도의 '적당한' 색감이 필요합니다. 교사는 여학생들에게 눈을 성형해오라고 말하기도 합니다. 통통한 친구들에게는 그만 먹으라고 합니다. 피부가 까만 편인 여학생들에게는 너무 까무잡잡하니 외출을 삼가고 집에 좀 있으라는 얘기하기도 합니다.

보통 3학년 1학기를 마치고 2학기에 실습을 나갑니다. 사전 교육이 없는 경우도 있습니다. 체계가 없이 진행되곤 합니다. 최저임금 수준의 월급도 실망스럽습니다. 현장실습 중 부당한 대우를 받는 경우가 많습니다. 치마를 입고 지나가니까 "○○씨는 저러다 치마 터지겠어"라는 말을 듣거나, 회식 자리에서 술 따르라는 지시를 받는 식입니다. 하루 노동시간 7시간이 지켜지지 않는 건 다반사입니다. 업체에서 부당한 대우를 받아도 학생들은 그만두기가 쉽지 않습니다. 후배에게 피해를 줄 뿐 아니라 일부 학교에서는 벌을 주기 때문입니다.

특성화고에 다니며 정체성 혼란을 겪는 학생들이 많습니다. 뭔가 존중받지 못한다는 느낌이 큽니다. 정체성이 애매합니다. 학생인 것 같은데 직장인 같기도 합니다. 취업을 한 뒤에도 마찬가지입니다. 대졸자든 고졸자든 배우는 건 똑같고 해야 하는 행동도 같은데 임금이 다릅니다. 누구는 '많이 받고 싶으면 대학을 갔어야지' 합니다. 서로 다른 선택을 한 것뿐인데 말입니다. 학력을 감안해도 임금 격차가 너무 큽니다. 아르바이트생도 아닌데 최저임금을 받습니다. '공부 못해 특성화고에 간다'는 시선이 아쉽습니다. '대학 생각이 없으면 특성화고에 가라'는 중학교 진로 담당 교사의 말을 듣고 특성화고에 지원하는 경우도 많습니다. 특성화고라는 말 그대로 학생의 특성을 부각시켜 자아실현과 사회기여를 위한 당당한 사회인으로 자라날 수 있도록 특성화고 교육과 실습과 취업에 대한 사회적 관심과 논의가 깊이 있게 진행되었으면 좋겠습니다.

미스라는 호칭 속에 숨어 있는 차별

박근혜–최순실 국정농단을 비판하면서 자발적으로 모인 촛불민주집회 때 있었던 일입니다. 서울 광화문광장에서 열리던 민주문화공연에서 디제이 디오씨DJ DOC의 공연이 취소된 일이 있었습니다. 박근혜 정부를 비판한 그들의 노래 '수취인 분명' 가사 중 '미스 박' 등의 표현에 관해 일부 여성단체에서 문제를 제기했기 때문입니다. 이와 관련해 과연 '미스'가 여성 혐오적 표현이냐는 논란이 있었습니다. 오랫동안 써온 단어이지만 사실 '미스'는 성차별적 호칭입니다. 남성은 결혼 여부와 관계없이 미스터Mr인데 여성에게만 결혼 여부에 따라 미스Miss · 미시즈Mrs를 구분합니다. 전자 뒤에는 아버지의 성을, 후자 뒤에는 남편의 성을 붙이는 서구 가부장제의 산물입니다. 그래서 '미즈Ms'를 비롯한 대안적 호칭이 제안돼 온 지 오래입니다만 아직도 우리 사회는 미즈라는 말이 흔하지 않습니다. 미스는 직접적 혐오 표현이라기보다 일상 속에 공기처럼 편재해 무심하기 쉬운 차별적 용어에 가깝습니다. 사용하는 맥락에 따라 보다 모멸적 의미를 지닙니다. 커피나 타 오는 존재로 취급받아 온 많은 직장의 '미스'들처럼 말입니다.

논란이 된 노래 가사는 우리나라에서의 '미스'의 어감을 가장 막강한 권력자와 결부시킴으로써 권력에 대한 도전 및 비판을 시도하려는 의도이지 여성 혐오를 목적으로 하는 것은 아니라고 봅니다. 하지만 동시에 왜 굳이 그런 방식으로 권력 비판을 수행해야 하는지에 대한 문제 제기 역시 경청해야 합니다. 그 또한 맥락이 있기 때문입니다. 이처럼 정의로운 신념의 자세로 민주주의를 실현하려는 용기를 지님은 좋은데 알게 모르게 우리 안에 뿌리 깊게 박혀있는 여성 혐오내지 여성차별적인 언어들이 많습니다. 속 시원한 분노의 표출이라지만 자칫 곁에 서 있는 동료 여성들에게 성적 모욕감을 줄 수 있고, 문제의 본질을 왜곡할 수도 있습니다.

민주주의는 원래 일사불란할 수 없습니다. 모두가 만족하고 하나 된 마음일 수 없습니다. 다름이 다양성이 존중되고 인정되어야하는 것입니다. 광장에 백 명의 시민이 있으면 백 명의 의견이 있고, 천 명이 있으면 천 명의 의견이 백만 명이 모이면 백만 개의 의견이 있습니다. 일상화된 차별과 혐오에 상처받고 예민해질 수밖에 없는 이들의 의견이 있고, 그보다는 창작자의 전체적 의도에 공감하면서 광장에서 함께하길 바라는 이들의 아쉬움도 있습니다. 비판을 담담히 수용하고 공연을 취소당한 거리에, 시민의 한 사람으로 선 이들의 멋진 모습이 지금도 기억에 생생합니다. 이곳이야말로 다른 의견들을 솔직히 드러내고 치열하게 부딪치되 이를 계기로 상대의 입장에 대해 한 번 생각해 볼 기회를 갖고 차이를 좁혀가는 것이 민주주의일 것입니다. 이런 모습들이었기에 촛불집회는 우리나라 민주주의 역사에 길이 빛날 국민혁명이었습니다.

본교 학부 출신은 성골,
타 대학 출신은 6두품

일반대학원에서 석·박사 학위과정을 이수하는 대학원생들 사이에서도 암묵적 차별이 존재하는 것일까요? 서울 시내 일부 명문대 일반대학원의 경우, 같은 대학원생이라도 해당 학과의 본교 학부 출신은 성골로, 타대학他大學 학부 출신은 6두품으로 알게 모르게 차별한다는 이야기가 있습니다. 타 대학 출신으로 발을 들인 대학원에서 마주한 배제와 차별의 벽은 높았고 일상적입니다. 이는 현대판 골품제와 같습니다. 자기 대학 출신은 성골과 진골, 타대생은 6두품이라고 여겨집니다.

타대생 배척 현상은 두어 차례 논란이 됐습니다. 2013년 이화여대 커뮤니티('이화이언')는 타대생도 이용할 수 있었으나 구성원들의 반발로 이화여대 학부 재학생과 졸업생만 이용할 수 있게끔 제한했습니다. 2014년 서울대학교 커뮤니티(스누라이프)에서는 '순수 서울대 출신'들이 타대생을 서울대 구성원으로 볼 수 없다고 주장하면서 순혈주의 논란이 불거졌습니다. 현재 서울대 커뮤니티에는 학부생과 대학원생이 구분돼 이용하는 전용 게시판 이외에 서울대 학부 졸업생만 이용할 수 있는 '졸업생라운지'가 운영되고 있습니다.

이처럼 타대학 출신 대학원생 중 적지 않은 사람이 대학원 진입과 동시에 크고 작은 형태로 배제되고 차별받고 있습니다. 일부 대학원생들에 따르면, 서울시내 선호 대학의 경우 대학원 입학 과정에서부터 타대생과 자기 대학생 간 차이가 있습니다. 지명도가 낮은 대학 학부 출신은 실적이 있어도 조금만 마음에 안 들면 탈락시킵니다. 대신에 그보다 실력이 덜한 본교 학부 출신이 합격시킵니다. 몇몇 대학원에서는 지도교수가 자신의 연구실로 데려올 본교 학부생을 내정하고 입시에 임하기도 합니다. 교수들이 자기 대학생을 맨 앞으로 따로 뽑아놓은 다음 다른 지원서는 학교 서열대로 정리하기도 합니다.

자기 대학생이 대학원입시에서 유리한 것은 대학원 입시 면접장에 사전에 접촉한 교수가 앉아 있다는 사실입니다. 자기 대학생은 미리 아는 관계이기에 유리한 게 사실입니다. 타대생은 어렵게 대학원에 발을 들인 뒤에 인간관계에서 배제되기도 합니다. 학과 행사에 타대생은 끼기 어렵습니다. 대학원 생활의 첫 단추 격인 신입생 환영회에서부터 자기 대학생이 부각됩니다. 이는 차후 연구실 모임에 참여하기 어렵게 하는 악순환을 만들기도 합니다.

대학원은 대학원생 사이에서 업무량이 많아 '공부하는 회사'로 불립니다. 그런 데다 타대생은 자신을 낮추는 환경 속에서 새로운 인간관계를 형성하기 위해 별도로 노력해야 합니다. '적응'이라는 이름으로 모든 부담을 질 수밖에 없습니다. 인간관계를 형성하더라도 한계가 존재합니다. 자기대학생들끼리 스터디를 하면서 타대생과는 기출문제를 공유하지 않는 경우도 있습니다. 타대생들은 좁은 사회에서 갑갑하게 경쟁하는 것이 힘듭니다. 버티지 못하면 낙오자로 낙인찍힙니다. 좁은 학계에서 타대생은 고립되기 쉽습니다.

같은 학교를 나왔다고 해서 무조건 학벌이 생기지는 않습니다. 그런데 자기대학생이 말하는 자연스러운 관계로서 학연은 대학원 공간에서 학벌로 변모됩니다. 이 과정에서 타대생의 목소리는 삭제될 가능성이 높습니다. 몇몇 자기대학생은 타대 타과생에 비해 아무래도 자기대학 자기학과생이 기본이 조금 더 탄탄한 면이 있다고 말합니다.

교수들은 타대생에게 가해지는 배제나 차별을 방관합니다. 때로는 교수가 노골적으로 그 배제와 차별에 앞장서기도 합니다. 타대생은 있는 듯 없는 듯한 취급을 받습니다. 자기대학생은 교수가 사소한 일까지 챙겨줍니다. 직·간접적으로 타대생을 무시하거나 아예 기대조차 갖지 않는 교수들도 있습니다. 일부 교수는 아끼는 자기대학생에게 연구를 몰아주기도 합니다. 타대생은 연구실에서 시작도 하기 전에 의욕이 꺾입니다. 일부 연구실에선 선배가 후배에게 자리를 물려주기도 하는데 이 과정에서도 타대생은 상대적으로 배제되는 경향이 강합니다.

적지 않은 대학원생이 조교로 일하며 등록금의 일부를 충당하는데 타대생은 여기서도 배제되기 일쑤입니다. 자기대학생이라면 교수가 될 수 있지 않을까 하는 기대감을 갖습니다. 그러나 타대생은 대학원 생활을 하다 보면 '교수' 꿈을 접어야 합니다. 자기대학생은 외부에 연수를 보내 고급 기술을 배우게 하는데 타대생은 기초 수준 실험만 시키는 곳도 있습니다. 몇몇 타대 출신 대학원생들은 대인기피와 우울증을 호소합니다. 출신이 미천한가 싶은 자괴감이 듭니다. 스스로에게 박해지고 자존감도 떨어집니다. 주변에서 학벌 세탁했냐는 말을 듣고 자격지심에서 헤어 나오지 못하기도 합니다.

　사소하면서 일상적인 타대생 차별은 국내 대학 지형상 대체로 '지방 대학' 학부 출신 학생이 서울 소재 명문대학 대학원에 진학하는 경우에 가장 뚜렷해집니다. 수도권 대학들 사이에서도 입학 커트라인이 높은 대학의 학과 대학원이 낮은 대학의 학과 출신을 차별하기도 합니다. 이는 대학 입시 결과로 사람을 평가하는 학벌 문화와 대학원 내 순혈주의의 영향입니다. 우리나라 대학 내 동종교배(자기대학 출신 교수임용) 비율은 서울대가 88%, 연세대가 76%, 고려대가 60%로 나타났습니다. 미국·유럽 대학에 비해 지나치게 높은 수준이라고 합니다.

　대학 내 순혈주의는 타인을 배제하려는 의도가 담긴 집단패거리 문화입니다. '내 후배가 먼저'와 같은 사고방식이 곧 순혈주의 정서입니다. 명색이 진리를 탐구하는 상아탑에서 은연중에 텃세를 부리고 차별을 당연시하는 것은 결코 학문의 전당답지 않은 악습입니다. 이를 개선하는 제도적 장치와 열린 마음이 절실합니다. 민주주의가 우리 삶의 저변에 내재되기 위해서도 대학원의 차별철폐와 관용의 감수성은 반드시 이룩되어야할 것입니다.

양극화시스템 이대로 좋은지요?

2008년 전 세계를 강타한 미국 발 금융위기의 여파가 아직도 가시질 않고 있습니다. 미국을 위시한 선진국들이 천문학적인 자금을 풀어 제로금리, 초저금리라는 극약처방으로 기업과 가계를 살려보려 했지만 시장에 공급된 자금은 산업과 가계로 선순환하지 못하고 증권과 부동산시장에 집중되어 투기 자본화되어 가고 있습니다. 또한 소수에게 부가 지나치게 집중되는 현상이 심화되고 시민들은 일자리를 찾기가 갈수록 어려워지고 있습니다. 설사 일자리를 얻더라도 저임금과 불안정한 고용으로 삶 자체가 위협받고 있습니다. 이러한 현상은 마치 거친 파도를 넘어온 배가 안전항에 정박하지 못하고 험준한 산으로 올라가버린 형국이라 할 수 있습니다.

최근 들어 우리나라도 이미 일본과 같이 장기불황시대로 접어들었다고 진단하는 전문가들이 적지 않습니다. 그런데 다른 나라에 비하여 우리나라는 경제차원을 넘어 정치, 사회, 문화 등 모든 면에서 양극화가 더욱 심화되고 있는 것이 문제입니다. 2000년대에 보수정권이 들어서면서부터 정치적으로 보수·진보 이념의 양극화가 극심해진 가운데 국민들에 대한 복지를 경시하고 성장 우위를 중시하는 정책을 수행해 왔습니다. 하지만 그 성장정책이란 것이 사실은 사회의 양극화를 더욱 부채질하고 있습니다. 계층 간 소득격차의 양극화가 지나치게 가속화되고 있고 정규직보다는 비정규직 고용이 일반화되는 노동시장의 양극화도 심각해지고 있습니다. 제조업은 경쟁력을 잃어 가고 투기적인 금융 산업은 비대해지는 산업 간 양극화는 물론, 대기업 위주의 경제운용으로 중소기업이 활력을 찾지 못하는 기업 간 양극화가 심화되고 있습니다. 서울은 번창하고 지방은 위축되는 중앙과 지방간의 양극화도 지속되고 있습니다.

이러한 양극화 현상들은 국제 표준이라 하여 미국의 신자유주의를 모방하기 위한 국가들 간의 과도한 정책 경주가 초래한 결과입니다. 신자유주의는 경쟁논리와 계약자유에 바탕을 둔 강자 중심의 친시장적 법과 제도를 본질로 하고 있습니다. 여기에서는 경제적 비용과 편익을 앞세워 시장에 대한 규제를 없애고 국가나 공동체의 역할을 축소시키며 시장을 지배하는 자의 탐욕도 계약자유라는 이름으로 철저히 보호됩니다. 또한 강한 자는 더욱 강하게 되고 약한 자는 더욱 약해 질 수밖에 없는 불합리와 모순을 구조화시킵니다. 요컨대 이러한 경제사조는 사회의 모든 분야에서 무한경쟁과 단기성과를 중시하는 기능주의적 사고를 낳았고 경쟁의 과실이 소수에게 집중되는 악순환이 강화되고 있습니다.

그렇다면 온갖 정책적 처방에도 사회 양극화가 만연하고 있는 것은 무엇 때문일까요? 그것은 국가마다 신자유주의가 안고 있는 본질적인 문제를 해소하지 않은 채 땜질식으로 양극화 문제에 대응해왔기 때문입니다. 시장의 방임적 계약자유를 방관함으로써 개인의 이기적이고 탐욕스러운 자유를 보장하는 신자유주의는 철저한 개인주의적 사회시스템에서는 몰라도 사회 구성원의 공통이익이 중시되는 사회체제에서는 조화되기 어려운 측면이 있다는 점을 인식해야 합니다.

　이제부터라도 인간을 소수자에게 부의 집중을 위한 도구쯤으로 여기는 무한경쟁과 효율중심의 기능만능주의에서 벗어나 인간자본의 가치를 존중하는 인본주의적 사고로 전환하는 것이 시급합니다. 이를 위해 시장지배자의 보다 현명한 절제와 함께, 사회구성원 모두의 지혜로운 대응이 필요합니다. 인간다운 삶의 행복을 향유할 수 있도록 사회 구성원의 공동선을 실천하기 위한 지속가능한 새로운 국가경영모델을 찾아내야 합니다. 바로 이러한 문제에 대한 해답을 찾고 고민하고 공유하는 데, 우리 모두가 힘써야겠습니다.

워킹푸어, 탈출구 없는 빈곤

대한민국은 푸어poor 공화국입니다. 대학에서 일하는 청소노동자의 인권과 실태에 대한 언론보도를 종종 접하곤 합니다. 저임금을 받고 장시간 노동하는 비정규직, 임시직 등 고용이 안정되지 못한 사람들에 대해 우리는 과연 얼마나 심각하게 생각하고 있을까요?

옛 속담에 '가난은 나라님도 구제하지 못 한다'는 말이 있습니다. 그래서인지 우리 조상들은 가난을 하늘이 내린 형벌처럼 받아들이며 살았습니다. 그러나 게으르고 무능해서 가난에서 벗어나지 못 하는 것이 아니라 열심히 일하는데도 가난에서 벗어나지 못한다면 문제는 다릅니다.

대학을 졸업하고 사회에 진출하는 20대들은 비싼 등록금과 학자금 대출 때문에 버거운 빚을 안고 사회생활을 시작합니다. 4년제 대학을 졸업해도 취업이 어렵고, 어렵게 직장을 잡아도 부모님께 용돈은커녕 빚더미를 안은 '일하는 빈곤층'으로 살아가게 됩니다. 이처럼 열심히 일하는데도 가난에서 벗어나지 못하는 상태를 '워킹푸어working poor'라고 말합니다.

빚이 생기는 원리는 간단합니다. 개인이 마음대로 쓸 수 있는 '가처분소득'보다 지출액이 많으면 빚이 생겨납니다. 우리는 노동에 비해 대가를 덜 받고 있거나 아니면 노동의 가치보다 더 많이 쓰고 있습니다. 일각에서

35

는 과소비를 탓하지만 소득증가에 비해 소비는 결코 늘지 않고 있습니다. 열심히 일하면서 살고 있는데도 빚의 굴레에서 벗어나지 못하고 있습니다.

우리 사회의 워킹푸어족은 열심히 일을 해도 저축을 하기 **빠듯할** 정도로 형편이 나아지지 않고 있습니다. 이들은 갑작스런 병이나 실직 등으로 한 순간에 빈곤층으로 전락할 가능성이 높습니다. 임시직이나 비정규직 노동자가 늘어나고 계속되는 경기침체와 물가상승으로 자신을 '워킹푸어족'라고 생각하는 사람들이 증가하는 추세입니다. 양질의 일자리가 늘지 않고 있고 공공부문 역시 임시직과 비정규직의 고용을 확대함에 따라 저소득 근로빈곤층은 더욱 늘어나고 있습니다.

워킹푸어, 하우스푸어, 렌트푸어, 에듀푸어, 베이비푸어, 실버푸어…….
요즘 우리 사회에서는 '~푸어'들을 이야기하는 목소리가 늘어나고 있습니다. 커지는 빈부 격차와 중산층의 붕괴로 직면한 이른바 '신빈곤의 시대'를 의미하는 말들입니다. 푸어족이 되는 원인은 '연봉이 적어서'입니다. 저임금 구조의 노동시장이 푸어족을 양산합니다. 이밖에도 '현재 지출이 유지될 것 같아서', '상황을 개선할 방법이 없어서', '고용이 불안정해서', '재테크 등을 잘 못해서', '부모님께 물려받은 재산이 없어서'도 이유입니다.

자신의 역량과 미래소득을 예측해서 합리적인 소비생활을 해야 하는데, 그렇지 못해 푸어 시리즈가 양산되고 있습니다. 최근 몇 년 사이 우리 경제는 계속 나빠지고 있습니다. 그러나 사람들은 성장을 기대하며 투자하고 소비합니다. 그러니 푸어족이 늘어갑니다. 푸어신드롬은 단순히 미래 투자와 소비만으로 설명할 수 없습니다. 각각 그 특징이 다르기 때문입니다. 열악한 주거지에 살면서도 소득에 비해 무리하게 고급차를 사는 '카푸어'나 해외여행, 쇼핑 등에 과도한 소비로 궁핍해진 '쇼핑푸어'들은 이 논리에 표면적으로 딱 들어맞는 '맞춤형 푸어족'입니다. 반면 임시·비정규직 등의 저소득층 직장인이 겪는 '워킹푸어'는 높은 노동 강도와 저임금에 시달려 건강이 악화되어 '헬스푸어'로 이어지는 '생계형 푸어'입니다. '헬스푸어'를 겪은 이들은 건강악화로 다시 노동을 하지 못해 더욱 가난해지고, 가난해지니 건강을 돌볼 여력이 없어 악순환을 반복합니다.

우리나라의 빈곤율은 현재 15%에 이릅니다. 100명 중 15명이 빈곤층이라는 뜻입니다. 문제는 1990년대 초반부터 꾸준히 떨어지던 빈곤율이 1990년대 후반부터 지속적으로 증가하고 있다는 사실입니다. 특히 하우스푸어 현상이나 만성적인 고용불안, 높은 청년 실업률 등으로 인해 이런 추세가 지속되고 있습니다. 예전 같으면 높은 경제성장으로 가난을 몰아낸다고 하지만 오늘날에는 그 성장률이 정부의 의지대로 높아지지도 않고 있습니다.

워킹푸어란 서로 상승하는 일련의 장애들이 모여 생겨나는 결과물입니다. 한 가지 문제에 대한 개선책이 나오더라도 그 밖의 많은 문제에 대한 개선책이 동시에 나오지 않는 한 개선책은 '지원책'은 될 수 있을지언정 '해결책'이 되진 못합니다. 우리 사회의 비정규노동자 모두의 이름이 되어버린 '워킹푸어', 호출노동on call worker, 특수노동 등 비정규직의 분류가 복잡해지는 이유는 기업들이 비정규직 고용마저 줄이고, 여러 가지 변형된 근무형태를 고안해 인건비를 최소화하려 하기 때문입니다.

'워킹푸어'는 단순한 일자리의 문제가 아닙니다. 우리나라의 정체성을 규정짓는 문제입니다. 가난은 대물림된다는 말이 있습니다. '워킹푸어'의 문제를 단순한 개인의 문제로만 본다는 것은 시대착오적 발상입니다. '워킹푸어' 문제는 더 이상 개인의 문제가 아니라 사회구조적인 문제입니다.

부가 대물림되는 것처럼 빈곤도 대물림되고 있기 때문입니다. 현재 우리 사회는 흔히 일류대학이라고 하는 특정 대학을 나온 사람들이 사회적 부와 지위를 거의 독점하고 있기 때문에 내 자녀를 일류대학에 보내기를 원합니다. 그러기 위해서는 다양한 스펙과 질 좋은 사교육으로 남보다 뛰어난 경쟁력을 갖춰야 하는데 그 과정에서 많은 돈이 필요합니다. 이런 우리 사회의 교육문화는 돈에 의한 학력의 대물림과 학력에 의한 부와 지위의 대물림을 만들어 내고 있습니다. 빈곤한 사람은 자식들도 빈곤할 수밖에 없는 사회구조가 됐습니다.

'워킹푸어' 계층이 육체노동자들에게만 국한된 것이라고 생각한다면 커다란 오산입니다. 대학교수나 의사처럼 고학력 전문직 종사자들도 엄청난 빚을 지고 개인파산이나 개인회생을 신청하는 모습은 이젠 보기 드문 일이 아닙니다. 열심히 노력해도 '워킹푸어'가 되는 것이 지금 우리 사회의 현실이라면 우리 모두 무엇이 문제인지 고민해봐야 하지 않을까요?

'워킹푸어'의 보다 근본적인 원인은 신자유주의에서 찾아볼 수 있습니다. 물론 '워킹푸어'가 증가하는 것이 신자유주의 때문이라고 단정 지을 수는 없습니다만 사회복지제도가 잘 되어있는 유럽의 국가들에서는 노동시장의 문제를 사회복지제도가 절충보완해주기 때문에 우리나라처럼 극단적인 상황이 발생하는 경우가 많지 않다는 것을 보면, 신자유주의가 문제임을 생각해 볼 수 있습니다. '워킹푸어'는 더 이상 개인의 문제가 아니라 사회의 책임이자 우리 모두의 과제입니다. 사회복지는 물론이고 교육, 고용, 여성 등의 측면에서 다각적인 접근이 필요합니다. 그리고 보면, 삶의 불행 양상은 매우 다양한 것 같습니다.

늘어난 빈곤층, 굳어진 양극화가 오늘 우리의 가슴 아픈 현실입니다.

대학을 졸업한 워킹푸어가 매년 증가하고 있습니다. 뿐만 아니라 '실버푸어'도 심각합니다. 이런 사회구조 속에서 개인은 극심한 고통을 늘고 있는데 정부는 이에 대한 충분한 대비책이 없어 고스란히 개인의 책임으로 되어 어느 곳에 불만을 토할 수도 없는 실정입니다. 죽어라 일을 하고도 잘못된 처우를 받고 노동자 종류를 세분화하여 통계수치를 조정해서 실업률 수치만 낮추는 것이 능사가 아님을 깨닫고 고용-복지가 연계된 '일을 통한 빈곤탈출'이 제대로 이루어지도록 정책을 추진하고 실행해야 할 것입니다. 우리나라는 사회보험 발전이 뒤쳐져 있고 임금수준이 낮기 때문에 한 번 빚을 지면 헤어 나오기 힘들 뿐 아니라 '워킹푸어'로 전락하기 쉽습니다. 따라서 단순한 일자리 창출보다는 양질의 일자리를 만들어 주어야만 워킹푸어족들을 빈곤층에서 탈출시켜 줄 수 있습니다.

노동빈곤층의 빈곤탈출을 위한 의식전환이 절실합니다. 빈곤의 이유를 따져보는 것보다 더 절박한 일은 빈곤을 일상적으로 존재하는 현상으로 받아들이는 의식을 바꾸는 일입니다. 빈곤은 어렵지만 어찌어찌해서 넘어갈 수 있는 상태가 아니라 낮은 수준의 처벌을 끊임없이 받는 상태입니다. 상류층과 중산층은 빈곤의 존재 앞에서 '죄책감'을 넘어 '수치심'을 느껴야 합니다. 대다수 상류층과 중산층이 누리는 안락한 삶이란 다른 사람들이 정당한 임금을 못 받으며 수고한 덕분입니다. 현재 우리 사회의 빈곤문제는 한 세대만의 문제가 아닙니다. 빈곤은 대물림되어 빈곤한 아동, 청소년, 노인들이 재생산됩니다. 푸어족에서 벗어나려면 인식을 바꿔야 합니다. 경제가 지속적으로 성장한다는 근거 없는 믿음을 버리고 저성장 시대에 맞는 투자·소비 행태를 만들어야 합니다. 죽지 말고 살아남아야만 하는 우리의 '워킹푸어'들의 외침을 한 번쯤 되돌아 보았으면 좋겠습니다.

지구는 우리에게 경고하고 있답니다

우리는 하루에 하늘을 몇 번이나 보면서 살고 있을까요? 하늘에는 셀 수 없을 정도로 많은 별이 있습니다. 스스로 빛을 내는 별도 있고 태양으로부터 받은 빛을 반사하는 별도 있습니다. 시간이 흐르고, 기술이 발전하면서 우리가 볼 수 있는 별들이 사라지고 있습니다.

우리가 사는 지구가 많이 아픕니다. 길거리 아무 곳에나 버려지는 쓰레기와 폐기물, 그리고 인간의 무분별한 개발로 인해 지구는 고통 받고 있습니다. 지구는 온난화라는 병에 걸려 인류의 생존을 위협하고 있습니다. 기후변화와 기상변화가 비정상적으로 발생하며 인간에게 큰 위험을 알리고 있습니다. 지구가 우리에게 전하고 있는 경고는 무엇일까요? 파키스탄에 있는 카라코람 산맥의 아타아바드 호수는 아름다운 빛깔의 호수로 많은 관광객이 찾는 호수입니다. 하지만 이 호수의 탄생 배경은 결코 아름답지 못합니다. 2010년 고속도로 건설로 산을 깎다 대형 산사태가 일어났고, 순식간에 일어난 사고로 많은 사람이 죽었습니다. 또, 140여 가구가 살던 마을이 산사태에 휩쓸리면서 그때 내려앉은 산이 강물을 가로막았고, 그 자리엔 거대 호수인 아타아바드 호수가 생겼습니다. 카라코람 산맥의 산사태는 빙하가 지반을 단단히 붙잡고 있어 빈번하게 일어나지 않는 재해였습니다. 그러나 지구온난화가 지반에 빠른 속도로 영향을 주면서 빙하가 녹아 버렸고 산에 균열이 생기기 시작했습니다.

아타아바드 호수의 산사태는 이미 예고된 재앙이었습니다. 육지뿐만 아니라 바다 속에서도 지구온난화의 문제는 심각합니다. 호주의 북동쪽에 위치한 작은 섬나라 투발루에는 더 이상 안전한 곳이 없습니다. 급격한 수온 변화로 심해에 사는 어류가 위로 올라오고 있습니다. 또, 산호가 하얗게 죽어가고 산호모래가 점차 줄어들고 있습니다. 산호모래의 70%는 패럿 피시가 산호를 먹고 배설하는 과정에서 만들어집니다. 그러나 산호 백화현상으로 패럿 피시가 먹을 산호가 사라지면서 산호모래가 점차 줄어들고 있습니다. 산호섬인 투발루 입장에서 산호의 죽음은 곧 섬의 종말을 뜻합니다. 심지어 해수면이 매년 5mm씩 높아져 섬들의 면적이 점점 줄어들고 있습니다. 기름진 땅에도 바닷물이 올라오면서 농사를 지을 수 없게 됐습니다.

지구의 표면이 조금씩 조금씩 줄어들고 있습니다. 언제나 우리에게 내어주기만 할 것 같던 자연이 우리에게서 등을 돌리는 건 한순간입니다. 수만 년의 시간을 버텨온 빙하와 산호가 수천 년간 쌓아올린 섬이 인간의 탐욕에 무너져 내리고 있습니다. 지구에서 일어나고 있는 기상이변 현상은 앞으로 다가올 자연재해를 향해 경고하는 것일지도 모릅니다. 인간과 자연이 함께 공존하며 지구를 지키고 계속해서 별을 보며 살아가고 싶습니다.

마녀사냥식 뉴스의 위험성과 인터넷예절

2017년 11월, '바늘 학대'로 기소된 한 어린이집 교사가 대법까지 가는 3심 재판을 통해 무죄판결을 받았습니다. "아이가 학대를 당했다"는 부모의 신고로 시작된 이 사건은 어린이들의 신빙성 없는 증언과 같은 어린이집 부모들의 '카더라'식 의혹제기, 그리고 이를 여과 없이 보도한 언론의 마녀사냥과 신상털기에 나선 몰지각한 네티즌까지 합세하면서 "난 아니다"라는 교사의 주장은 소리없이 사라지고 말았습니다. 수년 간 사랑으로 유아들을 돌봐온 교사는 순식간에 아동학대범으로 낙인찍혔고, 그는 식당 일을 하며 생계를 이어갔습니다. 어린이집은 운영에 극심한 타격을 입었습니다. 해당 교사는 잘못된 언론보도로 하루아침에 숨을 쉬는 것조차 힘들었습니다. 진실을 인정받기까지 2년 10개월이 걸렸습니다. 참으로 긴 시간이었습니다. 법이라는 단어를 수없이 되새김질하고 가슴 졸이고, 심장이 녹아 버린 시간이었습니다.

2015년 2월 한 종합편성채널에서 보도한 '바늘 학대사건'은 앞선 '주먹폭행 인천 어린이집'으로 아동학대 문제가 사회적 이슈가 된 시점에 알려져 학부모들로부터 많은 관심을 받은 사건이었습니다. 원생 290명에 보육실 면적 775m²의 큰 규모로 남양주지역에서 유명한 이 어린이집은 사건에 휘말리며 여론의 집중포화를 맞았습니다. 혐의가 확정되기 전에 이미 어린이집의 이름이 온라인 커뮤니티에 공개되고, 어린이집 폐쇄 서명운동까지 벌어졌습니다. 당시 리틀올리브어린이집 교사로 재직하던 한씨는 2014년 7월부터 2015년 1월 사이 교구재인 '장고핀'과 옷핀 등으로 원생들의 손과 팔 등을 수차례 찌르는 등 신체적 학대행위와 정서적 학대를 한 혐의(아동학대범죄의 처벌 등에 관한 특례법 위반)로 재판에 넘겨졌습니다.

그러나 1·2심은 "피해자들의 진술은 구체성이나 일관성이 없고 수사기관이나 부모 등에 의한 암시 가능성이나 오염 가능성을 배제할 수 없다"며 무죄를 선고했습니다. 최초로 문제를 제기한 네 살배기 쌍둥이 자매의 사례를 보면 자녀가 어머니의 관심을 끌기 위해 사실이 아님에도 자신도 바늘에 찔렸다고 말했을 수 있고, '손등에 바늘을 4개 꽂고 5분 동안 기다려서 뺐는데 아프지는 않았다'는 진술 또한 상식적으로 받아들이기 어려운 내용이라고 1심 법원은 판단했습니다. 또 "방송사의 뉴스 방영 후 이 사건에 관한 본격적인 수사가 시작됐고 학대당했다는 원생의 수가 증가했다"면서 "뉴스 방영이 사건 관련자들에게 상당한 영향을 미친 것으로 보인다"고 판시했습니다. 항소심 재판부는 "사건 장소로 지목된 교실이 지면에서 90cm 정도 높이에 창이 있고 출입문도 상당 부분 유리로 돼 있어 안을 쉽게 들여다볼 수 있다"며 "간접적인 증거들만으로 유죄를 인정하기에는 합리적인 의심의 여지가 존재한다"고 밝혔습니다.

대법원은 "논리와 경험의 법칙을 위반해 자유심증주의의 한계를 벗어나거나 아동 진술의 신빙성에 관한 법리를 오해하는 위법이 없다"며 한 씨에 대한 검사의 상고를 기각했습니다. 한 씨는 교사 일을 그만둔 뒤 정신적으로 굉장히 힘들어하고 식당에서 잡일을 했습니다. 어린이집은 아동학대 교육사례로 쓰이다보니 동료 교사들도 펑펑 울었습니다. 어린이집측은 잘못된 보도나 신고로 유치원이나 어린이집의 교사와 원장이 억울하게 낙인 찍히는 일이 두 번 다시 일어나지 않기를 바란다면서 거짓말을 만들어낸 사람들에 대해 법적 대응을 하겠다고 밝혔습니다.

　인터넷이 발달하면서 이와 같은 마녀사냥과 여론몰이는 더욱 심해지는 양상입니다. SNS를 타고 순식간에 허위사실이 유포되고, 속도 경쟁에서 뒤처지지 않기 위해 사실을 확인하는 과정 없이 정황만으로 사건이 보도됩니다. 만일 팩트(사실)와 다르다면 사실상 '무고죄'에 해당됩니다. "죄지은 사람에게 인격 따위는 필요 없다"는 식의 혐오와 증오가 사회정의라는 이름으로 포장되기도 합니다. 화해와 용서도 없습니다. 성급하게 전해진 소식을 믿지 말고, 침착하게 사건의 맥락을 보는 지혜가 필요합니다. 또한 제대로 파악하지 않은 사건을 퍼뜨리거나 보도하는 일은 없어야겠습니다. 사건을 바라보는 시간, 사건을 이해하는 시간, 그리고 죄를 용서하는 시간이 필요합니다. 진정한 정의는 혐오와 증오가 아니라 반성과 용서, 그리고 사랑입니다.

훈훈한 미담이 들려주는 감동

요즘 신문과 방송을 접하다보면 화가 날 때가 있습니다. 북한의 핵도발 위협과 미국 트럼프 대통령의 돌출언행과 일본 아베정권의 국수주의 등을 보면 불안한 게 사실입니다. 포항에서 큰 지진이 여러 차례 발생하기도 했습니다. 그런데 정치권과 경제계를 보면 '도대체 상식이란 게 있는 건가' 하는 생각마저 들곤 합니다. 이런 소식을 접하면 기분도 안 좋고 해서 그 냥 신문과 방송을 접고 살까 싶습니다만 그렇다고 세상과 담을 쌓고 살 수는 없습니다. 문득 이런 생각을 해봤습니다. 이왕이면 좋은 소식이 많이 전해져서 기분 좋게 하루를 시작하고, 세상이 어지럽고 혼란하지만 그래 도 살만한 곳이구나 하는 생각이 들었으면 좋겠습니다. 얼마 전 귀한 소식 을 접하니 정말 기분이 좋았습니다.

2007년 6월, 이라크에서 '테러와의 전쟁' 임무를 수행하던 미군 병력이 이동 중 적군의 매복 공격을 받았습니다. 갑자기 수류탄이 부대원 사이로 날아들었습니다. 그때 의무병이었던 한국계 병사가 수류탄을 향해 몸을 던졌습니다. 꽃다운 나이 23살의 청년, 김신우 병장이었습니다. 그는 죽음 으로 여러 명의 목숨을 지켰습니다. 그로부터 10년 뒤 '김신우 병장 군

응급의료센터·치과 병원'가 경기도 평택 미군기지에 문을 열었습니다. 전 세계 미군시설 중 한국인 병사의 이름을 딴 곳은 이번이 처음이었습니다. 개원식에 참여한 김 병장의 아버지가 소감을 전했습니다. "아들의 희생이 절대 헛되지 않았음을 보여주는 뜻깊은 일입니다."

3남매 중 막내였던 그는 3세 때 가족과 미국에 이민을 가서 캘리포니아주 오렌지카운티에 정착했습니다. 2005년 의무병으로 입대해 복무했으며, 전역한 이후에는 의료 계통에서 일하며 어려운 사람들을 돌보겠다는 꿈을 키웠습니다. 입대 시점이 9·11테러가 일어난 후 얼마 안 된 시점이라 어머니는 아들을 극구 말렸지만, 부모 몰래 입대 원서를 제출할 정도로 의지가 강했다고 합니다. 김신우 병장은 1년 반을 우리나라에서 복무한 뒤 이라크로 배치됐고, 파견 종료를 여섯 달 앞두고 숨졌습니다. 이후 미국 정부가 군인에게 주는 '실버 스타 훈장'에 추서되었고, 10년 만에 그의 이름을 딴 병원이 문을 엶으로써 오랫동안 영웅으로 기억될 것입니다.

추운 겨울, 마음도 춥게 느껴지는 시기에 훈훈한 미담이 전해졌습니다. 2017년 12월 11일 아침 강추위였습니다. 중학교 1학년 세 학생들이 등굣길에 길에 쓰러져 있는 노인 1명을 발견합니다. 이들은 그냥 지나치지 않고 그 노인을 정성껏 도와 목숨을 구해냈습니다. 이 중학생들이 노인을 도운 날은 학기말고사였답니다. 이 일로 국회의원 표창을 받은 소식이 전해지면서 큰 화제가 됐습니다. 매일 걷는 등굣길을 걷던 세 학생이 있었습니다. 이 학생들은 어떤 할아버지가 땅바닥에 누워계셔서 불안해서 가서 코에다 손을 갖다 댔습니다. 그랬더니 숨을 안 쉬었습니다. 그러려니 하고 무심코 지나갈 수도 있었을 텐데 이 학생들은 할아버지가 숨을 쉬시나 안 쉬시나를 볼 생각을 했습니다. 세 학생은 일단 날씨가 너무 추워, 계속

누워계시면 동상 걸릴까 봐 그래서 불러가지고 어깨랑 가슴 쪽을 쳐보니까 숨을 쉬시더랍니다. 학생 중 한 명은 너무 추울까 봐 자신의 패딩을 벗어서 덮어주었고, 한 학생은 할아버지를 품안에 안았습니다. 이런 중에 근처에서 가게를 운영하는 아주머니가 나와서, 할아버지 집을 안다고 해서 세 학생은 할아버지를 업고 댁으로 모셔다 드렸습니다. 이 학생들은 그때 학교에서 기말고사 기간임에도 이렇게 사랑을 실천했습니다. 자신의 상황을 넘어서서 어려운 사람에게 찾아가서 옷을 벗어주고 안아주고 집으로 데려다 준 것입니다.

또 이런 일도 있었습니다. 출근길 만원 버스에서 갑자기 의식을 잃고 쓰러진 여고생이 버스 안 시민들의 자발적 응급처치와 협조로 위기를 모면했습니다. 지난 2017년 12월 13일 소방당국 등에 따르면 이날 오전 8시 30분께 서울 성북구 숭곡초등학교 인근을 지나던 172번 시내버스 안에서 한 여고생이 의식을 잃었습니다. 이 학생은 버스 중간쯤에 서 있다가 돌연 쓰러진 것으로 전해졌으나 시민들의 자발적 도움으로 무사히 병원으로 이송됐습니다. 당시 버스는 출근 시간대였던 탓에 발 디딜 틈 없이 붐비던 상황이었으나, 시민들의 빠른 대처로 금세 응급조치가 이뤄졌습니다. 그러자 주변에 있던 시민들은 누가 먼저랄 것 없이 동시에 기사에게 "여학생이 쓰러졌다"며 차를 세워 달라고 요청하고 119에 신고했습니다. 출근 시간 버스 안은 발 디딜 틈 없던 상황이었습니다. 하지만 시민들은 서로 조금씩 양보해 여학생을 위한 공간을 만들었습니다. 기사가 곧바로 길가에 차를 세우자 평소 구급법을 알고 있던 안전관리직 종사자가 여학생에게 심폐소생술을 했습니다. 예전에 소방서에서 교육받았던 적이 있어서 기도를 확보한 다음 흉부 압박을 두 차례 정도 시도하자 다행히 학생이 숨을 쉬었습니다. 여학생이 "저 왜 쓰러졌어요?"라고 말하면서 괜찮아 보이기에 일으켜 세우자, 좌석에 앉아있던 다른 시민이 바로 자리를 양보해 주었습니다. 바쁜 출근 시간에 버스가 한참 정차했는데도 승객들이 항의하거나 투덜대기는커녕 자기 딸이나 여동생 걱정하듯 응급처치에 협조해주셔서 보기 좋았습니다.

우리는 가끔 평범한 사람에게서 상상할 수 없는 위대함을 봅니다. 지하철 선로에 쓰러진 사람을 구하다가 숨진 청년부터 화재를 알리기 위해 집마다 초인종을 누르다가 희생된 초인종 의인까지……. 이들의 숭고한 희생은 각박한 우리네 삶을 '사람 사는 세상'답게 만듭니다. 우리는 사상이나 힘으로 승리한 사람들을 영웅이라고 부르지 않습니다. 고귀한 미덕을 가진 사람을 영웅이라고 부릅니다.

개인이나 단체나 국가나 온통 자기중심적이고, 이기심이 극대화된 것 같으나 그렇지 않음을 보여주면 참 좋습니다. 안 좋은 소식이 충격적이고 그래서 보도에 초점이 맞춰지는지는 몰라도 이런 소식이 너무 많다는 느낌입니다. 좋은 소식과 훈훈한 미담들이 전해지고 그것이 좀 더 많이 전해지기를 기대해 봅니다. 제가 아는 이들 중에도 남모르게 어려운 이웃을 돕거나 귀감이 되는 일들을 오랫동안 해온 이들이 있습니다. 그러나 이들은 자신을 드러내려고 하지 않고 조용히 자신의 선행을 이어갑니다. 그러니 우리는 이들이 있음을 잘 모릅니다. 부디 언론이 자신을 드러내기에 혈안이 되어, 작은 것을 크게 부각시키는 사람들을 보도하기보다는 숨은 의인義人들을 찾아내서 전해주는 기쁜 소식의 메신저가 되어주면 좋겠습니다. 더 바라기는 힘없는 사람을 두려워하고 힘 있는 사람이 두려워하는 뉴스. 그런 언론이기기를 소망해 봅니다. 기자들은 민의에 의해 선출된

적이 없어도 기자증 하나 목에 걸고 정부부처를 출입하고 고시에 합격한 적이 없어도 정책을 난도질하며 그 흔한 학위 하나 없어도 세상 만물에 대해 오지랖이 넓음을 자랑할 수 있는 사람들입니다. 이런 특권과 영향력으로 우리 사회를 보다 정의롭게 또한 훈훈하게 만들어가는 일에 언론과 기자들이 힘써주기를 소망합니다.

남몰래 18년째 이어진
얼굴 없는 천사의 날갯짓

전주시를 사랑과 인정이 넘치는 천사도시로 만든 노송동 '얼굴 없는 천사'가 2017년에도 어김없이 찾아와 세밑한파를 녹였습니다. 전주는 해마다 이어진 얼굴 없는 천사의 선행과 그의 행적을 쫓아 이웃사랑을 실천하는 천사시민들이 늘면서 '천사도시'로 불려왔습니다.

2017년 12월 28일 오전 11시 26분, 전주시 노송동주민센터에 한 통의 전화가 걸려왔습니다. "동사무소 뒤로 가면 돼지저금통 놓여있습니다"라는 40~50대 중년남성의 목소리는 매년 이맘때면 찾아오는 노송동 얼굴 없는 천사였습니다. 얼굴 없는 천사를 오매불망 기다려온 노송동 주민센터 직원들이 통화내용에 따라 주민센터 뒤편 천사쉼터를 찾아가니 나무아래에 A4용지 박스가 놓여 있었고, 상자 안에는 5만 원권 지폐 다발과 동전이 들어있는 돼지저금통이 들어 있었습니다. 금액은 모두 6,027만 9,210원으로 집계됐습니다. 중년 남성으로 추정된다는 사실 외에는 이름도, 직업도 알 수 없는 천사가 18년째 총 19차례에 걸쳐 몰래 놓고 간 성금은 총 5억 5,813만 8,710원에 달합니다. 또한, 천사가 남긴 편지로 보이는 A4용지에는 컴퓨터로 타이핑한 "소년소녀가장여러분 힘든 한해 보내느라 고생하셨습니다. 내년에는 더 좋아질 거라 생각합니다. 새해 복 많이 받으세요"라는 글이 적혀 있었습니다. 얼굴 없는 천사가 보내준 성금은 사회복지공동모금회를 통해 지역의 독거노인과 소년소녀가장 등 소외계층을 위해 사용될 예정이라고 합니다.

얼굴 없는 천사는 지난 2000년 4월 초등학생을 통해 58만 4,000원이 든 돼지저금통을 전주시 중노2동 주민센터에 보낸 것을 시작으로 해마다 성탄절을 전후로 남몰래 선행을 이어오고 있습니다. 이처럼 해마다 이어지는 얼굴 없는 천사의 선행은 전국에 익명의 기부자들이 늘어나게 하는 '천사효과'를 일어나게 했습니다. 전주에서도 이러한 천사효과로 인해 '밥 굶는 아이 없는 엄마의 밥상' 등 어려운 이웃들을 위한 각종 복지사업에 자신의 얼굴과 이름을 알리지 않고 후원에 참여하는 천사시민들이 늘었습니다.

시작은 유난히 눈이 많이 내렸던 2000년 겨울이었습니다. 한 초등학생이 심부름이라며, 노송동주민센터 근처에 조그만 상자 하나를 두고 갔습니다. 안에는 무거운 돼지저금통 하나와 지폐가 한가득 들어 있었습니다. 상자 뚜껑에는 "소년·소녀 가장을 위해 써주시고 새해 복 많이 받으세요!"라는 짧은 인사가 있었습니다. 익명의 기부는 다음 해에도 그 다음 해에도 계속됐습니다. 연말마다 노송동주민센터에는 어김없이 전화 한 통이 걸려왔고, 예견된 장소엔 돈이 가득한 상자가 놓여 있었습니다. 전화 목소리는 중년의 남성으로 추정됐습니다. 그렇게 18년이 흘렀고, 총 5억 5,813만 8,710원이라는 큰 돈이 기부됐습니다. 기부금은 연탄과 쌀, 현금 등으로 어려운 이웃들에게 전해졌습니다. 2017년 연말까지 전주지역 4,449가구가 천사의 보살핌을 받았습니다.

누가, 왜 철저하게 자신을 숨겨가며 이런 선행을 하는 것일까요? 18년째 이어져 온 천사의 선행은 많은 것을 바꿔 놓았습니다. 가장 큰 변화는 지역 주민들의 마음가짐이었습니다. 전주시가 2009년 천사마을 가꾸기 사업을 앞두고 주민들을 대상으로 설문조사를 했는데, 시설 증진보다는 살기 좋은 마을이 되는 것을 원한다는 결과가 나왔습니다. 좋은 마을이란 결국 사람이 행복한 마을이라는, 가장 기본적인 가치가 전주시 노송동 천사마을에 뿌리내리기 시작한 것입니다.

전주시 완산구 노송동은 1980년대 이전에 지어진 건물이 70%에 달하고 주민의 25% 이상이 65세 이상인 전형적인 구도심이었습니다. 그러나 지난 2000년 천사가 찾아온 이후 마을은 점차 천사를 닮아가기 시작했습니다. 천사의 온정은 훈훈하게 마을 사람들을 데우기 충분했고, 마을이 바뀌기 시작했습니다. 마을 가꾸기 사업을 추진하던 주민들은 자치와 경제적 자립이 바탕이 된 마을을 고민하기 시작했고, 2015년 전주형 공동체 사업인 온누리 공동체 '천사길 사람들'을 구성했습니다. 이 공동체는 노송동 천사의 거리를 알리고 주민들에게 도움을 줄 수 있는 일자리와 수익 창출 사업을 바탕으로 마을 환경개선과 소외계층 후원 활동을 지속적으로 이어왔습니다.

실제로 이들은 2016년 주민참여형 주거환경 개선사업으로 낡은 건물과 담장에 벽화를 그리고 사계절 꽃들로 넘쳐나는 '사계절 천사화단'을 만들어 마을 분위기를 바꿨습니다. 2016년 2월에는 천연염색 제품 판매를 위한 주민자립형 협동조합을 창립해 발생한 수익금으로 '천사표 이야기 밥상' 등을 기부하기도 했습니다. 천사길 사람들은 이러한 공동체 활동을 인정

받아 2017년 정부로부터 공동체활동 최우수상을 받았습니다.

마을 주민들은 집 담장부터 페인트를 칠하고 이웃집과 함께 마음을 공유하면서 사람들이 마을 공방으로 하나둘 모여들기 시작했습니다. 2018년 현재 30대부터 70대까지 다양한 세대가 참여해 마을을 함께 끌어가고 있습니다. 노송동 주민들은 천사의 뜻을 기리고, 선행을 본받자는 의미에서 10월 4일을 '천사의 날'로 정하고, 불우이웃을 돕는 나눔과 봉사 활동도 펼치고 있습니다. 지난 2010년 1월에는 천사의 숨은 뜻을 기리고 아름다운 기부문화가 널리 확산될 수 있도록 노송동주민센터 화단에 '당신은 어둠 속의 촛불처럼 세상을 밝고 아름답게 만드는 참사람입니다. 사랑합니다'라는 글귀가 새겨진 '얼굴 없는 천사의 비'를 세우기도 했습니다. 또, 천사가 기부금을 두고 가던 장소는 기부천사쉼터로 꾸몄습니다. 전주시도 아중로에서 전주제일고 정문에 이르는 260여 m구간을 '천사의 거리'로 조성했습니다. 이 거리를 기억의 공간으로 만들어 탐방객들에게 볼거리도 제공하고 있습니다. 거리 담장에 아트 타일을 활용한 기억의 벽이 조성돼 얼굴 없는 천사와 나눔의 이미지를 담을 예정입니다.

천사 이야기는 연극과 영화로도 만들어졌습니다. 2014년 연극 '천사는 바이러스'가 무대에 오른 데 이어 2015년 김성준 감독이 같은 제목의 장편 영화를 만들어 제18회 전주국제영화제JIFF에서 선보였습니다. 해마다 이어진 천사의 선행은 전국에 익명의 기부자들이 늘어나게 하는 '천사효과'까지 나타났습니다. 전주에서도 '밥 굶는 아이 없는 엄마의 밥상' 등 어려운 이웃들을 후원하는 각종 복지사업에 자신의 얼굴과 이름을 알리지 않고 참여하는 '천사 시민'들이 늘었습니다. 전국의 얼굴 없는 천사들이 늘어나며 조명되기도 했습니다.

충북 제천에도 15년째 선행을 이어 오고 있는 기부 천사가 있습니다. 그는 "연탄이 필요한 이웃에게 부탁합니다"라는 짧은 메모와 함께 연탄보 관증 2만 장(1,300만 원 상당)을 기부하고 사라졌습니다. 대구의 '키다리 아저 씨'로 불리는 천사는 6년째 대구사회복지공동모금회에 기부금을 보냅니 다. 2017년은 "어려운 이웃을 위해 써 달라"며 1억 2,000여만 원의 수표 한 장을 내놨습니다. 전남 함평에도 2017년 12월 18일 익명의 기부자가 68만 1,660원을 담은 검은색 비닐봉지를 남겨두고 갔고, 전남 해남에서는 익명의 기부자가 어려운 이웃에게 전해달라며 라면 500박스를 전달하고 사라졌습니다. 2017년 12월 24일 서울 잠실 롯데백화점 구세군 자선냄비 에서도 1억 5,000만 원의 수표가 발견됐습니다. 자선냄비 익명 기부금으로 는 지난 1928년 자선냄비 거리모금이 시작된 이후 최고 액수를 기록했습 니다.

내가 사랑하는 사람

정호승

나는 그늘이 없는 사람을 사랑하지 않는다.
나는 그늘을 사랑하지 않는 사람을 사랑하지 않는다.
나는 한 그루 나무의 그늘이 된 사람을 사랑한다.
햇빛도 그늘이 있어야 맑고 눈이 부시다

나무 그늘에 앉아
나뭇잎 사이로 반짝이는 햇살을 바라보면
세상은 그 얼마나 아름다운가.

나는 눈물이 없는 사람을 사랑하지 않는다.
나는 눈물을 사랑하지 않는 사람을 사랑하지 않는다.
나는 한 방울 눈물이 된 사람을 사랑한다.
기쁨도 눈물이 없으면 기쁨이 아니다.
사랑도 눈물 없는 사랑이 어디 있는가.

나무 그늘에 앉아
다른 사람의 눈물을 닦아주는 사람의 모습은
그 얼마나 고요한 아름다움인가.

따뜻하고 아름다운 말로 마음을 전하는 정호승 시인은 그늘을 사랑하는 사람과 눈물을 사랑하는 사람을 사랑한다고 시詩를 통해 노래합니다. 하루가 시작되기 전, 눈물이 맺히는 감동의 이야기를, 미소를 짓게 하는 즐거운 이야기로 함께 하면 참 좋습니다. 비 오는 숲속 젖은 나무를 맨손으로 쓰다듬어 봅니다. 사람이 소리 없이 우는 걸 생각해 봅니다. 나무가 빗물로 목욕하듯 사람은 눈물로 목욕합니다. 그다음 해가 쨍하니 뜨면 나무는 하늘 속으로 성큼 걸어 들어가고 사람은 가뿐해져서 눈물 밖으로 걸어 나오겠지요.

얼굴 없는 천사와 천사시민들이 베푼 온정과 후원의 손길들이 모아지니 어려운 이웃들이 소외되지 않는 사람향기 가득한 세상이 되기를 소망해 봅니다. 마음의 도화지에 원하는 삶을 자꾸 그리다 보면 어느새 그 그림이 살아서 나오는 듯합니다. 이왕이면 다른 사람과 내가 함께 행복해지는, 그런 최고로 좋은 그림을 자꾸 그려봅시다.

민낯 드러낸 현대판 음서蔭敍 제도

　미국 문학의 걸작 중 하나인 스콧 피츠제럴드의 『위대한 개츠비』는 다음과 같은 문장으로 시작합니다. "누군가를 비판하고 싶을 때는 이 점을 기억해두는 게 좋을 거다. 세상의 모든 사람이 다 너처럼 유리한 입장에 서 있지는 않다는 것을." 소설 속 화자인 부잣집 아들 닉 캐러웨이가 어렸을 때 아버지가 들려준 충고입니다. 부잣집 아들의 '유리한 입장'은, 달리 말하면 가난한 집 청년의 '불리한 처지'일 텐데, 그 유리함과 불리함은 어느 정도나 될까요? 그리고 각 사회마다, 각 시기마다 또 얼마나 다를까요? 오늘 우리는 이것을 진지하게 살펴보고 고민해봐야 할 것입니다. 최근 우리 사회에서는 불평등과 관련한 논의가 활발합니다. 사람들은 대개 소득과 재산의 격차가 너무 크면 좋지 않다고 생각하지만, '너무 큰 정도'에 대해서는 합의가 쉽지 않고 논쟁은 잦아들지 않고 있습니다. 그 이유는 사람들의 머릿속엔 불평등에 대한 문제의식과 더불어 '열심히 노력한 사람이 더 잘사는 것이 왜 문제인가'라는 생각도 있기 때문입니다.

　그런데 많은 사람은 결과의 격차보다는 출발점과 과정의 불평등에 대해서 훨씬 더 심각하게 생각합니다. 여성으로 태어났다는 이유만으로, 혹은 가난한 집에서 자랐다는 이유만으로, 또는 다문화가정 출신이라는 이유만으로, 성공이 봉쇄된 사회를 정당화할 수 없습니다. 노력과는 무관하게 형성된 환경과 관련한 불평등을 기회의 불평등이라고 부릅니다. 오늘 우리 사회는 환경의 불평등이 개인의 성취의 불평등을 넘어서는 것으로 여겨지고 있습니다. 부잣집 아이와 가난한 집 아이 사이에 존재하는 소득과 재산의 대물림 격차는 많은 사람이 걱정할 정도로 크나큰 사회문제가 되고 있습니다. 신문·방송과 인터넷상에선 '흙수저와 금수저'로 표현되는 수저계급론과 '더 이상 개천에서 용이 나지 않는다'는 걱정과 우려가 넘쳐납니다.

　오바마 보고서에는 '위대한 개츠비 곡선'이라는 것이 있었습니다. 미국 대통령은 매년 초 그 해의 경제정책방향을 '대통령 경제 보고서'라는 제목으로 정리해 의회에 보고하는데, 2012년 버락 오바마 대통령의 보고서에는 특이한 이름의 차트가 실렸습니다. 오타와대학의 경제학자 마일스 코라크 교수의 '위대한 개츠비 곡선'을 인용한 것입니다. 오바마 대통령이 이후에도 이와 관련된 연설까지 하면서 애착을 보인 탓에 화제가 됐었습니다. 코라크 교수가 숫자를 업데이트해서 '경제적 불평등, 기회의 평등 및 사회적 이동 가능성'(「저널 오브 이코노믹 퍼스펙티브」, 2013)이라는 제목의 논문을 통해 발표한 것입니다. 가로축은 지니계수로 표현한 현시점의 경제적 불평등 정도를 나타냅니다. 오른쪽으로 갈수록 불평등한 사회입니다. 세로축은 세대 간 소득탄력성이라는 지표인데, 부모가 잘살수록 자녀 역시 잘사는 정도를 표현한 것으로 위쪽으로 갈수록 부와 소득이 세습되는 경향이 강한 사회입니다. 오른쪽 윗부분에 위치한 미국, 영국, 이탈리아는 불평등도 심하면서 부의 세습도 강한 나라이고, 왼쪽 아래에 있는 북유럽 국가들(스웨덴, 덴마크, 핀란드, 노르웨이 등)은 반대로 불평등 정도도 작고 세습도 약한 나라입니다. 오바마는 이 차트를 통해 미국이 불평등할 뿐 아니라 미래세대의 희망도 작다고 경고한 것입니다. 우리는 어떨까요? 학자들의 여러 추계에 의하면, 우리나라의 세대 간 소득탄력성은 대체로 부의 세습이 매우 강한 영미권 국가와는 뚜렷이 다르고, 세습이 약한 북유럽 국가들과 오히려 유사한 수준이라고 합니다.

우리 사회는 부의 대물림 문제가 없을까요? 우리 국민들은 그렇게 생각하지 않습니다. 통계청이 1999년부터 2017년까지 총 여덟 차례 '사회조사'를 수행한 것을 발표한 자료를 보면, '자녀 세대에 계층이 높아질 가능성'을 묻는 항목이 포함돼 있었습니다. 자녀 세대가 계층상승할 가능성을 낙관('매우 높다'와 '비교적 높다')하는 비율이 1999년 65%에서 2017년 31%로 낮아졌고, 비관하는 비율은 같은 기간 18%에서 54%로 치솟았습니다.

국제 비교가 가능한 다른 자료도 있습니다. 광주과학기술원 김희삼 교수의 한국개발연구원KDI 연구보고서 '세대 간 계층 이동성과 교육의 역할'(2014)에는 한국개발연구원과 오사카대학의 자료를 이용한 국제 비교가 실려 있습니다. '성공에 가장 중요한 요소는 열심히 일하는 것이다'에 대한 동의 정도를 한국·미국·일본·중국 국민들에게 각각 물어 이를 비교한 것을 보면 미국·일본·중국의 경우, 성공에 노력이 중요하다는 믿음을 갖는 비율이 전체 세대에 걸쳐 균일한 데 반해, 우리나라의 경우 고령층은 4개국 중에서 가장 믿음이 강했고(70대 76%), 청년층은 4개국 중 가장 낮았습니다.(20대 51%) 이런 차이를 어떻게 해석해야 할까요? 우리 국민들이, 특히 우리 청년들이 터무니없이 비관적이라고 봐야 할까요? 우리 국민들은 역사적으로 부의 세습이 낮은 사회에서 높은 사회로 옮겨가고 있다는 생각을 하고 있습니다.

청년 실업률 9.2%, 청년 체감실업률 21.5%, 정신건강 위험군 15.4%. 일자리를 구하지 못한 청년층을 대변하는 수치들입니다. 하지만 이 우울한 통계들은 어쩌면 '흙수저'들에게만 해당되는 내용인 것 같습니다. '금수저'를 물고 태어난 이들이 부모 덕분에 좋은 일자리마저도 쉽게 차지하는 일이 비일비재하기 때문입니다. 권력과 부를 이용해 자녀에게 좋은 일자리를 구해 주는 '현대판 음서제도'[3]라 할 수 있습니다.

3 음서제도(蔭敍制度)는 양반이나 중신을 우대하여 후손을 관리로 임용하는 고려와 조선시대의 관리임용 제도를 말합니다. 중국 당송대의 음보제(蔭補制)를 받아들여 중신의 후손에게 관직을 주던 제도에서 비롯되었습니다. 공음(功蔭), 음직(蔭職), 음보(蔭補), 문음(門蔭), 음덕(蔭德)이라고도 불렀습니다. 지배층인 귀족 계급이 세습되면서 지배층의 유지에 기여했지만, 반대로 많은 부작용도 존재했습니다. 보통 음서제도를 통해 임용된 관료들에는 승진과 직책에 제한을 두는 것이 원칙이었습니다. 고려시대의 관료는 광종 이후 과거 시험을 통해 등용되는 것이 원칙이었으나, 초기에는 신라 때 나라에 공을 세운 신하의 자손에게 관직을 주었던 사례에 따라 왕족, 공신, 5품 이상의 문관과 무관의 자손에게 관직을 주어 임용하는 음서제도가 존재했습니다. 이 제도에 따라 고려 초부터 왕족과 공신의 자손으로 18세 이상이 된 자에게 관직을 주었고, 목종 때부터는 5품 이상의 문관과 무관의 아들에게도 음직을 주었으며, 현종 때부터는 범위가 넓어져서 아들 뿐 아니라 동생이나 조카도 1명에 한해서 관리로 임용했습니다. 음서제도로 처음 임용되는 관직은 이속에서부터 정8품까지에 이르렀는데, 원칙적으로는 승진에 제한이 있었으나 과거 등용자와 같이 5품 이상까지 진출하는 경우도 드물지 않았습니다. 고려시대의 음서제도는 계속 확대되었는데, 초기에는 직계 1촌인 친자에게만 혜택을 주었으나 인종 때에는 양자, 친손자와 외손자, 조카까지도 혜택을 입었습니다. 나이의 제약도 유명무실해져서 15세의 나이에 관직을 시작하는 경우도 있었고, 승진의 제한도 없어져 음서 출신이 재상의 자리에 오르기도 했습니다. 고려시대의 음서제도는 문벌귀족 중심 사회의 세습을 낳은 중요한 제도였습니다. 특히 고려시대의 권문세족들은 음서제도와 통혼을 통해 권력을 세습하면서 위로는 왕권을 약화시켰고, 아래로는 지방의 토지를 장악하여 지주가 되면서 재산을 불렸습니다. 그 가운데에서도 특히 원나라의 세력을 업은 친원파는 음서제도를 이용, 도평의사사, 첨의부, 밀직사 등 실행 기관을 장악하고 세력을 떨쳤습니다. 이들은 음서제도를 이용해 세습된 권력을 이용하여 양민들의 토지를 강탈하고 거대한 농장을 소유하면서 이들을 노비로 삼았기 때문에, 양민의 원성뿐 아니라 고려 말에 형성되기 시작한 신흥사대부 계층의 비판과 견제를 받기 시작했습니다.

자녀 특혜 채용 논란은 어제오늘의 일은 아닙니다. 언론 보도뿐 아니라 주변에서도 누구나 한두 번쯤 접했을 만한 이야기입니다. 하지만 정황만 있을 뿐, 입사 과정에서 특혜를 줬다는 것을 증명하기가 여간 힘든 게 아닙니다. 그저 "특혜는 없었다"는 한마디 해명을 반박할 만한 증거나 내부자의 증언을 확보하기 어려워서입니다. 그런데 2017년 국정감사로 특혜 채용 실태를 적나라하게 보여주는 사건들이 드러났습니다. 국정감사에서 한 금융기관의 특혜 채용을 입증할 만한 문건이 공개되었습니다. 10월 17일 정무위원회 국정감사에서 우리은행의 특혜 채용 의혹을 제기되었습니다. 2016년 우리은행 신입사원 공개채용 내부 문건에는 20명이 특혜 채용됐다는 정황이 구체적으로 적시돼 있었습니다. 은행 내부에선 이름·나이·출신학교·학점과 함께 이들의 '배경'을 명시한 관련 정보를 정리했고, 여기에 이름이 오른 이들은 모두 합격한 것으로 나타났습니다. 이 명단에는 국정원, 금융감독원, 우리은행 전·현직 임직원 등의 자녀와 친인척 등이 이름을 올렸습니다.

　금융감독원으로부터 추천받은 지원자도 2명 포함됐습니다. 한 합격자는 '금감원 요청'으로, 다른 합격자는 '금감원 이 아무개 부원장 요청'이라는 설명과 함께 본점 간부의 추천으로 리스트에 올랐습니다. 서울의 한 대학 부총장의 요청에 의해 추천받거나 경기도의 한 종합병원 이사장의 요청으로 내부 문건에 이름을 올린 합격자도 있었다. 전 부행장 지인의 자녀, 홍보실장 조카도 채용됐습니다. 2016년 우리은행 신입사원 경쟁률은 무려 113대 1에 달했습니다. 은행의 실적 향상을 위해 '큰손'인 VIP 고객들의 자녀도 리스트에 포함됐습니다. 서울의 한 부구청장 자녀의 이름 옆에는 '급여이체 1,160명, 공금예금 1,930억 원'이 적시돼 있었습니다. 국군

재정단 연금카드 담당자 비고란에는 '연금카드 3만좌, 급여이체 1만 7,000건'이라고 기록돼 있었습니다. 우리은행의 한 센터장이 추천한 것으로 적힌 고객 자녀의 경우 '여신 740억 원' '신규 여신 500억 원 추진'이라고 적혀 있었습니다. 은행 거래 액수와 채용이 관련 있는 게 아니냐는 의심을 살 만한 대목이었습니다. 어느 국정원 간부의 딸은 2015년 신입사원 선발에 합격했다가 부적격 사유로 합격 취소된 뒤, 2016년 다시 선발됐습니다. 심지어 그는 신입사원 연수 때 무단이탈을 하고 동료 평가에서 최하위를 받아 인사 부서에서 특별 보고서까지 작성한 것으로 드러났습니다. 하지만 우리은행 측은 현장 평가가 좋아 종합적으로 판단해 채용했다는 해명만 내놨습니다. 신입직원을 채용할 때 예탁 자산이 많은 고액자산가 자녀를 우대한다는 것은 공공연하게 알려진 내용이었다고 합니다.

이는 우리은행만의 문제가 아닙니다. 채용 비리는 공공기관 곳곳에도 만연해 있었습니다. 2012년부터 올해 7월까지 채용 비리와 관련해 감사원이 해당 기관에 처분을 요구한 것은 모두 255건이었습니다. 감사원 감사를 통해 밝혀진 채용 비리 사건만 적어도 이 정도 수준이라는 의미입니다. 행정부와 공무원의 감찰을 담당하는 감사원도 채용 비리 의혹에 휩싸였습니다. 감사원은 지난 2012년과 2013년에 각각 4명의 경력 직원을 채용했습니다. 이 과정에서 2012년 감사원 전직 국장의 아들 A씨가, 2013년 감사원 전직 사무총장의 아들인 B씨가 각각 입사했습니다. 이들은 각각 민간 기업 근무 경력 8개월과 7개월이었습니다. 실무 수습을 마치고 얼마 지나지 않은 경력으로 치열한 경쟁률을 뚫고 모두 1등으로 채용됐습니다.

정부 산하 공공기관도 예외는 아니었습니다. 권력의 압력에 버틸 수 없는 경우가 많았습니다. 박근혜 전 대통령의 최측근 인사의 조카를 채용

했다는 의혹으로 수사를 받고 있는 KAI, 최경환 자유한국당(옛 새누리당) 의원의 인턴마저 채용시킨 중소기업진흥공단, 강원도 소속 의원들은 물론 정치권 실세들로부터 일상적으로 청탁을 받은 강원랜드는 채용 비리의 온상이 됐습니다. 수서고속철도SRT 운영사 SR에 대한 채용 비리 의혹도 제기됐습니다. SR은 2016년 채용 과정에서 자사와 모기업인 코레일의 임직원 자녀 12명을 뽑은 것으로 나타났습니다. 전체 신규 채용 인원 300명 가운데 12명이 간부 자녀인 셈입니다. 코레일 간부 C씨 아들은 채용시험 필기 직무 평가에서는 D등급을 받았는데, 서류전형에서 4등, 면접에서 6등을 해 객실장에 뽑혔습니다.

서울 지하철 1~8호선을 운영하는 서울시 산하 공기업 서울교통공사에서도 채용 비리 의혹이 제기됐습니다. 전·현직 직원의 자녀를 무기계약직으로 특혜 채용했다는 지적입니다. 교통공사 처장 D씨 아들은 역무지원 업무직으로, 센터장 E씨 아들은 안전 업무직·지하철 보안관 분야 무기계약직으로 입사했습니다. 정규직으로 입사하려면 전공과목과 영어 시험 등 채용 절차를 거쳐야 하지만, 무기계약직은 면접 절차만 거쳤습니다. 특히 무기계약직으로 채용된 이들은 서울시 방침에 따라 정규직으로 전환될 예정입니다.

채용 비리 문제는 단지 몇 사람에게 특혜를 주는 데 그치지 않습니다. 합격 인원은 한정돼 있는데, 그 자리에 누군가 대신 들어오면 합격될 사람이 떨어지는 경우도 생깁니다. 특정인을 합격시키기 위해 서류평가와 면접평가에서 점수를 조작해 실제로 합격권에 있던 이들이 탈락하는 일도 있었습니다. 일부 기관은 특정인 채용을 위해 전형별 기준을 인위적으로 수정하면서 수많은 지원자들을 '채용 비리의 들러리'로 삼기도 했습니다.

특혜 채용 의혹이 제기되고 어렵사리 사실 관계가 밝혀진다 하더라도 바로잡을 수 있는 게 별로 없습니다. 감사원으로부터 부정채용 지적을 받은 공공기관들이 문제가 된 직원들의 합격을 취소한 경우는 없었습니다. 퇴사를 강요할 근거가 마땅히 없어서입니다. 감사원 및 각 기관 등으로부터 받은 부정채용 합격자 및 감사 후속조치 현황 자료에 따르면, 부정채용이 드러난 합격자 34명 가운데 28명은 여전히 책상을 지키고 있었습니다. 채용비리 대상으로 지목된 공공기관들은 급여나 복리후생이 다른 기관에 견줘 월등히 좋은 곳들입니다. 청탁·비리가 많을 수밖에 없는 환경입니다. 채용비리가 불거진 23개 공공기관의 임직원(기관장 포함) 평균 연봉은 7천403만 원입니다. 전체 공공기관 평균보다 11.6% 많습니다. 문건이 공개되거나 정황 증거들이 공개된 곳이 이 정도면, 실태는 더욱 충격적일 것이란 해석이 가능합니다. 채용비리는 어쩌다 발생하는 예외적인 사건이 아니라 일상화된 비리가 아닌지 의심이 될 정도입니다. 취업준비생들은 인턴을 하고 자격증을 따며 취업을 준비하는데 얼마나 힘이 빠질까 싶습니다. 특권층의 세습이 고착화되는 게 아니냐는 우려도 무리는 아닌 것만 같습니다. 이러다간 평범한 사람들이 취업할 기회는 점점 더 줄어들 것만 같습니다.

그동안 수많은 비리와 부정이 발생했음에도 제대로 된 단 한 건의 개선책도 내놓고 있지 않았습니다. 공공기관 부정 채용은 정권이 바뀔 때마다 불거졌지만 매번 '솜방망이' 처벌에 그쳤습니다. 정권 창출의 공신들이 '낙하산'으로 공공기관장과 감사에 임명되면서 소관 부처나 감사기관들마저 채용 비리를 사실상 묵인해 관행처럼 반복된 셈입니다. 공공기관 채용 비리는 우리 사회의 만연한 반칙과 특권의 상징으로 보입니다. 전체 공공기관에 대한 전수조사를 해서라도 채용 비리의 진상을 철저하게 규명해 주기를 바랍니다. 더 늦기 전에 사회의 독버섯과 같은 현대판 음서제도를 떠올리게 하는 뿌리 깊은 채용 비리를 사회에서 뿌리 뽑을 수 있는 특단의 대책을 마련해야 할 것입니다. 공공기관이 기회의 공정성을 무너뜨리는 일은 결코 용납할 수 없습니다. 채용비리 관행을 반드시 혁파해야 합니다. '반칙 없는 사회'를 만들어야 합니다. 공공부문은 물론 민간에도 적지 않을 병폐를 이 기회에 뿌리 뽑았으면 좋겠습니다.

젊은이를 위한 나라는 없나요?

언젠가 MBC TV 〈무한도전〉은 신구세대 예능인들이 모여 예능총회를 벌인 적이 있습니다. 여기서 가장 돋보인 건 최고참 이경규였습니다. 거침 없는 호통으로 좌중을 휘젓고 새해에는 방송 스무 개쯤 출연하며 마지막을 불사르고 싶다는 야망을 토로했습니다. 그 다음으로 말을 많이 한 선임자인 김구라는 새해 예능 최고 유망주는 바로 이경규라며 선배에게 경의를 표했습니다. 김영철·윤정수 등 그 다음 군번들은 선임자들의 장광설 사이를 비집고 한두 마디 던졌다가 깨지는 역할을 반복했습니다. 황광희·박나래 등 막내들은 방청객처럼 멍하니 앉아 있었습니다.

저는 이를 보면서 문득 얄궂은 생각을 해봤습니다. 20대 예능인들이 재능이 부족해 못 웃긴 걸까요? 대선배가 입을 열면 감히 끼어들지 못하고, 후배가 용기 내어 한마디 하면 아무도 받아주지 않고 구박하는 분위기에서 공정한 경쟁이 가능할까요? 늘 이랬던 건 아닙니다. 1991년 데뷔한 신동엽은 데뷔와 동시에 전에 볼 수 없던 엉뚱한 말장난 개그로 기존 개그를 낡은 것으로 만들어버렸습니다. 1992년 데뷔한 서태지는 평론가들의 혹평을 비웃듯, 가요계 판 자체를 바꿔버렸습니다.

두 사람 모두 스무 살이었습니다. 지금 스무 살의 재능 있는 젊은이들은 'K팝스타'에서 중년 남성 제작자들 앞에 벌서듯 서서 죽어라 노래를 부르고 애교를 부리고는 덜덜 떨며 야단을 맞습니다. 이런 모습은 TV에서만 볼 수 있는 풍경일까요? 이해진·김택진·이재웅 등 젊은 창업자 신화는 맥이 끊긴 지 오래입니다. 무덤에 들어가기 직전까지 절대왕권을 놓지 않는 왕회장님들의 몽니가 익숙해졌습니다.

신문 정치면에서 몇 십 년째 실리는 좌장, 원로들 사진을 보다보면 최근 서구사회 정치계의 젊은 정치지도자들의 사진들과 너무도 다른 것에 씁쓸하기도 합니다. 혹시 우리나라는 개발도상국, 신흥선진국의 에너지를 이미 잃어버린 노인들의 나라가 된 것은 아닐까 싶습니다. 페이스북의 최고경영자 마크 주커버그Mark Zuckerberg처럼 기회가 공정하게 보장되는 시장이라면 청년들이 공무원 시험장에만 줄을 서지는 않을 것입니다. 그렇지 못한 현실에서 20대의 황광희는 비 쫄딱 맞고 종일 굶으며 미친놈처럼 뛰어다니는 처절한 절박함이라도 보여야 겨우 〈무한도전〉의 끝자리에 아슬아슬하게 붙어 있을 수 있습니다. 젊은이들에게 공정한 기회를 주려면 구색 맞추기로 자리 한두 개 주는 것으로는 안 됩니다. 게임의 규칙이 달라져야 합니다.

예능총회에서 병풍 노릇 하던 박나래는 인터넷 1인 방송 포맷의 〈마이리틀 텔레비전〉에서는 펄펄 날아다닙니다. 선거에서 인터넷 모바일 투표 같은 것이 활성화되고, 기존 공중파 방송을 넘어서는 팟캐스트가 더욱 영향력을 행사한다면 정치인들은 원로들에게 세배 하러 다니던 열정에서 청년실업 대책을 앞 다퉈 내놓을 것 같습니다.

국적은 고르지 못했지만
직장은 고를 수 있답니다

"난 정말 한국에서는 경쟁력이 없는 인간이야. 무슨 멸종돼야 할 동물 같아" 장강명의 소설 『한국이 싫어서』 속 주인공 계나는 이렇게 되뇌었습니다. 한국에서 살아가는 20대 여성인 계나는 대학 졸업 후 취업난 속에서 운 좋게 취직에 성공했습니다. 그럼에도 그녀는 한국이 싫어서, 한국을 떠날 거라 말합니다. 끝없는 구직난 속 취업에 성공한 청년들마저도 삶의 질은 쳇바퀴마냥 나아질 기미를 보이지 않습니다. '지옥철'에 올라 출근을 해서 수동적인 업무를 반복하기 십상이며 '야근'은 일상입니다. 이러한 한국에 지친 청년들의 눈길이 해외시장으로 닿고 있습니다.

해외시장으로 눈을 돌리는 청년들이 늘고 있습니다. 해외 노동시장의 문을 두드리는 구직자가 매년 늘고 있습니다. 취업알선사이트 '사람인'의 설문조사에서 구직자 478명 중 78.5%가 해외취업을 희망한다고 응답했습니다. 실제로 해외취업자도 2년 사이에 2배 가까이 뛰었습니다. 고용노동부의 자료에 따르면, 2014년 3,266명으로 시작했던 해외취업자는 2016년 6,542명으로 늘어났고, 2117년에는 7,500명에 육박할 것으로 예상하고 있습니다. 주요 취업국가는 미국, 호주, 캐나다, 싱가포르, 일본 등이며 일반 사무직부터 전문직, 서비스 판매직까지 직종도 다양합니다.

청년들이 해외취업을 희망하는 가장 큰 이유는 한국의 취업난과 견디기 힘든 업무환경 때문입니다. 앞선 '사람인' 제공 설문조사에서 해외취업을 희망한다던 응답자의 46.9%가 '국내 취업난이 너무 심각해서'를 그 이유로 꼽았습니다. '국내보다 근무환경이 좋을 것 같아서'가 두 번째(42.7%)를 기록했습니다. 뒤이어 해외생활에 대한 동경이나 외국어 실력 증진과 같은 자아실현과 관련된 선호가 자리했습니다. 자유롭고 새로운 생활방식에 대한 막연한 환상 때문에 해외취업을 꿈꾸는 청년들이 많습니다. 구글, 야후, 페이스북 같은 외국계 기업이 생각보다 완벽한 직장이 아니지만 국내기업과 다르게 '수평'적인 기업문화가 매력적으로 여겨집니다. 안정적인 수요가 있는 '전문직' 취업준비생 또한 해외취업의 장점을 주목하고 있습니다. 간호사 자격증 취득 시 국내에서 취업이 100% 보장되는 편이지만 중동이나 미주 쪽으로 취업하려는 이들도 많습니다. 한국은 간호사에 대한 처우와 사회적 인식이 높은 편이 아니라서 해외취업을 하려합니다. 대학병원에 종사하는 간호사는 3교대를 가장한 8시간 초과근무와 수동적인 업무 수행자로 여겨지고 있습니다.

해외 취업에 성공한 이들은 만족하고 있는 편입니다. 고용노동부의 설문조사에 따르면 해외 체류자 356명 중 68.8%가 해외취업에 만족한다고 답했습니다. 만족 사유 역시 해외취업을 희망했던 사유를 대부분 충족했습니다. 한국보다 나은 근무환경과 글로벌업무 능력 함양, 실력에 따른 보상 등이 차례로 기록됐습니다. 해외취업자들도 한국 특유의 업무 이외의 시간을 쏟아야 하는 비합리적인 조직문화가 없고, 일과 일상의 분리가 엄격한 업무환경에 대한 만족도가 가장 큽니다.

해외취업에 대해 조심스럽고 신중해야 합니다. 해외 일자리에 대한 기초적인 이해와 준비 없이 막연한 동경이나 낙관을 바탕으로 한 도피성 해외취업은 경계해야 합니다. 한국보다 인구절벽이 일찍 시작된 일본은 높은 연봉과 안정적인 복지제도를 이점으로 삼아 한국의 IT 분야 인재들을 적극적으로 모집하고 있습니다. 일본의 연봉과 복지의 절대적인 수준이 한국보다 높은 것은 사실입니다. 하지만 한국 특유의 전세문화가 존재하지 않는 일본에서는 월세가 월 70~80만 원 정도이고, 통근을 위해 왕복 4시간을 허비하는 등 상대적인 가치를 따져보았을 때 그다지 만족스럽지 못할 수 있습니다. 또한 IT산업의 전반적인 핵심은 구성원들이 공유하는 가치에 부합하는 콘텐츠를 개발하는 것으로 이를 위한 소통 능력이 매우 중요한 만큼 언어와 문화적 장벽을 극복하지 못할 경우 업무는 물론이고 일상생활에도 차질이 생길 수 있습니다.

세계경제정세의 변동과 자국민우선주의로 인한 업무 불안정성도 해외취업의 가장 큰 단점입니다. 특히 경제가 유가에 민감하게 반응하는 중동지역의 경우 유가하락과 자국민우선주의가 맞물려 외국인노동자의 수요를 우선적으로 감축시키는 결과를 야기합니다. 중동 취업을 적극적으로 장려했던 박근혜 정부시절과는 달리, 유가가 하락한 최근에는 질 좋은 일자리가 풀리지 않습니다.

IMF 외환위기 이후 청년실업 해소 대책의 일환으로 시작된 정부의 해외취업지원 사업은 2013년 고용노동부가 본격적으로 실시한 'K-MOVE사업'이라는 이름표를 달며 탄력을 받았습니다. 사업 초기 225억 원으로 편성됐던 K-MOVE사업의 예산이 2017년에는 452억 원까지 유치하는 데 성공했습니다. 곳간이 풍족한 만큼 고용노동부는 해외취업 전반을 지원할 수 있도록 진취적으로 사업 프로그램을 확장해 나갔습니다. 2016년 10월 감사원이 발표한 「청년고용대책 성과분석 보고서」에 의하면 K-MOVE 스쿨을 통해 해외진출을 희망하는 청년을 대상으로 맞춤형 교육과정을 제공하고, 민간 해외취업알선 지원사업을 통해 해외취업을 촉진시켰습니다. 이들에게 해외취업성공장려금을 지원해 취업자들의 현지 조기정착과 장기근속을 유도한 것이 2016년까지의 해외취업지원사업 내용입니다. 2017년에도 해외 취업정보 포털사이트인 '월드잡 플러스'의 모바일 앱 서비스화, 영어 이력서 선착순 무료서비스, 일자리 공공알선을 위한 해외 K-MOVE 센터 설립 등 다양한 사업을 추진 중입니다.

이렇듯 청년들의 해외취업을 장려하기 위해 정부차원의 지속적인 관심과 예산의 투자가 이뤄지고 있지만, 앞으로 고용노동부가 개선해야할 K-MOVE사업의 한계와 과제는 뚜렷합니다. 앞서 언급한 감사원의 보고서에 따르면, 2013년과 14년에 K-MOVE 사업의 도움을 받아 싱가포르에 취업하는 데 성공한 취업자 일부는 기본생계비보다 낮은 임금을 받으며 근무했습니다. 2013년 취업자의 57%, 2016년 취업자의 48%가 당시 귀국한 바가 있습니다. 즉, 과반수에 가까운 해외 취업자들이 해당 국가에서 장기적인 정착에 실패한 것입니다. 감사원은 실패의 원인을 양질의 일자리 확보와 취업비자의 연장 실패에서 찾았습니다. 2013~2014년 취업자 857명 중단 10명을 제외한 모두가 최대 거주기간이 1년 6개월인 교환연수비자(J-1)나 최대 거주기간이 1년인 워킹홀리데이 비자를 취득한 채 미국과 캐나다, 호주로 향했습니다. 특히 장기 체류자에 대한 감시와 규제가 엄격한 미주 지역의 취업자들은 취업비자의 만료시기가 다가올수록 불안감에 시달릴 수밖에 없습니다. 결국 간호사와 같이 전문 자격증을 소유한 직업군의 취업자들만이 해외취업 성공이후에도 안정적인 일자리를 유지할 수 있습니다. 전문자격이 필요하지 않은 서비스 및 판매 직종에 취업한 구직자들의 장기적인 경력 개발을 위해 비자취득의 문제개선이 가장 중요합니다. 비자의 경우 자국민 보호와 형평성의 문제가 얽혀있어 정부의 노력만으로는 개선이 어려운 면이 있습니다. 외교부와 지속적으로 청년 취업을 위한 비자문제 개선을 위해 힘써 나가야 함도 중요한 과제입니다.

불쌍하고 게으른 고졸은 이렇게 만들어집니다

언론이 저학력자들의 현실을 다루는 방식은 아침드라마처럼 통속적입니다. 그리고 통속은 오래된 차별적 관행을 기반으로 하고 있습니다. 연민憐愍을 자극하는 방식은 기사 조회수를 올리는 데 도움이 될지는 모르겠지만, 직접적인 공감共感으로 이어지지는 않을 수 있습니다. 공감이 내 일처럼 느끼는 동일시의 감정이라면, 연민은 대상에 대해서 불쌍하긴 하지만 내 문제는 아니라고 선을 긋고 타자화他者化하는 감정입니다. 보도를 보는 이들은 동정하거나 적대하거나 혐오합니다. '그러게 공부 좀 열심히 하지 그랬어' '남들이 죽어라 공부해서 대학 갈 때 니들은 뭘 했는데?' '징징대지 마라, 니들만 힘드냐. 요즘은 대학생 취업이 더 힘들다' 등. 반응은 제각각이지만 결론은 똑같습니다. 당신들의 문제는 나와는 상관없는 것으로 알아서 해결하라는 것입니다. 내 문제와 네 문제는 별개라는 인식 속에서 학력 차별은 다시 개개인이 감당해야 할 몫으로 돌아옵니다. 저학력자들의 열악한 현실은 더 노력하지 않은 너희가 마땅히 감수해야 할, 죄지은 자들은 마치 운동 경기에서, 경기자의 규칙 위반 행위에 대한 벌칙인 페널티penalty로 전락하고 맙니다.

언젠가 방영된 KBS 2TV 드라마 〈쌈, 마이웨이〉의 면접 장면입니다. 주

73

인공 애라에게 심사관은 이렇게 말합니다. "우리 시간 뺏고 싶으면 24번이 시간을 먼저 채워왔어야죠. 저 친구들이 유학 가고 대학원 가고 해외봉사 갈 때 24번은 뭐 했어요? 열정은 혈기가 아니라 스펙으로 증명하는 거죠." 이런 평가에 애라는 이렇게 대답합니다. "돈, 벌었습니다. 유학 가고 해외봉사 가고 그러실 때 저는 돈 벌었습니다."

스무 살이 되자마자 곧장 취업을 택한 이들 중, 상당수는 집안 형편이 어려워서 대학에 갈 수 없었습니다. 이들은 20대 내내 공장, 기술직, 서비스직 등 사회 밑바닥 노동으로 불리는 직군들을 담당하고 저임금과 불안정 노동에 시달립니다. 이들의 20대 초·중반의 기억은 각종 알바를 했던 것밖에 없습니다. 집에 손을 벌릴 수도 없었고, 알아서 돈벌이를 해야만 생활비를 벌 수 있기 때문에 일을 쉴 수가 없습니다.

전문계고교를 졸업하고 바로 정규직 취업을 했다고 해서 행복해 하지만 그것이 딱히 꽃길은 아닙니다. 어차피 고졸은 아무리 열심히 오래 일해도 승진과 연봉에 제한이 있습니다. 더구나 회사 근무 환경도 그리 좋지만은 않습니다. 고졸이라고 허드렛일만 맡기는 정도도 흔하고, 상사가 학력을 언급하며 직접적으로 모욕적인 언사를 하는 경우도 있습니다.

노력하지 않아서 그런 대우를 받아 마땅한 사람 같은 건 없습니다. 차별은 어떤 개개인들이 잘못 살아서가 아니라, 세상이 잘못되었기 때문에 만들어집니다. 차별은 폭력과 배제를 정당화하는 사회적 조건 위에서 생겨납니다. 그러므로 같은 사회에 살고 있는 한, 차별을 하는 사람이라고 해도 차별로부터 자유로울 수 없습니다.

고졸 이하 학력을 무시하는 전문대생의 위에는 4년제 대학생들이 있습니다. 수도권 대학의 학생들은 '지방대'를 대학도 아니라고 유령 취급합니다. 하지만 그들의 위에는 SKY가 있습니다. 모두가 알아주는 명문대라고 해도 어디 캠퍼스 소속이냐에 따라서 성골, 진골 신분제 나누듯 급이 나뉩니다. 입학전형에 따른 서열이 다시 나뉩니다. 차별을 위한 구별 짓기는 끝이 없습니다. 학력이 주는 우월감은 동전의 양면처럼 나보다 높은 학력 자본을 가진 존재들에 대한 열등감과 함께 작동됩니다. 그렇다면 먹이사슬 같은 차별의 연쇄 속에서 가장 이득을 보는 건 누굴까요?

헬조선은 아주 예전부터 학력 사회라는 영악한 차별의 기제를 통해 편리하게 노동자들의 임금을 착취해왔습니다. 학력·학벌 서열은 고스란히 임금 격차와 일치합니다. 누군가의 학력이 전문대보다, 4년제보다, 명문대보다, 해외 유학파보다 더 못하다는 사실은 상대적으로 더 적은 임금을 줘도 되는 근거가 됩니다. 이런 현실을 보면 젊은이들의 노동력을 착취하기 위해 일부러 구조적 모순을 만든 건 아닌가 싶기도 합니다. 학력에 따른 차별은 능력의 격차에 따른 보상이므로 합리적이라고 인정할 때 착취하는 손은 감춰집니다. 내가 더 높은 학력, 더 좋은 학벌을 가지지 못해서 이렇게 사는 거라고 자책하는 고립된 개개인들의 열등감과 패배감만 남게 됩니다.

학력 차별에 관해서는 특히나 우리 모두가 누구 좋으라고 서로를 할퀴고 있는지 돌아볼 필요가 있습니다. 계속해봤자 학위 장사에 눈이 벌게진 대학의 배를 불려주는 꼴밖엔 안 됩니다. 입시가 이미 경제력 싸움이고, 취업 또한 그 연장선상인데, 이미 이것은 승자가 정해진 게임입니다. 금수저가 아닌 대부분의 사람들에게는 학력차별에 동조하는 게 그다지 본인에게 유리하지도 않습니다.

수저 색깔대로 경제적 격차가 나뉘는 더럽고 치사한 헬조선에 대해서는 모두가 잘 알고 있습니다. 본인이 흙수저인 걸 원망하는 것만으로는 아무

것도 바뀌지 않는다는 것도 이미 알 것입니다. 이런 현실을 보면서 다 같이 저 뒤에 숨은 착취하는 손을 끌어내리고, 그들의 도구가 되는 차별적인 시스템에 돌을 던져보면 어떨까요? 돌이 힘들다면, 뭐, 속 시원히 욕까지는 아니더라도 비판이라도 같이 하면 좋고 말입니다. 차별금지법 제정촉구대회라도 같이 가면 더 좋고 말입니다.

오랜만에 의미 있는 영화 〈1987〉를 봤습니다. 영화는 우리 세대가 직간접적으로 체험했던 굵직한 사건들을 기본 골격으로 1987년의 긴박했던 상황을 재현해냈습니다. 박종철 군 고문치사와 당국의 은폐시도, 정황 조작, 음모, 진실 규명을 위한 각계각층 인사들의 처절한 노력과 연대, 수배, 고문, 이한열 열사의 최루탄 피격 그리고 학생, 시민들의 치열한 투쟁 과정 등을 최대한 사실적으로 형상화해냈습니다. 이 영화에 많은 관객들이 호응했고 문재인 대통령 내외도 눈물을 훔치기도 했습니다. 그러나 옥玉의 티라고 할까요? 영화의 한 장면이 아직도 마음에 걸립니다. 이 영화는 의외의 부분에서 신경을 몹시 거슬리게 했습니다. 박종철 군의 죽음을 설명하는 대목에서, 하정우는 이렇게 말했습니다. "세상에 어느 부모가 서울대 다니는 자식이 죽었는데……." 영화는 하정우가 부검을 주장하는 단계마다 "서울대 다니는 자식이 죽었는데 어느 부모가 부검도 안 하고……"라는 대사를 되풀이해서 반복했습니다. 87년 당시 최환 검사가 이런 말을 했던 것은 사실이라고 합니다. 그러나 어느 부모에게나 자식은 소중하고 귀한 존재입니다. 굳이 그 대사가 필요했는지 아쉬움이 남습니다. 우리 의식 속에 학력으로 사람의 가치를 규정하는 것이 알게 모르게 남아 있는 것만 같아 아쉽습니다. 의식적으로 이처럼 학력지상주의는 검열해서 배제하면 어떨까 싶습니다.

'고딩' 아닌 '공딩'……
노량진으로 몰리는 10대

    우리나라 취업 준비생 10명 중 4명은 공무원 시험을 준비하고 있습니다. 최근에는 연령대도 점점 낮아져서 10대 고등학생 때부터 공무원 시험에 뛰어드는 이른바 공딩족이 늘고 있다고 합니다. 학원까지 다녀가며 대학 입시 대신 공무원 시험에 도전하는 이유가 뭘까요? 고3을 앞둔 학생들이 별도의 준비반을 만들어 수능 대신 9급 공무원 시험을 준비하고 있기도 합니다. 대학졸업하고 나서도 취업하기 힘든 상황이라고 하니 공무원이 되려는 열망이 강합니다. 어느 고등학교는 공무원시험대비 특별반을 운영할 정도입니다. 이들 고등학생들의 생각은 안정적인 직장부터 확보하고, 대학은 나중에라도 갈 수 있다는 것입니다. 어차피 대학 가서 4년 공부해서 공무원 될 바에 빠르게 공무원 돼서 열심히 일하다가 취업 후에도 대학 갈 수 있는 전형 같은 게 많다는 생각입니다.

    정부는 2012년부터 국가 지역인재 9급 시험으로 고졸 공무원을 별도 채용하기 시작했습니다. 여기에 지방자치단체들이 최근 특성화고 전형으로 고졸 공무원 채용 수를 추가로 늘리면서 공무원이 되려는 고교생이 늘고 있습니다. 일반인들이 함께 응시하는 9급 공무원 시험은 10대 합격자 수가 여전히 한 자릿수에 머물고 있지만 10대 응시자는 2015년 2천1백여 명에서 2016년 3천2백여 명으로 계속 불어나는 추세입니다. 전국의 공시생들이 몰려있는 서울 노량진 학원가에도 공무원에 도전하는 고등학생들 이른바 '공딩족'의 수가 점차 늘어나고 있습니다. 특히 경찰공무원의 경우, 중고생의 직업선호도에서 매년 상위권을 차지할 정도로 10대들의 관심이 큽니다. 이에 따라 응시연령도 낮아지고 있습니다. 아예 학교를 자퇴하고 고시원과 전문학원에서 경찰공무원 시험을 준비하는 경우도 있습니다. 대졸 이상 쟁쟁한 공시생들과 경쟁하기 위해서입니다. 고시원에서 일어나서 학원 왔다가 독서실로 바로 간 다음에 하루 13시간 기본으로 공부합니다.

공무원에 도전하는 10대의 등장을 실용 위주로 사회가 변해가는 긍정적인 신호로 보는 시각이 있습니다. 무조건 대학을 진학해야 된다는 생각이 우리나라에 굉장히 높았는데, 적성이나 소질에 맞도록 직업을 찾는 것은 바람직한 현상이기도 합니다. 그러나 이건 좀 아닌 것 같습니다. 한참 꿈을 먹고 비전을 품고 이상을 찾고 낭만을 즐기기에도 모자라는 10대 청소년기를 현실안주를 좌우명으로 삼고는 자신의 흥미와 특기와 적성을 외면한 채, 소중한 시기를 공무원시험 준비에 매달리는 모습은 좀 아닌 것 같습니다. 장기적인 경제난에 따른 구직난 탓에 다양한 꿈을 꿔야 할 나이에 너무 일찍 안정성 위주로 진로를 결정해버리는 것 아닌가 하는 우려를 가져봅니다. 아무튼 꿈과 낭만과 이상으로 가득할 고등학생들이 현실을 너무도 빨리 알아버리고 현실에 자신을 끼워 맞추면서 사는 것은 아닌가 하는 안타까운 마음입니다.

등대는 어둠이 짙게 깔린 망망대해에서 살 길을 알려주고 방향을 제시하는 소중한 빛입니다. 오늘 우리 기성세대가 이 시대의 10대들에게 참소망의 길을 전해주면 어떨까요? 10대를 소중하고 아름답게 보내도록 참된 꿈을 일깨워주는 세상을 향한 정의구현에 우리 모두가 함께해 나가면 좋겠습니다. 더 늦기 전에 우리 10대가 더 이상 일그러지지 않게 말입니다. 현실에 억눌린 10대들이 다시금 꿈꾸는 미래 세대가 되도록 말입니다.

2장

더불어 함께
평화를 이루는 생명공동체

조금은 따뜻하게, 공감共感

적폐 공화국과 권력

문재인 정부가 들어서면서 과거 보수 정권의 여러 적폐積弊들을 청산하고 있습니다. 이명박 정권과 박근혜 정권에서 벌어진 온갖 불법행위를 차근차근 들춰내며 이에 관련자들에게 매서운 칼날을 휘둘러 대고 있습니다. 이를 두고 자유한국당 등 보수계에서는 정치보복이라고 주장하며 이전 김대중, 노무현 정권의 적폐도 같이 조사할 것을 요구하고 나섰습니다. 보수계서는 현 정부가 적폐청산이라 명목으로 정치보복에만 열을 올리고 있을 뿐 국가의 안보와 민생에 대해서는 소홀히 하고 있다고 비난하고 있습니다. 이런 보수계의 주장을 들으면 과연 이들의 정신세계가 상식적인지 의혹이 들 때가 있습니다. 국가의 미래를 위해서는 과거의 적폐가 청산되어야 한다는 것쯤은 삼척동자도 알고 있습니다.

보수계의 말처럼 과거의 잘못을 눈감아 주거나 적당히 대충 처리한다면 어느 정권인들 깨끗한 정치를 할까요? 이전 정부와 마찬가지로 권력을 쥐고 있는 동안 불법이고 합법이고 따지지 않고 사리사욕에 혈안이 되어 부정부패가 극심할 것입니다. 더 중요한 것은 매번 새로운 정권마다 이전 정권의 적폐와 불법을 눈감아 준다면 권력층들은 임기 내내 국가의 안보와 경제를 멀리하고 오직 자신들의 사익을 챙기는 것에만 더 몰두할 것입니다. 이것이 적폐청산이 가장 우선시되어야 할 이유입니다. 적폐가 쌓이고 누적되면 결국 나라가 망합니다. 사회 정의는 사라지고 불의가 국가를 지배할 것입니다. 이러한 국가가 발전한다고 생각한 사람들은 거의 없을 것입니다. 더욱 정치인이나 사회 지도자들이 이 같은 잘못된 생각에 빠져 있다면 그 나라의 미래 얼마나 불안할까요? 만일 이전 정권에서 자행된 모든 적폐들을 다음 정권이 응징한다면 과연 그 정권이 마음 놓고 불법을 저지를 수가 있을까요? 이렇게 적폐가 청산되어야 권력자들은 함부로 불법을 행하지 못하게 될 것입니다. 그럼에도 과거에 매달려 있는 정권은 국가의 안보와 경제를 살리지 못한다고 비난하고 있습니다.

과거 잘못을 저지른 자들은 항상 과거에 매달리지 말고 미래를 바라보고 나아가야 한다고 한결같은 주장을 합니다. 겉으론 그럴듯하게 들리지만 이는 자신들의 온갖 적폐들을 적당히 넘기고 다시 권력들 쥘 기회만을 노리자는 속셈입니다. 그리고 자기들이 겉으로 의로운 정권임을 내세우기 위해 이전 정권의 흠집 내기에 집중하면서 또 이권 챙기기에 몰두할 것입니다. 지금 우리나라 보수층들은 국가의 미래보다 자신들의 이익을 위해 두 가지에 몰두하고 있습니다. 하나는 적폐 청산을 비난하며 과거에 매달리지 말고 미래를 향해 나아가자고 외칩니다. 또 하나는 적폐청산이 정치 보복이라며 이전 진보정권의 적폐도 조사하자며 물타기 작전을 펼치고 있습니다.

적폐에 대해 부끄러움도 모르는 자들은 권력을 이권利權으로 생각합니다. 이런 자들은 권력이 정권이 아니라 이권을 인식하고 있습니다. 그러니 나라가 썩어가고 민심은 흉흉하여 사회 정의가 설 곳을 잃어버리고 온갖 불법과 불의가 판치는 적폐공화국이 될 수밖에 없습니다. 국가원수인 대통령과 그 측근들이 사적인 용도로 써댄 국가정보원의 특활비는 옷 가게에 걸린 옷의 가격표를 만지작거리고 사과 한 알을 장바구니에 넣었다가 내려놓기를 반복하고 아이에게 사줄 책값조차 망설이며 살아온 시민들이 한 푼, 두 푼 모아서 만들어낸 세금이었습니다. 국민의 세금을 사적인 용도로 써댄 이들은 역사의 죄인일 수밖에 없습니다. "황상께서 옷을 한 벌 낭비하시면 민간의 백성 수십 명이 추위에 떨 것입니다." 중국 명나라의 재상 장거정은 어린 나이에 왕위를 물려받은 만력제에게 이렇게 간언했습니다. 귀담아듣지 않았던 황제는 결국 백성을 외면했고, 나라의 멸망을 재촉하게 되었습니다.

적폐 공화국을 생각해보니 동화에 등장하는 '벌거벗은 임금님'이 떠오릅니다. 안데르센의 동화 "벌거벗은 임금님"은 어리석은 사람에게는 보이지 않는 특별한 옷이라는 거짓말쟁이 재봉사의 말에 모두가 옷이 보이는 척하지만 한 아이만이 "임금님이 벌거벗었다"고 소리쳤다는 이야기입니다. 권력 앞에 진실을 이야기하지 못하는 어른들의 어리석은 모습을 꼬집어 표현하고 있는 것이 아닌가 싶습니다.

적폐청산은 민주사회질서가 바로 서게 하는 기초 단계입니다. 민주정치란 현장과 생활의 소통을 중요시하는 것이며, 사람이 사람답게 살고, 서로 존중하며 더불어 살아가게 하고, 모든 이들이 꿈과 희망을 갖도록 해주는 것입니다. 2018년 1월 5일 영화배우 정우성과 파업 중인 KBS 새노조가 영화 '강철비' 관객과의 대화에서 만났습니다. 이 자리는 정우성이 2017년 12월 21일 "KBS가 공영방송으로서 제대로 된 모습을 찾길 바라는 모습을 응원하겠다"고 지지를 보낸 일로 성사됐습니다. 정우성은 이에 앞서 2017년 12월 20일 KBS '4시 뉴스집중'에서 'KBS 정상화'를 요즘 관심사라고 즉흥적으로 답해 큰 화제를 모았습니다. 이 답변은 누리꾼들 사이에서 '본진 폭파'라는 찬사를 들었으며, 생방송 앵커들의 당황한 표정까지도 온라인에서 관심을 모았습니다. 이 자리에서 그는 특히 생방송에서 'KBS 파업'을 언급한 부분에 대해서 "KBS에 갔을 때 분위기가 삭막했다. MBC 파업은 아는데 KBS 파업은 모른다더라. 그때 KBS 정상화도 우리 사회에 중요한 이슈인데 우리가 잠깐 무관심한 거 아닌가 생각이 들었다"고 말했습니다.. 그는 KBS 새노조에게 공영방송의 주인은 국민이라는 점을 분명히 말했습니다. 그는 "배우이기 전에 대한민국 국민이고, KBS에 수신료를 내는 시청자이기도 하다. 광화문 혁명을 지나왔고, 민주주의를 찾기 위한 우리의 노력은 이제 시작돼야 한다"고 말했습니다. 공영방송의 파업이 끝나더라도 언론개혁은 계속 현재진행형입니다. 그의 발언과 그가 KBS 새노조에 보낸 파업 지지 영상은 350만 건 넘게 조회되며 인기를 끌었습니다.

그러나 체감되는 KBS 새노조 파업에 대한 관심도는 떨어지는 게 사실이었습니다. 2017년 12월 새 사장이 들어오며 총파업이 종료된 MBC와 비교해 봐도, KBS 파업은 5개월이나 이어지고 있지만 파업의 구체적인 내용과 목표가 여전히 잘 알려지지 않았습니다. KBS는 지난 두 정권을 지나오면서 공영방송으로서의 역할을 다하지 못하고 있습니다. 국정원 개혁위를 통해 국정원이 공영방송에서 직접 관여했다는 이른바 'MB 블랙리스트'의 실체가 드러났습니다. 또 세월호 참사 당시 청와대 홍보수석이었던 이정현 의원이 세월호 보도 정부 비판 자제를 요청한 사실도 폭로됐습니다. 박근혜, 최순실 국정농단 사태 때 KBS가 언론으로서 제 역할을 하지 못했다는 점도 KBS 파업의 기폭제가 됐습니다. KBS 새노조 파업은 경영진 교체와 공영방송으로서 신뢰 회복을 목표로 합니다.

　방송가에는 KBS 새노조 파업이 목표한 바를 이뤄낼 것입니다. 촛불에서 촉발된 MBC, KBS 등 두 공영방송 파업은 "더 이상의 공영방송의 신뢰도 하락을 막아야 한다"는 절박함에서 진행됐습니다. KBS 파업이 명분과 정당성을 갖추는 건 물론, 시청자들에게 변화의 의지와 청사진을 보여주고 직접 설득해야 한다는 숙제가 남아있습니다.

적폐 없는 세상을 위한 국민주권

새로운 시대를 열어갈 새로운 대통령이 들어선 지도 1년여 시간이 흘렀습니다. 기대가 큽니다. 이른바 적폐로 불리는 쌓이고 쌓인 나쁜 것을 어떻게 처리할 것인가 관심이 큽니다. 70~80년대의 적폐는 뇌물이었습니다. 급행료라고 불리는 금전수수가 곳곳에서 벌어졌습니다. 교통경찰은 어디서나 돈을 받았습니다. 하다못해 화물차를 단속하면 거슬러주기도 했습니다. 1만 원 권밖에 없다면 적정가격인 5천 원을 받고 반은 되돌려주었습니다. 그렇다면 단속하는 경찰만 돈을 받았을까요? 뇌물의 구조는 의외로 체계적이고 관행적이었습니다. 현장에서 받은 사람은 상사에게 바쳐야 하고, 그 상사는 다시 상관에게 바쳐야 하는 것이 뇌물의 구조였습니다. 교육계에서도 촌지寸志라는 이름으로 돈이 오고 갔고 그것이 오고 가는 정으로 여겨지기도 했습니다.

경찰은 국민을 때렸습니다. 어설프게 맞으면 신고한다고 공포심에서 빠져나오지 못하도록 패댔습니다. 일반국민도 때렸으니, 반정부시위로 끌려온 학생들과 노동운동을 하는 노동자들은 오죽 했을까 싶습니다. 옷을 벗기고 물고문을 하는 것은 당연했고 심지어 성고문도 벌어졌습니다. 이것은 인권과 부패의 문제입니다. 당시 우리에게는 주권조차 없었으니 인권을 요구할 수 없었습니다. 주권의 하나인 투표권조차 감시와 처벌 속에서 이루어졌습니다. 군대에서는 공개투표가 공공연하게 벌어졌습니다. 너도 나도 부패하면 부패는 관행이고 당연입니다. 관행적으로 돈을 줬고 관행적으로 돈을 받았습니다. 현재의 후진국 세관에서 외국인에게도 벌어지는 소액 금전수수의 관행과도 같은 것이었습니다. 우리나라도 외국 이삿짐을 찾을 때 세관원에게 돈을 주는 것이 일상적이었습니다.

그러나 대한민국은 민주주의국가답게 발전했습니다. 역사는 진보하는가라는 물음에 우리나라의 역사를 대입하면 될 것입니다. 일상생활에서 경찰을 대하거나 공무원을 대할 때 뇌물수수의 관행은 눈에 띄게 줄어들었습니다. 어느 순간부터 교통관련 뇌물관행은 사라졌습니다. 경찰의 체계가 예전과 달라진 것도 있겠지만, 국민들은 '개인에게 주느니 차라리 국가에 주겠다'는 의지를 갖게 되었습니다. 개인에게 1만 원을 주느니 국가에게 2만 원을 주는 것이 국가경제에 더 도움이 된다는 생각을 하게 된 것입니다. 소득수준 향상도 일정부분 역할을 했습니다. 권력기관이라고 해서 사람을 마구 두들겨 패지 못합니다. 학교에서도 학생체벌이 금지되었고, 학생인권이 존중되고 있습니다. 아직도 탈북자나 외국인노동자에 대한 사정기관의 폭력은 수시로 벌어지지만, 경찰을 비롯한 검찰은 물론 국정원도 자국민을 함부로 하지는 못합니다. 그것이 바로 국가의 발전이고 역사의 진보입니다.

오늘 우리는 긍정적인 척도인 인권이나 부정적인 척도인 부패 면에서 이전 시대에 비해 훨씬 나아진 사회에서 살고 있습니다. 그것은 오랜 세월 민주화를 위한 경제정의를 위해 피눈물을 흘린 이들의 헌신과 희생이 이루어낸 결과물입니다. 주권을 지닌 국민은 선거에 적극적으로 참여해야하고 현실정치에 민감해야 합니다. 바뀌지 않는 세상이라고 생각하면 사회는 달라지지 않습니다. 세상은 쉽게 바뀌지 않는 게 사실입니다. 세상은 때로 뒤로 가기도 합니다. 그러나 점진적으로 우리가 사는 세상은 기회의 평등, 과정의 공정, 결과의 정의를 실현해 나갔습니다. 이렇게 사회가 발전하고 진보하는 데는 국민주권의식을 지닌 성숙한 국민의 힘이 중요합니다. 유권자의 힘이 매우 중요합니다. 소중한 민주역사를 계승·발전해서 더 나은 사회를 만들기 위해서는 적극적으로 정치적 의견을 내는 참여정치를 위한 이해와 열정이 있어야 할 것입니다. 이렇게 유권자가 정의로운 힘을 발휘한다면 우리 정치政治도 정치正治가 될 수 있을 것입니다.

바라기는 우리 정치권도 이제는 좀 성숙해졌으면 좋겠습니다. 정당이 명망가 위주로 인재를 선발하다보니까 치열함이 없고 국민을 위한 봉사정신이 없고 자기 안위를 위한 정치만 하는 그런 집단이 되곤 합니다. 이제 명망가 정치인의 시대는 지났습니다. 적당히 고관대작을 하다가 정치권에 들어와 정치를 마치 아르바이트처럼 노후 생계보장식으로 생각하는 이들의 정치는 없어져야할 것입니다. 고관대작의 경력으로 의원이 되고 자치단체장이 되고 국회의원이 되고 하니 그것을 국민을 위한 봉사의 기회로 알지 않고, 자기 권력을 누리고 권한을 향유하려고 합니다. 이제는 지역에서 생활밀착형 정치를 하는 그런 사람을 공천해야 할 것입니다.

수능 하루 전의 결정

지난 2017년 11월 15일 오후, 경상북도 포항시에선 강한 지진이 발생했습니다. 지난 2016년 9월 경상북도 경주시에서 발생한 지진에 이어 역대 두 번째 규모이지만, 당시 지진보다 진원의 깊이가 얕아 진동이 더 크게 그리고 더 먼 곳에서 감지됐습니다. 여진이 계속되었습니다. 포항시 수능시험장 14개교 건물 일부에 균열이 발생해, 예정돼 있던 수능이 '일주일' 연기됐습니다. 돌발적인 요인으로 수능이 미뤄진 것은 1993년 수능 도입 후 처음이었습니다.

수험생들은 일정이 갑자기 변경돼, 많은 혼란을 겪었습니다. 특히 일각에선 '소수를 위한 다수의 희생을 강요한 행정적 무리수', '대책 없는 수능 연기' 등의 부정적 의견이 적지 않게 들려왔습니다. 하지만 그 누구보다 의연하면서도 현 사회에 대해 '자각'하게 만드는 수험생들도 있었습니다. 창원지방법원 이정렬 전 부장판사는 SNS에 고등학교 3학년 딸이 친구들과 나눈 대화의 내용을 전했습니다. 다음은 해당 게시물의 전문입니다. "고3인 우리 딸 단톡방에 올라온 말입니다. '경주 지진 때는 가만히 있으라고 했는데, 수능 연기하는거 보니 나라다운 나라가 된 것 같다. 우리는 고3 때 대통령도 쫓아내고, 수능도 연기시킨 역사적인 고딩이다.' 시험 전날 연기 돼 허탈, 황당했을 텐데 차분하고 긍정적으로 받아들이는 님들. 멋져요."

천재지변으로 위험에 처한 아이들에게 "가만히 있으라"는 무책임하고 그릇된 판단이 아니라 수능 일정을 연기한 우리나라입니다. 대다수의 사람과 같이 '나라다운 나라'가 됐다며 기뻐하면서도, 한편으로는 누군가에게 뒤통수를 맞은 것 같이 어딘가 얼얼했습니다. 대체 우리나라는 그동안 무엇을 최우선으로 생각했기에, 국민을 최우선으로 생각한 이번 결정이 '나라다운 나라가 됐다'는 평가를 받게 만든 것인가요? 지금까지 우리에게 당연해야 했던 것들이 당연하지 않았던 것일까요? 국민과 수험생 한 명한 명의 안전을 강조함과 동시에 정부를 포함한 다수가 먼저 불편을 감내하자는 이번 결정은, '정권 교체'의 순기능을 실감시켜준 또 하나의 역사적 사건이었습니다. '고구마'를 먹은 것처럼 속이 꽉 막히고 답답했던 예전과 달리, 톡 쏘는 '사이다'를 마신 것 같이 상쾌한 기분입니다. 당연해야 했던 것들이 당연하지 않았던 과거와 다른 현재와 미래를 기대해 봅니다. 우리 모두, 이 기분이 계속되도록 함께 마음모아 성원하고 기대하고 쓴 소리도 마다않는 국민주권의 자세로 살아갔으면 좋겠습니다.

인생의 짐은 무거울수록 좋습니다. 지도자일수록 책임이 크고, 짐이 무거운 법입니다. 그렇습니다. 위대한 지도자는 커다란 대가를 지불하기로 결단한 사람입니다. 지도자는 자신에게 맡겨진 무거운 짐과 사명의 잔을 기쁨으로 마시는 사람입니다. 꿈꾸는 사람은 짐을 짐으로 여기지 않습니다. 짐을 통해 체력을 단련하고 자신의 한계를 넓혀나갈 뿐입니다. 그래서 짐은 무거울수록 좋다는 것입니다. 역기 선수가 무거운 것을 거뜬히 들면 '장사'라고 합니다. 금메달도 따고 챔피언도 됩니다. 다른 사람보다 더 무거운 것을 든 사람에게 주어지는 명예입니다. 도저히 감당할 수 없는 무거운 짐을 사명으로 여기고 고통을 감내할 수 있는 사람, 그가 지도자입니다. 그 짐이 무거울수록 '위대한 지도자'로 사람 앞에 서게 됩니다. 부디 문재인 대통령이 우리 사회에 참다운 지도자로 자리매김 되기를 기대해 봅니다.

편한 기능에 갇히지 않고
불편을 자초할 때 성숙해진답니다

몇 마디 말을 나눠보지도 않았지만, 괜히 믿음이 가는 사람이 있습니다. 많은 말을 나누고도 뭔가 허전한 느낌만 남기는 사람이 있습니다. 여럿이 모여서 어떤 일을 결정할 때 마지막 매듭을 짓는 역할을 하는 사람이 꼭 있습니다. 수업을 듣고 나서 수업 내용을 물고 늘어져 자기 멋대로 다음 이야기를 구성해보는 학생이 있는가 하면, 수업 내용을 기억하는 데만 급급해 하는 학생도 있습니다. 물론 듣고 나서 죄다 흘려보내버리는 학생도 있습니다. 똑같은 내용의 얘기를 들어도 사람마다 반응은 모두 다릅니다. 같은 내용에 각자 다른 반응을 하게 하는 것은 무엇인가요? 무엇 때문에 사람들은 같은 일에 각기 다른 깊이로 반응하는가요? 사람으로서 가지고 있는 근거, 즉 그 사람만의 바탕이 다르기 때문입니다.

다른 사람들이 쓰레기를 함부로 버리는 일에 분개하면서 정작 자신도 쓰레기를 버리는 사람들이 있습니다. 그런가 하면, 다른 사람들이 쓰레기 버리는 일을 탓하지 않고 묵묵히 봉지 하나를 들고 집을 나서는 사람도 있습니다. 기차를 탔을 때 연락이 오면 조용히 자리에서 일어나 통로로 나가 받는 사람이 있는가 하면, 안하무인격으로 앉은 자리에서 통화를 하는 사람도 있습니다. 다른 사람의 글을 분석하고 비판하는 것으로 날을 새는 사람이 있는가 하면, 묵묵히 마음을 내려놓고 자신만의 글을 쓰는 사람도 있습니다. 밖에서는 민주를 외치지만, 집에 오면 독재자로 변하는 사람도 있습니다. 책을 읽을 때 질문이 마구 샘솟듯이 일어나는 사람이 있는가 하면, 책 내용을 수용하기만 하는 사람도 있습니다. 환경 보존을 외치면서 일회용 컵이나 접시들을 마구 쓰는 사람이 있는 있는가 하면, 철저히 자제하는 사람도 있습니다. 주장과 행동이 일치하는 사람이 있는가 하면, 각각이 따로 있는 사람도 있습니다. 무엇 때문에 이렇게 다를까요? 사람으로서 가지고 있는 근거, 즉 그 사람만의 바탕이 다르기 때문입니다.

일요일에는 교통체증으로 애를 먹곤 합니다. 그 이유 중 하나는 교회에 다니는 사람들이 끌고 온 차들 때문에 주변 도로의 교통 상황은 엉망이 된 것입니다. 도로 양쪽에 모두 불법주차를 하는 바람에 상당한 거리의 차도가 극심하게 좁혀져서 오가는 데에 불편이 초래된 것입니다. 도로 양쪽에 불법 주차하는 이들도 문제입니다만 교회에 나와 모두 이웃 사랑에 관한 설교를 듣고 결심하고 다짐하는 일을 하는 건 좋은데 이웃에 폐를 끼치는 것을 생각지 못한 것 같습니다. 이웃을 사랑하는 그 다짐과 이웃에 폐를 끼치는 일을 함께 생각해보면 좋겠는데 말입니다.

제대로 사는 일은 힘들고 불편합니다. 쓰레기 함부로 버리는 일을 비판하기는 쉽고, 자신이 직접 그것들을 줍는 일은 힘듭니다. 이웃은 아랑곳하지 않고 편리를 위해 차를 끌고 오는 것은 쉽고, 이웃에 폐를 끼치지 않기 위해 걷거나 대중교통을 이용해서 오면 불편합니다. 이웃 사랑을 말하기

95

는 쉽습니다. 그러나 그것을 실천하려면 반드시 일정 분량의 불편과 노고를 감당해야 하니 쉬운 게 아닙니다. 일회용 물건을 쓰기는 쉽고, 그것들을 안 쓰기 위해서는 자신만의 컵을 가지고 다니는 등의 불편을 감수해야 합니다. 기능적인 일은 쉽습니다. 사람의 본바탕이 작동하는 일은 어렵고 불편합니다. 대답은 기능적 활동이고 질문은 그 사람에게만 있는 내면의 호기심이 발동하는 일이라 인격적 활동에 속합니다. 당연히 질문은 어렵고 대답은 쉽습니다. '따라하기'는 쉽고 창조는 어렵습니다. 쉬운 쪽으로 쉽게 기울게 되어 있어 질적인 상승이 더딥니다. 그래서 제대로 사는 일은 언제나 어려운가 봅니다.

아주 오래전 중국 노(魯)나라에 형벌을 받아 발 하나를 잘린 왕태라는 사람이 있었습니다. 덕망이 높아서 따르는 제자가 공자만큼이나 많을 정도였습니다. 공자의 제자 가운데 한 명인 상계가 공자에게 물었습니다. "왕태는 외발이 장애인입니다. 그런데도 따르는 제자가 선생님만큼이나 많습니다. 그는 가르치는 것도 없고 토론도 하지 않는데, 빈 마음으로 찾아갔다가 무언가를 가득 얻고 돌아간다고들 합니다. 그는 과연 어떤 사람입니까?"

공자가 답했습니다. "그분은 성인이시다. 나도 찾아뵈려했지만 꾸물대다가 아직 뵙지 못했을 뿐이다. 나도 그분을 스승으로 삼으려 하는데, 나만 못한 사람들이야 더 말해 무엇 하겠느냐. 노나라 사람뿐이 아니라 온 천하 사람들을 다 데리고 가서 그를 따르려 한다." 장애인인데도 모두 그를 따르려 한다면 도대체 그 사람은 어떤 마음가짐을 가진 것인지를 상계가 묻자, 공자는 '근본'을 지키고 있다고 말해 주었습니다. 왕태는 자신의 지혜로 자신의 본마음을 터득한 것입니다. 이에 상계가 또 묻습니다. "자신의 지혜로 자신의 본마음을 터득했을 뿐인데 왜 모든 사람들이 그를 따르는지요?" 그러자 공자가 답했습니다. "사람은 흐르는 물을 거울삼지 않고 잔잔하게 가라앉은 물을 거울삼는다. 올바른 본심은 뭇사람의 마음을 사로잡을 수 있다."(『장자 · 덕충부』)

도가에서는 이런 본마음, 즉 존재의 근본 상태를 '덕德'이라고 표현했습니다. 덕이 있는 사람은 타인을 압도하는 힘을 갖습니다. 타인들은 이 사람을 추종하고 싶어 합니다. 중후함이 경박함을 흡수하는 이치입니다. 기능적인 활동에 갇힌 사람은 편한 것을 추구하며 가벼운 잡담과 비교 욕망에 빠져서 자신의 본바탕을 놓치고 가볍게 흔들립니다. '장애'의 상태를 자초하여 불편을 감수하면서 '덕'이라고 불리는 본바탕을 지키는 것이 자신을 키우는 일입니다. 이 '덕'의 유지가 바로 사람을 기능적 활동에서 벗어나 본래적인 사람으로 서게 만듭니다. 기차 안에서도 연락이 오면, 통로로 걸어 나가는 불편을 감수합니다. 교회에 갈 때 이웃에 폐를 끼치지 않기 위해 차를 몰고 가지 않는 불편을 스스로 받아들입니다. 아는 것에 매몰되지 않고 모르는 곳으로 넘어가려고 불편한 몸부림칩니다. 이렇게 하면 자신의 질량이 커지고 또 커져서 다른 가벼운 것들을 제압하는 힘을 갖게 됩니다. 이것이 바로 매력이고, 존경을 유발하는 요소입니다. 장애인 왕태가 존경을 받고 수많은 제자를 거느린 이유입니다.

쓰레기를 버린다는 비판을 하면서도 자신 역시 버리는 이중적 가벼움에서 벗어납시다. 아는 것을 지키기만 하지 모르는 곳으로 넘어가려는 지적 부지런함을 발휘하지 못하는 모습도요. 이런 것들은 눈앞의 편리함을 위해 공공의 책임감을 포기하거나 불편을 감수하지 않으려는 경박함입니다. 이런 경박함을 버리고 불편함을 감당하며 사람으로서 품격을 지키려고 노력하는 사람이 덕이 있는 사람입니다. 여기서 매력과 존경이 생깁니다.

특별하고 위대한 일들도 덩달아 일어납니다. 경박하지 않고 성스러운 삶은 스스로 '불편'과 '장애'를 자초하지 않고는 얻을 수 없습니다. 성숙한 시민으로 사는 일도 마찬가지입니다. 불편을 자초하며 경박함을 벗어나면 서라야 비로소 가능합니다. 그것을 우리는 시민의식이라 합니다. 성숙한 민주시민의 길은 불편을 감수하거나 자초하는 것이랍니다.

무의식적으로 SNS를 확인하는 버릇이 생겼습니다. 시도 때도 없이 징징 울려대는 알림, 아무런 생각 없이 숫자를 눌러 메시지를 확인합니다. 페이스북에 가입하고 보니, 이른바 페북친구들이 직장 동료와 가족, 선후배는 물론, 일면식도 없는 전국의 불특정 친구들까지 다양합니다. 어느새 '페친'이 500여 명에 이릅니다. 여기에 카카오톡이나 카카오스토리나 밴드까지 합니다. 문득 이런 생각이 들었습니다. 이들 친구 가운데 제가 속상한 일이 생겼을 때, 때로는 뛸 듯이 기쁜 일이 생겨 눈치 보지 않고 전화를 걸어 이야기를 주고받을 친구는 몇이나 될까요? 얼마 전 OECD가 38개국을 대상으로 '필요할 때 의지할 수 있는 사람을 아십니까?'라는 질문을 했다고 합니다. 우리나라 사람들은 OECD 평균인 89%를 밑도는 76%만이 '있다'고 답했습니다. 세계 최강인 인터넷 강국에서 정작, 사람과 사람과의 관계는 기계를 넘어서지 못하고 있나 봅니다.

페스팅거Festinger는 사회비교이론에서 인간에게는 자신의 의견이나 능력을 평가하고자 하는 욕구가 있고 이를 객관적으로 평가할 도구가 마땅치 않을 때는 남과 비교하게 된다고 말했습니다. 나보다 열등한 사람과 비교하면 '하향 비교', 그 반대면 '상향 비교'라고 합니다. SNS를 이용하는 빈도가 높으면 높을수록 '상향 비교'하는 의식이 높다는 말을 들어본 적이 있습니다. 굳이 복잡한 이론을 빌려오지 않더라도 지금 제게 필요한 친구는 네모난 기계 속에 들어있는 저보다 잘난 수십, 수백 명의 친구보다는 나와 함께 울고 웃어줄 '지란지교' 같은 그런 친구이지 않을까 싶습니다. 바쁘다는 핑계로 연락이 뜸했던 '사람 친구'에게 안부전화 한 통 해보는 것은 어떨까요? 아니 차라리 생각난 김에 만나자고 번개를 청해보면 어떨까요?

내 마음에 그려놓은 사람

내 마음에 그려놓은
마음이 고운
그 사람이 있어서
세상은 살맛나고
나의 삶은 쓸쓸하지 않습니다.

그리움은 누구나 안고 살지만
이룰 수 있는 그리움이 있다면
삶이 고독하지 않습니다.

하루 해 날마다 뜨고 지고
눈물 날 것 같은 그리움도 있지만
나를 바라보는 맑은 눈동자 살아 빛나고
날마다 무르익어 가는 사랑이 있어
나의 삶은 의미가 있습니다.

내 마음에 그려놓은
마음 착한
그 사람이 있어서
세상이 즐겁고
살아가는 재미가 있습니다.

대화는 무기보다 강하답니다

6·25전쟁은 아직 끝나지 않았습니다.(The Unended War) 1953년 7월 27일 휴전은 정전협정으로, 전쟁이 끝나지 않았음을 말해줍니다. 현재 남·북 관계가 악화된 것은 북·미 관계의 악화와 맥을 같이합니다. 북핵 문제의 시작을 김영삼 정부 때로 본다면, 이때 클린턴과 김영삼 두 지도자는 북핵 문제를 보는 시각이 달랐습니다. 오히려 클린턴 대통령이 북과의 대화에 적극적이었고 '제네바 기본합의'가 그 증거입니다.

1994년 10월 21일의 '제네바 기본합의'는 "3개월 이내에 미·북의 수교를 위한 협상을 전제로 '북의 핵 활동 중단'을 약속"한 것이었습니다. 여기서 수교는 당연히 '군사적 공격'의 배제排除·exclusion를 의미하는 것이기에, 수교하면서 군사적 옵션을 고려한다는 것은 외교적 상식이 아니기 때문입니다. 결론적으로 북핵 문제를 풀어가는 길은 북·미 수교 ─ 대화 ─ 가 정답임을 서로 인식한 것입니다. 또한 이 수교는 당연히 정전협정을 평화협정으로 전환함을 의미합니다. 2007년 '10·4 선언' 4항은 "남과 북은 정전체제를 종식시키고 항구적인 평화체제를 구축해 나가야 함에 인식을 같이하고 직접 관련된 3자 또는 4자 정상들이 한반도 지역에서 만나 종전을 선언

101

하는 문제를 추진하기 위해 협력해 나가기로 했다"는 것이었습니다. 여기서 3자는 미, 중, 북이며 4자는 우리도 포함됩니다.

왜 3자 또는 4자라는 말이 나왔을까요? "1953년 7월 27일 정전협정의 공식명칭"은 '국제연합군 총사령관을 일방으로 하고 조선민주주의 인민공화국 최고사령관 및 중국인민지원군 사령관을 다른 일방으로 하는 한국 군사정전에 관한 협정'이었습니다. 안타깝게도 여기서 우리는 없습니다. 그런데 10년 전 '10 · 4 선언'은 3자 또는 4자로 하여 우리가 정전협정을 평화협정으로 전환하는 '법률적 당사자'의 지위를 확보한 것입니다. 이는 매우 획기적이며 역사적 사건입니다. 이처럼 우리가 평화협정의 당사자로 참여하는 지위를 얻은 것은 결국 '대화'였습니다. 대화는 다른 말로 연대連帶입니다. 남과 북이 연대한 것입니다. 북 · 미 대화의 지속과 동시에 남 · 북 대화만이 한반도에 평화체제를 구축할 수 있습니다. 북핵 문제는 남북 문제이며 나아가 동아시아이며 결국 세계 문제이기 때문입니다. 수차례 대북 제재 결의안이 효과 없이, 오히려 북핵 능력이 고도화된 사실은 대화만이 평화의 길임을 의미합니다.

제네바 기본합의와 10 · 4 공동선언은 정전협정을 평화협정으로 전환하는 닮은꼴입니다. 정부가 사드를 배치하고 미사일 탄두의 무게를 강화하며 핵잠수함의 도입을 검토하는 등 군비확충 정책은 미국의 군수회사만 돕는 일입니다. 미국의 무기강매에 노NO해야 합니다. 북과의 대화에 먼저 나서는 것이 군비확충을 막는 길이며 군사력을 강화하는 것보다 중요합니다. 대화를 통한 남북의 연대는 무기보다 강하며 군사무기 체계의 종속에서 해방되는 길입니다. 오늘 우리는 식민 지배를 벗어났지만 아직도 분단이 현실입니다. 북이 응답이 없다고 대화에 나서지 않으면 안 됩니다.

상식과 이성의 합리성, 그리고 합의의 기술

우리가 사는 세상을 구성하는 요소 가운데 하나는 사회 구성원들이 '공통 감각'을 갖추고, 서로 대화하는 소통과 친교의 기술일 것입니다. 여기서 말하는 공통 감각이란 흔히 말하는 '상식'을 말합니다. 요즘 하루가 멀다하고 상식 밖의 일들이 전해지고 있습니다. 부모가 혼자 살겠다고 자식을 버리고, 자식이 도움이 안 된다고 부모를 죽이고, 우정을 빌미로 친구를 유혹해 사기를 치고, 변심한 애인을 협박하고 죽이기까지 하는 세상입니다. 자신과 생각과 이념이 다르다고 블랙리스트를 만들어 은밀하게 사회에서 밀어내는 권력도 있었고, 뻔한 일을 없던 일로 만들고, 돈으로 사람을 매수해 원하는 결과를 얻으려는 사람들도 있습니다. 물론 이런 일들이 과거에도 없던 것은 아닙니다. 단지 미디어의 발전으로 소셜네트워크SNS를 통해 더 쉽고, 빠르게, 때로는 조작된 거짓 뉴스를 통해 개인의 손바닥 위에 놓인 스마트폰을 통해 쉽게 전달되기 때문인지도 모르겠습니다.

주의해서 볼 것은 이런 상식을 결정하는 사회적 기준이, 합리적 이성이 아닌 검증되지 않은 다수의 여론이나 조작된 통계와 뉴스, '~하더라'식의 낱장 광고(찌라시) 같은 소식들, 특정한 이념이나 가치관에 사로잡혀 남과 대화하기를 거부하거나, 무조건 상대를 비난하기만 하는 비이성적인 태도가 될 때 상식이 통하지 않는 사회가 된다는 점입니다.

독일의 철학자 위르겐 하버마스는 상식이 통하고, 억압된 진실로부터 해방된 사회는 사회 구성원들의 자유로운 토론과 이성적 대화가 가능한 공동체라는 점을 강조한 바 있습니다. 그가 말하는 이성적 대화란 "서로 무슨 뜻인지 이해할 수 있고, 그 내용이 참이어야 하며 상대방이 성실히 지킬 것을 믿을 수 있고, 말하는 사람들의 관계가 평등하고 수평적이어야 한다"는 것입니다. 그는 이렇게 이루어진 대화와 토론에서만 '합리적'이라는 이성의 도구를 통하여 최선의 합의를 이룰 수 있고, 그렇지 못한 대화는 결국 폭력을 낳을 뿐이라고 강조했습니다.

2016년 우리 사회는 올바른 상식과 이성적 성찰을 통해 숨겨진 권력의 적폐와 모순을 밝혀냈고, 철저하게 위장되고 은폐된 진실을 알게 되면서 함께 '의로운 분노'를 평화롭게 드러내는 법을 배웠습니다. 오랫동안 길들여진 권력의 거짓에 맞서 참된 자유와 정의, 평화가 무엇인지 느낄 수 있었습니다. 하버마스가 말한 상식과 합리적인 대화를 통해 서로 다른 의견과 가치관을 끊임없는 대화와 토론을 통하여 합의해 나가는 첫 단추를 풀어낸 셈입니다.

삼성경제연구소의 자료에 따르면, 우리나라는 1인당 GDP(국내총생산) 27%를 갈등비용으로 지출한다고 합니다. 이는 모든 국민이 사회갈등으로 매년 900만 원씩 꼬박꼬박 손해 보는 셈입니다. 갈등 없는 사회가 없지만, 그렇다고 갈등을 당연시하고 넘길 수는 없습니다. 갈등을 해소해나가는 모두의 노력이 절실히 요구됩니다. 몇몇 선진국이 오랜 사회적 갈등을 풀고 합의를 이룬 예들이나 단체들이 갈등을 넘어 화합의 장을 펼쳐낸 것은 하루아침에 이룩해낸 것이 아닙니다.

가정에서는 가족 구성원들이 친밀감을 회복해서 부모와 자식 간에, 부부 상호 간에 서로의 입장을 들어주는 경청의 자세로 구축해 나가야 합니다. 이웃 간에 피해를 주지 않고 배려하며 아픔을 나누고 돕는 일도 중요합니다. 나와 다른 생각을 가진 동료들의 입장에 서서 인내하고 존중하며 설득하는 기술도 배워야 합니다. 집단의 이익을 앞세우기보다는 더불어 행복해지는 공존과 상생의 길을 찾기 위해 공감하는 능력과 대화하는 법을 배우는 실천도 필요합니다. 이런 노력은 품위 있고, 생명력 있게 실천되어야 합니다. 만일 열린 대화와 소통, 친교와 상식이 통하지 않는다면 그것은 우리 안에 적폐가 쌓였다는 신호일 것입니다.

이제 우리 사회가 보다 더 성숙해지고 멋스러워지려면 사회 구성원들의 상식적인 시민 의식이 성장하고, 상대방과 열린 마음으로 대화해야 합니다. 결론을 미리 정해두지 않고 보편적인 진리를 찾아가는 여정도 필요합니다. 물론 이런 노력은 거시적인 사회 조직이 아니라, 개인적인 삶의 영역에서부터 시작되어야 합니다. 작은 것 하나부터 우리가 속한 공동체부터 공감과 소통으로 나를 넘어서는 공동체 정신으로 화합의 장을 펼쳐가야 할 것입니다.

친구란 무엇인가요?

    기원전 4세기경, 그리스에 '피시아스'라는 사람이 억울한 일에 연루되어 교수형을 당하게 되었습니다. 그는 부모님께 마지막 인사를 하게 해달라고 간청했습니다. 하지만 왕은 만일 허락할 경우 선례가 될 뿐만 아니라 그가 멀리 도망간다면 국법과 질서를 흔들 수 있으므로 허락하지 않았습니다. 그런데 피시아스의 친구인 '다몬'이라는 사람이 왕을 찾아왔습니다. "폐하! 제가 친구의 귀환을 보증하겠습니다. 그를 집으로 잠시 보내주십시오."

    왕이 그에게 물었습니다. "만일 피시아스가 돌아오지 않는다면 어떻게 하겠느냐?" "친구를 잘못 사귄 죄로 대신 교수형을 받겠습니다." "너는 진심으로 피시아스를 믿느냐?" "네. 폐하. 그는 제 친구입니다." 왕은 허락하는 조건으로 다몬을 교도소에 가두었습니다. 그런데 약속했던 날이 되었는데도 피시아스는 돌아오지 않았습니다. 정오가 가까워지자 다몬은 교수대에 끌려 왔습니다. 사람들은 우정을 저버린 피시아스를 질책했습니다. 그러나 다몬이 사람들에게 큰소리로 외쳤습니다. "제 친구 피시아스를 욕하지 마세요. 분명 사정이 있을 겁니다." 왕이 집행관에게 교수형 집행을 명령했습니다. 그런데 바로 그때 멀리서 피시아스가 고함을 치며 달려왔습니다.

"폐하, 제가 돌아왔습니다. 다몬을 풀어주십시오." 두 사람은 서로 끌어안았고, 작별을 고했습니다. 이들을 지켜보던 왕은 아름다운 그들의 우정에 감동하여 자리에서 벌떡 일어나 큰소리로 외쳤습니다. "피시아스의 죄를 사면해주노라." 왕은 그 같은 명령을 내린 뒤 나직하게 혼잣말을 했습니다. "내 모든 것을 다 주더라도 이런 친구를 한 번 사귀어 보고 싶구나."

세상이 아무리 '그렇다' 해도 '이렇다'고 믿어주는 사람, 무거운 짐을 기꺼이 나눠서 지고 기쁠 때든 슬플 때든 시간이 흘러도 한결같이 곁을 지켜주는 사람……. 그 이름은 '친구'입니다. 친구하면 떠오르는 시가 있습니다. 저는 이 시를 떠올리면 '멘토'라는 말도 떠오릅니다. 멘토Mentor라는 말의 기원은 그리스 신화에서 비롯됩니다. 고대 그리스의 이타이카 왕국의 왕인 오디세우스가 트로이 전쟁을 떠나며, 자신의 아들인 텔레마코스를 보살펴 달라고 한 친구에게 맡겼는데, 그 친구의 이름이 바로 멘토였습니다. 그는 오디세이가 전쟁에서 돌아오기까지 텔레마코스의 친구, 선생님, 상담자, 때로는 아버지가 되어 그를 잘 돌보아 주었습니다. 그 후로 멘토라는 그의 이름은 지혜와 신뢰로 한 사람의 인생을 이끌어 주는 지도자라는 의미로 사용되었다고 합니다.

그 사람을 가졌는가

함석헌

만리길 나서는 길
처자를 내맡기며
맘 놓고 갈 만한 사람
그 사람을 그대는 가졌는가

온 세상 다 나를 버려
마음이 외로울 때에도
'저 맘이야' 하고 믿어지는
그 사람을 그대는 가졌는가

탔던 배 꺼지는 시간
구명대 서로 사양하며
'너만은 제발 살아다오' 할
그 사람을 그대는 가졌는가……
잊지 못할 이 세상을 놓고 떠나려 할 때
'저 하나 있으니' 하며
빙긋이 웃고 눈을 감을
그 사람을 그대는 가졌는가

온 세상의 찬성보다도
'아니' 하고 가만히 머리 흔들 그 한 얼굴 생각에
알뜰한 유혹을 물리치게 되는
그 사람을 그대는 가졌는가

꼭 필요한 의사소통에는 손짓 발짓이면 충분합니다. 누구나 아는 사실입니다. 배고프다, 목이 마르다, 졸리다, 지저분하다, 아프다, 소변 보고 싶다, 내가 탄 말에게 줄 먹이가 필요하다, 이런 필수 사항들을 전달하는 데엔 말이 필요 없습니다. 손짓 발짓만으로도 통하고 눈빛 하나만으로도 모든 소통이 가능합니다. 말이 필요 없습니다. 한마디 말이 없어도 우리는 서로 사랑하면서 이해하면서 함께 살아갈 수 있습니다.

말하지 않아도 아는 친구 한 명 있다면 그 사람은 행복한 사람입니다. 조건 없는 우정을 나누는 친구 한 사람만 있다면 누구보다 성공한 인생일 것입니다. 누군가의 진정한 친구가 되고 있는가요? 아리스토텔레스의 말입니다. "친구란 무엇인가? 두 개의 몸에 깃든 하나의 영혼입니다."

얼마 전 한 음식점 앞에서 꽃 한 송이를 봤습니다. 불빛을 받아서 그런지 참으로 예뻐 보였습니다. '누군가 이렇게 곁에서 빛을 비추어줄 때 아름다운 거구나' 하는 생각을 했습니다. 만일 불빛이 없었다면 아무도 꽃을 쳐다보지 않았을 테니 말입니다. 서로가 서로를 비춰 줄 때 힘이 생기고 살아가는 일도 즐거워지겠지요.

대화의 진정한 가치는 상대방의 의견을 무력화시키는 것이 아니라 더욱 발전시키는 것입니다. 지금의 세상은 24시간 연결되어 있습니다. 그러나 그 연결기술이 듣고 싶은 것만 듣고, 보고 싶은 것만 보게 하는 부작용을 낳습니다. 그래서 '집단 극화 효과'라는 말이 나오고, 횡행하는 '가짜 뉴스'를 경험하기도 합니다. 진정한 소통을 위한 대화, 서로의 다름을 인정하고 균형과 조화로움을 만들어가는 대화. 그 본질에 다가가는 지혜를 터득해 나가는 대화를 해봅시다.

두 여배우의 아름다운 우정

우리나라에서 오랫동안 연기 활동을 한 배우 김수미가 언젠가 TV 프로그램을 통해 공개한 이야기입니다. 김수미는 자신의 아픈 과거를 고백하면서 이런 말을 했습니다. "김혜자 언니에게 '내가 죽으면 내 무덤에 나팔꽃을 심어줘'라는 유언을 남겼습니다." 김수미와 친한 동료 연예인들이 많았을 텐데, 유독 김혜자에게 이런 유언을 남겼을까요? 김혜자와 김수미는 무려 20년이 넘게 계속 되었던 우리나라 최장수 드라마 〈전원일기〉에서 오랜 사귐을 가진 절친한 사이입니다.

김혜자는 다른 사람의 아픔을 이해하고 또 감싸주는 데 특별한 재능이 있었다고 합니다. 한번은 이런 일이 있었습니다. 김수미가 심각한 우울증으로 고통을 겪고 있을 때였습니다. 나쁜 일은 한꺼번에 온다고, 김수미의 남편이 사업실패를 겪으면서 빚더미에 올라앉아 쩔쩔 매는 상황까지 맞았다고 합니다. 돈이 많았던 친척들도 김수미를 외면했습니다. 김수미는 급한 대로 동료들에게 아쉬운 소리를 하면서 몇 백만 원씩 돈을 빌리고 있었습니다. 그 사실을 안 김혜자가 김수미에게 정색을 하며 말했습니다. "얘, 넌 왜 나한테 돈 빌려달라는 소리 안 해? 추접스럽게 몇 백씩 꾸지 말고 필요한 돈이 얼마나 되니?' 김수미 앞에 통장을 꺼내놓았습니다. "이거 내 전 재산이야. 나는 돈 쓸 일 없어. 다음 달에 아프리카 가려고 했는데 아프리카가 여기 있었네. 다 찾아서 해결해. 그리고 갚지 마. 혹시 돈이 넘쳐나면 그때 주든가." 김수미는 그 통장을 받아 그때 지고 있던 빚을 모두 청산했습니다. 그 돈은 나중에야 갚을 수 있었지만 피를 이어받은 사람도 아니고 친해봐야 남인 자신에게 자신의 전 재산을 내준 것에 김수미는 큰 감동을 했다고 합니다. 김수미는 그런 김혜자에게 이렇게 말했다고 합니다. "언니, 언니가 아프리카에 포로로 납치되면 내가 나서서 포로교환하자고 말할 거야. 나 꼭 언니를 구할 거야."

김수미는 괄괄하고 웃긴 역할을 많이 맡았지만 이미지와는 상관없이 꽃을 참 좋아하는 소녀 같은 구석이 있습니다. 자신의 무덤가에 자신이 좋아하는 나팔꽃을 심어달라고 말할 수 있는 사람, 그건 남편도 아니고 형제자매도 아니고 김혜자였습니다. 김혜자가 김수미의 그 말을 지키지 않을 것이라고 생각했다면 김수미는 그런 말을 하지도 않았을 것입니다. 김혜자가 죽어서라도 김수미와 한 약속은 지켜줄 만큼 신의 있고 진실함이 있었기 때문에, 피보다 더 진한 우정으로 서로가 묶여있기 때문에 김수미는 김혜자에게 자신이 끝자락에 서있다고 생각할 때 그런 말을 할 수 있었습니다.

김혜자와 김수미의 아름다운 우정. 그것은 꽃보다 더 아름다운 배우 김혜자의 성품이 아니었다면 불가능했을 것입니다. 서로를 더 아름답게 지켜줄 수 있는 사람, 그런 사람들이 나누는 진정한 우정은 여러 사람의 가슴을 울리는 감동입니다. '마더 테레사'로 불리는 김혜자와 동년배 김수미의 일화가 오늘 제게 큰 감동으로 남았습니다. 감동感動은 선동煽動과 달라서 강요가 아닌 자연스럽게 마음이 움직이는 것입니다.

착한 사마리아인의 길을 함께 걸어요

나눔과 공존의 길은 항상 열려 있습니다. 사회적인 약자를 외면하는 세상입니다. 스스로 인생의 방향을 고민해 보고 '옳은 길'을 선택하는 노력이 필요합니다. 버스를 타고 가면서 사람들의 얼굴을 조심스레 더듬어 봅니다. 무표정한 대부분의 시선은 그저 스마트폰에 집중할 뿐입니다. 자그마한 세상인 한 칸 버스 안에서 무수히 많은 사람들이 고립된 섬들인 듯싶습니다. 젊음을 바쳐 세상을 보듬었던 수많은 노인들이 아무런 돌봄을 받지 못하고 쓸쓸하게 죽어 가는 데도 무표정, 무감정입니다. 나만 아니면 괜찮습니다. 많은 청년들이 젊음의 열정과 패기를 발산하지 못하고 풀이 죽어 고개를 숙입니다. 나만 아니면 괜찮습니다. 길거리에서 불법해고에 맞서 싸우는 사람들이 있습니다. 그들의 고통에도 나만 아니면 괜찮습니다. 무리한 선심성 건설과 국책사업으로 삶의 터전을 빼앗긴 사람들이 있습니다. 나만 아니면 괜찮습니다. 사랑하는 가족이 수장水葬당한 2014년 4월 16일 세월호 참사로 그 날 이후 죽음 같은 삶을 살아가는 사람들이 있습니다. 나만 아니면 괜찮습니다. 광기狂氣어린 군인들의 성노예가 되어 온몸과 마음이 갈기갈기 찢겨진 앳된 소녀들이 할머니가 되어서도 피눈물을 토해냅니다. 나만 아니면 괜찮습니다. 자그마한 섬들이 옹기종기 모여 아름다운 하나를 이룬 다도해多島海는 저 멀리 남쪽 나라의 꿈같은 이야기일 뿐인가 봅니다. '살아있는 작은 섬들'은 '나만 아니면 괜찮아'라고 애써 읊조리며 '서서히 죽어가는 외로운 섬'이 되어 세상을 표류하고 있습니다.

이런 세상에 물음을 던지지 않는 사람들입니다. 세상이 삭막해졌다고 합니다. 살아남기 위한 죽음 같은 경쟁이 이미 삶의 일부가 되었습니다. '왜 사는가?' '삶이란 무엇인가?' '무엇이 참된 삶인가?'라는 물음은 이미 용도 폐기되어 쓰레기통 한구석에 버려진 듯합니다. 그저 숨 쉬고 있기 때문에 살아 있는 것이고, 숨이 멎으면 그뿐이라는 듯합니다. 내일은 없습니다. 오늘만 있을 뿐입니다. 오늘을 살아내는 것도 대견합니다. 그만큼 오늘이 힘들기 때문입니다. 도대체 왜, 무엇이 오늘을 힘들게 하는지 묻지 않습니다. 아니 물을 기력氣力이 없습니다. '나' 하나도 버겁기에 '너'를 바라보지 않습니다. 그럼에도 왜 이렇게 살아야 하는지 묻지 않습니다. '왜?'라는 물음을 가지는 순간 그만큼 뒤처지기 때문에, 애써 '왜?'를 삶에서 지워버렸는지도 모릅니다. 아니 물음을 버리는 삶을 강요하는 세상에서 살아남기 위한 가련한 자구책인지도 모릅니다.

'착한 사마리아인의 길'과 '카인의 길'이 있습니다. 십인십색+人+色의 인생길이 있습니다. 하지만 크게 둘로 나눌 수 있습니다. 성경에 나오는 '착한 사마리아인(누가복음 10장 29-37절 참조)의 길'과 '가인(창세기 4장 1-16절 참조)의 길'입니다. 착한 사마리아인은 억울하게 죽어가는 사람을 살리기 위해서 가던 길을 멈추고 함께합니다. 그러나 가인은 자기가 원하는 삶을 살고자, 착하고 온유한 동생 아벨을 가차 없이 죽입니다. 두 길이 보여주는 것은 단순하지만, 분명한 대조를 보입니다. '함께'와 '홀로', '공감'과 '멸시', '공존'

113

과 '경쟁', '나눔'과 '독점', '섬김'과 '억압', '살림'과 '죽임'······.

 이제는 묻고, 답을 찾아봅시다. 함께 걸어봅시다. 우리에게 '착한 사마리아인의 길'과 '가인의 길'이 열려 있습니다. 선한 양심으로, 우리는 어느 길을 걸어야 하는지 너무나 잘 알고 있습니다. 하지만 '길을 아는 것'과 '길을 걷는 것'은 분명히 다릅니다. 우리는 지금 어느 길을 걷고 있습니까? '가인의 길'을 강요하는 살맛나지 않는 세상 속에서도 여전히 기쁨과 희망 가득 머금고 '착한 사마리아인의 길'을 걷고 있는지요? 혹시 '가인의 길'을 걸으면서 애써 '착한 사마리아인의 길'을 걷고 있다고 스스로를 세뇌시키고 있지는 않는지요? 이제 잠시 우리가 걸어온 길을 되돌아보고 '걸어가야만 할 길'로 힘차게 한 걸음 내딛어봅시다. 혼자 걷는 열 걸음이 아닌 함께 걷는 한 걸음으로요. 천천히 그러나 꾸준하게 말입니다. 가만히 서 있기만 해서는 보이지 않는 장소가 있고 그런 때도 있습니다. 약자를 만나기 위해서는 고개를 숙여야 할 때도 있습니다.

착한 부자, 기부천사가 있답니다

미국의 사업가 척 피니는 1931년 아일랜드 이민 노동자 가정에서 태어나 넉넉지 않은 어린 시절을 갖은 고생을 하며 살았으며 6·25 참전용사이기도 했습니다. 그는 이후 세계 최대 규모의 공항면세점인 DFS 공동 창업자로 억만장자가 되었지만 지독한 구두쇠로 유명했습니다. 값싼 전자시계를 차고 다니고, 비행기는 이코노미석만 고집하고, 개인 자동차도 없으며 집은 임대아파트에 거주하고 있고, 항상 허름한 식당에서 한 끼를 해결했습니다. '부유하고 냉철하고, 돈만 아는 억만장자' 미국의 한 경제지에서는 척 피니를 이렇게 묘사하며 비난하기도 했습니다. 승승장구하던 척 피니에게도 위기가 찾아왔습니다. 회계조사를 받던 중 수십억 달러의 거금이 다른 회사 이름으로 지속해서 지출되고 있었던 것입니다.

비자금, 횡령…… 뜻밖의 사실이 밝혀졌습니다. 척 피니가 몰래 지출하고 있던 어마어마한 거금은 어려운 이웃들을 위한 기부금이었던 것입니다. '자랑하지 마라. 받은 이의 부담을 덜어주고 싶다면 절대 자랑하지 마라.' 어머니에게 이렇게 교육받아온 척 피니는 지금까지 자기 재산의 99%인 9조 5천억 원을 어려운 이웃을 위해 기부하고 있습니다. 다른 부자들의 기부도 적극적으로 권유하는 척 피니는 바로 빌 게이츠의 '롤모델'이라고 합니다.

때로는 많이 가진 사람이 돈다발보다 가난한 사람이 기부하는 동전이 더 가치 있고 아름답다고 합니다. 부자는 자신이 가진 것 중 아주 작은 일부를 나눴을 뿐이고 가난한 사람은 자신의 모든 것을 나눴기 때문입니다. 하지만 부유한 죽음을 불명예스럽다는 척 피니의 말처럼 진정한 '노블레스 오블리주' 추구하는 사람들이 많아졌으면 좋겠습니다. 이런 사람으로 최근에 알게 된 사람이 있습니다.

28세에 옥스퍼드 대학 교수로 임명받은 천재 철학 교수 윌리엄 맥어스킬MacAskill. 키는 195cm, 현재 나이 30세입니다. 세계에서 가장 젊고 키 큰 이 철학 교수는 왜 '냉정'을 말할까요? 기부에는 열정이 아니라 냉정이 필요하다고 말합니다. 그는 아마 세계에서 가장 젊고 키가 큰 철학 교수일 것입니다. 그는 '효율적 이타주의Effective Altruism'라는 철학에 바탕을 둔 그의 기부 운동과 그의 책 『냉정한 이타주의자』(원제 Doing Good Better)가 작지 않은 파장을 불러일으키고 있습니다. '효율적 이타주의' 혹은 '냉정한 이타주의'는, 선의나 열정이 아니라 이성과 과학으로 남을 도우라는 것입니다. 도발적으로 비유하면 아프리카에 가서 삽 들고 우물 파느니, 차라리 월스트리트 투자은행에 취직해 수입 10%를 기부하라는 것입니다. 물론 당신이 착한 사람이고, 월가가 당신을 원할 만큼 능력이 있다는 전제 하에 말입니다. 그렇다면 지금까지 얼마나 모았을까요? 기부 서약액 17억 달러(약 1조 9,300억 원), 실제 모금액 1,400만 달러(약 160억 원)입니다. 이미 낸 게 아니라 평생 내겠다고 문서로 서약한 액수입니다.

2009년 케임브리지 학부생 시절, 지도교수였던 토비 오워드와 나는 '기빙 왓 위 캔Giving What We Can'이라는 비영리 기관을 설립했습니다. 교회 십일조처럼 수입의 10%를 자선단체에 기부하겠다고 서약하고 실천한 것입니다. 이 취지에 동의한 회원들의 종신 서약액입니다. 빌 게이츠 재단도 참여하고 있습니다. 그의 책『냉정한 이타주의자』는 선의와 열정이 아니라 냉정과 과학으로 기부하라고 주장합니다. 열정보다 냉정이 세상을 바꿉니다.

2009년이면 그가 22세 때였습니다. 무슨 일이 있었을까요? 대학생 시절, 그는 세계가 불공평하다고 믿었습니다. 최소한의 복지가 가능한 유럽과 달리, 아프리카나 인도에서는 먹을 게 없어서, 항생제가 없어서 죽는 사람이 수두룩했습니다. 그는 방학이면 매일 기금 모금 운동을 나갔습니다. 길거리에서 목 놓아 외쳤습니다. "10파운드(약 1만 5,000원)만 기부하세요." 하지만 대부분 철저하게 무시당했습니다.

왜 그렇게 호응이 없었을까요? 고민은 바로 그때부터 시작됐습니다. 더 나은 세상을 만들고 싶은 사람들이 분명 많습니다. 하지만 이들은 의심했습니다. 내 돈은, 내 선의와 열정은 효율적으로 활용되고 있는가? 자선단체의 인건비 비중은 왜 이리 높은가? 내 돈과 자원이 헛되이 낭비되고 있는 것은 아닌가? '기빙 왓 위캔Giving What We Can'을 설립한 이유였습니다. 그의 책『냉정한 이타주의자』는 세상을 바꾸는 건 열정이 아니라 냉정임을 강조합니다. 목표는 선善의 최대화입니다. 방법은 수학과 과학입니다. 가령 이런 식입니다. 케냐 청소년의 출석률과 성적 향상을 위한 가장 효과적인 방법은 무엇인가요? 예산은 동일한 4가지 '당근'이 있습니다. 현금 지급, 성적우수장학금, 교복, 마지막으로 기생충 구제 사업. 14개 학교의 장기 추적 실험 결과입니다. 현금 1,000달러는 전체 학생의 출석 일수를

72일 늘렸는데, 성적 우수 학생에게만 준 장학금은 1,000달러당 3년, 교복은 1,000달러당 7년을 증가시켰습니다. 그리고 경이적이라는 관형사가 아깝지 않게 1,000달러어치 기생충 구제 약을 지급한 뒤 늘어난 출석 일수는 139년이었습니다. 알고 보니 아이들은 대부분 배가 아파서 학교를 못 오고, 공부에도 집중 못 했던 것이었습니다. 같은 돈으로 비싼 교과서나 선생님 늘리는 것보다 훨씬 효과적인 기부였던 것입니다. 책은 이런 실제 사례로 가득합니다. 하지만 맥어스킬의 '냉정한 이타주의'가 효율적이라 하더라도, 이런 비판 역시 가능합니다. 자선과 기부로 세상을 구한다는 건 너무 순진하고 한가한 생각 아니냐고. 양극화와 빈부격차를 줄이려면 단순한 기부가 아니라 구조의 개혁이나 혁명이 필요한 것 아니냐고.

지난 100년 동안 세계는 믿을 수 없는 진보와 발전을 이룩했습니다. 가장 대표적인 예가 바로 우리나라입니다. 6·25로 폐허가 됐던 나라가 반세기 만에 이룬 발전은 기적과 같습니다. 자칫 독단적이고 편협한 이기적인 조치는 이 모든 발전을 수포로 만들 수도 있습니다. 착하지 않은 소수의 기득권층이 자신이 정의롭다는 주장을 하기 위한 알리바이로 혁명 같은 주장을 하는 경우가 많습니다. 물론 모두가 그렇다는 것은 아닙니다. 월가 점령 시위가 한창이던 2011년, 불평등과 양극화에 반기를 든 사람들이 사용한 구호가 '상위 1%'이었습니다. 미국 최상위 1% 부자의 연소득이 34만 달러(약 3억 8,500만 원)입니다. 그런데 이런 최상위 부자들에만 초점을 맞추면 우리 대다수가 얼마나 부자인지 잘 깨닫지 못합니다. 전 세계 상위 1%의 연소득이 얼마인지 아시는지요? 5만 2,000달러(약 5,900만 원)입니다. 2만 8,000달러만 되어도 전 세계 상위 5%입니다. 반면 전 세계 하위 20%인 12억 2,000만 명은 하루 수입 1.5달러(약 1,700원) 미만으로 살아갑니다. 우리는 어느 정도 기부하고 있는지요? 그가 대학원 재학시절 연 수입은 1만 파운드(1,500만 원)를 넘지 못했다고 합니다. 그래도 매년 200파운드(약 30만 원)를 기부했다고 합니다. 지금은 생활비 2만 파운드(3,000만 원)를 제외하고 연봉 전액을 기부한다고 합니다. 강연을 많이 하는데, 이 역시 전액 기부하고 있다고 합니다.

그의 생각입니다. 아프리카를, 최하층 빈민을 돕는 건 좋은 일입니다. 하지만 세계에는, 우리나라에는 더 중요한 문제가 있습니다. 얼마 전 맨체스터의 IS테러, 브렉시트Brexit와 난민 문제, 트럼프의 보호무역주의는 또 어떻고요. 테러, 브렉시트, 난민, 트럼프는 물론 중요한 도전입니다. 하지만 모두 중요하다고 생각하고 있고, 다들 해결을 위해 달려들고 있습니다. 비전문가인 그는 여기까지 참여할 필요가 있을까 하는 생각을 한다고 합니다. 다들 관심을 주지 않기 때문에, 조금만 지원하고 후원하면 큰 효과를 볼 수 있는 사안들이 있습니다. 무시되고 주목받지 못하는 이슈들Neglectedness. 기생충 약 한 알, 모기장 하나로 학교에 가고, 말라리아에서 목숨을 구하는 수천만 명 사례처럼 말입니다. 그가 공동 설립자인 '기빙왓위캔' 추산으로, 미국 내에만 100만 개 가까운 자선단체가 있고, 여기 모이는 기부금만 연 2,000억 달러라고 했습니다. 하지만 이 기부금의 대부분은 후원자가 자선단체 광고를 보고 충동적으로 결심한 결과라는 것입니다. 선의와 열정만으로는 세상을 바꿀 수 없다는 사실을, 경험으로 알고 있습니다.

그가 강조하는 효율적 이타주의는 무엇일까요? 얼핏 난해해 보이지만, 간단한 질문 하나에 대한 대답입니다. 다른 사람들을 도울 때, 어떻게 해야 주어진 자원으로 최대의 효과를 얻을 수 있을까요? 돈과 자원을 헛되이 낭비하는 일부 자선단체에 대한 반격인 셈입니다. 토비 오워드 옥스퍼드 대 교수와 윌리엄 맥어스킬 교수가 2009년 공동 설립한 비영리기관 '기빙 왓 위 캔Giving What We Can' 회원들은 이 철학을 바탕으로 자신의 수입 10% 를 기부할 것을 서약합니다. 2017년 7월 1일부로 회원 3,000명, 종신기부 서약액은 17억 달러를 넘겼습니다. 어떤 자선단체가 가장 효율적이고 효과적으로 활동하는지도 평가합니다.

모두를 이롭게 하는 참다운 나눔

비둘기 세 마리가 모이를 먹으려 하고 있었습니다. 한 마리는 보통 비둘기보다 두 배나 살이 쪘습니다. 반면에 두 마리는 너무 많이 말라 있었습니다. 그런데도 두 배나 살찐 비둘기 한 마리가 여윈 다른 비둘기들에게 모이를 양보하기는커녕 오히려 부리로 쪼아대며 그들이 먹지 못하게 방해하는 것이었습니다. 이 광경을 지나가는 사람들이 보고는 살찐 비둘기를 쫓아봤지만 잠시 피하는 듯하다가 여전히 같은 행동을 했습니다. 오늘 우리가 사는 주변의 모습들은 어떤가요? 사람 사는 모습이 이런 모습이면 안 되겠지요.

가난할 때 내 것을 내주면 주머니가 더 쪼들려야 하고, 없는 시간을 내주었다면 삶이 더 팍팍해야 하고, 봉사를 하면 몸이 더 지쳐야 하는데 놀랍게도 결과는 정반대입니다. 역설적이게도 내줄수록 주머니는 더 풍성해지고, 시간은 더 여유로우며, 건강은 더 좋아집니다. 이 얼마나 신기하고 희한한 일인가요? 상식적인 셈법과 정반대입니다. 나누고 베풀지 않으면 이 즐거움과 진리를 깨닫지 못합니다.

나눔은 따지고 보면 다 내가 나에게 하는 것이기도 합니다. 손과 발이 통로가 되어, 전체인 내가 나눔을 실천하는 것입니다. 그러니 온 몸이 즐겁고, 신이 납니다. 물건으로든 돈으로든 마음으로든 몸으로든 나눔은 결국 다 내게로 돌아옵니다. 남에게 하는 것은 아무것도 없습니다. 남이 아니라 또 다른 나에게 하는 것입니다. 나눔을 실천할 때는 차별이나 가림이 없이 순수한 자세여야 좋습니다. 그렇지 않으면 나눔은 자랑이 되고, 수단이 되어 수혜자에게 상처를 줄 수도 있습니다. 그러면 아니함만 못하게 됩니다. 나눔을 많이 하느냐가 중요한 게 아니라, 나눔을 얼마나 순수하게 하느냐가 더 중요합니다.

나눔은 공익으로 펼쳐야 합니다. 가까운 소수의 이웃이게 나누는 것은 쉽습니다. 가까운 이웃에게 나눔은 그만큼이 되돌아오는 것을 기대할 수 있습니다. 멀리, 모르는 이에게까지 나누는 것은 주고받음이 보장되지 않는 무조건적인 사랑의 실천입니다. 그러니 쉬운 게 아닙니다. 이처럼 공익으로 베푸는 것이 중요한 이유는 그래야 탈이 없는 나눔이 되기 때문이기도 합니다. 개인적으로만 베풀면 자칫 탈이 나기 쉽습니다. 받은 사람이 누군지 정확히 각인되어 기대하는 마음도 절로 생깁니다. 되돌아오지 않으면 섭섭함이, 탈이 생기기 쉽습니다. 맛있는 파전 몇 장을 나눈다고 생각해 봅니다. 내 맘에 맞는 옆집에만 주는 것보다, 동네 사람들 불러 한 입씩이라도 함께 하면 같은 양을 가지고도 비교할 수 없이 큰 기쁨을 맛볼 수 있습니다. 파전 하나로 원수가 될 수도 있습니다. 전체에 베풀면, 누구에게만 준 것이 아니어서 따로 받을 생각을 않게 됩니다. 상이 없으니 괴로울 일이 없습니다. 이처럼 같은 양을 가지고 고르게 베푸는 나눔이 주는 기쁨이 큽니다. 왜냐하면 조건 없이 나누는 기쁨이 더 뿌듯하고 행복하기 때문입니다.

경주의 최부자 집에 내려오는 가훈에는 이런 경구가 있습니다. '사방 백리 안에 굶어 죽는 사람이 없게 하라.' 최부자 집은 이 가훈을 착실히 지켰다고 합니다. 그래서 자기들만 잘 먹고 잘 사는 것이 아니라 흉년에 곡식을 나누며 굶어죽는 사람이 없게 했다고 합니다. 나눔의 결과는 항상 상대방에서 끝나게 해야 뒤탈이 없습니다. 이 행위의 결과가 돌고 돌아서 결국 '나 좋자'고 하는 나눔은 탈이 나게 되어 있습니다. 상대가 나로 인해 좋게 되었으면 그걸로 끝이어야 합니다. 내게 되돌아 올 것을 생각도, 계산도 없어야 합니다.

나눔은 양이 아니라 마음입니다. 나눔을 실천하는 사람은 그 마음바탕에 전체를 위하는 우리라는 공동체의식이 준비되어 있어야 합니다. 전체를 나로 보는 마음에서 출발해야 참된 나눔입니다. 십시일반十匙一飯이라는 말이 있습니다. 이는 열 사람이 한 술씩 보태면 한 사람 먹을 분량이 나온다는 뜻입니다. 풍족해서 버릴지언정 오늘 내가 가진 것을 나누고자 했는지 생각해 봅니다.

혼밥이 대세,
'원치 않는 혼밥'에 서러운 사람들

농림축산식품부는 2016년 말 혼밥을 2017년 외식 트렌드로 지목한 바 있습니다. 이처럼 혼밥이 새로운 식문화로 주목 받고 있지만 '원치 않은 혼밥'에 대한 관심은 부족합니다. 미디어에서도 혼밥을 긍정적으로 소개하면서 식품·유통업체들이 앞 다퉈 '혼밥에 최적화된 음식'이나 1인 식사를 표방한 식당을 선보이고 있습니다. 하지만 일각에서는 이런 현상을 '눈치 보기를 거부하는 젊은 층의 새로운 문화'로만 해석할 뿐 사회적인 원인이나 악영향에 대해 언급하지 않습니다. 혼자 밥을 먹는 사람, 즉 '혼밥러'가 늘어나는 이유는 1인 가구 증가에 있습니다.

혼밥을 젊은 층의 생활패턴 변화로 볼 것만은 아닙니다. 2015년 기준 우리나라 1인 가구는 전체 가구의 27.2%(520만 가구)로 국내에서 가장 보편화된 형태입니다. 오는 2025년에는 그 비중이 31.3%에 달할 것으로 보입니다. 이런 추세를 이끄는 건 젊은 세대가 아니라 중장년층입니다. 2000~2015년 인구주택총조사를 분석한 결과 15년간 40~50대 1인 가구가 각각 188%, 256% 증가했습니다. 20대(72.5%), 30대(129%)와 비교해 크게 웃도는 수치입니다. 이들은 이혼, 별거, 사별 등으로 홀로 생활하거나 빈곤에 시달리는 등 경제·사회적으로 소외돼 있습니다. 뿐만 아니라 실업문제에 시달리는 청년들 역시 다양한 이유로 혼자서 밥을 먹는 등 원치 않은 혼밥은 세대 구분 없이 일어나고 있습니다. '여유롭게 먹음', '음식선택이 자유로움' 등 스스로 원해 혼밥을 하는 경우가 있으나 '같이 먹을 사람을 찾기 어려워서', '시간이 없어서' 등 비자발적인 이유가 많습니다.

홀로 밥을 먹는 횟수가 많아질 경우 정신·신체적인 문제를 야기할 수 있습니다. 가족과 함께 식사하는 남성보다 혼자 밥을 먹는 남성은 우울감을 느낄 확률이 2.4배 높다고 합니다. 영양 불균형으로 이어지는 경우도 많습니다. 식품 자체의 문제라기보다 홀로 밥을 먹을 때 패스트푸드, 인스턴트식품 등 간편한 고열량 식품을 찾기 때문입니다. 라면, 빵, 김밥, 샌드위치를 주로 섭취, 밥 위주의 가족식사보다 영양·다양성이 떨어집니다. 1인 가구들 중에는 지속적인 외식이나 불규칙한 생활습관 때문에 영양 불균형, 만성 위염 등의 건강 문제를 갖고 있거나 우울증처럼 정신건강 문제가 일어나는 경우가 있습니다. 1인 가구는 동질성을 가진 집단이 아니라 성·연령·소득의 계층적 특징에 따라 성격이 다양한 만큼 맞춤형으로 접근해야 할 것입니다.

최근 유행하는 트렌드는 혼밥, 혼술, 혼영 등 '혼alone'과 결합한 1인 소비의 확산입니다. 이러한 트렌드는 심지어 1인과 이코노미economy를 조합한 1코노미의 시대가 될 것이라는 전망입니다. 나홀로족 트렌드가 소비에 집중되더니, 이제는 1코노미로 소비에서 더 나아가 인간관계에까지 확대될 것으로 보입니다. 많은 사람들이 인맥 관리는 피곤한 것이라 여기기도 합니다. SNS가 일상화된 현실에서 오히려 인간관계에 부담과 피로감을 느끼는 관계 맺기가 불편해진 이른바 '관태기'를 맞게 된 것입니다. 하루에 카톡을 수백 건 주고받고 휴대전화에 저장된 전화번호가 수백 개여도 편하게 연락할 수 있는 사람은 적습니다. 때문에 최근 몇 년간 급증하고 있는 나홀로족 중에는 인간관계에서 소외된 '왕따'보다는 스스로 인간관계에서 도피하고자 하는 자발적 나 홀로 족이 상당히 많이 포함돼 있습니다. 이런 시대에 몇 년 전부터 폭발적으로 우리 사회를 강타한 혁신적 경제 패러다임인 공유경제는 지금의 1코노미 트렌드와 어떻게 연결 지어 설명할 수 있을까요? 공유경제共有經濟, sharing economy는 물품을 소유의 개념이 아닌 서로 대여해 주고 차용해 쓰는 개념으로 인식해서 하는 경제활동을 의미합니다. 1984년 하버드대학교의 마틴 와이츠먼 교수의 '공유경제 — 불황을 정복하다'라는 논문을 통해 처음 우리에게 알려진 공유경제는 당시 미국의 스태그플레이션에 저항할 하나의 대안으로 주목받았습니다. 2008년 하버드대학의 로렌스 레시그 교수는 조금 다른 견해에서, '문화에 대한 접근이 가격에 의해 규정되지 않고 사회적 관계의 복잡한 조합에 의해 규정되는 경제 양식'으로 공유경제를 정의했습니다. 공유경제를 상업경제Commercial Economy와 대척점에 세우기도 했습니다. 즉, 공유경제의 근본은 경제적 교환이 아니라 사회적 교환이라 할 수 있습니다. 다시 돌아가서, 그렇다면 공유경제와 1코노미는 서로 배타적인 관계에 있는 것이 아닌가요?

혼밥을 하면서 한 손으로는 스마트폰으로 자신의 혼밥하는 사진을 SNS에 올려 타인과 교류합니다. 혼자 먹고 마시는 것에 지치고 외로운 사람들이 삼삼오오 모여 식사를 하는 소셜다이닝 트렌드도 나타나고 있습니다. 관계 맺기를 포기하지는 않지만 그에 들어가는 시간은 최소화해서 자기계발에 좀 더 투자하고 싶은 것입니다. My home → My room → My phone으로 젊은이들의 공간과 교류와 표현의 장場이 변화돼 가고 있습니다. 효율을 쫓는 이들에게 가장 중요한 자원은 '시간'입니다. 효율과 '빨리빨리 트렌드'의 뒤에 찾아오는 깊은 공허함입니다. 패스트푸드가 세상을 다 점령할 것만 같았던 80~90년대를 지나 슬로우푸드가 대유행을 했던 것만 봐도, 우리 마음 깊은 곳에서는 효율과 경쟁과 스피드보다는 공유와 나눔과 쉼에 대한 지울 수 없는 갈증이 있습니다. 그럼에도 오늘날의 트렌드는 공유보다는 효율에 좀 더 방점이 찍히는 것 같습니다. 공유경제의 대표 사례로 알려졌던 에어비앤비[4]와 우버택시[5]조차도 이제는 공유보다 수익

4 에어비앤비(AirBnB) 숙박 시설과 숙박객을 온라인으로 연결해주는 서비스 모델입니다. 에어비앤비는 '에어베드 앤드 브렉퍼스트(Airbed and Breakfast)'의 약자로, 공기를 불어 넣어 언제든 쓸 수 있는 공기 침대(air bed)와 아침식사(breakfast)를 제공한다는 의미를 담고 있습니다. 홈페이지에 집주인이 임대할 집을 올려놓으면 고객이 이를 보고 원하는 조건에 예약하는 방식으로 이루어집니다. 집주인에게는 숙박비의 3퍼센트를 수수료로 떼고, 여행객에게는 6~12퍼센트의 수수료를 받습니다. 에어비앤비는 평판 시스템을 활용해 투숙객이나 집주인 모두 자신들의 사회적 관계와 명성을 유지해야만 에어비앤비를 이용할 수 있도록 합니다. 에어비앤비는 2008년 8월 브라이언 체스키, 조 게비아, 네이선 블레차르지크 등 3명이 공동 창업했습니다. 에어비앤비는 인터넷만 있으면 방을 빌려 쓸 수 있는 시대를 열며 기존 숙박업소를 위협하고 있습니다. 예컨대 2014년 초에 있었던 러시아 소치 동계 올림픽이나 여름에 있었던 브라질 월드컵 때 경기를 보러간 관광객들이 가장 많이 이용한 숙박업소는 에어비앤비에 등록한 업소였습니다. 2015년 3월 현재 전 세계 190개국 3만 4,000여 개 도시에서 하루 평균 100만 실의 빈방을 여행객에게 연결해주고 있습니다. 한국어 서비스는 2012년부터 시작했는데, 2015년 2월 현재 에어비앤비에 등록한 한국의 숙박 시설은 6,000여 곳을 넘었습니다.

5 우버(Uber) 스마트폰 기반 교통서비스를 서비스하는 미국의 교통회사(운송 네트워크)입니다. 스마트폰 앱으로 택시가 아닌 일반 차량을 배정받을 수 있는 교통중개 서비스입니다. 우버는 2010년 미국 샌프란시스코에서 출발했는데, 초기 이름은 우버캡(ubercab)이었습니다. 하지만 샌프란시스코 시 당국이 택시 사업과 유사하다는 이유로 '정지 명령'을 내리자 '택시'를 뜻하는 '캡'을 빼고 우버로 이름을 바꾸었습니다. 우버는 우버 블랙(Uber BLACK)과 우버 X(Uber X), 두 종류의 서비스를 제공하고 있습니다. 우버 블랙은 고급 콜택시 서비스로 일반 택시에 비해 가격이 2배가량 높습니다. 우버 X는 택시운전 자격증이 없는 일반 운전자들이 기사로 참여하기 때문에 가격이 쌉니다. 2014년 12월

에 초점이 맞춰지면서 더 이상 공유경제의 모범으로 평가하기 어렵기 때문입니다.

오늘도 새로운 하루, 한 달, 한 해를 맞이합니다. 하고 싶은 것도 많고, 해야 할 것도 많습니다. 당연히 제한된 시간자원을 효율적으로 사용하기 위해 우선순위를 정하고, 무언가는 순위에서 뒤처지게 될 것입니다. 자신의 시간 속에서 무엇을 1순위로 두고 살아갈지요? 무엇이든 좋습니다. 다만 그 순위를 선택함에 있어 누군가와 함께 공감하고, 응원해 줄 수 있는 사람 하나는 꼭 곁에 있으면 좋지 않을까요? 결국 우리가 희망하는 건 물질적인 풍요를 이루는 경제보다는 훈훈한 인정이 넘치는 세상일 것입니다. 혼자만이 바쁘게 가는 길보다는 같이 걷는 길에서 여유를 찾고 의미를 찾아감이 좋은 것 같습니다. 새로운 시대에 맞게 삶의 방식과 인간관계가 달라지지만 그래도 가정과 친구의 소중함은 아무리 강조해도 지나치지 않을 것 같습니다. 결국 사람은 더불어 함께 살아가는 존재입니다.

현재 현재 우버가 진출한 나라는 44개국, 170개 도시에 달합니다. 이런 파괴력 때문에 우버를 둘러싼 논란도 치열합니다. 이용자들은 우버를 극찬합니다. '우버'를 한 번이라도 이용해본 사람은 엄지손가락을 치켜듭니다. 쾌적한 실내, 친절한 운전기사, 편안하고 안전한 운행 덕분입니다. 택시요금보다 2배는 비싸다지만, 흔히 먹는 '패스트푸드'가 아니라 가끔 기분전환 삼아 찾는 '프랑스 코스요리'라 생각합니다. 이렇게 말하는 이유는 불친절과 불안, 불쾌함의 대명사로 굳어진 택시 서비스가 자리 잡고 있습니다. 실리콘밸리도 우버의 든든한 지원군입니다.

"웬만하면 말 걸지 맙시다"……
'언택트 마케팅' 뜨는 이유

택시를 탈 일이 있으면 직접 택시를 잡기보다는 모바일 앱으로 부르는 것을 선호하는 이들이 늘고 있습니다. 이들은 택시를 타고 나서는 음악을 듣지 않아도 웬만하면 이어폰을 낍니다. 그 이유는 피곤한 출·퇴근길 택시 안의 시간은 이른바 '멍을 때리는' 잠깐의 휴식인데, 목적지까지 별다른 대화 없이 방해받지 않고 가고 싶어서입니다. 앱으로 택시를 부르면 목적지가 어딘지, 어느 길로 갈지 구구절절하게 설명할 필요가 없고, 후미진 골목길까지 들어가 달라고 기사한테 아쉬운 소리를 안 해도 되기 때문입니다.

인터넷전문은행에서 소액대출을 받는 이들도 늘고 있습니다. 금리가 일반 시중은행보다 싼 것도 장점이었지만, 무엇보다 은행 대출창구 직원 앞에서 "왠지 모르게 한없이 작아지는" 경험을 하지 않고 모바일로 바로바로 대출이 이뤄진다는 점이 장점입니다. 요즘 대부분의 금융거래를 인터넷으로 하는 이들도 늘고 있습니다. 이들처럼 '불편한 소통' 대신 '편한 단절'을 택하는 사람들이 늘어나서일까요? '조용한 소비'가 점차 확산되고 있습니다. 몇 년 사이 금융권을 휩쓸었던 '비대면 거래'에 이어, 유통업계에서도 '언택트Un-tact 마케팅'이 유행처럼 번지고 있습니다. 언택트란 사람과의 접촉, 즉 '콘택트contact'를 지우는 일종의 무인서비스를 함축하는 개념입니다. 인공지능AI과 빅데이터, 사물인터넷IoT 등 이른바 '4차 산업혁명'을 상징하는 기술의 진화 역시 무인화 등 '언택트 마케팅'의 플랫폼이 되고 있습니다.

화장품 편집매장 중에서는 기존 매장과 달리 가상 메이크업 앱, 스마트 테이블, 무인안내기 등 디지털 체험공간이 마련한 곳도 있습니다. 색조화장품을 얼굴에 직접 바르지 않고도 색상이 잘 어울리는지 화면 속 거울에서 실시간으로 합성해 보여주거나, '스마트 미러'에 얼굴을 대면 사용자의 피부 나이와 상태를 분석해 알맞은 제품을 추천해 주는 식입니다. 기존에 직원이 했던 역할을 디지털기기의 도움을 받아 소비자가 직접 체험하고 결정하는 것으로, 직원의 간섭이 없는 '나 홀로 쇼핑'에 대한 선호도가 높아지는 추세를 반영한 것입니다. 각종 신기술 체험공간으로 마련한 강남 본점은 개장 한 달 만에 방문객 50만 명을 돌파하기도 했습니다.

남성 라이프스타일 편집숍에도 대형 밴딩머신이 설치돼 있는 곳이 있습니다. 고객이 무인안내기를 통해 상품을 주문하면 로봇이 해당 상품을 고객에게 전달하는 방식입니다. 역시 직원과의 접촉을 최소화하는 마케팅 전략을 취했습니다. 롯데, 신세계 등 주요 유통 대기업들은 '쇼핑 도우미 로봇' 도입 경쟁이 한창입니다. 롯데백화점은 업계 최초로 쇼핑도우미 로봇인 '엘봇'을 선보이며 '3D 가상 피팅 서비스'와 '픽업 데스크' 이용법 등을 소개했습니다. 현대백화점은 외국인 쇼핑객들에게 음성인식 통역 소프트웨어인 '지니톡'을 탑재한 안내용 로봇을 선보였습니다. 신세계그룹 역시 쇼핑 로봇 '나오'를 시범 운영한 데 이어 휴머노이드 로봇 '페퍼'를 선보였습니다.

어느 화장품 매장에 가보니 이런 소비자의 변화하는 취향을 반영한 것이 눈에 띄었습니다. 흔히 화장품 로드숍에 비치돼 있는 쇼핑 바구니가 두 종류로 나누어져 있습니다. 두 바구니의 차이점은 '혼자 볼게요', '도움이 필요해요'라고 쓰인 각각 다른 라벨이 붙어 있다는 점입니다. 고객이 '혼자 볼게요' 바구니를 들면 점원은 먼저 다가가 말을 걸지 않고, '도움이 필요해요'라고 쓰인 바구니를 들고 쇼핑을 시작하면 다가가 제품을 추천하거나 피부 진단 등의 상담을 해줍니다.

10대, 20대 '밀레니얼 세대'[6] 고객들은 제품정보를 인터넷에서 습득하고 매장에서는 사전에 확인하는 정보를 바탕으로 테스트하는 방식을 추구해 점원이 다가가는 것을 부담스럽게 생각하기 때문입니다. 이 같은 '침묵 마케팅'이 먼저 등장한 곳은 일본입니다. 일본의 한 의류업체가 소비자들을 대상으로 실시한 설문조사에서 '점원이 말을 걸면 긴장한다'는 의견이 나오자, 점원에게 방해받고 싶지 않다는 의사를 뜻하는 파란색 쇼핑백을

6 밀레니얼 세대(Millennial Generation)란 1980년대 초부터 2000년대 초 사이 출생하여 2007년 글로벌 금융위기 이후 사회생활을 시작한 세대로, 모바일 기기를 이용한 소통에 익숙한 사람들을 말합니다. 2010년 이후 사회의 주역으로 점점 대두하고 있습니다. 시장조사기관 GfK에 따르면 미국 밀레니얼 세대의 64%가 집에서도 휴대전화만 사용하는 것으로 드러났습니다. 성인을 기준으로 한 결과가 44%인 것에 비해 높게 나타난 수치는 그만큼 밀레니얼 세대가 모바일 기기 사용에 더 익숙함을 말해줍니다. 미국에서는 밀레니얼 세대가 주요 노동 인구 계층으로 부각되기도 했습니다. 미국 월스트리트 저널의 보도에 따르면 미국에서 밀레니얼 세대는 노동인구의 중심이 되고 있으며, 미국 전체 노동인구의 약 3분의 1가량을 차지합니다. 소비자 측면의 밀레니얼 세대는 트렌드에 민감하면서도 브랜드보다 합리적인 가격을 중요시하는 편에 속합니다. 내 집 마련 등 소유에 대한 개념은 약한 편이고, 효율성과 가치를 중시합니다. 틀에 박힌 일보다는 가치 있는 일을 통해 돈을 벌고 싶어 하는 경향도 있습니다.

매장 내에 비치하기 시작했습니다. 교토시의 한 운수회사가 기사가 손님에게 말을 걸지 않는 것을 원칙으로 하는 이른바 '침묵 택시' 운영을 시작해 국내에서도 화제가 되기도 했습니다.

대화보다는 '클릭'이 편한 세대의 출현 역시 언택트 마케팅의 확산 배경입니다. 최근 누적 주문건수가 3,000건을 돌파한 스타벅스의 '사이렌오더'는 모바일 앱을 통해 미리 주문과 결제를 하고 매장에서는 음료만 받아가는 O2O Online to Offline 서비스입니다. 매장에 들어가지 않아도 반경 2km에서 주문이 가능하고, 미리 주문과 결제를 마치면 긴 줄을 서지 않고도 음료를 받아갈 수 있습니다.

스타벅스가 최근 사이렌오더 이용 고객 비율을 조사한 결과, 20~30대가 86%로 압도적인 비중을 차지하는 것으로 나타났습니다. SNS 등 비대면 접촉에서도 '과잉 연결'에 시달리는 피로감이 꼭 필요한 경우가 아니면 대면 접촉을 '피곤한 일'로 인식하게 만든다는 분석도 있습니다. 면대면 대화나 전화보다는 문자나 메신저를 통한 대화가 더 편합니다. 이렇듯 불필요하고 소모적인 관계에 권태를 느끼는 20대의 모습을 가리키는 용어로 '관계'와 '권태기'를 합성한 신조어인 '관태기'가 유행입니다.

이 밖에 모바일 기기에 길들여진 젊은 층이 메신저나 문자는 익숙한 반면 전화 통화를 두려워한다는 뜻의 '콜 포비아'란 신조어가 화제가 되기도 했습니다. 친밀한 관계에서도 통화보다 메신저 대화를 선호하는 분위기가 확산되며 애인이 바뀌면 통신사도 함께 바꾼다는 통신사 커플요금제 역시 '흘러간 추억'이 됐습니다. 언택트 기술의 보편화는 디지털 환경에 익숙하지 않은 고령층을 소외시키는 '언택트 디바이드untact divide'를 낳을 수 있습니다. 최근 금융권의 핀테크 열풍과 비용 절감으로 모바일뱅킹 등 비대면 거래는 급증한 반면, 점포 축소 등으로 고령층의 금융소외 현상이 대두된 것과 같은 맥락입니다.

이런 사회현실의 초점은 기술의 진화가 아닙니다. 중요한 것은 이러한 기술이 등장했다는 사실이 아니라 이제는 소비자들이 언택트 기술에 익숙해지고, 나아가 편안하게 느끼기 시작했다는 사실입니다. 4차 산업혁명의 기술은 무엇보다 '연결성'을 강조하지만, 플랫폼으로 연결돼 막대한 정보를 공유하는 소비자들은 아이러니하게도 타인과의 연결, 접촉을 중시하지 않을 뿐더러 오히려 이를 '피곤한 것'으로 여기는 경향이 커진 셈입니다. 모든 것에 접촉하고 이어가는 기술사회의 성취는 역설적으로 사람 간의 접촉을 끊는 언택트 기술을 촉진하는 배경이 되고 있는 것입니다. 비대면 접촉도 궁극적으로는 인간이 중심이 되어야 합니다. 굳이 인력이 필요하지 않은 곳은 기술로 대체하고, 보다 대면 접촉이 필요한 곳에는 인력을 재배치하는 기술과 방법이 병행되어야 합니다. 이처럼 변화된 사회 속에서 우리의 인간관계를 비롯한 삶의 방식과 문화는 변할 수밖에 없습니다. 변화에 잘 적응하되, 우리에게 소중하고 훈훈한 인정이 작용하는 인간관계는 놓치지 말았으면 좋겠습니다.

아파트 생활로 우리가 잃어버린 것들

사람은 공간을 만들고, 공간은 사람을 만듭니다. 더위와 추위를 피하고 휴식을 취하기 위한 집, 투자와 과시의 집에서 벗어나 집은 살아가는 공간 그 이상의 의미를 가집니다. 최근 도시 아파트를 처분하고 외곽으로 이사해서 단독주택을 짓는 이들이 늘고 있습니다. 이들은 직장이 좀 멀어져도 아파트보다는 주택이, 번잡한 도시보다는 외곽지역이 낫다고 여깁니다. 이들은 자신들과 자녀들에게 딱딱한 시멘트와 콘크리트가 당연시되는 도시보다는 꽃과 풀과 나무가 어우러진 자연을 선물하고 싶어 합니다. 그래서 이들은 아파트 생활을 접고 자연으로 들어가는 것입니다. 이처럼 우리 삶에 도시 아파트는 만족감이 아닌 불편감으로 다가오고 있습니다. 그 이유는 아파트 문화가 우리를 슬프게 하기 때문입니다.

우리의 주거환경이 단독주택에서 아파트로 급속히 바뀌면서 우리가 의도하지 않게 잃어버린 것이 많습니다. 아파트의 구조적인 문제로 인해 공동체의 삶에서 잃어버리는 것이 많습니다. 아파트의 동선動線 구조는 두 가지입니다. 계단과 승강기를 한 층에 두 집이나 네 집 정도가 사용하는 구조를 '계단실형 아파트'라 부릅니다. 이와 달리 복도를 따라 여러 집이

134

연접해 있는 구조를 '복도형 아파트'라 부릅니다.

아파트 보급 초기엔 복도형이 대세였습니다. 우리나라에 아파트가 보급되기 시작할 때는 주로 복도형 아파트를 지었습니다. 복도형 아파트는 승강기와 계단의 숫자를 줄이고 더 많은 세대를 배치할 수 있는 장점이 있습니다. 반면에 세대마다 뒤 베란다를 설치할 수 없습니다. 지나다니는 사람들이 많아서 현관문도 조심해서 열어야 하고 복도 쪽 창문을 열어둘 수도 없습니다. 이렇게 복도형 아파트는 사생활을 위한 공간적 측면으로 볼 때, 여러 가지 단점을 가지고 있습니다. 이런 몇 가지 문제점 때문에 계단실형 아파트가 복도형에 비해 고급이라고 인식되게 되었습니다. 그래서 요즘에는 복도형 아파트를 거의 짓지 않습니다.

그러나 복도형 아파트에 살아 본 사람들이라면 '공동체의 삶'이라는 측면에서 매우 바람직한 구조라는 것을 잘 압니다. 복도는 길이입니다. 긴 복도를 걸어가다 보면 같은 방향으로 가는 주민도 있고 마주치는 주민도 있습니다. 자연스레 얼굴이 익고 인사를 나누게 됩니다. 여름에는 현관문을 열어두고 발을 쳐둔 집도 많습니다. 마을 골목을 지나듯이 집안에서 흘러나오는 사람의 소리를 들을 수 있습니다. 그렇게 가까워진 남자들은 휴일에 등산도 가고 족구도 합니다. 비 오는 날 주부들은 한 집에 모여서 부침개를 부쳐 먹습니다. 집집마다 대소사를 챙겨주기도 하고 여행계를 들어 해외여행을 다녀오기도 합니다. 그렇게 살다가 이사 간 사람들이 고향을 찾듯 일 년에 몇 차례 함께 모여서 식사를 합니다. 이러한 공동체 삶이 꼭 복도형 아파트 구조에 기인한다고는 할 수 없으나 그 구조가 큰 역할을 하는 것은 틀림없습니다.

아파트의 구조가 계단실형으로 바뀌면서 우리 삶의 패턴도 바뀌었습니다. 계단실형 아파트는 주차장에서 내 집까지 같은 동棟 주민을 거의 만나지 않고 출입하는 경우가 많습니다. 출퇴근 시간대나 라이프 사이클이 다른 사람들은 승강기를 같이 타는 경우가 없으므로 얼굴을 전혀 모릅니다. 현관문을 닫으면 무인도에 사는 것 같습니다.

중국 남부지방 푸젠 성에는 '토루'라는 특별한 공동주거가 있습니다. 이 주거형태의 외부구조는 적으로부터 공동체를 지켜내기 위한 가장 견고하고 합리적인 구조입니다. 반면 내부 공간은 공동체가 서로 소통하기에 바람직한 구조로 되어있습니다. 중정中庭에는 넓은 마당이 있고 공동 우물과 사당이 있다. 방문객을 위한 침실도 있습니다. 중정을 둘러싼 거대한 공동주거의 아래층은 전부 주방과 창고이며 상부층은 침실로 구성되어 있습니다. 토루는 거대한 도넛 형상인데 내부 중정 주위를 복도가 둘러싸고 있습니다. 이 복도를 따라 걸으면 이웃과 자연스럽게 소통이 됩니다. 놀랍게도 가장 오래된 토루는 700여 년이 되었는데 그 구조가 유지되고 있으며 아직 주민이 살고 있다고 합니다.

이렇게 멋진 공동주거 토루를 보면서 우리의 아파트 문화를 생각해 봅니다. 우리가 추구하는 더 편리하고 완벽하게 사생활이 보장되는 집이 이웃과의 소통을 더 어렵게 만들었습니다. 형태는 공동주거인데 그 안의 삶은 철저히 이웃과 단절되어 있습니다. 또한 지은 지 30년만 넘어가면 집을 부수고 새로 지으려고 하는 것도 문제입니다. 이는 우리 사회에 만연한 인스턴트 문화의 연장선이라 할 수 있습니다. 급속히 확장된 아파트 문화로 인해 우리는 많은 것을 잃었습니다.

마음통함의 소통 시대랍니다

현대인들에게 대화가 점점 부족해지고 있습니다. 요즘 대화 상대는 주로 스마트폰 문자메시지나 SNS가 아닌가 싶습니다. 그러다 보니 모임에 참석해서도 각자 카톡 확인하느라 바빠서 집중을 못하고 진지하게 대화를 나누는 모습은 보기 힘들어졌습니다. 그러나 현대인들에게 대화능력은 아무리 강조해도 지나치지 않을 정도로 중요합니다. 직장인을 대상으로 설문을 벌인 결과, '말하기' 때문에 회사에서 스트레스를 받는다고 답한 직장인들은 73%에 달했으며, 응답자의 89%는 '소통 기술'을 배워서라도 직장에서 인정받고 싶다고 답했습니다. 이처럼 부족해지고 중요해진 소통을 위해서는 노력과 기술이 필요합니다.

먼저 소통 부족을 메우는 좋은 방법 중의 하나가 대화를 밥 먹듯 하려고 노력해 보는 것입니다. 밥 먹듯 대화하라는 말은 매일 식사를 하듯, 자주 대화하라는 뜻도 있지만 대화의 만찬을 즐겨보라는 것입니다. 우리가 제대로 된 식사를 하려면 음식이 나오는 코스가 있듯, 대화에도 순서가 필요합니다. 먼저 코스요리에는 항상 입맛을 돋궈주는 애피타이저가 나옵니다. 애피타이저로 주로 따뜻한 수프가 나오는 것처럼 대화도 따뜻한 이야기로 시작하면 좋습니다. 예를 들어 친구에게 "도서실에서 밤늦게까지 공부하던데 저녁은 챙겨 먹었냐?" 같은 상대방을 배려 해주는 따뜻한 말을 먼저 꺼내는 것입니다. 사전에 차가운 물건을 만지면 사람의 마음도 차갑게 변해 냉정해집니다. 거꾸로 따뜻한 물건을 만지면 사람의 마음도 따뜻해집니다. 그렇기 때문에 대화의 시작은 다정한 말로 시작하는 것이 좋습니다.

대화의 메인요리는 오늘의 추천메뉴가 좋습니다. 추천메뉴란 대화의 중요한 '이야깃거리'를 미리 선택하는 것입니다. 시의적절한 주제를 중심으로 대화를 이어나가면 맛있는 토론으로 이어질 수도 있습니다. 다만 주의할 이야깃거리로는 서로의 가치관이 다를 수 있는 정치나 종교적 견해는 피하는 것이 좋습니다. 아주 좋은 이야깃거리로는 상대에게 무언가를 배우는 기회를 가져보는 것입니다. 예를 들어 요즘 한창 카메라에 빠져있는 친구에게 사진 잘 찍는 법을 가르쳐달라며 관심을 보여주고 배움을 요청하면 대화의 만찬을 즐길 수 있습니다. 대화의 마지막 코스는 후식입니다. 후식으로 달콤한 케이크나 아이스크림이 많은 것처럼 대화의 마무리는 상대에 대한 달콤한 인정과 칭찬으로 끝내야 좋은 여운이 남습니다. 칭찬할 때는 방법이 중요합니다. 항상 구체적으로 칭찬하고 칭찬한 뒤에는 토를 달거나 부탁 같은 것을 말아야 합니다.

통쾌한 소통을 하려면 기술도 필요합니다. 대화가 통하게 하는 기술이 필요한데 신기하게도 어떤 사람은 10년을 만나도 10분 만난 사람처럼 대화하기 어색한 사람이 있는 반면 만난 지 10분 만에 10년 만난 사람처럼 말이 통하는 사람이 있습니다. 상대방과 금방 대화가 통하는 이유는 그 사람과 유사성이 있기 때문입니다. 유사성이란 사람들은 자신과 비슷한 사람에게 호감과 친근감을 느끼는 것을 말합니다. 대화할 때도 서로간의 유사성을 찾게 되면 더욱 빠르고 쉽게 가까워 질 수 있습니다.

상대방과의 대화에서 유사성을 찾는 방법은 두 가지가 있습니다. 먼저 상대방의 이야기 내용에 공감을 해주는 것입니다. 가게 종업원이 손님과 이야기하면서 자주 "맞아요, 저도 그런 경험이 있습니다"라고 말하면 그렇지 않은 판매원보다 훨씬 더 많이 판매를 할 수 있습니다.

유사성을 찾는 두 번째 방법은 언어조절법입니다. 언어조절법이란 상대방의 말의 속도나 높낮이를 비슷하게 하는 것입니다. 즉, 상대방의 말의 속도가 빠르면 나도 빨리하고 목소리가 크면 나도 크게 하는 것입니다. 왜냐하면 인간은 누구나 자신의 말과 속도가 같거나 톤이 비슷한 사람에게 더 끌리기 때문입니다. 거기다 상대방의 말 스타일까지 맞추면 더 효과적입니다. 가만히 관찰해 보면 상대방의 말하는 습관이 분명히 있습니다. 대화를 나눌 때 의도적으로 상대방이 많이 쓰는 단어를 같이 사용하거나 자주 활용하는 몸짓을 적극적으로 따라하면 통쾌한 소통에 큰 도움이 될 것입니다.

더불어 함께 평화를 이루는 생명공동체

나무가 빛을 향하듯 모든 생명체는 본래적으로 고유한 지향성을 가지고 있습니다. 이는 생명이 지향성을 가지고 있다는 말입니다. 그런데 이 지향성은 혼자의 힘으로 이룰 수가 없습니다. 지향성이 한 존재의 궁극적 성향이라면 이미 한 존재로 있지 않으면 안 됩니다. 스스로 있는 존재는 이 세상에 아무것도 없습니다. 자신의 존재성을 유지하려면 다른 존재의 도움을 받지 않으면 안 됩니다. 어떤 존재가 다른 존재에 의존할 수밖에 없다는 것은 다른 존재에 의하여 존재의 의미를 갖고 지향성도 갖게 된다는 것을 뜻합니다. 따라서 서로 다른 존재는 각각의 존재가 필요로 하는 존재의 조건에 서로 상응하는 상호적 관계가 필요합니다. 이 관계가 치우침이 없이 균형을 유지한다면 모든 존재의 삶은 평화로울 것이라 기대할 수 있습니다.

인간 생명도 다른 존재와 마찬가지로 고유한 지향성을 가지고 있습니다. 그런데 인간의 생명은 태생적으로 다른 존재에 비해 외부의 도움을 특별히 많이 필요합니다. 어린아이의 나약함은 공동체의 협력을 더욱 필요로 합니다. 그러므로 가정 공동체는 아이를 위해 더욱 결속하게 됩니다.

이는 인간 생명이 특별한 지향성을 가지고 있음을 말해줍니다. 어린아이와 노인에게서 그렇듯이 인간에게서 생명성은 약할 때 더욱 그 의미가 드러납니다. 여기에 상생의 생명법칙이 작용합니다. 그러나 생명의 배려는 일방적이거나 대응적이지 않습니다. 생명의 법칙은 받은 만큼 돌려주거나 받은 자에게 돌려주는 교환의 법칙이 아닙니다. 상생의 법칙은 관계를 통하여 고유한 생명의 의미를 발견하는 데서 시작됩니다. 생명의 차원이 고양될수록 관계는 새롭고 심오한 의미를 부여합니다. 자연적 차원에서는 상호 간의 생존만을 생각하지만, 사회적인 차원에서는 삶의 가치를 생각하게 됩니다. 나아가 종교적이거나 도덕적 차원에서는 삶의 완성이 무엇인지 생명의 지향점을 깨닫게 됩니다.

생명은 하나의 씨알과 같아서 완성을 이루게 되면 다 자라난 나무가 그늘을 베풀 듯 사람들에게 평화를 선사합니다. 생명이 주는 열매인 평화는 모든 존재가 그 다양성을 발휘하고도 전혀 혼란을 일으키지 않는 상생의 평화입니다. 평화는 아무 일이 없이 조용한 것이 아니라 조화의 극치를 이루는 것입니다. 다름과 차이를 받아들이고 함께 어울려 새로운 조화의 모습을 이루어 내는 것입니다. 마을 축제에서 난장에 진정 평화의 모습이 있듯이 진정한 평화는 역동적입니다. 평화는 진실로 단순히 기다리는 자에게는 다가오지 않습니다.

오늘 우리는 '생명상실의 시대'를 살고 있습니다. 매일 매스컴이 전해주는 그칠 줄 모르는 어두운 소식은 테러와 전쟁으로 인한 무고한 희생과 인간의 탐욕으로 인한 생태계의 심각한 훼손입니다. 부정의로 말미암은 생명의 상실은 평화의 터전을 잃어가는 것입니다. 생명의 씨알이 갈라지고 메마른 땅에서 싹을 틔울 수 없듯이 사태의 올바른 인식 없이는 아무런 희망이 보이지 않습니다. 생명의 상실은 세상의 상실입니다. 세상은 생명이 살아있을 때 비로소 세상이 됩니다. 세상은 상생의 터전이자 조화의 장이기 때문입니다. 우리가 이 세상에서 살아있는 생명이 되기 위해서는 다른 사람과 다른 종과 다른 생명체와 나아가 무생물과의 관계를 확인하면서 살아갑니다. 다른 존재로 말미암아 내가 존재하듯이 다른 존재가 나로 말미암아 존재함을 확인하지 않으면 안 됩니다. 다른 존재는 내 생명성을 확인하는 거울이기 때문입니다. 생명은 맑고 맑은 거짓 없는 거울입니다. 도산 안창호의 말입니다. "성격이 모두 나와 같아지기를 바라지 말라. 매끈한 돌이나 거친 돌이나 다 제각기 쓸모가 있는 법이다. 남의 성격이 내 성격과 같아지기를 바라는 것은 어리석은 생각이다." 백범 김구도 "산에 나무가 하나만 피느냐, 들에 꽃이 하나만 피느냐"고 말했습니다. 이 말은 서로 차이를 인정해야 한다는 말입니다. 다름을 인정하는 너그러움과 열린 정신으로 살아야겠습니다.

어떤 생각에도 다른 생각으로 동조하거나 저항해서는 안 됩니다. 그리고 쓸모없는 부정적인 생각의 그물에 다시 걸려들 때는 한 발 물러서서 이런 상태를 가만히 지켜봅니다. 그러면 제아무리 끈적끈적하게 들러붙어 있던 생각이라도 곧 떨어져 나가고 맙니다. 생각이 다를 때, 생각이 서로 부딪칠 때, 바로 그때가 틈이 생기기 쉬운 순간입니다. 그때는 얼른 한 발 물러서서 다시 생각하는 것이 좋습니다. 동조도 저항도 아닌, 상대의 다른 생각을 있는 그대로 이해하면 풀립니다. '다른 생각'이 '틀린 생각'은 아닙니다. 생각의 그물에 걸릴 때마다 한 발만 물러서면 부딪칠 일이 없습니다.

오라는 곳은 없지만 갈 곳은 많습니다. 하늘이 나를 부르고 바람이 반겨

줍니다. 정처 없이 걷다 보면 제게 길을 안내해 주는 이는 제 스승이며 제게 따뜻한 겉옷을 벗어 주는 이는 제 벗이며 말없이 제 손을 잡고 같이 걸어주는 이는 제 '가족'입니다. 기나긴 인생길에서 힘들 때 손잡아주고 지칠 때 함께 걸어주는 사람들이 있다면 그들도 다 내 가족이 아닐까 싶습니다. 내가 내 삶의 주인인 것은 맞습니다. 지구도 우주도 나를 중심으로 움직입니다. 그러나 끝내 나 중심으로만 삶을 살아가면 진정한 자유로움을 얻지 못합니다. 갈등과 다툼의 틀에 갇힐 뿐입니다. 나 중심에서 나를 풀어내어 이타심을 갖는 것, 그것이 자유를 얻는 길입니다.

배려하는 마음

인간성 상실의 시대. 오늘의 대한민국 상황을 요약하기에 가장 적합한 단어가 아닐 듯싶습니다. 인간애의 시작은 상실된 인간성을 찾는 것에서 시작될 것입니다. '인간성'은 인간다움 다시 말해, 인간을 인간답도록 하게 하는 본질을 뜻합니다. 동물성에 대비되는 개념으로 이해와 공감을 기반으로 하여 '도덕'으로서 완성됩니다. 어느 마을에서 음악회가 열렸습니다. 그날 오케스트라를 지휘하기로 한 지휘자는 형편이 좋지 않아 전부터 입어오던 낡은 예복을 입고 지휘를 했습니다. 그런데 지휘자가 너무 열심히 오케스트라를 지휘해서인지 낡은 예복이 찢어지고 말았습니다. 오케스트라를 지휘할 때는 예복을 입어야 하지만 낡아서 찢어진 예복을 벗을 수밖에 없었습니다. 셔츠 차림으로 지휘하는 그를 향해 관객들은 수군대기 시작했습니다. 그러나 지휘자는 주위가 소란해도 전혀 흔들림 없이 차분하게 최선을 다해 지휘했습니다.

그때 관객석 맨 앞에 앉아 있던 한 중년 남성이 조용히 일어나더니 자기가 입고 있던 겉옷을 벗고, 지휘자처럼 셔츠 차림으로 앉았습니다. 이 광경을 보고 있던 관객들은 정적이 흐른 듯 조용해졌습니다. 그리고 하나둘 겉옷을 벗고, 셔츠 차림으로 오케스트라를 관람했습니다. 그날의 음악회는 관객이 지휘자를 배려하고 존중한 감격스럽고 성공적인 공연이었습니다. 세상에 허물이 없는 완벽한 사람은 없습니다. 결국, 누구에게나 결점이 있습니다. 그러기에 우리는 상대의 약점이나 허물을 봤을 때 비난할 것이 아니라 배려하는 마음으로 감싸주어야 합니다. 마음을 자극하는 사랑의 명약, 그것은 진심에서 오는 배려입니다.

소설 『대지』의 작가 펄 벅이 1960년 우리나라를 처음 방문했을 때의 일입니다. 황혼에 경주 시골길을 지나고 있는데, 한 농부가 소달구지를 끌고 가고 있었습니다. 달구지에는 가벼운 짚단이 조금 실려 있었지만 농부는 자기 지게에 따로 짚단을 지고 있었습니다. 합리적인 서양 사람이라면 당연히 이상하게 볼 광경이었습니다. 힘들게 지게에 짐을 따로 지고 갈 게 아니라 달구지에 짐을 싣고 농부도 타고 가면 편했을 것입니다. 통역을 통해 펄 벅이 물었습니다. "왜 소달구지에 짐을 싣지 않고 힘들게 갑니까?" 그러자 농부가 대답했습니다. "에이, 어떻게 그럴 수 있습니까? 저도 일을 했지만, 소도 하루 종일 힘든 일을 했으니 짐을 서로 나누어져야지요." 펄 벅은 감탄하며 말했습니다. "나는 저 장면 하나로 한국에서 보고 싶은 걸 다 보았습니다. 농부가 소의 짐을 거들어주는 모습만으로도 한국의 위대함을 충분히 느꼈습니다." 비록 말 못하는 짐승이라도 존귀하게 여겼던 농부처럼 우리는 배려를 잘하는 민족이었습니다. 그런데 요즘은 어떤가요? '나만 아니면 된다'는 식의 이기적인 사고로 꽉 차 있지는 않은가요? 펄 벅이 만난 시골 농부의 이야기는 배려를 잃어버린 지금 우리에게 강한 울림을 줍니다. 마음을 자극하는 단 하나의 사랑의 명약, 그것은 진심에서 나오는 배려입니다.

한 여인이 집 앞에 앉아 있는 세 명에게 말했습니다. "우리 집에 들어오셔서 차 한 잔하시지요?" 그러자 셋이서 이렇게 대답했습니다. "우리는 함께 집으로 들어가지 않습니다. 제 이름은 부富이고, 저 친구의 이름은 성공成功이고, 또 다른 친구의 이름은 사랑Love입니다. 집에 들어가셔서 남편과 상의하세요. 우리 셋 중에 누가 당신의 집에 들어가기를 원하는지를요." "우리 부富를 초대합시다. 우리 집을 부로 가득 채웁시다." "여보! 왜 성공成功을 초대하지 않으세요?" 조용했던 가정이 금방 싸움이 날 지경이었습니다. 시부모의 대화를 가만히 듣고 있던 며느리가 이렇게 말했습니다. "사랑을 초대하는 것이 더 낫지 않을까요? 싸우지 않고 사랑으로 가득 차게 되잖아요." 그 말을 듣고는 그 여인이 밖으로 나갔습니다. "어느 분이 사랑이세요? 집으로 들어오세요." 사랑이 일어나 집안으로 가자, 다른 두 명도 일어나 뒤를 따르기 시작했습니다. 여인이 놀라서 물었습니다. "저는 사랑만을 초대했는데요. 두 분은 왜 따라 들어오시는 거죠?" 그러자 두 명이 동시에 대답했습니다. "만일 부 또는 성공을 초대하셨다면, 우리 중 다른 두 명은 그냥 밖에 있었을 거예요. 그러나 사랑이 가는 곳에는 부와 성공도 따른답니다."

사랑 없는 부와 성공은 늘 외롭고 슬프지요. 사랑으로 세상의 모든 것을 해낼 수 있습니다. 숨 가쁘게 살아도 행복은 만들어 내야 합니다. 마음속에 미움의 핵을 쟁여 넣고 어찌 기쁨이 있을 수 있을까요? 분노를 비워내고 쏠쏠한 행복을 생산하면요. 쌓인 섭섭함을 긁어내고 뿌듯한 순간들을 차곡차곡 쌓아나가면요. 매만지는 만큼 만들어지고 흘린 땀방울만큼 열매는 튼실합니다. 결국 가는 자가 멀리 가고 하는 자가 해냅니다.

앞을 못 보는 사람이 밤에 물동이를 머리에 이고 한 손에는 등불을 들고 길을 걸었습니다. 그와 마주친 사람이 물었습니다. "정말 어리석군요. 앞을 보지도 못하면서 등불은 왜 들고 다닙니까?" 그가 말했습니다. "당신이 나와 부딪히지 않게 하려고요, 이 등불은 나를 위한 것이 아니라 당신을 위한 것입니다." 이것이 진정한 '배려'가 아닐까요?

저희 집 벽에 걸린 시계가 멈춘 지 오래입니다. 시계에 배터리를 교환해야하는데 바쁘다는 핑계로 미루다보니 그랬습니다. 그러다 문득 시계를 보고 이런 생각이 들었습니다. '언젠가 나도 저 시계가 멈춘 것처럼 숨쉬기를 멈출 때가 오겠지……' 시계는 다시 배터리를 교환하면 되지만 우리의 숨쉬기는 한 번 멈추면 끝입니다. 한 번뿐인 삶은 되돌아갈 수 없지만 그렇다고 멈출 수도 없기에 매 순간이 절박합니다. 얼마 전 한 음식점에 들렀는데 벽에 쓰인 문구가 마음에 와 닿았습니다. "미워하지 맙시다. 사랑할 시간도 부족한데……." 그렇습니다. 일분일초가 귀하고 값집니다. 언제 저 멈춘 시계처럼 될지 모르기에 말입니다.

지난날 참으로 많은 나날 저는 안 해도 되는 아니, 정말 쓸데없는 상황들에 그 아까운 열정을 많이도 쏟았습니다. '세월이 좀을 먹냐'며 말입니다. 이제 나이 들어가니 '세월이 참 빠르구나' 싶고 시간이 아깝다 싶습니다. 이제는 좀 더 신중하게 살고, 의미 있게 살아야함을 느낍니다.

작은 친절의 실천이 낳은 결과입니다

학자요, 정치가요, 목사요, 주한미국대사(1993~1997)였던 제임스 레이니가 에모리 대학의 교수시절의 이야기입니다. 건강을 위해서 매일 걸어서 출퇴근하던 어느 날, 쓸쓸하게 혼자 앉아 있는 노인을 만났습니다. 레이니 교수는 노인에게 다가가 다정하게 인사를 나누고 말벗이 되어 주었습니다. 그후 그는 시간이 날 때마다 외로워 보이는 노인을 찾아가 잔디를 깎아주거나 커피를 함께 마시면서 2년여 동안 교제를 나누었습니다.

그러던 어느 날 출근길에서 노인을 만나지 못하자, 노인의 집을 방문했습니다. 그제야 노인이 전날 사망했음을 알게 되었습니다. 곧바로 장례식장을 찾아 조문하러 갔습니다. 그는 그 자리에서 깜짝 놀랐습니다. 그 노인이 바로 세계적인 다국적기업인 코카콜라 회장을 지낸 사람이었습니다. 그때 한 유족이 그에게 다가와 봉투를 건네면서 말했습니다. "회장님께서 교수님께 남긴 유서가 있습니다." 유서의 내용을 보고 그는 너무나 놀랐습니다. "2년여 동안 내 집 앞을 지나면서 말벗이 되어 주고 우리 집 뜰의 잔디도 함께 깎아 주며 커피도 나누어 마셨던 내 친구 레이니! 고마웠어요. 나는 당신에게 25억 달러와 코카콜라주식 5%를 유산으로 남깁니다."

너무 뜻밖의 유산을 받은 그는 세계적인 부자가 그렇게 검소하게 살았다는 것과 자신이 코카콜라 회장이었음에도 자신의 신분을 밝히지 않았다는 것과 아무런 연고도 없는 사람에게 잠시 친절을 베풀었다는 이유만으로 그렇게 큰돈을 주었다는 사실에 놀랐습니다. 그는 받은 유산을 에모리대학 발전기금으로 내놓았습니다. 그가 노인에게 베푼 따뜻한 마음으로 엄청난 부가 주어졌지만 그는 그 부에 도취되어 정신을 잃지 않았습니다. 오히려 그 부를 학생과 학교를 위한 발전기금으로 내놓았습니다. 그로부터 그에게 에모리 대학 총장이라는 명예가 주어졌습니다.

폭우가 쏟아지던 어느 날 밤, 차를 몰고 가던 노부부가 호텔의 객실을 구하지 못한 채 필라델피아의 허름하고 작은 호텔을 찾았습니다. "예약을 못 했는데 혹시 방이 있습니까?" "잠시만 기다려 주시겠어요?" 자신의 호텔에 빈방이 없던 직원은 다른 호텔에도 수소문 해봤지만, 도시 행사로 어느 곳 하나 빈방이 없었습니다. "죄송합니다만 빈 객실이 없습니다. 하지만 비바람도 치고 밤도 늦었으니 제 방에서 묵는 것도 괜찮으시다면 내어 드리겠습니다." 노부부는 종업원의 방에서 하룻밤을 머물고 다음날 호텔을 나서며 고마움에 방값의 3배를 건넸으나 그는 자신의 방은 객실이 아니므로 받을 수 없다며 극구 사양했습니다. 그로부터 2년이 지난 어느 날, 여전히 그 호텔에서 성실히 일하고 있던 직원에게 뉴욕행 항공권과 초대장이 전달되었습니다. 자신의 방에서 묵었던 노부부에게서 온 것이었습니다. 휴가를 내고 노부부를 방문했던 그에게 노신사는 최고급으로 만들어진 호텔을 가리키며 말했습니다. "당신을 위해 이 호텔을 지었소. 이 호텔의 경영인이 돼 주겠소?" 당시 세계 최대 규모의 호텔로 알려진 월도프 아스토리아 호텔, 이 호텔의 초대 경영자로 세계 굴지의 호텔 체인을 이룩한 조지 볼트George Boldt의 유명한 일화입니다.

자신의 자리에서 '최선'을 다하고, 작은 '친절'이라도 '진심'을 다해 베푼다면, 그 '보답'은 어떤 형태로든 자신을 찾아오기 마련입니다. 최선, 친절, 진심, 보답 등은 우리 주변에서 흔하게 들을 수 있는 단어들입니다. 그러나 그 단어에 충실하기는 생각보다 쉽지 않습니다. 흔하게 들어온 이 단어에 최선을 다해보는 건 어떨까요? 다른 사람에게 친절하고 관대한 것이 자기 마음의 평화를 유지하는 길입니다. 남을 행복하게 할 수 있는 사람만이 행복을 얻을 수 있습니다.

행복한 사람들의 2%랍니다

　우리를 행복하게 만들어 주는 2%는 무엇일까요? 다음의 이야기가 그
답 가운데 하나를 가르쳐 줄 것입니다. 마더 테레사가 미국을 방문했을
때였습니다. 어느 날 조금은 부유해 보이는 중년부인이 근심어린 얼굴로
테레사 수녀를 찾아왔습니다. 무슨 일이냐고 묻자 여인이 고민을 털어 놓
았습니다. "수녀님, 저의 삶은 너무나 권태롭습니다. 그날이 그날인 것 같
고……. 이렇게 살아가는 것이 의미가 없을 바에야 차라리 죽는 게 낫다는
생각만 듭니다."

　테레사 수녀는 여인의 말을 듣고 있다가 그녀의 손을 잡으며 말했습니
다. "인도로 오십시오. 제가 살고 있는 인도로 오시면 진정한 삶을 보여
드리겠습니다." 무작정 인도로 오라는 수녀님의 말을 여인은 수긍할 수가
없었습니다. 그러나 수녀님을 한 번 믿어 보자는 생각으로 여인은 인도행
비행기에 몸을 실었습니다. 그녀가 물어물어 테레사 수녀를 찾아간 곳은
병으로 죽어가는 사람들, 장애인, 부모를 잃은 어린 아이들이 가득 모여
사는 곳이었습니다. 여인은 테레사 수녀가 노구를 이끌고 열심히 사람들
을 돌보는 것을 보고 팔을 걷어붙이지 않을 수가 없었습니다. 여인은 그날

부터 테레사 수녀 옆에서 가난하고 약하고 병든 사람들을 위로하고 도왔습니다. 그러는 동안 여인은 기쁨과 의욕을 느꼈습니다. 그녀의 얼굴엔 어느새 생기가 가득했습니다. 하루 종일 눈코 뜰 새 없이 보냈던 그녀가 하루를 정리하면서 수녀에게 말했습니다. "수녀님, 자기가 해야 할 일을 발견해서 그것에 힘쓰는 것이야말로 인생의 진정한 의미라는 것을 깨달았습니다." 좋은 일도 시간이 있어서 하는 것은 아닙니다. 마음먹기에 달려 있습니다. 우리 주변에 테레사 수녀처럼 눈코 뜰 새 없이 봉사하는 사람이 많습니다. 그런가 하면 재벌 2세가 아버지의 재산을 믿고 마치 자기 것인 양 으스대며, 낭비하고, 함부로 유세하고 다닌 것을 보면 눈살을 찌푸리게 됩니다.

퇴근 후 대형마트에 가보면 많은 사람들로 북적거립니다. 물품들을 보면 가격이 주눅 들게 합니다. 저 같은 월급쟁이로는 감히 쳐다보지도 못볼 상품들도 많습니다. 그런데도 그런 상품들이 불티나듯이 잘 나간다고 하니 돈이 많긴 많이 있나 봅니다. 우리 주변에는 연탄 한 장 없어 추운겨울에 움츠려 들며 하루하루를 단칸방에서 지내고 있는 이웃들이 너무나도 많습니다. 마음 한 켠에 이웃을 생각하는 한 구석을 만들어 봅시다.

이제는 이웃을 돌아봅시다. 항상 내가 왜 있는가를 먼저 생각해 보고, 우리 사회에서 내가 할 일은 무엇이며, 내가 먼저 우리 사회에 봉사할 기회를 찾아봅시다. 크지 않아도 좋습니다. 조그마한 마음이라도 표현하면 됩니다. 그 마음이 모여 큰 사랑이 됩니다. 훌륭한 사람은 자신의 행복보다는 자신의 마음과 몸으로 남을 위해 봉사합니다. 그들이 있기에 불행한 사람도 행복을 찾을 수 있습니다. 봉사하는 기쁨과 보람은 행복에 이르는 고운 사랑의 길입니다.

사회가 공감하는 신앙을
회복하는 한국교회이길……

지난 2017년 한국교회가 새롭게 거듭날 수 있는 계기로 삼을 종교개혁 500주년을 맞았지만 천금 같은 기회를 흘려보내며 열매를 만들지 못해 아쉽습니다. 2017는 종교개혁 500주년을 맞는 해였습니다. 500여 년 전 믿음의 선진들은 교회의 부패와 타락상, 세속화 등에 실망하며 더 이상 종교의 가치와 희망을 상실했다고 보고 목숨을 걸고 항거하며 새로운 믿음의 기초와 반석을 만들었습니다. 프로테스탄트신앙 즉 개신교는 그렇게 탄생하며 부패와 타락에 함몰된 기득권 세력에 맞서며 바른 신앙 안에서 사회를 선도하고 기독교 신앙을 통해 하나님의 가르침과 참뜻을 세상에 제시해 왔습니다. 그러나 그로부터 500년이 흐른 지금, 한국교회는 당시의 프로테스탄트 개혁 정신을 잊고 기득권과 부패에 타협하며 신앙정신이 온데간데없이 사라지고 말았습니다. 대표적으로 최근 명성교회 담임목사직의 아들 세습 사태와 종교인과세에 대한 거부감을 들 수 있습니다.

잘 알려진 바와 같이 명성교회 사건은 우리 사회에 종교, 정확히 말해 교회의 현주소를 극명하게 드러내고 있습니다. 더 엄밀히 말하면 한국교회 지도자들의 목회와 교회에 대한 가치관이 어떠한지를 적나라하게 보여준 것입니다. 교회를 자신의 소유물로 생각하며 세속적 욕망을 드러내는 몰염치는 차치하더라도, 계속되는 사회의 지탄 속에서 한국교회와 기독교 신앙이 위태로움을 겪는걸 알면서도 나만 잘살면 된다는 오만함과 이기심, 뻔뻔함이 가히 놀라울 정도였습니다. 또한 무엇보다 이로 인해 하나님과 교인들에게 범하는 죄악에 대해 지나치게 무감각해 있다는 사실도 경악스러웠습니다.

하나님의 말씀과 뜻을 전하며 진리를 외쳐야할 주의 종이 오히려 말씀과는 다르게 행동하며 하나님과 교인들을 기만하는 것 같아 놀라울 따름이었습니다. 교회는 교인들 하나님께 드려진 예물로 이뤄진 하나님과 교인 공동체의 소유물입니다. 하나님께 드려진 하나님과 교인들의 것임에도 목회자가 자신의 것인 양 대를 물려 소유하고자 하는 건 자신이 하나님임을 자처하는 이단사상과 다를 바가 없습니다. 하나님과 교인들 앞에 크나큰 죄악입니다. 500여 년 전 로마교회와 교황은 자신들이 하나님 행세를 하며 돈을 받고 면죄부를 파는 등 세속화의 길을 걸었습니다. 그렇게 타락과 부패, 죄악을 행함으로써 그들은 죄에 대한 단죄로 쇠락의 길을 맞고 말았습니다. 교회가 신앙정신을 통해 세상을 선도하지 못하고 말씀과는 달리 세속화 되면 하나님께서는 벌을 내리실 것입니다.

교회세습으로 인한 한국교회의 신뢰도 추락은 다음세대 신앙계승의 큰 장애물이 될 것입니다. 하나님의 공의를 잃어버린 교회의 모습들로 인해 젊은 부모들, 청년들, 다음세대들이 한국교회를 떠나고 있습니다. 다음세대가 건강한 교회를 이어받을 수 있도록 한국교회 전체가 힘을 모아야 할 때인데 안타깝습니다. 복음으로 다음세대를 양육하는 목표를 가지고 아이들과 만나는 기독교사들은 이 사건으로 폭탄이 하나 터진 것처럼 다음세대를 인도하는 환경에 큰 장애를 초래하게 되었다고 한탄하는 목소리가 높았습니다. 세습은 한 교회의 문제가 아니라 한국교회와 신앙을 계승할 다음세대 전체의 문제입니다.

인간적으로는 교회설립과 성장에 고생을 많이 했기 때문에 때론 다른 사람에게 물려주는 것이 아깝다는 생각이 들 때가 있을 것입니다. 그러나 이는 내가 한 것이라고 생각하기에 그렇습니다. 그러니 넘겨주는 것이 아깝습니다. 그러나 기독교근본정신으로 볼 때, 교회는 내가 아니라 하나님이 주인입니다. 하나님의 일에 인간은 도구로 쓰임 받은 것이라고 생각하는 게 맞습니다. 아름다운 세대교체는 당연한 상식입니다.

2018년 1월 1일 시행하는 종교인과세 문제도 그렇습니다. 불교와 가톨릭 등 타종교들은 미리부터 이에 대한 철저한 대비와 국민정서를 고려해 종교인과세에 대한 거부감이 거의 없습니다. 오히려 법적인 강제성이 없을 때도 자발적으로 참여한 종교인들이 많았습니다. 그러나 유독 기독교만이 종교인과세에 대해 알레르기 반응을 보이며 반발했습니다. 이는 일반 국민들로 하여금 기독교에 대한 불신과 지탄만 만들었습니다. 많은 국민들은 종교인 역시도 대한민국 국민이기에 국민의 기본적인 의무인 납세의 의무를 이행해야 한다고 목소리를 높였습니다. 종교인 여부를 떠나 국민으로서 져야 할 의무입니다.

교회에서는 헌금을 교인들이 교회에 내는 '세금'이라며 거기에 또 세금을 내라는 건 이중과세 아니냐는 식의 논리를 폅니다. 월급받을 때 회사가 법인세 내는데 왜 노동자가 소득세를 내야 하느냐고 따지는 것과 다를 바 없는 황당한 논리입니다. 기독교인 가운데 상식 통하는 사람은 세금을 내야 한다는 걸 긍정하고 있고, 목회자 가운데 실제 세금을 내고 있는 사람도 많습니다. 한기총(한국기독교총연합회) 같은 데서 하는 주장이 정치권에 영향을 미치는 건 옳지 않습니다. 세금은 국민적 시각에서 봐야지 직업이 거룩해서 못 낸다는 주장은 말도 안 됩니다. 아무리 세목의 항목이름이 거슬리고 교회의 내부 재정에 대한 감찰이 두렵다 하더라도 교회에 대한 나쁜 이미지를 재고하고 선교라는 큰 대의를 생각한다면 국민과 함께 가는 것이 더 나은 일입니다. 종교인과세에 대한 지나친 거부감은 일반인들로 하여금 목회자들의 이기심과 물욕 등 세속적 이유로 비쳐지고 있습니다.

그동안 종교의 영역이라고 해서 종교단체의 자금 사용에 대해서는 세무조사 예외가 적용돼 왔었습니다. 불투명한 재정 집행으로 인해 내부에서조차 싸우는 경우가 종종 발생하고 있습니다. 2018년부터는 종교인에 대한 과세가 시작되는데 재정 사용이 투명하게 이루어질까하는 우려가 나오기도 합니다. 지난 2017년 12월 28일 MBC 뉴스데스크 보도에 나온 내용입니다. 등록 신도만 60만 명 가까이 된다는 한 대형교회입니다. 주일에는 오전 7시부터 저녁까지 7차례 예배가 이렇게 열립니다. 이 교회 조 모 담임목사의 말입니다. "하나님은 십일조를 요구했습니다. 하나님께서는 온전한 십일조를 드리는 자에게는 하늘에서 축복이 쏟아져 감당하지 못할 것입니다." 이 교회 안에 설치된 은행 현금지급기는 4대, 예배가 끝나면 현금지급기 앞에 긴 줄이 생깁니다. 십일조를 낼 때도 번호표를 받고 기다려야 합니다. "347번 성도님"

이 교회의 2018년 예산은 1,248억 원, 그중 400억 원가량이 선교 명목으로 집행됩니다. MBC가 확인한 2004년부터 2008년까지 교회가 조 모 담임목사에게 한 명에게 지급한 선교비는 월 10억 원가량, 5년 동안 500억 원입니다. 모두 현금으로 세금은 물론 세무조사도 받지 않는 돈입니다. 하지만 일부 장로들만 참석한 연말 결산에서는 자료 배포도 없이 슬라이드만 보여주는 식으로 마무리돼 왔습니다. 이렇게 관련 자료를 남기지 않는 이유는 단 하나, 담임목사 스스로 세무조사를 피하기 위해서라고 설명하고 있습니다. 이 교회는 종교활동비 사용내역이 문제가 돼 검찰 조사를 받게 되자 2년치 자료를 빼고는 모두 폐기했다며 자료 제출을 거부했습니다. 담임목사가 퇴직할 때는 규정에도 없던 퇴직금 200억 원을 챙겨 갔습니다. 이것이 교회인가요? 어떤 권력기관이라도 이렇지는 않을 것입니다. 교회 운영의 투명성을 주장하는 목소리에 교회측은 그동안 교회 내부의 일은 교회법에 의해 공정하게 집행되고 있다고 말할 뿐입니다. 오늘 한국교회는 어느 때보다 크고 화려해 보입니다. 하지만, 그런 성장에 걸맞게 사회적 의무를 다하는지는 의문입니다.

2017년 12월 28일 한국기독교목회자협의회(한목협)가 지앤컴리서치에 의뢰해 만 19세 이상 성인 남녀 5천명을 대상으로 조사한 결과에 따르면 종교 인구는 전체의 46.6%로 5년 전(55.1%)에 8.5%포인트 낮아졌습니다. 특히 20대 중 종교인구 비율은 30.7%로 평균보다 15.9% 포인트나 낮았습니다. 종교인구 중 현재 교회나 사찰, 성당에 출석하지 않는 이들의 비율도 높아지는 추세입니다. 개신교인 중 교회에 출석하지 않는 이들은 2012년 전체의 10.5%에서 2017년 23.3%로 증가했습니다. 인터넷, 스마트폰 등을 통해 주일예배를 대신한 적이 있다는 이들도 51.2%로 5년 전(16%)보다 크게 늘어 신앙의 개인주의화가 빠르게 진행되고 있는 것으로 분석됐습니다. 종교를 가졌다가 무교로 전환한 이들(257명)은 그 이유로 '신앙심이 생기지 않는다'(31.0%)는 점을 가장 많이 꼽았고, '얽매이기 싫어서'(21.0%) 혹은 '종교 지도자에 실망해서'(20.6%) 전환했다는 이들도 상당수였습니다.

종교인구 파악을 위한 조사와 별도로 개신교인 1천명을 대상으로 한 설문조사를 보면 교회 세습에 대해 76.4%가 해서는 안 된다고 밝혔고, 23.6%는 교회 상황에 따라 인정할 수도 있다고 답했습니다. 종교인 과세에 대해서는 즉시 시행해야 한다는 응답이 45.5%, 일정 기간 유예해 준비해야 한다는 응답이 37.1%를 차지했습니다. 한국교회가 해결해야 할 과제로는 목회자의 사리사욕(24.0%)을 가장 많이 지적했고, 자기교회 중심주의(16.1%)와 양적 팽창·외형치중(16.0%)을 그다음으로 꼽았습니다. 한편, 비개신교인 1천명을 대상으로 종교별 호감도를 조사한 결과, 개신교에 대한 호감도가 9.5%로 불교(40.6%)나 천주교(37.6%)에 비해 매우 낮았습니다. 개신교 이미지 평가에서도 '이기적이다'(68.8%), '물질중심적이다'(68.5%), '권위주의적이다'(58.9%) 등의 응답 비율이 높았습니다.

종교개혁 500주년을 맞았던 한국교회는 이를 통한 변화와 쇄신의 기회를 상실하고 말았습니다. 교회와 사회의 벽이 점점 공고해지고 있다는 생각이 듭니다. 그리스도인이 구별되어야 한다는 것은 좀 더 강화된 도덕적 기준, 자기희생 또는 사회참여 등이 전제되어야 할 텐데…… 예수님은 그 당시 정치혁명가였습니다. 골방에 들어가서 기도만 하라 혹은 헌금만 열심히 내라는 건 예수님의 가르침과는 다른 행동들을 하는 것입니다. 이 자체로도 우리는 개혁의 대상이지, 개혁의 주체라는 자격은 상실한 게 아닌가 싶습니다. 지금이라도 500여 년 전의 개혁정신으로 돌아가 종교 본연의 모습을 되찾고 기독교 신앙의 본질을 회복하는 일에 노력한다면 새로운 모멘텀momentum[7]을 또다시 만들 수 있습니다. 더 이상의 추락과 침체를 막고 반등하기 위해서 교회는 개혁되어야하며 목회자들과 지도자들은 일신우일신하여 사회가 공감하는 올바른 신앙으로 반드시 돌아가야 합니다. 더 늦기 전에 말입니다.

한국 교회는 십자가를 바라보지 않는 것만 같습니다. 오로지 영광된 자리, 부유한 자리, 높은 자리, 세력화하는 동력으로 기독교와 예수를 이용하려 합니다. 예수님이 인류 구원을 위해 말구유에서 태어났다는 사실을 애써 외면하고 있습니다. 예수님은 "여행을 위하여 배낭이나 두 벌 옷이나 신이나 지팡이도 가지지 말라"고 했습니다. 오늘날 종교지도자들은 너무 많이 갖고 있고, 그것도 모자라 아들에게 대물림해주려 합니다. 종교인 납세 문제라든지 대형교회세습 등은 다 예수님의 길이 아닙니다. 한국 교회가 예수님이 어떤 길을 걸었는지 깊이 성찰해봐야 할 것입니다.

오늘의 한국교회는 사私교회화의 기로에서 공公교회성을 회복해야 합니다. 이를 위해 먼저 목사는 스스로 현재의 자리에 안주하고 만족하며 자본주의가 주는 편리함을 추구하기보다는 철저한 자정의 노력과 더불어 한국교회의 연합과 일치를 통하여 서로를 세우고 붙들어주는 노력을 경주해야 합니다. 한국교회의 역사는 비본질적인 문제를 이유로 분열하고, 지나친 개교회주의로 대립하는 안타까운 모습을 너무도 많이 보여주었습니다. 이제는 이런 모습을 회개하고 아름다운 연합으로 희망찬 미래의 한국교회를 꿈꿔야 합니다. 교회의 일치Unity와 성결Purity은 어떤 문제보다 우선순위 과제입니다. 이제는 한국교회가 우리 사회의 주류종교로 자신감을 가지고

---

7 물질의 운동량이나 가속도를 의미하는 물리학적 용어입니다. 주식투자에서는 흔히 주가 추세의 가속도를 측정하는 지표로 쓰입니다. 즉, 주가가 상승세를 타고 있을 때 얼마나 더 탄력을 받을 수 있는지, 또는 주가가 하락하고 있을 때는 얼마나 더 떨어지게 되는지를 예측할 때 이용됩니다. 개별 종목에 쓰일 때는 해당 종목의 주가 추세에 변화를 줄 수 있는 계기를 뜻하기도 합니다.

화해와 일치를 위해 십자가 높이 들고 분열을 넘어서 분단으로 나누어진 우리 민족을 치유하는 데 앞장서야 합니다. 이른바 한국사회와 한민족 대통합을 이룩하는 세력으로, 대안세력으로 정신문화 운동을 펼쳐나가야 합니다. 다음세대가 기성세대와 다른 세대가 되지 않도록 믿음을 전승하고 역사를 전승하는 노력도 필요합니다. 다음세대를 생각하고 더 많은 고민과 관심을 기울여야 할 것입니다.

3장

사회학적 상상력,
사회현상을 바라보는 새로운 시각

조금은 따뜻하게, 공감共感

스포츠의 위대함으로 평화통일을

스포츠는 권력보다 위대합니다. 이유는 인종차별 극복의 탈식민주의에 크게 기여했기 때문입니다. 식민주의의 근거는 '백인이 유색인보다 모든 방면에서 우월하기 때문에 지배해야 한다'라는 허위논리였습니다. 하지만 흑인들은 운동에서 먼저 백인을 능가하는 특유의 능력을 보여주기 시작했고, 결국 식민지 해방에 기폭제가 됐습니다. 스포츠는 속임수가 전혀 통하지 않는 순수함 그 자체이기 때문입니다. 시합에선 반칙을 하면 퇴장당합니다. 교묘한 속임수를 부리다간 팬들에게 영원히 외면됩니다. 그렇게 스포츠는 가장 깨끗한 경쟁을 보여줘 사람들에게 정의감을 심어줍니다. 지구 인구 70억 모두를 기쁘고 행복하게 해줍니다. 스포츠는 고도의 예술이기 때문에 승패에 상관없이 경기를 보는 것만으로도 치유가 됩니다. 그리고 가장 중요한 이유입니다. 사람들을 화해시키고 통합시켜 줍니다. 6·25 전쟁에서 앙숙이 된 중국과 미국이 화해하고 수교하는 데 탁구가 큰 매개체가 됐습니다. 스포츠 교류를 통해서 베트남전쟁의 승자 베트남과 패자 미국이 앙금을 풀 수 있었습니다.

통합의 결과는 단순한 산술적 합을 넘어섭니다. 1991년 남북단일팀은 세계청소년축구대회에서 서양의 강호들을 물리치고 4강전에 진출했고, 세계탁구선수권대회에서는 단체전 우승의 감동적인 기적을 일궈냈습니다. 근대적 통합의 귀감이 되는 유럽연합을 가능케 해준 숨은 기여를 스포츠가 했습니다. 명문팀인 레알 마드리드의 주전 중 스페인 선수는 1~2명에 불과합니다. 첼시도 마찬가지입니다. 레알 마드리드의 감독은 프랑스의 영원한 영웅 지단인데 아랍계입니다. 프랑스 대표팀은 대부분이 흑인 아니면 아랍인들입니다. 크로아티아계 스웨덴인이지만 영국에서 뛰는 선수도 있습니다. 유럽은 스포츠가 일상화됐기 때문에 경기에 관한 대화가 없으면 생활이 어려울 정도입니다.

세상에 동북아만큼 평화롭지 못한 곳이 없을 것입니다. 동북아의 화해와 평화를 위해서는 스포츠 교류를 활성화해야 합니다. 각 팀의 용병비율을 많이 올려서, 남한-북한-중국-일본 선수들이 골고루 섞이게 하면 어떨까요? 우리의 스타가 중국 상하이에서 뛰면 상하이를 사랑하는 마음이 생기고, 북한의 스타가 서울FC에서 활약하면 북한을 더 사랑하는 마음이 생길 것입니다. 하지만 우리는 아직도 멀었습니다. 광주 출신은 주로 전라도팀에 가고, 대구 출신은 주로 경상도팀으로 가니 말입니다. 경계지어질 때 병들고, 경계가 해체될 때 치유되는 법입니다. 작은 치유가 먼저 일어나려면 광주 출신은 부산으로 가고, 대구 출신은 전주로 가야 합니다. 작은 치유는 큰 화해와 통합으로 이어집니다.

권력은 기득권 강화를 위해 노예제도를 만들고 세계를 식민지로 삼았습니다. 권력은 반칙과 속임수를 일삼았습니다. 권력은 세상을 차별하고 폭력으로 고통 속에 빠트리고 병들게 했습니다. 권력은 사람들을 동서남북으로 분열시켰습니다. 권력의 오랜 역사는 심각한 적폐가 돼 치유 불가능할 정도입니다. 하지만 서양은 스포츠에서 그 신비로운 해법을 찾았습니다. 우리도 이제 남북통일과 더불어 동북아통합이라는 위대한 역사의 대항해를 시작해야 할 때입니다. 이를 위해서 스포츠의 위대함을 되새길 때입니다.

눈물 젖은 사과의 값진 가치입니다

　프랑스 브리엔 유년 군사학교 인근 사과 가게에는 휴식 시간마다 사과를 사 먹는 학생들로 늘 붐볐습니다. 그러나 그 많은 학생과는 달리, 돈이 없어서 저만치 떨어진 곳에 혼자 서 있는 학생 한 명이 있었습니다. "학생, 이리 와요. 사과 하나 줄 테니 와서 먹어요." 가게의 여주인은 가난한 그 학생의 사정을 알고, 만날 때마다 불러서 이렇게 사과 하나씩을 주었습니다. 그 뒤 30년이라는 세월이 흘렀습니다. 사과 가게 여주인은 그사이에 허리가 구부러진 할머니가 되었지만, 여전히 그 자리에서 사과를 팔고 있었습니다. 어느 날, 장교 한 사람이 그 사과 가게를 찾아 왔습니다. "할머니, 사과 한 개만 주세요."

　장교는 사과를 맛있게 먹으면서 말했습니다. "할머니, 이 사과 맛이 참 좋습니다." 할머니는 빙그레 웃으며, 그 장교에게 앉으라고 의자를 권하였습니다. "군인 양반, 지금의 황제이신 나폴레옹 황제께서도 소년 시절에 우리 가게에서 사과를 사서, 그렇게 맛있게 드셨지요. 벌써 30년이 지난 이야기지만……." "제가 듣기로는 가난했던 어린 시절의 나폴레옹 황제에게, 할머니께서 늘 사과를 그냥 주셔서 먹었다고 하던데요." 이 말을 들은 할머니는 펄쩍 뛰면서 말했습니다. "아니오, 그건 군인 양반이 잘못 들은 거예요. 그때 그 학생은 반드시 돈을 꼭꼭 내고 사 먹었지요. 한 번도 그냥 얻어먹은 일은 절대로 없었어요."

할머니는 나폴레옹 황제가 소년 시절에 겪은 어려웠던 일이 사람들의 입에 오르내리는 것이 싫은 듯 부인하였습니다. 그러자 장교는 다시 물었습니다. "할머니는 지금도 황제의 소년 시절 얼굴을 기억하십니까?" 할머니는 고개를 옆으로 저으면서 먼 하늘을 바라보았습니다. 사과를 통해 마음을 나누었던 추억을 더듬는 듯했습니다. 그러자 장교는 갑자기 먹던 사과를 의자에 놓고 일어나 할머니의 손을 두 손으로 꽉 잡으며 눈물을 흘렸습니다. "할머니, 제가 바로 나폴레옹입니다. 바로 30년 전에 돈이 없어 사과를 사 먹지 못할 때, 할머니께서 저에게 사과를 주신 나폴레옹 보나파르트입니다. 그때의 사과 맛은 지금도 잊지 못하고 있습니다. 전 그때 그 사과를 먹으면서, 언젠가는 할머니의 은혜를 꼭 갚겠다고 몇 번이고 다짐했습니다." 할머니 눈에선 어느새 눈물이 흐르고 있었습니다. 나폴레옹 황제는 금화가 가득 들어 있는 주머니를 할머니 손에 쥐여 주면서 말했습니다. "할머니, 이것은 저의 얼굴이 새겨진 금화입니다. 이것을 쓰실 때마다 저를 생각해 주십시오. 정말 고마웠습니다."

나눔은 크고 거창한 것이 아닙니다. 내가 가진 시간의 일부를 나누고, 물질을 나누고, 마음을 나누면 되는 것입니다. 내게는 작고 사소한 나눔일지라도 그것이 필요한 누군가에게는 살아갈 용기를 주는 희망의 빛이 될 수 있다는 사실, 잊지 마세요. 나눔은 우리를 '진정한 부자'로 만들며, 나누는 행위를 통해 자신이 누구이며 또 무엇인지를 발견하게 됩니다. 마데 테레사의 말입니다. "세상에는 빵 한 조각 때문에 죽어가는 사람도 많지만, 작은 사랑도 받지 못해서 죽어가는 사람은 더 많습니다." 남에게 베푼다는 것. 남에게 도움을 준다는 것. 그것은 내가 차고 넘칠 때만 해야 하는 게 아니라 힘든 사람끼리 서로 보듬고 함께 고통을 나누는 것이라고 합니다. 좋은 사람들과 함께 나누고 베풀며 위로하고 격려해 주는 즐겁고 활기찬 삶입니다. 제가 좋아하는 시 두 편입니다.

가을 엽서

안도현

한 잎 두 잎 나뭇잎이
낮은 곳으로
자꾸 내려앉습니다.
세상에 나누어줄 것이 많다는 듯이

나도 그대에게 무엇을 좀 나눠주고
싶습니다.
내가 가진 게 너무 없다 할지라도
그대여
가을 저녁 한때
낙엽이 지거든 물어보십시오.
사랑은 왜 낮은 곳에 있는지를.

희망을 만드는 사람이 되라

정호승

이 세상 사람들 모두 잠들고
어둠 속에 갇혀서 꿈조차 잠이 들 때
홀로 일어난 새벽을 두려워 말고
별을 보고 걸어가는 사람이 되라
희망을 만드는 사람이 되라

겨울밤은 깊어서 눈만 내리어
돌아갈 길 없는 오늘 눈 오는 밤도
하루의 일을 끝낸 작업장 부근
촛불도 꺼져가는 어둔 방에서
슬픔을 사랑하는 사람이 되라
희망을 만드는 사람이 되라

절망도 없는 이 절망의 세상
슬픔도 없는 이 슬픔의 세상
사랑하며 살아가면 봄눈이 온다
눈 맞으며 기다리던 기다림 만나
눈 맞으며 그리웁던 그리움 만나
얼씨구나 부둥켜안고 웃어보아라
절씨구나 뺨 부비며 울어보아라

별을 보고 걸어가는 사람이 되어
희망을 만드는 사람이 되어
봄눈 내리는 보리밭길 걷는 자들은
누구든지 달려와서 가슴 가득히
꿈을 받아라
꿈을 받아라

딱 한 사람만 있어도 좋습니다

중국 춘추전국시대에 거문고의 달인達人 백아라는 사람이 있었습니다. 그는 어느 가을날, 산에서 '종자기'라는 나무꾼을 만났습니다. 종자기는 평생 산지기로 살았는데도 백아의 거문고에 실린 감정을 정확하게 알아맞혔습니다. 산의 웅장함을 표현하면 종자기는 이렇게 말했습니다. "하늘 높이 우뚝 솟은 느낌이 태산과 같구나." 큰 강을 나타내면 이렇게 맞장구쳤습니다. "도도하게 흐르는 강물의 흐름이 마치 황하 같구나." 자신의 거문고에 실린 연주의 의미를 정확하게 알아맞힌 것입니다. 둘은 뒤늦게 서로를 알게 된 것을 탄식하면서 이제라도 만난 것을 감격해하면서 의형제를 맺었습니다. 그리고 내년에 이곳에서 다시 만나기로 하고 헤어졌습니다. 일 년의 시간이 흐르고 백아는 약속 장소를 찾아갔습니다. 그러나 아무리 기다려도 종자기가 나타나지 않았습니다.

그러던 어느 날 백아는 종자기가 병에 걸려 세상을 떠났다는 소식을 듣게 되었습니다. 그의 무덤 앞에서 통곡하던 백아는 탄식하며 말했습니다. "내 음악을 알아주던 유일한 사람이 없으니 연주하여 무엇하랴!" 이후 백아는 거문고 줄을 전부 끊은 후, 거문고를 연주하지 않았습니다. 말하지 않아도 원하는 것을 그저 알아봐 주는 유일한 사람, 숨겨진 재능을 알고, 진심으로 격려와 지지를 보내주는 유일한 사람, 어떤 상황에서도 신뢰를 보내주는 유일한 사람이 얼마나 소중한 지를 깨닫게 해주는 이야기입니다. 종자기와 같은 특별한 사람이 있나요? 우리는 누군가에게 종자기와 같은 사람인가요? 제가 참 좋아하는 기독교현대음악ccm입니다. 가사가 참 좋습니다.

누군가 널 위해 기도하네

마음이 지쳐서 기도 할 수 없고
눈물이 빗물처럼 흘러 내릴 때
주님은 우리 연약함을 아시고 사랑으로 인도하시네.
누군가 널 위하여 누군가 기도하네.
네가 홀로 외로워서 마음이 무너질 때
누군가 널 위해 기도하네.

우리의 마음이 지쳐 있을 때에
갈보리 십자가를 기억합니다.
주님은 우리 외로움을 아시고 내 마음에 기쁨주시네
누군가 널 위하여 누군가 기도하네.
네가 홀로 외로워서 마음이 무너질 때
누군가 널 위해 기도하네.

누군가 널 위하여 누군가 기도하네.

네가 홀로 외로워서 마음이 무너질 때
누군가 널 위해 기도하네.
누군가 널 위해 기도하네.

나 자신을 있는 그대로 인정해주는 단 한 사람만 있어도, 단 한사람이 되어줘도 우리는 행복한 인생입니다. 누군가 나를 위해 기도해주는 사람이 있다면 큰 힘이 되고 위로가 될 것입니다. 사랑과 진심으로 알아주는 말 한 마디가 큰 힘이 됩니다. 여기에 더해서 포옹도 좋습니다. 한 번의 포옹은 수천 마디의 말보다 더 많은 것을 말해줍니다. 우리는 포옹에 익숙하지 않긴 합니다. 서양문화권에 비해 동양문화권이랄까 우리나라는 말로 자신의 감정을 잘 표현하는 것에 익숙하지 않습니다. 더욱이 포옹과 같은 스킨십은 더더욱 어색한 것이 사실입니다. 저도 그렇습니다. 그러나 많은 연구결과에서 드러나듯이 따뜻한 온기溫氣가 전해지는 포옹과 같은 스킨십은 사랑을 전해주는 효과만점입니다.

익숙하지 않더라도 한번 용기내서 안아보십시오. 따뜻한 포옹을 필요로 하는 사람이라면 더할 나위 없습니다. "네가 있어 기쁘다"고 말뿐만 아니라 행동으로도 보여주는 겁니다. 그것은 상대방은 물론 우리의 영혼에도 좋은 일입니다. 사람에 대한 신뢰와 마음을 전할 수 있는 진솔한 표현으로 포옹하면 어떨까요? 그렇다고 포옹을 무조건 많이 하면 좋은 게 아닙니다. 사랑에도 예의와 지혜가 필요합니다. 포옹이 자칫 성적인 불편감을 줄 수 있으니 이성 간에는, 내향적으로 불편감을 갖는 사람에게는 조심해서 해야 합니다. 때와 장소를 감안해야 합니다.

어려운 환경 속에서도 꿋꿋이 제대로 성장해 나가는 힘을 발휘한 아이들이 예외 없이 지니고 있던 공통점이 하나 발견되었습니다. 그것은 그 아이의 입장을 무조건 이해해주고 받아주는 어른이 적어도 그 아이의 인생 중에 한 명은 있었다는 것입니다. 그 사람이 엄마였든 아빠였든 혹은 할머니, 할아버지, 삼촌, 이모이든 말입니다. 딱 한 사람만 있어도 됩니다. 무조건 믿어주는 사람, 전폭적으로 받아주는 사람, 끝까지 사랑하고 이해해 주는 사람, 그런 사람 하나 얻기가 쉽지 않습니다. 이런 사람이 있기를 바라기 이전에, 내가 누군가에게 '딱 한 사람'이 되는 것은 어떨까요? 지금 결심하면 됩니다. 우리 주변에 외롭고 지친 가족이나 친구나 이웃은 없는지요? 그에게 찾아가서 사랑을 나누면 어떨까요? 꽁꽁 언 몸도 따뜻한 차 한 모금으로 녹일 수 있습니다. 좌절과 낙심 때문에 꽁꽁 얼어붙은 마음도 따뜻한 스프 한 그릇으로 녹여낼 수 있습니다. 따뜻한 온정으로 얼음처럼 차가워진 몸과 마음에 온기를 더해주는 최고의 살맛을 전해봅시다.

지나친 영웅 만들기는 문제랍니다

그가 처음으로 PGA투어 최고 메이저대회 중 하나인 마스터스에 출전한 건 19살 때였습니다. 앳된 얼굴의 소년이 마스터스에서 쟁쟁한 선수들과 어깨를 겨뤘습니다. 2년 뒤인 21살 때는 단지 출전만 한 게 아니라, 그들 중 최고의 선수가 됐습니다. 마지막 라운드가 끝난 뒤 그는 마스터스 우승자에게 주어지는 그린재킷을 입었습니다. 골프 역사상 최고의 선수, '황제'가 탄생하는 순간이었습니다.

그의 성공이 대서특필된 이유는 그의 실력에 따른 놀라운 수상만이 아닌 그의 특별한 이야기가 주목을 끈 것도 있었습니다. 아버지는 미국 인디언과 중국인, 흑인의 혼혈이었고 어머니는 태국인과 중국인, 네덜란드인의 혼혈이었습니다. 그의 앞 이름 2개는 엘드릭 톤트. 아버지 얼Earl과 어머니 쿨티다Kultida의 앞 글자가 앞뒤로 붙는 엘드릭을 이름으로 가졌습니다. 중간이름 톤트는 어머니의 나라 태국의 전통적인 이름이었습니다. 아버지는 베트남 전쟁에 참가했을 때 함께 목숨 걸었던 동료 부옹당퐁의 별명을 아들에게 붙였습니다. 부옹당퐁의 별명은 호랑이를 뜻하는 타이거. 아들은 자라 전 세계에서 가장 유명한 인사 중 한 명이 됐습니다. 그의 이름은 타이거 우즈입니다.

그는 어린 시절부터 골프에 두각을 나타냈습니다. 싱글 플레이어였던 아버지의 영향으로 2살 때부터 골프채를 잡았습니다. 만 3살이 되기 전이던 1978년, 우즈는 '더 마이클 더글러스 쇼'에 출연해 유명 코미디언 밥 호프와 퍼팅 대결을 펼쳤습니다. 만 3살이 됐을 때 동네 정규 골프장 9홀 경기를 치를 수 있을 정도였습니다. 만 5살, 골프 다이제스트 잡지에 기사가 실렸습니다. ABC방송국의 '믿을 수 없는 일'이라는 프로그램에도 나왔습니다. 만 7살이 되기 직전, 10세 이하 선수들이 참가하는 드라이버, 피치, 퍼팅 대회에서 우승했고, 만 8살 때는 주니어 세계 골프 챔피언십 9~10세 부에 참가해 우승했습니다. 우즈는 8살 때 이미 정규코스 18홀 기록이 80타 이하였습니다. 11살 때는 아버지와의 대결에서 이겼습니다. 이후 아버지 얼은 한 번도 아들을 이겨본 적이 없었습니다. 우즈는 12살 때 18홀 정규코스에서 70타 이하를 기록했습니다.

어린 시절부터 우즈는 골프 천재였고, 프로 무대에서도 최고의 선수 자리를 10년 넘게 지켰습니다. 골프 신동으로 성장해 최고의 골퍼가 됐습니다. 열성 팬들은 우즈의 기록 하나하나를 모두 꿰뚫고 있었습니다. 2005년 마스터스 4라운드 16번 홀의 환상적인 칩인 버디와 타이거의 포효 세리머니는 골프를 잘 모르는 이들도 알고 있는 장면이 됐습니다. 그는 그저 골프 재능이 뛰어난 천재에 머물지 않았습니다. 우즈는 어린 시절 심한 말더듬 장애를 가진 소년이었습니다. 우즈는 왕따였고, 친구들과 제대로 어울리지 못했습니다. 우즈는 "말 더듬 증세를 고치기 위해 2년 동안 교정 수업을 들었다. 말하는 연습을 하기 위해 강아지에게 몇 시간이고 말을 했다"고 털어놓은 바 있습니다. 세상의 팬들은 골프 황제의 모든 것을 알고 있었습니다. 아니, 적어도 알고 있다고 생각했습니다. 그의 일거수일투족은 모두 미디어를 통해 전달됐습니다.

2009년 말 불륜설이 터져 나왔습니다. 아내와 부부싸움을 벌이다 집에서 나와 급하게 운전하다 가로수를 들이받는 사고를 냈고 화려한 선수 생활에 가려진 이면裏面들이 나왔습니다. 부상이 겹쳤고, 이혼했고, 수술과 재활이 계속됐습니다. 2013년 플레이어스 챔피언십 우승을 마지막으로 우승이 멀어졌습니다.

2017년 5월 말에는 플로리다에서 음주운전 혐의로 체포되는 사건이 벌어졌습니다. 하필 미국의 현충일이라고 할 수 있는 메모리얼 데이였습니다. 미국 내 거의 모든 매체가 속보를 전했습니다. 미국 내 여론은 2가지 흐름이었습니다. 하나, '아니 우리 타이거가 어쩌다가 이렇게까지'였습니다. 둘, '이제 우즈는 갈 데까지 갔구나.' 한때 황제라 불렸던 이의 몰락 드라마에 마침표를 찍는 듯한 상징적인 사건으로 여겨졌습니다.

하지만, 황제 자체가 신화였습니다. 남보다 나은 골프 실력을 갖춘, 이를 위해 열심히 노력한 이는 맞지만, 골프 선수 이전에 우즈는 자신의 삶을 가진 사람이었습니다. 뉴욕 타임스의 윌 리이치는 "우리가 그에 대해 알고 있다는 잘못된 서사와 신화가 문제"라고 지적했습니다. 신동에서 천재, 황제의 자리에 올랐다가 불륜으로 추락했고, 이후 우승 한번하지 못한 채 부상과 재활로 고생하다가 결국 음주운전으로 체포되는 성장과 몰락의 신화적 내러티브에 딱 부합하는 스토리였습니다. 정해진 내러티브에 끼워 맞추기 좋은 사실들이 환상을 깊게 만듭니다. 정작 며칠 뒤 경찰 발표에서 우즈가 음주운전을 하지 않았다는 사실은 잘 알려지지 않았습니다. 혈액에서 알코올이 나오지 않았고, 최근 부상 부위 수술에 따른 치료제 성분이

졸음운전을 야기한 것으로 발표됐습니다.

우즈를 어떻게 평가하든 그건 팬들의 자유입니다. 그러나 우리가 그를 모두 알지는 못합니다. 누구의 인생도 "뻔하지 뭐"라는 말로 쉽게 정의되지 않습니다. "어쩌다 그렇게 됐대"라는 걱정 역시 무의미합니다. 우즈가 더 이상 우승을 하지 못하는 수백 가지 이유가 있습니다. 불륜이, 음주가, 부상이, 어린 시절의 성공 후유증 혹은 부작용일 수도 있습니다. 그저 그가 나이를 먹었기 때문일 지도 모릅니다. 우리는 누구나 나이를 먹습니다. 이제 그도 나이를 먹을 자유와 권리가 있습니다.

우리는 그를 알지 못합니다. 우리가 알고 싶은 대로, 우리가 만든 그를 알 뿐일지 모릅니다. 지나치게 부담을 주거나 영웅을 만들어 보도 자료로 쓰는 것은 주의해야 할 일입니다. 이렇게 만들어진 영웅, 황제에게 우리가 만든 역할과 모습을 강요하는 것은 사회적인 폭력입니다. 만들어진 영웅이 실수를 하고 슬럼프에 빠지는 등 우리가 기대하는 모습이 아니라고 그것에 분노하기보다는 그냥 그렇게 이해하고 기다려주고 존중하면서 바라봐주면 어떨까 싶습니다. '신동, 천재, 황제에서 결국 추락' 익숙한 내러티브에 끼워 맞추면서 그의 인생을 재단하고 있지 않은가요? 어쩌면 우즈와 같은 영웅들이 자기 기량을 발휘하지 못하는 것은 나이 들어감에 따른 당연한 결과일 수도 있고 지나친 기대에 따른 부담감으로 인한 위축일 수도 있을 것입니다.

178

더불어 살아가는 사회에 필요한 배려와 존중

사람이 많이 모이는 곳, 길거리나 식당 또는 공연장에서 잘 모르는 타인과 부딪히거나 여러 명이 모여 있는 길을 지나쳐야 하는 경우가 있습니다. 또한, 대부분의 사람은 길거리를 걸어가면서 누군가와 어깨를 부딪치거나, 콩나물시루 같은 버스에서 상대방의 발을 밟았던 경험이 있을 것입니다. 이러한 경우에 상대방에게 미안하다는 말을 몇 번 정도 건네 보셨는지요? 물론 몇몇 사람들은 대수롭지 않게 여기겠지만, 대다수의 사람들에게는 상당히 언짢은 상황이었을 것입니다.

거리마다 쓰레기통이 비치돼 있지만, 넘쳐나는 쓰레기를 감당하기에는 벅차 보이곤 합니다. 간혹, 넘치는 쓰레기를 처리하지 못해 방치하는 경우도 더러 있습니다. 쓰레기를 버릴 때 되도록 분리수거하기 쉽도록 음식물 쓰레기는 한 그릇에 모아 버려주면 좋으련만 그렇지 않은 경우도 있습니다. 거리에는 불법으로 투기한 쓰레기들이 넘쳐나고, 원룸 앞에 위치한 전봇대 밑은 이미 쓰레기 투기장으로 전락해 버렸습니다. 2016년 포털사이트 '잡코리아'에서 대학생 600명을 대상으로 진행한 '쓰레기 무단 투기'

179

에 대한 설문조사에 의하면, 쓰레기 무단 투기를 하는 이유에 대한 질문에 '주변에 쓰레기통이 없어서'가 43.5%, '주변에 쓰레기가 쌓여있는 곳이 있어서'가 31.8%, '바로 버리는 게 편해서' 19.9%, '기타'가 4.8%로 '주변에 쓰레기통이 없어서'가 가장 높은 비율을 차지했습니다.

거리에 쓰레기통이 부족한 것도 있지만, 더 중요한 건 우리의 마음가짐입니다. 테이크아웃 잔, 각종 전단지 등 아무 생각 없이 길거리에 버려지는 쓰레기가 다른 이에게 불편을 주고 있습니다. '나 하나쯤인데 어때', '다른 사람들도 다 그러는데 뭐'와 같이 안이한 생각이 아닌 '내가 먼저'라는 마음가짐을 갖는다면 거리는 조금 더 깨끗해질 것입니다.

우리가 지나다니는 거리뿐만 아니라 다른 곳에서도 공중도덕이 요구됩니다. 지친 몸을 이끌고 길을 걷다보면 여러 가지 소리가 들려옵니다. 시끄럽게 떠들어대는 소리는 짜증으로 이어집니다. 현대사회가 점점 각박해지고, 자기 자신만을 위하는 개인주의가 팽배해지고 있습니다. 각박해지는 사회를 살아가기 위해서는 서로를 위한 배려가 필요합니다. 상대방을 존중하는 것은 거창하거나 어려운 일이 아닙니다. 아주 사소한 것부터 차근차근 지키면 됩니다. 정해진 장소에 쓰레기 버리기, 공동생활을 위한 규칙 지키기, 다른 사람의 입장 생각해보기 등 누구나 쉽게 할 수 있습니다. '나 하나쯤인데 어때'와 같은 생각이 아닌, '내가 행동함으로써 다른 사람이 바뀐다'는 생각을 가지며 상대방을 생각하는 마음을 지녀야 할 때입니다.

도서관·독서실 등에선 소음 전쟁이 벌어지곤 합니다. 온라인에서도 '조금만 조용해 달라'는 내용을 담은 쪽지들이 등장하는 것은 꽤 자주 볼 수 있습니다. 휴대전화 벨 소리를 무음으로 바꿔 달라는 등 에티켓에 관한 내용도 있지만, '책장을 조용히 넘겨 달라' '외투를 밖에서 벗고 들어와라'

'바로 옆에 앉지 말아 달라' '매일 커피를 사 들고 오는 것은 사치 같다' 등 다소 과한 지적이 많다는 의견이 종종 있곤 합니다.

그런데 온라인 커뮤니티에서는 정중하게 도서관 예절을 부탁하는 쪽지가 등장해 눈길을 끈 적이 있습니다. 자신을 '늦깎이 고시생'이라고 소개한 이 쪽지 발신인은 "안녕하세요. 처음 뵙겠습니다"라며 "비도 오고 분위기 있는 저녁이나 현실은 도서관이네요"라면서 가볍게 말을 시작했습니다. 그러더니 "다름이 아니라 오늘 기분 안 좋은 일 있으셨는지 자꾸 한숨과 함께 분노의 지우개질과 박력 있는 책장 넘기기 등 눈과 귀가 자꾸 가네요"라면서 "실례인 줄 알지만 음료 한 잔 드시고 스트레스 날리세요"라고 주의를 부탁했습니다. 이 발신인은 "조심스럽게나마 도서관 매너 부탁드립니다"라고 덧붙였습니다. 이 발신인은 음료수도 함께 건넸습니다. "나름 비싼 음료수"라고 강조도 했습니다.

이 사진이 퍼지자 이를 본 네티즌은 "이런 귀여운 쪽지는 받으면 내 행동을 돌아볼 것 같다" "섬세하다" 등과 같은 반응을 보였습니다. 어떤 사람은 "독서실이 집이 아니지 않으냐"고 거칠게 묻는 데 또 어떤 사람은 "오늘 기분 안 좋은 일이 있었느냐"며 음료수를 건넵니다. 정답은 없겠지만 "'아' 다르고 '어' 다르다"는 말이 있는 것처럼, 상대방을 배려하는 행동으로 변화를 이끌어내려고 하는 것도 나쁘진 않은 것 같습니다. '대인춘풍待人春風 지기추상持己秋霜'이라는 말이 있습니다. 이 말은 타인을 대할 때는 봄바람처럼 너그럽게 하고, 자기 자신에게는 가을 서리처럼 엄하게 하라는 뜻입니다. 이런 자세로 나 중심에서 벗어나 남을 배려하고 존중하는 삶을 다짐해 봅니다.

같이의 가치를 발견하여
독수리처럼 비상합시다

독수리에 대해서 위키백과는 이렇게 설명하고 있습니다. "독수리는 몸 길이가 102~112cm이며, 날개를 편 길이는 234~274cm이다. 날 때에는 폭이 넓고 긴 양 날개를 일직선으로 뻗은 상태로 상승 기류를 이용하여 날아 오른다." 알고 보면 독수리는 1미터가 넘는 큰 몸과 2미터가 넘는 거대한 날개의 무게 때문에 활공하는 것을 두려워하는 새이며, 스스로 계속 날갯짓을 할 때 쉽게 지칩니다. 독수리는 본능적으로 자신의 한계를 잘 알기 때문에 주변의 바람이나 온난 상승기류를 활용하며 일생을 살아가는 것입니다. 다른 새에게 바람은 비행하는 데 장애요인이 될 수도 있지만 독수리에게는 오히려 비행을 도와주는 것입니다.

독수리가 하늘을 나는 방법은 4가지가 있습니다. 비상飛翔, soaring은 높은 창공으로 상승하기 위해서 상승기류를 타고 빠르게 치솟아 오르는 방법입니다. 하강diving은 높은 창공에서 지상으로 거의 수직으로 빠르게 내려오는 비행 방법입니다. 하늘을 빙빙 돌며 글라이딩 하다가 먹잇감을 발견하면 하강합니다. 미끄러지기gliding는 날개를 쫙 펴서 움직이지 않고,

바람을 타고 미끄러지듯이 나는 방법입니다. 힘이 들지 않기 때문에, 먼 거리를 비행할 때는 글라이딩gliding[8]을 합니다. 펄럭거림flapping은 가까운 거리를 날 때, 또는 공기의 저항이 약한 곳에서 자기 스스로 날개를 펄럭거리는 '날갯짓'입니다. 비상과 하강은 독수리나 매만 할 수 있습니다.

독수리의 비상soar은 2미터가 넘는 자신의 큰 날개와 온난 상승기류를 적절하게 활용하여 높이 날아오르는 활공법입니다. 절대 스스로의 날갯짓을 통해 억지로 날아오르거나 높이 치솟지 않습니다. 독수리는 비상을 통해 날개를 가끔 한두 번만 퍼덕거리지만 가장 높은 활공을 하고, 가장 넓은 범위의 활공을 즐길 수 있으며, 활공의 한도를 마음껏 누릴 수 있습니다.

독수리의 비상에 반대되는 날갯짓은 펄럭거림입니다. Flap의 뜻은 '날개가 퍼덕거리다, 새가 날개 치며 날아다니다'의 뜻입니다. 자기 스스로의 힘으로 날갯짓을 하며 끊임없이 파닥거리며 활공하는 것이 펄럭거림입니다. 날갯짓을 잠시만 쉬면 추락할 수밖에 없습니다. 참새, 맵새, 까치는 이렇게 날아다니며 살고 있습니다. 벌새는 1분에 200번의 날갯짓으로 떠 있는데, 이런 새들은 스스로의 날갯짓으로 공간을 이동해야 하므로 낮은 활공을 하며, 활공의 고도나 범위 역시 낮고 제한적입니다. 또한 쉽게 지칩니다.

우리는 끊임없이 날개를 펄럭여야 하는 펄럭거림을 하는 인생을 살고 있지 않은지요? 자신의 노력이나 돈이나 능력만을 믿고 스스로의 날갯짓을 하며 평생 힘들게 펄럭거림하며 살아온 것이 아닌지요? 이왕이면 독수리처럼 바람이나 상승 기류를 활용하여 쉽게 날아오르는 비상의 삶을 사

---

8 비행기 따위의 물체가 바람과 양력만으로 공중을 미끄러져 나감을 말합니다.

는 것이 덜 힘들고 멋질 것입니다. 어떻게 해야 할까요? 삶의 굽이굽이에서 주변의 상승 기류들을 선택하고 큰 날개를 펄럭여야 합니다. 우리 주변의 상승 기류들은 가족, 친구, 동료, 선후배, 스승, 학교, 종교 등으로 다양합니다. 상승기류를 선택했다면 큰 날개는 어떻게 이루어낼까요? 우리는 각자 작은 날개를 가지고 있습니다. 이 작은 날개들을 하나로 엮어 큰 날개가 되려면 서로에 대한 감사가 필요합니다. 서로를 인정하고, 공동체 안에서 '함께'의 가치를 발견하고, '같이'의 가치를 찾아 높게, 넓게, 쉽게 날아올라야 합니다. 사람은 서로 잇대어 살아가는 존재입니다. 혼자 걷는 열 걸음보다 함께 걷는 한 걸음이 더욱 값지고 소중합니다. 한마음으로 서로에게 큰 날개와 상승기류가 되어 주면 좋겠습니다.

'저 너머에' 뭔가가 있습니다. 인식이 가능한 일상의 경계를 넘어선 그곳에, 어떤 실재가, 어떤 힘이 있습니다. 그것은 신비롭습니다. 그것은 우리에게 위안을 줍니다. 우리는 그것을 느낄 수 있습니다. 산을 넘으면 그 너머의 또 다른 세계가 있습니다. 지금은 보이지 않는 그 너머의 세계를 볼 수 있어야 합니다. 산을 보면서 산 너머를 보고, 사람을 보면서 그의 내면을 깊이 보고, 한 사람의 꿈을 보면서 꿈 너머 꿈을 바라봅시다. 1차원을 넘어선 '그 너머에' 뭔가가 있습니다.

상생 모델을 상상할 때입니다

2016년 8월 동아대학교에서 개최된 제15대 한석정 총장 취임식도 뜻밖의 사건으로 기억되고 있습니다. 당시 전 더불어민주당 대표였던 문재인 대통령을 비롯해 내로라하는 귀빈들로 가득했습니다. 그러나 이들에게 발언권은 주어지지 않았습니다. 내빈 소개조차 하지 않았습니다. 연단에 올라 마이크를 잡은 한 총장도 짧게 취임사를 마쳤습니다. 대신 영상물 상영으로 이루어진 축사가 눈길을 끌었습니다. 이 대학 청소를 담당하는 환경미화원, 캠퍼스 경비원, 총학생회장이 출연했습니다.

2017년 2월 성공회대학교에서 열린 졸업식은 특이한 일이 벌어졌습니다. 대학 경비원이 축사를 했습니다. 연두색 작업복에 등산화 차림을 한 연사는 이렇게 말했습니다. "이 어려운 때에 홀로서기 한 번만 해도 성공하는 것입니다. 홀로서기부터 시작해 차근차근 쌓아 올라가시기 바랍니다." 이에 학생과 교직원들은 따뜻한 박수로 응답했습니다. 대학에 대한 사회적 기대치는 매우 큽니다. 교육이라는 한정된 영역을 넘어 지역사회의 구심체로서, 미래사회의 주역을 양성하는 토대로서 기능해야 하기 때문입니다. 이제 대학은 지역주민은 물론 사회적 약자와 함께하는 데 솔선

185

수범함으로 상생의 기준치를 높여야 합니다. 이 점에서 동아대의 총장 취임식과 성공회대의 졸업식이 던진 메시지는 울림이 큽니다.

신자유주의의 여파로 고용 불안이 극에 달한 상황에서 대학에는 수많은 기간제 직원과 파견·용역 노동자들이 있습니다. 이들의 정규직 전환을 추진해야 합니다. 정부는 2017년 7월 상시·지속 업무에 종사하는 공공부문 비정규직 노동자를 2017년 말까지 정규직으로 전환하는 내용의 계획을 심의·의결한 바 있기도 합니다. 상생에 입각한 새로운 고용구조를 도입한 대학도 이미 있습니다. 경희대학교는 2015년부터 희망제작소와 함께 비정규직 문제를 해결하기 위한 사다리포럼에 참여하는 등 머리를 맞대고 고민한 결과, 2017년 7월 1일 국내 대학 최초로 청소 노동자 전원을 정규직으로 고용했습니다. 이는 '경희 모델'이라 불립니다.

이런 모습이 특정 몇몇 대학만이 아니라 일반화된 당연시되는 모습이면 좋겠습니다. 대학이 구성원과 이웃의 눈물을 닦아주는 어른으로 거듭나길 기대합니다. 대학의 신뢰는 여기에서 싹틀 것입니다. 학생과 교직원, 동문의 자긍심도 한껏 커질 것입니다. '혼자 가면 빨리 가고 함께 가면 멀리 간다'는 시대적 소명에 충실한 길이기도 합니다. 대학은 교수나 직원이나 학생만 주인이 아닙니다. 이름 없이 빛도 없이 대학을 위해 온갖 궂은일을 마다하지 않는 이들도 대학의 주인입니다. 대학의 낭만과 화려함에 가려서 보이지 않는 이들이 대학의 빛에 가려진 그림자입니다. 빛이 강할수록 그림자가 드리울 수 있습니다. 명문이라는 위상, 첨단교육시설과 우수한 교직원을 자랑하기에 앞서 더불어 함께 살아가는 가치를 실현하는 참됨으로 기간제직원과 환경미화원과 경비직 등 다양한 사람들과 함께 어우러지는 상생 모델을 상상할 때입니다.

성숙한 정치문화를 기대해 봅니다

학생들에게 꿈을 물어본 적이 있습니다. 대통령이 되고 싶다는 학생들이 여럿 있었습니다. 제가 초등학교 시절에도 장래희망이 대통령인 학생들이 반에 한두 명, 못해도 전교에 한 두 명은 꼭 있었습니다. 장래희망이 대통령인 학생들에게 어떤 대통령이 되고 싶은지에 대해서 물어봤습니다. 학생들의 대답은 조금은 뜻밖이었습니다. "가족이 건강하게 살 수 있도록 하는 대통령이 될 겁니다." "친구들이랑 재미있게 놀 수 있도록 해주는 대통령이 될 겁니다."

저는 내심 남북통일이라던가, 경제대국이라던가 하는 좀 거창한 것을 기대했는데 그게 아니었습니다. 작은 농촌의 중학교 아이들이다보니 거시담론이나 사회공의를 깊이 생각하는 것이 무리일 수는 있겠다 싶으면서 한편으론 제가 잘못된 것이고 아이들이 맞는 건 아닌가 하는 생각이 들었습니다. 제가 머리에 든 것이 좀 있다고 정치와 경제 등 사회문제에 관심 갖는 사람이라 그런지 저도 모르게 그런 것이 정의로운 것이고 그게 당연한 것이라 여겼는지 모릅니다. 사실 작은 것, 사소한 것이 아름답고 당연한 것일 수 있습니다. 거창한 명분과 목표는 그 다음일 것입니다.

어쩌면 대부분의 사람들이 생각하는 좋은 대통령의 기준도 이런 게 아닐까 싶었습니다. 그저 평범함 사람들은 거창한 것보다는 실제적이고 생활적인 것들을 바라보고 기대합니다. 그러고 보니 학생들이 누구보다 솔직하게 자신이 원하는 대통령의 기준과 역할에 대해서 말한 셈입니다. 일반 국민들이 생각하는 대통령의 기준은 거창한 명분에서 시작되지 않습니다.

얼마 전 한 학생에게 여유 있는 돈이 생겨 살만하게 되면 가장 먼저 무엇을 하고 싶은지를 물어본 적이 있습니다. 그 때 학생은 거창하게 크고 넓은 집, 고급 자동차, 해외여행과 같은 것을 말하지 않았습니다. 그저 소시지가 들어간 핫도그를 사먹고 싶다는 것이었습니다. 거창한 것보다 당장의 필요와 욕구를 떠올린 것입니다. 사소하지만 꼭 필요한 것, 간절히 바라는 것을 떠올리는 것이 당연합니다. 우리 국민들의 마음도 그럴 것입니다. 가족과 함께 행복한 일상을 살고 싶은 마음, 학교에 등교하는 길이 행복했으면 하는 마음처럼 아주 사소하지만 결국 삶에 있어 꼭 필요한 일상적 바람 말입니다.

그렇다고 우리 국민들이 거창한 것을 바라지 않는 그저 그런 국민이란 것이 아닙니다. 우리 국민들은 세계민주주의 역사상 그 유례를 찾아보기 힘든 촛불 혁명을 이룩해냈습니다. 이처럼 정의감에 불타고 불의를 용납하지 않는 국민들의 힘은 이 땅에 국민주권의 의미를, 대한민국의 주인이 누구인지를 분명히 한 것입니다. 이처럼 현실정치 참여의식이 높은 국민이지만 일상생활에서 바라는 소박한 꿈과 소망들이 있습니다. 이를 깊이 생각해서 생활복지사회를 구현하고 행복한 미래를 꿈꾸는 삶을 기대하도록 하는 정책과 비전이 있었으면 좋겠습니다. 이것이 촛불혁명의 정신을 생활 속으로 구현하는 길입니다.

우리나라 정치상황을 보면 정치적으로나 경제적으로 암울하기 그지없을 때가 많았습니다. 뉴스를 보면서 좌절감까지 느끼곤 합니다. 오늘 우리의 정치권은 국민들의 사소한 바람을 듣기 보다는 서로 헐뜯기에 바쁩니다. 민의를 대표하는 국회에서 대화와 타협으로 상생을 이루어가는 토의가 진행되지 못하고 불필요한 정쟁으로 민생이 뒷전이곤 합니다. 또한 자고 일어나면 터지는 듯한 선거법 위반과 뇌물수수 의혹 등은 정말 이들이 국민의 대표가 맞는가 하는 생각마저 들곤 합니다. 잘못이 드러나면 자신의 결백을 주장하면서 이런 저런 핑계대기에 급급합니다. 집단적 독백을 하는 정치인들의 모습에서 국민들의 바람을 해결하고자 하는 모습은 찾기 어렵습니다. 그러니 우리가 기대하고 존경하고 믿어줄 정치인이 거의 없다는 이야기가 나오는 것도 당연한 것 같습니다. 국민들이 듣고 싶어 하는 이야기들에 귀 기울이고, 국민들의 가려움을 긁어줄 효자손이 되어줄 정치인은 어디 없는 걸까요?

정치인들이 국민들의 사소한 바람을 외면하고 서로 헐뜯기에 바쁠 때, 오히려 예능프로그램이나 시민사회 곳곳에서 참신한 정책이 제안되곤 합니다. 이제는 거창하고 화려한 정치적 명분으로 국민들을 현혹하려는 정치로는 국민이 만족할 수 없습니다. 국민들의 사소한 바람에 귀를 기울이고 응답하려는 겸손한 자세의 정치가 필요할 때입니다.

이제 지방자치 선거가 다가옵니다. 우리 유권자가 주인의식을 가져야 합니다. 소중한 한 표를 학연, 지연, 혈연과 같은 구태에서 벗어나 냉정하게 소중한 한 표를 행사해야 합니다. 더 이상 국정농단과 같은 참사가 발생하지 않도록 현실정치에 두 눈 똑바로 뜨고 제대로 바라보는 일에도 게을리 해서는 안 됩니다. 결국 우리 국민들의 사소한 꿈과 소망도 정치政

治가 정치正治가 되어야만 가능한 일임을 잊지 말아야 합니다. 올바른 민주주의 아래에서 상식적인 사회가 배경이 된 삶 속에서 진정한 행복을 찾을 수 있습니다. 비상식적인 사회에서 개인이 행복을 찾아 아무리 고군분투한다고 한들 무슨 소용이 있을까요? 우리의 의사와 목소리를 대변하는 정치를 외면하는 것은 결국 민주주의를 외면하는 것과 다름없습니다. 민주주의 실현이 우리 사회의 진정한 민주주의 실현의 시작입니다. 부디 역대 최고 투표율이 나오길 기대해 봅니다.

사회학적 상상력,
사회현상을 바라보는 새로운 시각

프랑스의 사회학자 에밀 뒤르켐은 『자살론』에서 자살은 사회 현상이며 자살의 원인 역시 사회적이라고 주장했습니다. 그의 주장은 자살이 한 개인의 정신적 문제에 기인한다고 보던 당시의 주류적 시각과 대비되는 것이었습니다. 그는 사회의 구조적 문제로 인해 내몰린 개인이 자살을 선택한다는 의견을 통해 자살을 방지할 수 있는 사회제도 마련을 촉구했습니다. 1897년 그가 『자살론』을 발표한지 111년이 흘렀습니다. 하지만 자살률은 점점 더 증가하고 있고, 우리는 여전히 그 원인을 개인의 문제로 치부해 버리고 있습니다. 이는 자살문제뿐만 아니라 우리 사회의 여러 문제를 바라볼 때도 마찬가지입니다.

지금 우리 사회가 겪고 있는 문제 중 가장 심각한 것은 '계층 간의 불평등'입니다. 지난 2017년 11월 21일 김동연 경제부총리 겸 기획재정부 장관이 육해공 3군 본부 통합 기지(계룡대)에서 군 간부들을 상대로 강연해서 한 말입니다. "우리 사회는 개인의 노력으로 층을 이동하기가 어려워지고 있으며 이는 사회 역동성 부족으로 이어질 수 있습니다." 그의 말대로 우리 사회는 없는 집 학생·청년들이 열심히 한다고 신분 수직 상승을 할 수 있는 바탕과 시스템이 잘 만들어져 있는가에 유감스럽게도 그렇다고 대답하기 쉽지 않습니다. 부모 소득이 자녀 대학 입시, 취업, 평생 소득 등과 꽤 밀접한 관계가 있습니다. 계층 이동 사다리가 우리 사회에 있는가에 의문이 듭니다. 이렇듯 계층 이동 사다리가 완전히 단절됐다면 옛날 계급 신분사회와 같습니다. 만약 우리가 그런 사회로 가고 있다면 사회·경제 역동성이 나타날 수 없었습니다. 과거에는 성장하면 다 같이 조금씩 잘 살았습니다. 그것이 낙수涿水효과입니다. 그러나 지금처럼 양극화가 점점 심해지면 지속가능한 성장이 될 수 없습니다.

'세대 간 불평등'도 심각성을 더해가고 있습니다. '세대 간 불평등'은 청년세대와 기성세대 사이에 벌어지는 불평등 현상을 말합니다. 권력적 우위를 가진 갑과 을의 불평등이라기보다는 을과 을의 불평등입니다. 청년세대들은 이른바 헝그리정신이 없다며 핍박을 받습니다. 많은 기성세대들이 말하는 "우리 땐 말이야"는 요즈음의 청년세대에게는 너무도 익숙한 말입니다. 이렇듯 청년세대들은 이전의 관념과 문화를 수용하도록 강요받습니다. 그러나 사회적 환경은 기성세대 때와는 확연히 바뀌어 있습니다. 수저론으로 대표되는 계급화현상, 심각한 부의 편중현상, 좁아진 계층사다리 등은 기성세대가 청년이었을 때는 없던 현상입니다. 그럼에도 기성세대는 청년세대에게 과거의 기준에 따라 행동해야 한다고 강요합니다.

기성세대의 불평등 문제도 있습니다. 개인적 시간을 쓸 줄 모르는 우리네 아버지의 모습이 그러합니다. 이리저리 치이고 시달리면서, 한 번도 자신의 시간을 즐겨본 적 없기에 우리네 아버지는 종종 여가시간이 생기더라도 네모난 텔레비전만을 넋 놓고 바라볼 뿐입니다. 조금 더 거슬러 올라간다면 잠시라도 몸을 쉬지 않는 우리네 할머니, 할아버지의 모습도 볼 수 있습니다. 이들이 직면한 문제 역시 사회적 문제에 해당합니다.

이러한 특정세대의 행동패턴은 개인적 성향과 능력의 결과라기보다는 사회적 조건과 원인의 결과입니다. 이러한 관점에서 '사회학적 상상력'을 생각해 봅니다. '사회학적 상상력'이란 라이트 밀스[9]가 제시한 개념입니다. 관점의 전환을 통해 개인문제를 그 이면裏面에서 작동하고 있는 역사적 사회구조로 이해하는 것을 말합니다. 예를 들어 우리 사회의 노년세대가 가지고 있는 강경한 안보인식과 국가주의적 관념은 그들이 겪은 유교문화와 한국전쟁이라는 당시의 사회상에 비추어 생각해야 하는 것입니다. 가난한 사람은 그 사람이 나쁘거나 죄가 있어서 그렇게 된 게 아닙니다. 그 사람이 전적으로 어떻게 할 수 있는 범위가 아닌 이유가 더 많습니다.

'사회학적 상상력'은 문제의 원인을 사회에서 찾아내는 것이기에 개인의 일탈이나 갈등을 넘어 사회구조적 문제를 비판합니다. 그렇기에 불평등 현상을 사회적 문제와 결부하여 원인을 찾습니다. 더 나아가서 나름의 건설적인 해법을 찾습니다. 이는 사회진보에 기여하는 것 뿐 아니라 계층 간에 이해를 도모하는 것입니다. 비정규직과 정규직 사이의 갈등, 임대아파트 주민과 분양아파트 주민 사이의 갈등처럼 계층 간의 배배꼬인 관계를 해소하기 위해서는 111년 전 뒤르켐이 주창한 철학적 전환처럼 인식의 전환이 필요합니다. 그리고 이를 해결할 수 있는 사회적 제도의 마련이

---

9 찰스 라이트 밀스(Charles Wright Mills)는 미국의 사회학자입니다. 베버, 프로이트 마르크스 등의 사회과학방법론을 흡수하면서 현대사회의 분석에 가장 유효한 방법론을 세우려고 하였습니다. 미국 지배계급을 분석한 『파워 엘리트』, 중류계급을 분석한 『화이트 칼라』 등의 저작이 있습니다.

이루어져야 할 것입니다. 이러한 사회학적 상상력은 그저 불의와 갈등과 불평등한 세상을 향한 무기력한 넋두리나 짓눌린 자신의 처지에 대한 신세한탄이나 고상한 지적 유희로만 그쳐서는 안 됩니다. 이것이 건전한 사회를 향한 비판정신으로 개선을 향한 사회적인 합의를 향한 힘찬 발걸음이 되도록 해야 합니다. 이를 위한 주민참여행정과 국민주권참여가 활성화를 위한 제도적 장치와 적극적인 민주시민의식이 필요합니다. 이를 위한 가장 중요한 채널은 선거를 통한 유권자의 힘일 것입니다.

용기는 우리 삶의 원동력이랍니다

한 청년이 거친 숨을 몰아쉬며 결승점에 도착했습니다. 그때 양팔을 들고 'X자 세리머니'를 펼쳤습니다. 그의 이름은 페이사 릴레사(26)였습니다. 에티오피아의 젊은 마라톤 선수로 각종 육상경기대회를 석권한 유망한 선수였습니다. 리우 올림픽에서도 은메달을 획득했습니다. 그런 그가 펼친 X자 세리머니는 에티오피아 정부의 탄압으로 죽은 희생자들을 기리기 위해서였습니다. 왜냐하면 그는 에티오피아인이면서 오로모족이기 때문이었습니다. 오로모족은 오로미아 주에 사는 에티오피아의 소수민족입니다. 수도인 아디스아바바의 가까운 곳에 살다보니 도시 확장과 개발에 늘 희생을 강요당하고 있습니다. 최근에도 신개발 정책에 맞서 반정부 시위를 벌이던 오로모족 500여 명이 목숨을 잃었습니다.

사실 올림픽의 정치적 행위는 금지되어 있습니다. 자칫 전 세계 사람들이 즐기는 축제가 논란에 휩싸일 수 있다는 우려 때문입니다. 국제올림픽위원회(이하 IOC)의 올림픽 헌장 50조에서도 '일체의 정치, 종교, 상업적 행위를 금지한다'고 명시돼 있습니다. 이 조항을 위반하면 IOC의 진상조사와 더불어 획득한 메달도 취소될 수 있습니다. X자 세리머니 이후, 그는 신변의 위협을 느꼈습니다. 기자회견에서는 자신이 지금 살해 위협을 받고 있다고 호소하기도 했습니다. 그는 고국으로 돌아가지 못했습니다. 사랑하는 가족을 저버린 채로요. 이제 그의 선택지는 난민 아니면, 망명 밖에 남아 있지 않았습니다.

이와 비슷한 일이 전에도 있었습니다. 1935년 베를린 올림픽, 24살의 젊은 선수인 손기정은 42.152km 마라톤에서 금메달을 획득했습니다. 그는 시상대에 설 때 가슴에 있는 일장기를 묘목苗木으로 가렸습니다. 식민지 조선 청년의 슬픈 세리머니였습니다. 당시 친구에게 보낸 엽서에는 '슬프다'라고 적혀져 있었습니다. 이런 그의 행동을 일제는 보고만 있지 않았습니다. 조선인들의 저항의식을 자극할 수 있다는 우려 때문이었습니다. 결국 손기정은 금메달리스트임에도 양손이 밧줄이 묶인 채로 돌아왔습니다. 올림픽 영웅에 걸맞는 환영행사도 없었고, 이후 일제의 감시와 탄압 속에 살아야 했습니다. 각종 육상경기대회의 출전도 금지되었습니다. 페이사 릴레사와 손기정, 이 둘의 공통점은 무엇일까요? 그들은 마라톤 선수였고, 침묵의 행위로 자신의 민족을 탄압하는 세력에 저항하는 '용기'를 보여줬습니다. 자신에 대한 신변의 위협은 물론, 자신의 가족들까지 위험해질 것을 알면서도 보여준 용기였기에 더욱 값집니다.

누구나 살다보면 용기를 발휘해야 할 때가 있습니다. 부당함에 대항할 때도, 자신의 잘못을 인정할 때도, 많은 사람 앞에서 이야기를 할 때도, 그리고 사랑을 고백할 때도 우리에겐 용기가 필요합니다. 요즘 여러 가지로 어수선한 시절입니다. 그래서인 용기는 지금 살아있는지 스스로에게 물어보게 되곤 합니다. 오늘 우리의 삶에서 진실하게, 참됨을 말하고 실천하는 삶은 쉬운 일이 아닙니다. 용기가 필요하고 그 용기에 대한 책임이

요구됩니다. 자칫 용기가 자기욕망표현이나 만용蠻勇인 것은 아닌지도 깊
이 살펴봐야 합니다.

조금은 따뜻하게, 공감입니다

시간이 지날수록 우리는 '공감'할 수 있는 것에 더욱 열광하고 있습니다. 그리고 그 감성을 자극하는 노래 가사나 시, 글귀, 말 등이 여기저기서 쏟아집니다. 특히 접근성이 매우 탁월한 SNS나 TV에서 이 문화를 많이 접할 수 있습니다. 얼마 전 화제가 된 JTBC의 〈말하는대로大路〉 프로그램도 그 중 하나였습니다. "용기 있는 자들이 말할 거리를 갖고 말할 거리 Street에 섰다"라는 독특한 프로그램 소개를 바탕으로 아이돌뿐만 아니라 영화감독, 외국인, 국회의원, 개그맨 등이 서울 시내 한복판에 등장합니다. 이들은 자신의 철학이나 가치관을 청중에게 전달하고 서로 공감하며 자신만의 얘기를 풀어나갑니다. 얼마 전 해당 프로그램에서 화제가 된 방송작가 유병재의 발언 중, 먼저 공개됐던 2분 30초짜리의 짧은 영상은 조회수 110만을 넘어서기도 했습니다. 많은 사람이 그 영상 속 내용에 '공감'한 것입니다.

공감이란 '다른 사람에게 감정을 이입한다Feeling into'라는 문자적 의미를 갖고 있습니다. 저는 평소 이렇게 '따뜻한 감성을 담은 일'을 찾는 것은 쉽지 않기 때문에 공감의 문화를 긍정적인 사회현상이라고 생각합니다.

우리는 인생을 시작하게 된 그 순간부터 마지막까지 치열한 '경쟁' 속에서 살아갑니다. 살면서 필수적인 지식을 습득하는 순간에도, 누군가를 이겨야 하고 제쳐야 합니다. 그리고 내가 좋아하는 학문이나 분야를 공부하기에 앞서, 비슷한 또래의 사람들과 점수 내기를 해야 하지 않는가 싶습니다. 20대의 황금기를 즐길 틈도 없이 끝도 보이지 않는 '취업'의 관문은 또 어떨까요? 조금 과장한다면, 이 시대의 청춘들이 얼마나 차가운 세상에서 살아가는지 가늠할 수조차 없다는 생각이 듭니다. 그래도 희망은 있습니다. 시간이 지나면 어둠은 물러나고 맙니다. 조금 더디더라도 희망을 품고 새 아침을 기대하면서 새벽이슬같이 일어서는 힘찬 용기와 발걸음을 기대해 봅니다.

힘든 현실에 매몰되지 않고 마음의 여유로 자신의 감정을 타인에게 이입하고, 감성적 작용을 하는 순간의 기쁨을 가져봅시다. 더불어 타인의 감정에 공감을 이전에 자신의 감정을 있는 그대로 인정하고, 감정에 보다 솔직해지면서 자신에게 집중할 수 있는 시간도 가져봅시다. 아무리 바빠도 자신과의 만남은 꼭 챙겨야 합니다. 청춘이여! 타인에게 내 외면과 내면을 맞춰나가는 것이 아니라, 자신의 빛깔과 향기에 알맞은 모습으로 스스로에게 공감하는 것은 한 걸음 더 성장할 수 있는 계기일 것입니다. 우리 모두, 공감을 통해 잠깐이라도 '현실적'이 아닌 '감성적'인 시간을 보내는 건 어떨까요?

'욜로'를 외치고 있나요?

한 번뿐인 인생을 즐기기 위해 매 순간을 후회 없이 즐기며 바로 지금, 현재를 위해 사는 사람들이 있습니다. 그들은 스스로의 행복에 모든 것을 투자하며 자신들의 삶의 방식을 '욜로'라고 부릅니다. 기성세대의 눈에는 철없는 젊은이들의 일시적 일탈로 보일 수도 있지만, 욜로는 어느 순간부터 한 시대의 새로운 트렌드로 우뚝 서 있습니다. '욜로'의 삶을 외치는 사람들은 과연 제대로 된 행복을 추구하고 있을까요? 신세대만의 삶의 방식이 아닌 우리의 일상에 깊게 스며든 '욜로' 열풍을 생각해 봅니다.

불행한 개미보다 행복한 배짱이로 살고자 하는 사람들이 있습니다. 제가 아는 직장인 A 씨는 올해 초 3,000만 원짜리 자전거를 구매했습니다. 취미로 즐기는 자전거로 삶의 활력을 되찾은 A 씨는 1년 전부터 '자전거 동호회'에 가입했습니다. 자전거 외에도 안전모를 비롯한 다른 장비의 가격을 합치면 몇 백만 원이 훌쩍 넘습니다. 제가 월급쟁이의 넉넉하지 않은 수입에 비해 너무 비용이 많이 들어가는 취미가 아니냐고 물었습니다. 이에 그는 "많은 비용이 들기는 하지만 무료한 직장에서 받는 스트레스를 해결할 수 있는 방법 중 하나"라며 "한 번뿐인 인생에서 내가 더 소중하기 때문에 나를 위해 후회 없는 삶을 사는 것이 중요하다"라고 말했습니다.

A 씨처럼 자신을 위해 현재를 즐기는 사람들의 가치관을 '욜로'라 부릅니다. 욜로는 영어 'You Only Live Once'의 앞 글자를 딴 말로, 우리말로 옮기면 '당신의 인생은 한 번뿐이다'라는 뜻입니다. 단 한 번뿐인 인생이기에 현재를 충분히 즐겨야 한다는 것이 욜로의 삶을 원하는 욜로족의 주장입니다. 국내에서 욜로가 재조명된 것은 2016년 방영된 tvN 예능프로그램 '꽃보다 청춘-아프리카 편'을 통해서입니다. 새로운 여행지를 향하던 꽃보다 청춘 일행은 홀로 자동차를 타고 아프리카를 여행하는 여성을 만났습니다. 혼자 여행하는 것이 멋있다고 말하는 배우 류준열에게 그 여성은 '욜로'라는 메시지를 전해줍니다. 스치듯 등장했던 이 용어는 서울대 소비자학과 김난도 교수가 쓴 『트렌드 코리아 2017』에서 2017년 대한민국을 이끌 소비 트렌드의 키워드로 꼽히기도 했습니다.

참담한 현실 속, 늘어가는 욜로 라이프에 주목해 봅니다. 21년 전인 1997년, 우리나라는 IMF로 상징되는 외환위기를 맞았습니다. 기업들은 구조조정에 들어갔고 많은 사람들이 직장을 잃었습니다. 이 어려운 시기를 지나면서 우리의 삶에도 많은 변화가 생겼습니다. '평생직장'이라는 말은 사라졌고, '비정규직'과 '청년실업'이라는 말이 일상화됐습니다. '사오정', '오륙도'라는 신생어가 생길 만큼 조기퇴직이 일반화됐고, 준비되지 않은 노후에 하루하루가 불안하기 만한 사람들이 늘어갔습니다.

이처럼 엄혹한 현실은 오히려 욜로의 유혹에 쉽게 빠지게 만듭니다. 욜로족은 기성세대처럼 아등바등한 삶을 원하지 않습니다. 그들은 불확실한 미래 때문에 현재의 즐거움을 포기하려 하지 않습니다. 욜로족은 한 달 월급을 취미 생활에 몽땅 쏟아 붓거나, 직장을 그만두고 퇴직금으로 세계여행을 떠나기도 합니다.

이러한 소비 형태는 아무리 노력해도 미래에 획기적인 변화가 있을 것 같지 않다 보니 그런 미래를 위해 현재를 희생하는 것보다는 현재를 더 소중하게 생각하는 경향으로 증가한 것입니다. 요즘의 청춘세대는 우리나라가 급진적으로 경제성장을 이룬 후에 출생한 세대입니다. 자연스럽게 그 이전 세대보다 소비에 익숙해져있고, 이들이 점차 소비사회의 주역으로 대두되면서 욜로 라이프도 증가하는 것으로 볼 수 있습니다.

후회 없는 삶에도 그림자는 존재합니다. 연애, 결혼, 출산을 포기한 삼포 세대는 이제 옛말입니다. 집, 경력을 포기한 오포 세대는 물론이고 희망, 취미를 포기할 수밖에 없는 칠포 세대가 등장했습니다. 어쩌면 당연하다고 느끼는 것들을 포기할 수밖에 없는 것이 야속하기만 한 사람들은, 불투명한 미래를 위해 지금의 행복을 희생하기보다는 현재 하고 싶은 것을 하며 후회 없이 즐기는 삶을 지향하는 욜로에 크게 공감합니다.

욜로의 삶을 추구한다면서 상식을 벗어난 행동을 하는 사람도 있습니다. 살고 있는 집의 전세금을 빼고, 모아둔 적금을 털어 여행비용으로 모두 써버립니다. 마치 오늘만 살 것처럼 모든 것을 여행에 쏟아 붓는 것이 바람직한 욜로를 즐기고 있는 것일까요? 자유를 추구하는 삶으로부터 행복을 얻을 수는 있겠지만 그 자유에 상응하는 책임감이 존재하지 않아 '욜로 하다가 골로 간다'라는 비판도 일고 있습니다. 욜로라는 말을 처음 들었을 때는 참 멋있다고 생각했는데 점점 많은 매체에서 욜로라는 단어를 남발하고 사람들에게 소비를 조장하는 듯합니다. 일부 기업은 욜로로 포장해 과소비를 부추기기도 합니다. 이들은 값비싼 명품을 사고, 해외여행을 즐기는 모습을 욜로로 포장합니다. 이러한 마케팅 전략에 노출되다 보면 행복한 삶이 돈으로 사야 하는 물건처럼 느껴집니다. 당장 학자금을 갚아야 하는 처지지만 저축보다는 사고 싶은 것들을 사고, 가고 싶은 곳에 가려고 하는 대학생들도 있습니다. 비싼 것이 좋고, 그것을 소비할 때 행복을 느끼는 자신을 욜로라는 말로 합리화합니다.

욜로를 외치며 고민 없이 여행을 떠나고, 그 사진을 SNS에 올려 과시하는 사람들에 대한 비판도 있습니다. SNS를 통해 남들에게 인정을 받아야지만 진정으로 내가 보낸 이 시간이 가치가 있는 것처럼 행동하는 사람이 늘고 있기 때문입니다. 한 번뿐인 인생을 후회가 남지 않도록 열심히 노력하며 행복을 찾는 것도 욜로입니다. 요즘 욜로는 남들에게 보여주기 위한 충동적이고 소비적인 모습을 너무 강조하는 것 같아 안타깝습니다.

일상의 욜로를 찾아봅니다. 욜로의 사전적 의미는 자신의 행복을 가장 중시하며 미래 또는 남을 위해 희생하지 않고 현재의 행복을 위해 소비하는 생활행태를 말합니다. 지금 당장의 삶의 질을 높이고, 자기 계발 등에 돈을 아끼지 않는 것입니다. 이는 자신의 이상을 실현하는 과정으로 충동구매와는 구별해야 합니다. 진정한 욜로족의 삶이란 자신의 인생 전체를 멋지게 마감할 수 있도록 합리적인 계획에 의해 시작하는 것입니다. 그 안에서 충분한 만족과 즐거움을 얻어야 합니다. 앞으로 욜로족이 과소비와 충동소비의 부정적 대명사가 아닌, 건강한 마음으로 열심히 살아가는 사람들의 대명사가 되길 바랍니다. 돈을 소비하며 남들에게 겉으로 보여지는 것이 아닌 진정 내가 원하는 것을 찾고 그것에 열정을 바치는 것이 진짜 욜로를 즐기는 방법입니다. 꿈을 꾸기 보다는 현재만을 즐기려는 성향이 커진 오늘날, 어떻게 하면 다시 미래의 희망을 가질 수 있게 해줄 것인가요? 이것이 욜로가 우리 사회에 내준 숙제일 것입니다.

맞물려 돌아가는 역사의 수레바퀴 밑에서

숫자 2는 '둘'을 뜻합니다. 영어로는 'two'라고 쓰고 발음을 소리 나는 대로 한글로 쓰면 '투'라고 표현할 수 있습니다. 히라가나로 읽을 때는 '니'로 발음되고 중국어로 읽을 때는 '얼'로 발음됩니다. 그런데 한자로 '이' 발음을 표현하게 되면 수많은 한자가 뒤따름을 목격할 수 있습니다. 한자를 우리식으로 읽을 때 '이'는 '리'로 발음되기도 하기 때문에 二, 耳, 理 등 쉬운 한자부터 시작해 罹, 肄, 劓 등 일반적으로 접하기도 쉽지 않은 250여 개가량의 한자 형태로 나타납니다. 그중 우리 주변에서 가장 많이 쓰이는 한자는 무엇일까요? 아마도 성을 뜻하며 오얏(자두)나무를 의미하기도 하는 '李'일 것입니다. 실제 '이 아무개'라는 이름은 '김 아무개'라는 이름 다음으로 많습니다. 우리나라의 유명인이랄 수 있는 이들도 '이 아무개'라는 전체집합의 부분집합 원소입니다. 이야기가 나온 김에 대통령을 비롯한 다른 '이 아무개' 이야기를 생각해봅니다.

이명박 전 대통령과 소설 『무정』이나 『사랑』 등의 작품으로 익숙한 소설가 이광수는 참으로 공교롭게도 '이'라는 성씨 말고도 또 다른 공통점이 있습니다. 바로 박정희 전 대통령과의 직·간접적인 관계입니다. 우선 이들은 모두 약육강식의 법칙과 '강한 자만이 살아남는다'는 식의 우승열패 가치관을 기본 바탕으로 합니다. 박정희의 사상적 스승이라고 할 만한 이광수는 일제강점기에 수많은 저작 활동을 통해 힘의 논리를 외쳤습니다. 당시 소년 박정희는 그에 큰 감명을 받아 후에 대통령이 되고 나서도 힘의 논리에 입각한 국가주의적 이념 아래 군사독재와 철권통치를 했습니다.

이런 우승열패의 가치관은 신자유주의와 쉽사리 맞물립니다. 자타 공인의 신자유주의자 이명박 전 대통령은 실제로 현대건설 사장 시절부터 박 전 대통령의 카리스마와 가치관을 동경했습니다. 그것은 그의 자서전을 통해서도 발견할 수 있는 사실입니다. 이광수-박정희-이명박으로 이어지는 이 묘한 사상적 계보는 과연 우리 사회를 치유하는 것일까요? 더욱 병들게 하는 것일까요? 역사에 판단을 맡기기엔 왠지 모르게 그 대가가 너무 클 것만 같습니다.

고통이 사회구조적 폭력에서 기인했을 때, 공동체는 그 고통의 원인을 해부하고 사회적 고통을 사회적으로 치유하기 위한 노력을 해야 합니다. 트라우마에 대한 사회적 인식 공유를 통해, 명예회복-보상-처벌을 거쳐 사회관계 회복개선으로 나아가는 사회적 치유작업이 함께 되어야 합니다. 개인의 고통과 트라우마. 반드시 치유하고 또 치유되어져야 합니다. 여러 형태의 명상과 힐링 방법이 도움이 될 수 있습니다. 더 큰 문제는 사회구조적 문제 때문에 생겨나는 사회적 고통과 트라우마입니다. 이 또한 반드시 치유해야 할 숙제입니다. 사회적 치유작업은 각고의 제도적 노력과 시스템이 뒷받침되어야 할 것입니다.

뭐니 뭐니 해도 머니money!?

"쉽게 번 돈 쉽게 나간다", "같은 값이면 다홍치마", "개같이 벌어서 정승같이 쓴다", "티끌 모아 태산", "아끼다 똥 된다", "남의 돈 천 냥이 내 돈 한 푼만 못하다", "부자 삼대를 못 간다", "뱁새가 황새 따라가다 가랑이가 찢어진다". 돈과 관련된 수많은 속담과 격언이 있습니다. 살면서 한두 번쯤은 들어 본 적이 있거나, 누군가를 가슴 아프게 하는 말일 수도 있습니다. 그런가 하면 우스갯소리로 혹은 유행어라고 쉽게 말하거나 듣게 된 것들도 있습니다. "부자 되세요", "대박", "할아버지의 재력과 엄마의 정보력이 자녀의 학력을 결정한다".

오래 전부터 돈에서 자유로울 수 없었습니다. 돈 때문에 울고, 웃으며, 고민하고 꿈꾸며 살았습니다. 주위를 둘러보니 남들도 비슷한 것 같습니다. 돈에 대한 관심과 사랑을 드러내는 것이 품위 없고 상스러운 일이었던 과거는 잊힌 지 오래입니다. 제가 돈을 좋아 하는 만큼 돈도 저를 좋아했으면 좋겠고, '큰 욕심 없이' 내가 남들만큼 아니 솔직하게는 남들보다 조금만 더 돈이 있었으면 좋겠습니다. 뭐니 뭐니 해도 머니money가 최고 아닌가요.^^

우리가 사는 세상은 "돈이면 귀신도 부릴 수 있다"고 알려줍니다. 주위를 보고, 드라마를 보고, 신문 사회면을 봐도 우리가 생각지도 못했던 일들이 돈의 힘으로 이루어지는 것 같습니다. 하지만 언제 필요할지도 모를 귀신고용을 위해 돈 버는 데만 급급할 생각이 아니라면, 귀신까지 부려가며 하고 싶은 그 일은 무엇이며, 왜 하려 하는지 생각해 봐야 할 것입니다.

아리스토텔레스 이후로 많은 이들은 삶의 목적을 '행복'이라고 말해왔습니다. 하지만 행복이 삶의 목적이라는 데 쉽게 동의한 사람들도 어떤 삶이 행복한지에 대해서는 쉽게 합의하지 못합니다. 여기에는 '가치values'가 개입되기 때문입니다. 이 세상에는 사람의 수만큼이나 많고도 다양한 가치가 존재합니다. 어쩌면 다행인지도 모르겠습니다. 행복에 이르는 길이 하나라면 얼마나 재미없을 것이며 얼마나 경쟁이 치열할 것인가요?

개인이나 집단이 바람직하고 의미 있다고 생각하는 이념, 즉 '가치'를 실현할 때 우리는 행복하다고 느낍니다. 성공한 삶을 통해 행복한 삶을 꿈꾸는 많은 사람들은 다른 형태의 성공한 모습을 그릴 뿐 아니라 성공에 다다르는 길도 역시 다양합니다. 특정 지위에 오르는 것, 많은 수입을 얻는 것, 다른 사람들의 선망의 대상이 되는 것, 자신이 만족하는 수준에 도달하는 것들 중 어떤 것이 당신이 생각하는 성공인가요?

삶의 목적이 우리에게 의미와 가치를 부여한다면, '목표goals'는 삶의 방향을 제시합니다. 목표 달성을 통해 우리는 행복에 점점 더 다가갈 수 있을 것이라 기대하고 노력하지만 공짜로 되는 것은 없습니다. 목표를 달성하려면 수많은 '자원resources'이 필요합니다. 시간, 노력, 주변의 도움, 행운 그리고 역시 뭐니뭐니해도 돈이 필요합니다. 하지만 착각해서는 안 됩니다. 돈은 목표달성을 위한 '수단'이지 목적이 아닙니다. 수단인 돈은 우리를 빠르게 혹은 편하게 목표에 달성할 수 있도록 도와주지만 그 자체가 행복은 아닙니다. 게다가 목표달성 자체가 행복을 보장하지도 않습니다. 잘못 세워진 목표는 오히려 우리를 행복으로부터 더 멀어지게 할 수도 있기 때문입니다. 그렇다면 먼저 목표를 잘 세우는 것, 행복해질 수 있는 목표를 수립하는 것이 수단에 불과한 돈을 모으는 데 급급한 것보다 훨씬 더 중요한 일이 아닐까요?

목표, 어떻게 도달할까요? 저는 하고 싶은 일들이 너무나 많습니다. 가고 싶은 곳도, 입고 싶은 옷도, 먹고 싶은 음식도 역시 너무나 많습니다. 목사요, 선생이니 자발적 가난이랄까 깨끗한 공직자清貧로서 살아야한다고 한다면 할 말이 없지만 솔직히 저는 그렇습니다. 제 생각엔 이건 부끄러운 일이 아니라 솔직한 마음입니다. 그렇다고 남의 것을 갖고 싶다거나 뺏으면서까지 그런 것은 아닙니다. 인간은 원하고 바라는 것의 성취를 통해 만족과 행복에 이르며, 성취하지 못할 때 좌절하고 불행하다고 느낍니다. 하지만 이 모든 것을 다 이룰 만한 능력도 환경도 되지 못하는 것이 우리의 현실입니다. 평생 우리를 불편하게 하는 삶의 고뇌입니다. 경제학에서는 이를 '욕구의 무한성'과 '자원의 희소성'에서 기인하는 '경제문제'라고 표현합니다. 문제가 있고 고민이 있으나 우리는 행복한 삶을 포기할 수 없으므로 돈도 벌고 공부도 하면서 삽니다. 어떻게 행복에 이르는 목표를 수립하고 달성할 것인가요?

목표는 목표 달성에 소요되는 '시간'에 따라 단기, 중기, 장기 목표로, '역할'에 따라 개인적, 전문적, 사회적 또는 가족적 목표로, '형태'에 따라 주요 목표와 이차적 목표로 분류되기도 합니다. 단기, 중기, 장기목표는 상호 관련돼 있어 단기목표를 통해 중기와 장기목표가 달성가능해지기도

하고 수정 · 보완되는 효과가 있습니다. 장기 목표는 단기와 중기목표에 의미를 부여하기도 합니다. 수많은 목표 중에서 우리는 어떻게 좋은 목표를 세울 것이며 어떤 것부터 달성하기 위한 노력을 해야 할 것인가요?

좋은 목표는 'SMART'한 속성이 있습니다. 즉, 구체적Specific이고, 측정가능Mea surable하며, 성취할 수Attainable 있고, 결과지향적Result-Oriented이며, 시간이 정해져Time-Bounded 있습니다. '긴급성'과 '중요성'을 두 축으로 '우선순위'도 결정하는 것이 좋겠습니다. 목표에 우선순위와 달성기한, 필요 자원, 참고사항 및 목표수립시점 등을 첨부하여 표로 만들어 두고 자주 확인해 본다면 목표달성에 도움이 될 것입니다. 세계여행을 꼭 가고 싶은 가요? 세계여행에는 많은 시간과 비용, 노력과 때로는 위험을 감수해야 하지만, 새롭고 넓은 곳을 경험하고 호기심을 충족시킬 수 있습니다. 보다 성장한 자신을 발견하는 기쁨을 통해 만족과 행복을 얻고 싶다면 추상적인 세계여행이 아닌 스마트한 세계여행 계획을 세워봅시다. 언제, 얼마 동안, 어느 지역으로, 누구와 함께, 어떤 교통편과 어떤 숙소를 이용해서 어떤 곳을 방문하며 여행하고자 하는가요? 중요한 점검사항도 잊지 말아야 합니다. 돈은 얼마나 필요할 것이며, 그 돈은 어떻게 조달할 것인가요? 매번 같은 과정을 반복하지 않으려면 표로 만들어 시각화하는 것이 유용합니다. 표를 만드는 동안 계획은 점점 구체적이고 실현가능한 것이 될 것입니다.

목표달성의 정도나 방법, 질과 양을 판단하고자 할 때 '표준standard'이라는 길잡이를 사용할 수 있습니다. 아름다운 몸을 갖는 것은 오늘날 많은 이들의 염원입니다. 수많은 사람들이 엄청난 시간과 노력과 돈을 투자하고 소비하는 거대산업이 조성되었습니다. 새해를 앞두고, 여름휴가를 앞두고, 취업이나 결혼을 대비하여, 아니 평생을 두고 높은 우선순위를 갖는 목표가 되기도 합니다. 아름다운 몸에 대한 기준은 지역과 사회, 문화, 시대에 따라 다를 뿐 아니라 개인의 취향에 따라서도 다양합니다. 하지만 많은 이들이 공감하고 바라거나 때로는 학습된 기준이 만들어지기도 하는데 이를 표준이라 합니다.

허리 사이즈 24인치와 6팩은 결코 쉽지 않으나 많은 이들이 이를 목표로 땀을 흘립니다. 내 허리 사이즈와 복부의 형편은 내 '수준level'으로 표준까지 '격차gap'가 얼마나 되느냐가 만족도를 좌우합니다. 절대적인 수치는 남보다 낫지만 아직 만족할 수가 없습니다. 남과 다르므로 세운 목표와 표준은 남보다 높고 표준까지의 격차가 아직도 많이 남아 있기 때문입니다. 그런데 나보다 형편이 좋지 못한 다른 이들은 왜 나보다 노력을 덜 하는지, 어떻게 더 행복해 할 수 있는지 이해가 되지 않는다면 나와 다른 이의 선택을 한 번 점검해보는 것이 좋겠습니다. 표준과 수준의 격차가 클 때 '상대적 박탈감'을 느끼고 불만족하게 되므로 선택방법은 두 가지입니다. '표준을 낮추는 방법'과 '수준을 높이는 방법'이 그것입니다. 일정 수준 이상의 표준은 필요하나, 현실과 동떨어진 표준은 결코 도달할 수도 나를 행복으로 이끌 수도 없을 것입니다.

내 수준을 표준까지 끌어올리는 데는 많은 것들이 필요합니다. 목표를 달성하는 데 사용가능한 것을 '자원'이라고 하는데, 우리는 많은 자원을 가지고 있으면서도 이를 다 인식하지 못하는 경우가 많습니다. 냉동실 비닐봉지 안에 어떤 음식재료가 감추어져 있는지, 무료로 이용 가능한 주변 시설에 어떤 것들이 있는지 알고 있는가요? 심지어 인식한 자원조차도 완전히 이용하지 못하는 경우는 얼마나 많은가요? 옷장 안에 옷은 차고 넘치는데 입을 옷이 하나도 없는 것 같고, 공공도서관에서 도서 대출과 영화감상이 가능하다지만 한 번도 이용해 본적이 없는 사람이 적지 않을 것입니다. 따라서 사용가능한 자원이 무엇인지 인식하고, 이를 토대로 자원을 효과적으로 사용하는 것이 중요합니다. 자원에는 화폐, 저축, 자산, 신용과 같은 '경제적 자원' 뿐 아니라, 시간. 에너지, 능력, 지식, 기술, 외모 등의 '인적 자원'도 있으며, 지역사회 시설이나 국가자본, 환경의 질 등 '공공자원'도 있습니다. 하지만 이들 자원은 목표나 욕구가 없다면 아무런 소용이 없으며, 사용되지 않거나 잘못 사용될 경우에는 오히려 목표달성의 장해요인이 되기도 합니다. 욕구충족을 위해 자원을 획득, 사용, 처분하는 과정이 결코 쉽지 않은 것은 자원이 부족하기 때문입니다. 쌀과 밥솥이 있다 하더라도 시간이 없다면 어떻게 식사를 하겠으며, 훌륭한 요리비법을 알고 있더라도 재료를 구할 돈이 없다면 어떻게 요리를 할 수 있을지요? 자원을 관리하고, 대안을 모색하며, 올바른 선택을 해야 할 필요가 있습니다. 자원을 관리하기 위해서는 현재와 미래에 어떤 자원이 어느 정도 필요한지 인식하고, 사용가능한 자원의 양과 방식을 파악하며, '기회비용'[10]을 고려한 배분과 사용이 필요합니다.

10 기회비용(opportunity cost, 機會費用)은 무엇인가를 선택함으로써 포기해야 하는 것들 중에서 최선의 것의 가치를 말합니다. 자원의 희소성으로 인해 우리는 늘 선택의 문제에 직면한다. 무엇인가를 얻기 위해서는 다른 어떤 것을 포기해야만 하는 것이다. 우리가 무엇인가를 선택함으로써 포기한 것의 가치를 '기회비용'이라고 합니다. 예를 들어 친구들과 점심시간에 축구를 하기로 했다고 가정해 봅니다. 그런데 5교시에 영어 단어 시험을 보겠다고 한 선생님의 말씀이 생각났습니다. 점심시간은 한정되어 있기 때문에 만약 영어 단어 공부를 한다면 축구를 포기해야 하고, 이럴 경우 영어 단어 시험에서는 높은 점수를 얻을 수 있겠지만 축구를 하였을 때 얻을 수 있는 만족은 포기해야 합니다. 이때 포기한 축구에서 얻을 수 있는 만족을 기회비용이라고 합니다. 그런데 현실의 선택은 둘 중에서 하나를 고르는 단순한 것이 아닌 경우가 훨씬 많습니다. 점심시간에

아름다운 몸은 절대 공짜로 얻어지지 않습니다. 내가 세운 미의 표준까지 도달하기 위해서 어떤 자원을 어떻게 이용할 것인가요? 우선 운동과 식이요법을 병행하는 것이 가장 효율적으로 투자대비 결과의 비율이 높음이고 합리적인 목적에 부합한 방법임을 정보탐색과 경험을 통해 알게 됐다면 사용가능한 방법을 찾아 봅니다. 책을 사거나 인터넷 검색을 통해 얻은 정보를 토대로 혼자 운동을 하거나 식단을 꾸리는 방법, 전문시설이나 상품을 이용하거나 전문가의 도움을 받는 방법들이 있습니다. 물론 이런 방법을 알아내거나 직접 활용하는 데는 시간과 노력과 돈이 필요합니다. 사람에 따라 사용가능한 자원의 양과 질이 다르므로 기회비용을 낮추는 방향으로 자원을 선택하고 배분하며 사용하는 것도 좋겠습니다. 하지만 자원의 선택과 배분에는 항상 많은 고민이 뒤따릅니다. 어떤 효용이 있는가요? 접근가능한가요? 다른 자원과 상호 관련돼 있는가요? 관리가 가능한가요? 필요한 많은 시간과 노력은 돈으로 일부 대체 가능하기도 합니다. 하지만 돈이 아무리 많아도 다른 자원을 '적기'에 '적절한 수준'으로 '함께' 사용하지 않는다면 원하는 몸매를 얻는 것은 쉽지 않습니다. 몸매가 좋은 사람을 사귀거나 고용하는 것은 가능할지 모르겠지만요.

결국은 처음부터 선택의 문제였습니다. 내가 행복해지기 위해서는 어떤 목표들을 선정했으며, 어떤 우선순위를 매겼는가요? 목표달성여부를

영어 단어 공부 대신 축구를 하는 거 말고도 농구를 할 수도 있고, 음악 감상, 산책, 낮잠 자기 등을 할 수도 있습니다. 그렇다면 영어 단어 공부를 위해 포기한 모든 대안을 기회비용으로 생각해야 할까요? 그렇지 않습니다. 기회비용이란 포기한 수많은 대안 중에서 가장 가치가 큰 한 가지 활동의 가치만을 의미합니다. 포기한 대안 중에서 축구를 했을 때의 만족이 가장 크다면 축구를 했을 때 얻을 수 있는 만족만이 기회비용이 되는 것입니다.

판단하기 위해 어떤 표준을 길잡이로 삼았으며, 내 수준을 표준에 이르게 하기 위해 어떤 자원을 어떤 방법으로 사용할지 선택했는가가 행복 정도를 결정합니다. 행복에 이르는 과정은 너무나 다양하고 영향을 미치는 요인 또한 수도 없이 많습니다. 이 과정에서 돈의 힘이란 결코 무시할 수 없으나 무소불위의 권력은 아닙니다. 매일매일의 수많은 선택이 내 인생의 최선의 선택이었길 바랍니다. 과거의 선택이 오늘의 나를 있게 했듯, 현재의 선택이 내 미래를 결정할 것입니다. "나는 행복한가?", "나는 행복을 위한 선택을 하고 있는가?" 뭔가를 결정하고 행동할 때 반드시 확인해야 할 질문입니다. 돈과 관련된 수많은 선택의 과정에서도 또한 그러하길 바랍니다.

이처럼 돈이 중요한 세상에서 오늘 우리는 무엇을 고민하고 어떤 자세로 살아야 할까요? 우리 삶의 필수요소인 돈에 대해 피할 수는 없지만 그렇다고 돈에 돌아버리지 않는 성숙한 자세로 돈을 대하는 자세와 지혜가 필요합니다. 이런 점에서 바른 경제개념을 위한 교육이 필요합니다. 이를 위한 윤리실천적인 내용이 전해지면 좋겠습니다. 돈은 가치중립적입니다. 이 돈에 마음을 빼앗기지 않고 잘 활용하는 자세를 가르쳐 지키게 해야 합니다. 돈에 대한 교육은 가정에서, 학교에서, 종교기관에서 모두 다루어야 하는 주제입니다. 어려서부터 근검절약하는 습관을 길러주어야 합니다. 또한 정당하게 노동의 대가로 돈을 버는 것이 지니는 의미도 가르쳐야 합니다. 돈이 돌고 도는 것임을 통해 개인경제와 함께 사회경제를 가르쳐주면서 돈이 지닌 사회공동체의식도 가르쳐야 합니다. 이를 통해 내가 번 돈은 다 내 것이 아니라 돈을 벌 수 있도록 토대를 마련해주고 지지해준 사회에 환원하는 일의 중요성으로 기부와 나눔도 알려주어야 할 것입니다.

미디어, 우리의 영혼을 잠식합니다

미디어, 우리의 외모까지 디자인하는 세상인가 봅니다. 어느 개그맨의 말처럼 "1등만 기억하는 대한민국"이기에 기를 쓰고 1위를 차지한 것일까요? 우리나라 인구 대비 성형수술 비율이 세계 1위를 기록한 지 오래입니다. 영국 경제주간지 이코노미스트(2013년 1월 31일자)는 국제성형의학회 ISAPS 보고서를 인용, 2011년 인구 대비 성형수술 횟수에서 우리나라가 1위를 차지했다고 보도했습니다. ISAPS 보고서에 따르면 우리나라는 2011년 인구 1,000명당 성형수술 시술 횟수가 13건이 넘은 것으로 조사돼 이 부문 1위에 올랐습니다. 그리스, 이탈리아, 미국, 콜롬비아가 그 뒤를 이었습니다. 미국 일간신문 USA 투데이는 최근 우리나라 배우, 가수 등 대부분의 연예인이 성형수술을 했으며 성형 고객 대부분은 자신이 좋아하는 스타가 한 수술을 받기를 원한다고 전했습니다.

지난 2007년 발표된 경희대 의상학과 엄현신의 박사학위 논문 "얼굴에 대한 미의식과 성형수술에 대한 인식"에 따르면 2006년 9월 서울과 경기 지역에 사는 18세 이상 여성 810명을 대상으로 설문조사한 결과 전체 응답자 중 47.3%가 성형수술을 받은 적이 있다고 답했습니다. 연령별로 보면

30~39세는 56.6%, 40~49세 42.9%, 50세 이상은 39.4%가 성형수술 경험이 있으며 특히 25~29세 여성 중 62.9%가 성형수술을 경험한 것으로 조사됐습니다. 이쯤 되면 성형열풍 아닌 성형광풍狂風입니다. 이제 성형은 연예인의 전유물이 아닙니다. 성형이 사람들 특히 여성 스펙의 하나에 포함될 정도로 흔한 현상이 되고 우리나라는 '성형공화국'이라는 수식어가 당연한 것으로 인식되고 있습니다. 오죽했으면 국회에서 독일과 이탈리아 일부 국가에서는 청소년 대상 성형수술 금지 법안을 제출했을까 싶습니다.

전 국민의 몸짱화, 얼짱화, 동안화 열기가 고조되고 어린이에서부터 노인까지 성형외과로 향하는 성형광풍이 휘몰아치는 상황과 TV에서 개그우먼 출신 방송인 곽현화의 레이저 필링과 보톡스 시술 과정을 보여주고 "통통의 기준이 되는 연예인이 손예진"이라는 지상렬의 말이 아무렇지 않게 방송되고 "아내가 애프터스쿨 유이 씨 정도면 좋겠다. 나이가 좀 있으니까 양보해서 48kg 유지해야 한다"라는 일반인의 말이 거침없이 안방에 전달된 것과 무관한 것일까요? "쌍꺼풀, 이마수술, 지방흡입수술은 성형수술 축에도 들지 못한다. 전신성형수술 받았다"는 한 여자 연예인의 당당한 고백과 미스코리아들이 성형했다는 이야기, 그리고 "다양한 배역을 맡고 싶어 양악수술을 했어요"라고 말하는 연예인의 성형전후 사진이 인터넷과 신문지상을 수놓은 것과 성형광풍은 관련 없을까요? 그렇지 않습니다.

우리는 미디어가 구축한 스펙터클의 사회에 살고 있습니다. 미디어 텍스트가 현실인가 싶습니다. 드라마, 뉴스, 예능 프로그램, 영화, 음악, 광고, 인터넷 등 언어나 이미지를 사용해 주변세계의 의미를 부여하는 재현 representation의 미디어 텍스트와 현실의 세상, 그리고 사람의 인식은 결코 무관하지 않습니다.

매스미디어가 조형한 스펙터클의 사회는 대화를 허용치 않고 인간의 존재는 항상 수동적으로 소비하는 사회입니다. 따라서 삶의 직접적인 경험, 정서 그리고 관계를 망각하도록 길들며, 매스미디어가 재현한 이미지와 상징화된 세계를 소비하며 살아갑니다. 아니 소비에서 그치지 않고 그 매스미디어에서 재현한 텍스트와 이미지가 현실의 척도가 되며 인식의 근간을 이룹니다.

사람들은 현재 매스미디어가 생산해내는 이미지와 텍스트를 실재보다 더 실재적인 것으로 인식하며 살고 있습니다. 미디어사회에서 삶은 잡지 광고이며, 진실한 것은 한 개비의 담배인지 모릅니다. 현실 세계는 미디어에서 펼쳐지는 끔찍하도록 환상적이고 무차별적인 다큐멘터리라는 미망迷妄에 사로잡혀 살아가고 있습니다.

미디어의 성형 텍스트 역시 마찬가지입니다. 미디어의 성형 텍스트는 현실 속 사람들의 성형 인식을 디자인합니다. 이 때문에 미디어의 성형 텍스트를 현실로 인식합니다. 미디어는 유명 연예인들의 몸매와 얼굴의 아이콘들을 이상화理想化하는 데 그치지 않고 더 나아가 일상화日常化, 정상화正常化시킵니다. 미디어의 이상적 육체 상품화의 열기는 실질적인 필요나 진정한 욕망에 의한 것이라기보다는 결핍을 채우고자 하는 사람들의 채워지지 않는 욕망을 자극하며 수많은 사람의 이효리화 그리고 김태희화를 위한 지난한 몸부림을 촉발시킵니다.

신문, 방송, 인터넷 등 미디어를 통해 증식되는 이상적 몸매와 얼굴의 이미지와 텍스트는 알게 모르게 수많은 사람이 닮아야 하는 준거로 자리잡습니다. 어느 사이 우리는 알게 모르게 얼짱과 몸짱을 당연시하고 얼짱과 몸짱이 아닌 외모와 육체적 이미지, 외형적 조건을 가진 사람을 문제시

216

하거나 비정상적으로 생각합니다. 이효리와 김태희는 정상이고 이효리와 김태희가 아닌 사람은 비정상적으로 내몰립니다.

심지어 미디어는 '예쁘면 죄가 없고 못생기면 죄가 된다'는 유미무죄有美無罪, 무미유죄無美有罪의 사회를 당연시하게 합니다. 사람들의 외모와 몸매는 특히 여성들의 취업에서부터 사회생활, 사교, 결혼에 막대한 영향을 미치고 있습니다. 이 역시 미디어에서 쏟아내는 성형 텍스트와 밀접한 관련이 있습니다. 미디어 텍스트는 이처럼 우리 삶에 엄청난 영향을 줍니다. 미디어 텍스트는 사람들의 인식, 가치관 정립에서부터 일상생활에 이르기까지 엄청난 영향을 미치고 있습니다. 미디어 텍스트는 인식의 근간이 되고 현실과 세상을 바라보는 시선을 지배하고 사회화의 대리자Socialization Agent 역할까지 하고 있습니다.

미디어 텍스트에 주목하거나 수용하는 결과로 야기되는 인식과 행동의 양식인 미디어의 효과는 사람마다 차이가 있습니다. 시대와 학자, 연구방법론에 따라 미디어가 수용자에게 미치는 영향이 미미하다는 약효과 이론에서부터 미디어의 효과가 막강하다는 강효과 이론까지 다양합니다. 최근 들어 미디어의 효과는 강력하다는 이론들이 득세하고 힘을 얻고 있습니다. 미디어의 효과가 강력하다는 다양한 효과 이론들이 존재합니다. 강조점이나 영향의 강도에 차이가 있지만, 미디어가 수용자에게 많은 영향을 미치고 있다는 것을 인정합니다.

미디어의 성형 텍스트가 수용자에게 미치는 영향 역시 다양한 양태로 드러납니다. 미디어의 성형텍스트에 전혀 영향을 받지 않고 살아가는 사람도 있지만 상당수는 외모가 연애, 결혼 등과 같은 사생활은 물론 취업, 승진 등 사회생활 전반까지 좌우하기 때문에 외모 가꾸기에 목숨 거는 전쟁에 돌입합니다. 미디어에서 펼쳐내는 외모 지상주의와 성형에 대한 텍스트는 수많은 사람에게 결혼시장의 더 나은 배우자와 노동시장의 더 나은 일자리를 위한 전쟁에서 승리하려는 무기의 하나로 외모 경쟁력을 높여야 한다는 인식을 심어줍니다. 급기야 성형병원을 향하게 만듭니다.

미디어 텍스트가 현실 속의 세상을 압도하고 있습니다. 미디어가 구축한 스펙터클의 사회를 현실 속 세상으로 인식하고 미디어 텍스트가 구축한 세계는 더 실재처럼 인식되고 있습니다. 하지만 미디어 텍스트는 현실이 아닙니다. 그런데 그 아님을 깨닫기란 참으로 어렵습니다. 왜냐하면, 미디어에서 텍스트의 형태로 재현한 상징세계는 무차별적이고 실재보다 더 실재적인 외양을 가졌기 때문입니다. 그 외양은 너무나 막강하게 공격해 우리의 사고를 무장해제시킨 뒤 우리 인식의 틀거지를 그 외양으로 채우게 하기 때문입니다. 그래서 우리가 세상을 보는 눈은 실제 미디어 텍스트의 상징세계에서 구축한 눈에 불과한 경우가 많습니다. 미디어가 촉발시킨 사이비 욕망이 진정한 욕구로 치환되고 있습니다.

그런데 미디어 텍스트가 구축하는 시선과 사이비 욕망이 진정한 시선과 욕구라고 믿는 인식은 현실 속에서 적지 않은 문제를 야기합니다. 이 때문에 왜곡으로 무장한 사이비 확신범이 양산됩니다. 미디어의 성형텍스트에 의해 조형된 외모에 대한 인식과 시선은 성형외과로, 피부과로, 뷰티용품 매장으로 향하는 것이 살길이라고 생각하는 수많은 사람을 확대재생산하는 것입니다. 여고생과 여대생의 80%가 자신의 체중에 불만족하고 있으며 정상체중인데도 만족하지 않는 비율이 83.5%에 이른다는 여성 단체 조사 결과가 놀랍지 않은 것도 이 때문입니다.

우리는 그동안 미디어 텍스트를 그대로 수용하는 순응적 해독자解讀者

였습니다. 이것은 미디어가 구축한 스펙터클의 사회의 포로가 되는 첩경입니다. 그렇다면 이제 답은 명확해졌습니다. 최소한 미디어를 접할 때 교섭적 혹은 비판적 해독해나가야 합니다. 미디어 텍스트에 대한 자신의 시각을 중심에 둔 비판적 해독은 우리에게 자신의 의지로 삶을 디자인하게 해주는 길을 제시해 줍니다. 미디어 성형 텍스트에 순응적 해독 대신 교섭적 혹은 비판적 해독으로 임할 때 성형과 몸에 대해 주체적인 생각을 하게 되고 보다 몸과 얼굴의 건강한 담론을 견지하게 됩니다. 이효리화, 김태희화를 하지 않아도 충분히 행복할 수 있게 됩니다.

이제 우리는 의도적이든 의도적이지 않던 간에 미디어 텍스트가 조장하거나 구축한 세계가 재현된 상징이며 현실세계가 아니라는 사실을 깨달아야 합니다. 그 사실의 깨달음과 실천은 미디어의 상징세계에 의해 자신의 삶을 디자인하는 것이 아니라, 자신의 의지와 진정성으로 삶을 디자인해나가야 합니다. 이를 통해 미디어가 만들어낸 사이비 욕구들을 진정한 욕망으로 대체시키고, 삶의 모든 계기를 의식적으로 재건하는 길을 걸어가야 할 것입니다.

성숙한 시민의식을 기억합니다

1977년도 여름, 7월 13일 저녁 9시 30분경, 미국 뉴욕시에 전기를 공급하는 콘 에디슨 원자력 발전소에 벼락이 떨어지면서 온 뉴욕 도시의 전기 공급이 중단되었습니다. 저녁시간이었기 때문에 집으로 돌아가던 많은 사람들이 지하철에 갇혔습니다. 엘리베이터, 공항, 병원 응급실 등 모든 건물에 전력 공급이 모두 멈추었습니다. 이날 밤은 뉴요커들에게 가장 어두웠던 밤으로 기억됩니다. 도시가 빛을 잃은 사이, 거리의 많은 상점들이 습격을 당하고 물건들을 약탈당했습니다. 또한 곳곳에서 방화가 일어나 수많은 건물들이 불길에 휩싸이게 되어서 도시가 혼란에 휩싸였습니다.

당시 소방관들은 1,500통의 화재 신고를 받았고, 그중 400통만이 진짜 신고전화였다고 합니다. 25시간 후 다시 전기가 원래대로 공급되기 전까지, 뉴욕은 말 그대로 혼란의 도가니였습니다. 결과적으로 하룻밤 사이 1,000건이 넘는 화재와 1,600여 개의 상점들이 습격을 당한 것으로 드러났습니다. 이러한 사태를 두고 『로스엔젤레스 타임즈』는 "눈부신 자부심을 가진 도시, 정전과 함께 빛을 잃다"라는 제하의 보도를 했습니다. 평범했던 시민들마저 범죄의 충동에 휩쓸렸던 뉴욕의 대정전 사태, 그 당시 3,776

220

명이 체포되면서 역사상 가장 많은 수의 사람들이 체포된 사건으로 기록되기도 했습니다.

같은 해 가을, 11월 11일 저녁 9시 15분경 익산역(당시 이리역)에서도 대규모 폭발사고가 발생했습니다. 폭발한 열차에는 한국화약에서 생산한 다이너마이트 914개 포함 화약 30톤이 실려 있었습니다. 다이너마이트가 터진 이리역 구내에는 깊이 15m, 직경 30m의 큰 웅덩이가 패였습니다. 역 구내에 있던 객차·화물열차·기관차 등 30여 량 남짓이 파손되었고 철로가 엿가락처럼 휘어져버렸습니다. 당시 전라북도가 집계한 열차 폭발사고로 인한 인명피해는 사망자 59명, 중상자 185명, 경상자 1,158명 등으로 총 1,402명에 달합니다. 피해 가옥 동수는 전파가 811동, 반파가 780동, 소파가 6,042동, 공공시설물을 포함한 재산피해 총액이 61억 원에 달했습니다. 이로 인해 발생한 이재민 수만도 1,674세대 7,873명이나 되었습니다. 당시 익산역 주변에는 다수의 금은방이 있었고 폭발로 인해 금은방과 각종 상점의 유리가 모두 깨지고 암흑천지가 되었지만 약탈이 전혀 발생하지 않았습니다. 또한, 역 주변에 위치한 신탁은행 금고의 문이 충격으로 열렸는데도 금고 안에 들어있던 현금을 가지고 간 사람도 없었습니다.

그날 경찰서 유치장에는 20여 명이 있었는데 폭발 후에도 절도범이나 약탈 등으로 인한 범죄자가 증가하지 않았다고 당시 근무자의 증언도 있습니다. 오히려 많은 시민들이 손전등과 촛불을 들고 나와 부상자를 구호하는데 앞장서는 등 세계에서 유래를 찾을 수 없는 성숙한 시민의식을 보여주었습니다. 중앙동 삼남극장에서는 공연시작 15분 만에 폭발사고가 일어나 극장지붕이 무너져 5명이 사망하고 100여 명이 부상을 당하는 상황에서 작고한 코미디언 이주일 씨가 가수 하춘화를 업고 뛰어 대피시킨 일화까지 등장할 정도로 많은 분이 구호활동에 앞장섰습니다.

41년 전 발생한 역사적 두 사건을 마주하면서 익산시민으로서 자랑스럽습니다. 다른 사람을 배려하는 문화적 향취와 영성도시 시민으로서의 자부심을 느낍니다. 저는 익산시민으로서 이러한 자랑스러움과 자부심을 갖습니다. 살기 좋은 도시는 부유함이나 도시의 인구나 크기가 아닙니다. 문화품격이 높은 시민의식이 살기 좋은 도시의 척도일 것입니다. 아름다운 문화도시에 산다는 것이 기분 좋습니다. 앞으로도 멋진 도덕도시의 모습이 이어졌으면 좋겠습니다. 이런 도시문화는 지자체나 지자체의원이 만드는 것이 아닙니다. 시민 모두가 성숙한 시민의식으로 서로 배려하고 존중하는 너그러움으로 살아 갈 때 가능할 것입니다. 바위와 나무의 이야기입니다. 해변의 절벽에서 수억 년 동안 자리를 지켜온 바위틈에서 파란 싹이 돋아났습니다. 그 둘의 대화입니다.

　　싹 : 나 여기서 살아도 돼?
　　바위 : 안 돼. 이곳은 너무 위험해.
　　싹 : 어쩌지 벌써 뿌리를 내렸는걸. 운명처럼 바람이 날 여기로 데려왔어.

시간이 흘러 싹이 자라 나무가 되었습니다. 하지만, 바위틈에서 어렵게 자리를 잡은 나무는 크게 자라지 못했습니다.

　　바위 : 다른 곳에 뿌리를 내렸으면 정말 훌륭한 나무가 되었을 텐데.
　　나무 : 그런 말 하지 마. 난 세상에서 이곳이 제일 좋아.
　　바위 : 뿌리를 좀 더 깊이 뻗어봐.

나무 : 내 뿌리가 자랄수록 너는 몸이 부서지잖아.

바위와 나무는 그렇게 수십 년을 함께 살았습니다. 나무뿌리가 파고든 바위틈에 고인 빗물이 겨울에 얼고 봄에 녹는 것이 반복되었고 결국 바위는 최후의 순간을 맞이하게 되었습니다.

바위 : 나무야, 난 더는 버틸 수 없을 것 같아
나무 : 안 돼. 힘내.
바위 : 괜찮아. 난 이곳에서 수억 년을 살았어.
이제야 그 이유를 알 것 같아.
난 너를 만나기 위해 수억 년을 기다렸던 거야.
네가 오기 전에는 난 아무것도 아니었어.
네가 오고 나서 난 기쁨이 뭔지 알았어.
나무 : 나도 그랬어. 이곳에 살면서 한 번도 슬퍼하지 않았어.

그날 밤에 폭풍우가 몰아쳤습니다. 나무는 바위를 꼭 끌어안고 운명을 같이했습니다. 이 세상은 혼자 살기에는 너무나 힘든 곳입니다. 하지만 해변 절벽에 있는 바위 같은 누군가와 함께라면, 그 사람이 손 내밀어 주고, 몸으로 막아 주고, 마음으로 사랑해주면 끝까지 함께 하겠지요. 우리 마음에 누군가 작은 뿌리를 내린다면, 그를 위해 날마다 쪼개지는 바위처럼 살아봅시다. 고등학교 국어 시간에 배운 시가 생각납니다.

꽃

김춘수

내가 그의 이름을 불러주기 전에는
그는 하나의 몸짓에 지나지 않았다.

내가 그의 이름을 불러 주었을 때
그는 나에게 와서 꽃이 되었다.

내가 그의 이름을 불러준 것처럼
나의 이 빛깔과 향기에 알맞는
누가 나의 이름을 불러다오.

그에게로 가서 나도
그의 꽃이 되고 싶다.

나는 그에게 그는 나에게
잊혀지지 않는 하나의 눈짓이 되고 싶다.

상식으로 엿보는 '이슬람'

이슬람에 대한 오해가 많습니다. 이슬람은 불교, 기독교와 함께 세계 3대종교로서 세계 140여 개국에서 약 13억 명이 믿고 있는 종교입니다. 그럼에도 '이슬람'이라는 단어를 들으면 테러, 폭력, 여성차별 등을 떠올리는 사람이 많습니다. TV 뉴스를 장식하는 테러, 내전, 폭력 장면의 대부분은 이슬람이 배경으로 등장하기 때문에 사람들에게 이슬람은 긍정보다는 부정적인 이미지로 자리 잡았습니다. 더욱이 얼마 전까지만 해도 할리우드 영화의 악당은 대부분 이슬람 테러리스트들이 차지했습니다. 이슬람에 씌워진 부정적이고 호전적인 이미지는 비이슬람권, 특히 서구 언론의 왜곡된 보도와 이를 그대로 옮겨 보도하는 우리 언론의 영향이 큽니다. 특별한 관심 없이는 쉽게 알기 어려운 이슬람을 종교로서가 아니라 상식으로서 조금만 접근해 보렵니다.

이슬람과 무슬림이란 무엇일까요? '이슬람'은 아랍어로 순종을 의미합니다. 즉 '이슬람'은 교조인 예언자 무함마드Muhammad(마호메트의 아랍어 이름, 570~632)의 말과 유일신Allah, 알라에 대한 순종을 의미합니다. 또한 '이슬람'은 평화를 뜻하는 아랍어 '살람salaam'과 같은 어원을 갖습니다. 반면 '무슬림'은 '순종하는 사람'을 뜻합니다. 즉 '이슬람'을 믿는 신자를 지칭하는 말입니다. '무슬림'[11]은 기독교를 믿는 사람을 지칭하는 '크리스천'이나 불교를 믿는 사람을 지칭하는 '불자'와 같은 용도로 쓰이는 말입니다.

무슬림이 지키는 의무를 살펴보면 다음과 같습니다. 첫째, "알라 외에는 신이 없으며 무함마드는 알라의 사자이다"라는 신앙고백shahadah입니다. 둘째, 일출, 정오, 오후, 일몰, 심야의 하루 다섯 번의 예배salat입니다. 셋째, 무함마드가 천사 가브리엘로부터 계시를 받은 달인 이슬람력 제9월인 라마단의 금식[12]입니다. 넷째, 자선을 의미하는 희사喜捨, zakat입니다. 다섯째, 능력이 된다면 일생에 한번 메카 순례hajj를 의무적으로 지켜야 합니다.

이슬람교의 경전인 '쿠란'은 아랍어로 '읽기'라는 뜻으로 인간이 가감 없이 받아쓴 신의 말입니다. 그런데 쿠란은 유대교와 기독교의 경전인 성경과 많은 부분을 공유합니다. 쿠란에는 유대-기독교적 요소에 아랍적 요소가 추가되어 있습니다. 쿠란에도 아담, 아브라함, 노아, 모세, 그리고 예수를 포함해 성경에 등장하는 인물들이 대부분 등장합니다. 이들은 무함마드보다 앞선 유일신의 예언자로 등장하는데, 특히 예수는 무함마드 이전의 가장 위대한 예언자로 등장합니다. 여기서 무함마드는 유일신이 보낸 최후의 예언자로 신의 마지막 계시를 받은 사자使者입니다. 성경과 마찬가지로 쿠란에서도 신은 그릇된 신을 섬기는 무리에게 경고하기 위해 예언자를 보냅니다. '신'은 아랍어로 '알라'이며 이는 유일신으로서 유대교의

---

11 여자는 '무슬리마'라고 합니다.

12 사암(sawm) : 일출부터 일몰까지 음식, 흡연, 성관계를 금하고 밤에는 음식을 먹을 수 있습니다. 단 여행자, 병자, 임산부 등은 금식의무를 면해주지만 이후에 별도로 금식을 해야 합니다.

'하나님', 기독교의 '하나님'을 아랍어로 표현한 것입니다.

쿠란은 성경과 달리 인간의 원죄를 주장하지 않습니다. 쿠란에 의하면 아담은 성경과 같이 금지된 선악과를 먹어 징벌을 받지만, 그는 곧 회개하고 신의 예언자가 됩니다. 아담은 무함마드로 끝나는 이슬람의 예언자 계보에서 첫 번째 예언자가 됩니다. 따라서 무슬림들에게는 원죄 개념이 없습니다. 원죄가 없기 때문에 인간을 위해 죽음으로써 원죄를 씻어 줄 구세주도 필요 없습니다. 쿠란에서 예수는 처녀에게서 잉태한 알라의 예언자이기는 하지만 하나님의 아들이 인간으로 태어난 신적인 존재는 아닙니다.

이슬람도 다른 종교처럼 여러 종파들이 있습니다. 그중 대표적인 것이 수니파와 시아파입니다. 이슬람이 수니파와 시아파로 갈리게 된 계기는 교리적인 문제라기보다는 정치적인 문제 때문이었습니다. 이슬람은 교조인 예언자 무함마드가 죽은 후 원로들의 합의에 의해 예언자의 오랜 친구이며 장인이기도 한 아부 바크르(재위 632~634)가 할리파에 올라 무함마드를 계승했습니다. '할리파'는 아랍어로 '뒤따르는 자'라는 뜻으로 이슬람 국가의 최고 통치자인 동시에 최고 종교 권위자를 칭하였습니다. 그러던 것이 10세기에 이르러 압바스 왕조의 할리파가 정치적 실권을 잃고 당시 실권자에게 '술탄' 칭호를 내리면서 할리파는 상징적인 종교 지도자로만 남게 되었습니다.

아부 바크로 이후 제2대 할리파에 오른 우마르(재위 634~644)는 정복에 몰두하여 실질적으로 이슬람제국을 건설하였습니다. 그러나 문제는 제3대 할리파 우스만(재위 644~656)대에 나타났습니다. 이슬람 신앙의 기치 아래 단결된 힘으로 대정복을 이룬 아랍족이었지만 할리파 계승 문제를 놓고 갈등이 빚어지고 있었고, 중앙정부와 정복지인 지방정부 사이에도 알력이 싹트고 있었습니다.

우스만은 본래 부유한 상인으로 우마이야 씨족 출신이었습니다. 우마이야 씨족은 원래 무함마드의 이슬람에 적대적이었는데 메카 함락 이후에 마지못해 이슬람을 받아들였습니다. 그러나 우스만은 씨족의 의사와는 반대로 일찍부터 무함마드를 추종하여 신임을 받았고, 그의 친구가 되었습니다. 제2대 할리파 우마르가 죽자 우마이야 씨족은 우스만을 적극적으로 지원하여 할리파로 등극시킵니다. 할리파가 된 우스만은 자신이 신임할 수 있는 친족들을 지방 총독으로 파견하여 족벌체제를 구축했습니다. 우스만은 자신이 파견한 총독의 권력을 강화하여 중앙집권적 권력체제를 구축하고자 했습니다. 그러나 그의 정책은 정복지 원주민들의 불만을 사게 됐고, 결국 우스만은 살해됩니다.

뒤를 이어 4대 할리파로 알리(재위 656~661)가 추대 되었습니다. 알리는 어린 시절의 무함마드를 보살폈던 무함마드의 숙부 아부 탈리브의 아들로서 무함마드와는 사촌이면서 무함마드의 딸 파티마와 결혼했기 때문에 사위이기도 합니다. 일부에서는 무함마드가 죽기 전에 알리를 자신의 후계자로 지목했다는 주장도 있습니다. 알리는 무함마드 사후 할리파로 아부 바크르가 선출된 후 종교적인 임무에만 열중하며 살고 있었습니다. 그러나 할리파에 선임된 알리의 앞길은 순탄치 않았습니다. 우스만을 살해한 자들의 재판 회부를 외치며 반란이 일어났습니다. 그 주동자는 예언자 무함마드가 가장 총애했던 3번째 아내 아이샤였습니다. 아이샤는 1대 할리파 아부 바크르의 딸이기도 합니다. 아이샤가 낙타를 타고 전투를 지휘했다고 하여 '낙타전투'라고 불리는 이 반란은 진압되었지만, 이번에는 우마이야 씨족 출신으로 우스만의 친척인 시리아 총독 무아위야가 우스만의 복수를 외치며 반기를 들었습니다.

두 세력은 657년 시핀에 있는 유프라테스 강의 서쪽 언덕에서 충돌하지만 승부를 가리지 못합니다. 양측은 협상에 들어가지만 실패하고, 결국 이슬람 공동체는 동쪽은 알리, 서쪽은 무아위야의 세력으로 양분되었습니다. 그러나 그 후 알리는 암살을 당하게 되고 제국은 무아위야에게 넘어갑니다. 결국 무아위야(재위 661~680)는 5대 할리파에 오르지만 세습왕조인 우마이야조(Umawiyah, 661~750)를 열어 정통 할리파 시대는 막을 내립니다.

이때 예언자 무함마드의 혈족인 알리의 후손들이 할리파 위를 계승해야 한다고 주장하며 '알리의 당Shi'at 'Ali'으로 알려진 종교운동이 일어나는데 이것이 시아파 이슬람의 시작입니다. 시아 이슬람은 비아랍계 무슬림들인 마왈리(종속민)들의 사회적 불만과 결합하면서 국가와 기존질서에 반대하는 종파로 성장했습니다. 이와는 반대로 우마이야 왕조를 인정하고 국가와 기존 질서에 영합한 무슬림들은 이슬람교의 주류인 수니(Sunni : 관행주의자)파가 되었습니다. 즉, 시아는 이슬람 세계에서 진보로, 그리고 수니는 보수로 자리 잡았습니다.

무슬림 사회의 여성들은 억압과 폭력, 차별의 대상으로 여겨집니다. 실제로 사우디아라비아에서는 2001년이 돼서야 남편과 함께 오지 않은 여성도 여권을 발급받을 수 있게 됐습니다. 쿠웨이트는 2005년 처음으로 여성 참정권을 인정했고, 2009년에야 남편의 서명 없이도 기혼 여성에게 여권을 발급해 주었습니다. 또한 이슬람 여성의 상징처럼 여겨지는 히잡, 차도르, 니캅, 부르카 등의 베일은 비무슬림들에게는 여성에 대한 억압의 상징으로 여겨집니다.

하지만 역설적이게도 이슬람은 여성들을 보호하기 위해 베일 착용을 강요합니다. 쿠란에는 여성의 베일 착용에 대해 "예언자여, 그대의 아내들과 딸들과 믿는 여성들에게 베일을 쓰라고 이르라. 그때는 외출할 때라. 그렇게 함이 가장 편리한 것으로, 그렇게 알려져 간음되지 않도록 함이라"(쿠란 33장 59절), "믿는 여성들에게 일러 가로되 그녀들의 시선을 낮추고 순결을 지키며 밖으로 나타내는 것 외에는 유혹하는 어떤 것도 보여서는 아니 되니라. 그리고 가슴까지 가리는 머리 수건을 써서 남편과 그녀의 아버지, 그녀의 아들, 남편의 아들, 그녀 자매의 아들, 여성 무슬림, 그녀가 소유하고 있는 하녀, 성욕을 갖지 못한 하인, 그리고 성에 대한 부끄러움을 알지 못하는 어린이 외에는 드러내지 않도록 하라"(쿠란 24장 31절)고 기술하고 있습니다.

무슬림 여성의 베일착용을 비판하는 사람들은 남성의 성적 욕구를 제어하기 위하여 피해자인 여성에게 베일착용의 책임을 강요하는 것은 잘못된 것이라고 말합니다. 또한 여성의 베일착용은 급속하게 변하는 현대사회에서 여성을 사회적으로 고립시키고, 교육과 참여의 기회를 축소시킨다고 주장합니다. 반면 베일착용을 지지하는 사람들은 베일이 여성의 몸을 가려줬기 때문에 여성이 남성의 성적 만족을 위한 단순한 대상물로 전락하지 않았고, 온전한 한 인격체로 거듭날 수 있는 사회적 기회가 제공됐다고 주장합니다. 또한 베일을 착용함으로써 여성들은 집 밖으로 나올 수 있게 되었고, 이로써 남성에게만 허용되었던 사회진출이 가능했다는 주장도 있습니다.

여성의 베일 착용은 무함마드가 이슬람 전파를 시작했던 6세기 당시 아랍사회에서는 여성을 보호하기 위한 최선의 조치였을 것으로 생각됩니다. 때문에 이슬람의 변화를 외치는 사람들은 쿠란이 특정 시점, 특정 사회 맥락 속에서 계시되었으므로 이를 현대적 관점에서 재해석해야 한다고 주장합니다. 하지만 이슬람은 알라에 대한 순종을 의미하기 때문에 알라의 말을 기록한 쿠란의 내용을 무슬림들은 무조건 따라야 한다고 보고, 쿠란을 액면 그대로 받아들이고 실천하려는 무슬림들의 반격도 만만치 않습니다. 이는 종교를 국가로부터 분리한 '세속주의'와 이슬람의 이념이 실현된 국가 건설을 목표로 하는 '이슬람주의' 간의 논쟁이기도 합니다. 현재 무슬림 여성의 베일 쓰기는 지역에 따라 그 적용과 의미가 천차만별이어서 획일적인 잣대로 평가하기에는 무리가 있어 보입니다.

동남아 관광객 부른다면서……
명동 할랄식당 '0'

태국에서 온 관광객이 노점 옆에 쭈그려 앉아 터키 전통음식인 케밥을 먹고 있었습니다. 관광객 옆에는 구입한 화장품 쇼핑백들이 놓여 있었습니다. 무슬림(이슬람교도)인 관광객은 명동 관광 중에 점심을 먹으려고 했지만 이슬람교도가 먹을 수 있는 '할랄'[13] 음식점을 찾지 못해 아침 식사 이후

---

13 아랍어로 '허락된 것'이라는 뜻의 '할랄(Halal, ﺣﻼل)'은 생활 전반에 걸쳐 이슬람 율법에서 사용이 허락된 것들을 의미합니다. 할랄은 음식뿐 아니라 의약품과 화장품 등 생활 전반에 사용되는 많은 것들을 규정하고 있습니다. 그중에서 이슬람 율법에서 허락되어 무슬림(Muslim)이 먹을 수 있는 음식을 '할랄 식품(Halal Food)'이라 합니다. 고기의 경우 이슬람식 도축방식인 '다비하(Dhabihah)'에 따라 도축한 고기만을 할랄 식품으로 인정하며, 돼지고기를 비롯해 뱀이나 발굽이 갈라지지 않은 네발짐승 등 많은 것들이 금지됩니다. 다비하(Dhabihah)는 이슬람 전통의 도축 방법으로 정신적인 문제가 없는 성인 무슬림이 행합니다. 도축할 때는 해당 동물의 머리를 메카로 향하게 한 다음 기도문을 외치며 단번에 목을 끊어 즉사시킵니다. 이슬람에서는 죽은 동물의 피를 먹는 것을 금지하고 있어서, 피가 다 빠질 때까지 그대로 동물을 내버려둡니다. 도축 전에 동물을 기절시키지 않고 도축 방법이 잔인해 보이는 측면이 있어 동물 학대라는 지적도 있습니다. 이슬람 이민자가 많은 국가에서는 이슬람 명절에 바깥에서 다비하 방식으로 동물을 도축해 논란이 되는 경우도 있습니다. 할랄이 아닌 식품 중에서 이슬람 율법에서 금지된 것을 '하람 식품(Haram Food)'이라 부릅니다. '하람(Haram)'은 '허락되지 않은 것'이라는 뜻이며, 대표적인 하람 식품으로는 돼지고기나 민물고기 등이 있습니다.

로 쫄쫄 굶었다고 합니다. 동남아인이 운영하는 노점을 발견하자마자 케밥으로 식사를 때운 것입니다. 관광객은 드라마 〈겨울연가〉에 반해 2년 전 한국 여행을 오고 이번이 두 번째인데 무슬림이 관광하기 불편한 나라라는 점은 변한 게 없다고 했답니다. 무슬림인들은 할랄 표지가 붙은 식당을 찾지 못해 낭패를 보는 경우가 많습니다. 한식당에 들어가 메뉴판에 있는 비빔밥 사진을 가리키며 영어로 "돼지고기나 돼지기름이 들어간 것이냐"고 물으면 식당 주인은 이를 이해하지 못하기 일쑤입니다.

　서울 명동은 무슬림 관광객들이 가장 많이 찾는 한국의 대표 관광지입니다. 한국관광공사가 2017년 한국을 방문한 무슬림 관광객 700명을 조사한 결과, 명동을 방문했다고 답한 비율이 전체의 76%로 1위였습니다. 이어 동대문시장(64%), 남산타워(63.3%), 이태원(62.4%), 고궁(61.7%) 등의 순이었습니다. 그러나 명동에는 '할랄' 인증을 받은 식당이 한 곳도 없습니다. 여행 업계에서는 "사드 배치로 인한 중국의 금한령禁韓令 여파로 정부와 지자체들이 앞다퉈 동남아 관광객 잡기에 나서고 있지만 대다수가 무슬림인 이들을 맞을 준비는 전혀 안 돼 있다"는 지적이 나오고 있습니다. 한때 '큰손'이었던 중국인에게만 '올인'했던 관광 기반이 이제는 발목을 잡고 있는 모습입니다.

　중국 관광객이 급감한 뒤 서울 명동과 강남대로 같은 주요 관광지에서는 동남아 관광객이 전체 외국인 관광객의 절반을 차지하고 있습니다. 그러나 무슬림들이 겪는 한국의 관광 현실은 열악하기만 합니다. 동남아 관광객들은 명동에서 관광하다가도 식사 때가 되면 매번 '할랄 식당'이 있는 이태원으로 돌아가 밥을 먹어야 하는 실정입니다. 국내 할랄인증기관인 KMF는 식재료 선정부터 조리 과정까지 할랄 규정을 지키는 식당에 한해

'할랄 인증'을 해주고 있는데 서울에는 이태원에 7곳, 강남에 1곳뿐입니다. 인천과 남이섬에도 각 한 곳밖에 없습니다. 인증을 받는 비용(90만 원)이 부담스럽다면 식당에 '식물성' 표시라든가 '할랄 프렌들리friendly'라고 최소한의 표시라도 해두면 좋을 텐데 이마저도 없습니다. 워낙 먹을 게 없어 과일만 먹는 무슬림 관광객도 많습니다. 무슬림 관광객은 화장품 등 물건을 살 때도 애를 먹습니다. 한 무슬림 관광객은 식물성 성분만 쓰인 화장품을 써야 해서 영어로 점원에게 성분을 문의했더니 자기는 중국어통역전담직원이라며 손을 내젓기도 합니다.

무슬림은 하루 5번 이슬람교의 창시자인 무함마드가 태어난 사우디아라비아의 메카를 향해 기도해야 합니다. 하지만 서울 관광지에 무슬림을 위한 기도실은 코엑스 · 롯데월드 · 한국관광공사 건물 단 3곳에만 설치돼 있을 뿐입니다. 일본의 경우 호텔 천장에 메카 방향이 표시돼 있는 곳이 많은데 우리나라는 그런 배려가 없습니다. 무슬림에 대한 이해를 통해 할랄 식품에 대한 이해는 종교를 넘어서 세계시민으로 함께 살아가는 배려와 존중과 섬김을 위한 기본예절입니다. 한류열풍과 한국문화에 대한 기대로 찾아온 이들을 위한 좀 더 준비된 자세로 임하는 모습이 필요합니다. 이들이 한국에 대한 감정이 더 나빠지기 전에 말입니다.

다문화 사회의 새로운 이해

다문화 사회란 한 국가나 한 사회 속에 다른 인종·민족·계급 등 여러 집단이 지닌 문화가 함께 존재하는 사회를 의미합니다. 한국사회는 이주 노동자의 유입, 국제결혼의 증가로 혼혈아동 및 다문화 가정 자녀가 증가하고 있어 다양한 인종과 민족의 인구 구성비가 빠르게 늘고 있는 실정입니다. 법무부의 집계에 따르면 2020년에는 다문화가정 학생 수가 100만 명이 넘을 것으로 예측하고 있습니다. 다문화주의라는 용어는 미국, 케나다 등을 중심으로 1970년대 처음 사용되었는데, 초기에는 다수와 소수 인종·민족 간의 문화 갈등 문제와 관련하여 사용되었으나 장애인, 소수자 집단의 문제까지 확대되어 사용되면서 다양한 의미를 가지게 됐습니다. 이와 같이 세계 사회의 변화와 우리 사회의 인구 구성 변화로 인해 우리 사회는 다문화 사회로 빠르게 진입하고 있음을 알 수 있습니다. 한국사회의 문화적 다양성과 인구 구성의 변화 정도가 심화됨에 따라 한국사회가 전통적으로 단일 민족, 문화, 언어로 구성된 사회라는 신화는 더 이상 강조될 수 있는 가치가 아닙니다.

이제 다문화는 낯설지 않은 우리의 이웃입니다. 우리나라의 전체 인구

중, 다문화는 2.8%에 달합니다. 다문화에 대한 편견을 사라지게 하는 것은 다문화 사회의 안정적 정착을 위한 필수 관문입니다. 다문화 구성원들을 이방인으로 여기지 말고, 평범한 우리의 이웃으로 받아들이는 태도의 변화가 필요합니다. 다문화 가족을 지원하기 위한 정책은 이미 마련돼 있습니다. 지난 2008년 다문화가족지원법이 제정됨에 따라 지원 정책을 추진키 위한 기반이 조성됐습니다. 이들의 초기 적응을 강화하는 역할은 '다문화가족지원센터'가 맡습니다. 지난 2006년 전국적으로 21개소에 불과했던 센터는 2017년 현재 220개소로 확대될 정도로 양적·질적 성장을 거듭하고 있습니다. 다문화 2세대인 다문화 가족맞춤형 교육 지원도 무엇보다 중요합니다. 초등학생 이하 자녀들의 한국어 발달을 위해 전담교사 등 지원서비스를 확충할 필요가 있습니다. 초·중·고교별로 자라나는 과정과 시기에 따라 맞춤형 케어가 필요합니다.

다문화가족의 사회통합 환경을 조성하기 위해서는 다문화 이해에 대한 교육도 필수입니다. 경찰 등 직종 대상별로 다문화 이해교육을 실시하고, 지역 내 민관협력을 통해 다문화가족 교류·연계프로그램을 발굴·확산하고 있습니다. 다만 전문가들은 다문화가족 지원을 '복지적 문제'로만 접근하는 것은 지양해야 한다고 지적합니다. 복지적으로만 접근하는 것이 문제고, 그로 인해 다문화에 대한 곱지 않은 시선이 생기는 것입니다. 복지적인 시혜 차원에서만 바라볼 것이 아니라, 어떻게 이민 문제를 안고 갈 것인지, 어떻게 이들과 함께 갈 것인지 국민의식은 어떻게 바꿀 것인지 등 종합적인 법 제도와 논의가 필요합니다.

통신 및 소통 기술 발달은 문화와 함께, 다양한 지역 사람들의 이동과 접촉을 촉진합니다. 세계화와 신자유주의 물결 속에 국가가 있습니다. 문화 간 이주와 교류의 확대는 세계적인 현상이며, 다양한 인종적·문화적 배경을 가진 사람들이 같은 지리적 공간에 살게 되는 다문화 사회를 이끌고 있습니다. 우리나라도 경제성장과 3D 업종 기피, 저출산 및 고령화 현상과 맞물려 중국과 동남아시아를 중심으로 이주노동자와 결혼이주여성의 유입이 지속적으로 증가하면서 다문화 사회로 진입하고 있습니다.

다문화 사회는 두 단계로 진행된다고 볼 수 있습니다. 먼저 다문화 사회의 1단계입니다. 인종적·문화적 소수자의 수가 증가하면서 소수자가 동등한 권리와 사회경제적 대우를 요구하는 단계입니다. 주로 정치·경제적으로 약자인 이주민이 생존권, 복지, 차별 철폐 등 기본 권리를 주장합니다. 관철하기 위해 투쟁하는 단계로 볼 수 있습니다. 다음으로 2단계입니다. 우리는 타인들과 다릅니다. 문화적 '차이'를 인정해 줄 것을 강조하게 되는 시기입니다. 이 단계에서는 소수집단의 '정체성 인정'과 '문화적 생존'을 사회적으로 요구하는 것에 집중하게 됩니다. 표면적인 동등함보다는 문화적 정체성을 알리고, 정체성에 대해 자부심을 느끼고, 그들의 문화적 표현의 권리를 강조하는 단계입니다. 이는 다문화와 관련된 문제가 사회경제적 차별과 불평등의 시정뿐 아니라 문화적 정체성에 대한 인정과 존중, 문화적 표현의 권리와 관련됨을 암시합니다. 따라서 다문화 사회의 2단계에서는 다양한 소통을 통한 표현의 권리가 중요하게 부각됩니다.

우리나라의 다문화 상황은 이주민의 복지·건강·인권 등 기본권이 제대로 보장되지 않는 다문화 사회의 1단계에 머물고 있습니다. 하지만 동시에 2단계에서 나타나는 문화적 갈등과 문화적 표현 및 문화적 생존의 문제도 함께 부각되고 있습니다. 문화적 권리에서 소외된 이주민들은 이주민 스스로가 주체가 되는 이주민 미디어 활동에 나서고 있으며, 이주민을 대상으로 스스로 목소리를 내고 표현할 수 있도록 가르치는 미디어 교육도 강화되고 있는 상황입니다.

다문화 사회를 구성하는 이주민은 정치경제적 약자이자, 소수자로서 다양한 영역에서 차별과 주변화의 대상이 되는 등 기본권을 제약받고 있습니다. 이주민은 열악하고 유해한 노동환경, 육아와 가사로 인한 고단한 일상, 불안정한 지위, 언어 및 문화적 차이로 인해 한 사회에서 주변화와 차별의 대상이 되는 경우가 많습니다. 우리나라 정부의 다문화 정책은 동화주의에 따라 배제와 통합의 원리에 기초하고 있습니다. 다문화 교육은 동화, 즉 '한국화'에 치중하고 있습니다. 이주민과 접촉 경험이 부족한 가운데, 혈통주의와 단일민족의 신화가 강한 현실이 일방적인 동화정책으로 연결됩니다. 최근에는 차별과 배제에서 이주민에 대한 지원 강화를 통한 사회통합 정책도 추진되고 있지만, 여전히 우리말과 우리문화교육 등 한국화 프로그램이 주를 이루고 있습니다.

우리나라의 이주노동자 정책은 이주노동자를 보호하고 지원하려는 온정주의적 성격이 강합니다. 이주노동자의 권리와 정체성 실현을 돕는 '인정의 정치'는 배제되고 있습니다. 결혼이주여성에 대해서도 한국사회 정착을 돕기 위한 생활 지원에 머무르고 있습니다. 그들의 다양한 문화적 권리에 대한 관심은 부족합니다. 이러한 온정주의적이고, 시혜적인 접근은 이주민의 존재를 인정하는 것입니다. 이는 존중하기보다는 우리 사회 정착과 적응의 대상으로만 간주하고, 이들의 문화적 권리, 특히 미디어에 대한 접근과 이용 등 소통 권리에 대한 무관심으로 연결됩니다.

다양한 문화, 인종, 언어가 공존하고, 상호의존하게 되는 다문화 사회에서는 다른 문화에 대한 수용성과 문화적 개방성, 관용, 다양성 존중이 필수적입니다. 이는 개방적이고, 관용적인 문화 간 소통의 중요성을 암시합니다. 다문화 사회에서는 다양한 집단에 대한 이해, 포용 및 공존의 방식에 대한 합의를 도출할 능력과 소통 기술이 필요합니다. 구체적으로, 모든 공동체 구성원이 소수집단을 인정해야 하며, 이들의 사회권과 문화권을 동시에 존중하는 등 국민 전체를 대상으로 한 다문화 감수성 교육이 요구됩니다. 그중에서도 '다문화 소통능력multi-cultural communication competence'을 배양하는 것이 다문화 사회 공존과 상호존중의 지름길이 될 것입니다. 이를 위해서는 면 대 면 소통은 물론, 다양한 미디어 콘텐츠를 적극적으로 활용해 문화 간 이해와 소통 능력 증진을 위한 교육을 강화해야 합니다.

비교적 짧은 시간 안에 외국인이 늘어나게 되면서 그에 따른 문제점들이 생겨나고 있습니다. 가장 큰 문제는 아무래도 언어가 잘 통하지 않는 것입니다. 현재 많은 외국인 엄마들이 회화는 되지만, 기초적인 한국어를 습득하지 못한 채로 결혼을 하고 있습니다. 그래서 자녀에게 한국어를 제대로 가르치지 못하고 있습니다. 결국 한국어도, 엄마 나라의 말도 제대로 배우지 못하고 초등학교에 들어오는 일이 많다고 합니다. 그러다 보니 언어적 발달 장애를 겪게 되고, 학교에서 친구들로부터 소외되며, 학습부진아가 되는 경우가 생깁니다. 또한 대부분의 농촌 총각들이 국제결혼전문업체를 통해서 결혼을 하다 보니 결혼할 상대에 대해서 잘 알지 못한 채 결혼을 하게 됩니다. 그래서 문화와 나이 차이를 극복하지 못해 가정 내의 다툼이 많아지면서 외국인 신부가 자기 나라로 돌아가는 문제가 생기게 됩니다.

그동안 우리나라는 '세계 유일의 단일민족'이라는 자긍심을 가지고 있었습니다. 하지만 이제는 누구나 열린 마음으로 우리와 서로 다른 피부색과 문화를 가진 사람들과 어울려 살아갈 준비를 해야 합니다. 예를 들어 한글교육을 받도록 하는 한편으로 부모 나라의 언어도 함께 배울 수 있게 해주는 것입니다. 특히 한국인과 결혼하여 국내에서 생활하고 있지만 외국 국적을 가지고 있는 사람들을 위해 한국의 문화와 풍습, 일반적인 생활 상식 등을 각 국가 언어별로 만들어서 보급한다면 큰 도움이 될 것입니다. 또한, 다문화 구성원들이 우리 사회에 잘 합류할 수 있도록 손을 내밀어야 하는 것이 우리의 몫입니다. 다문화는 국가 발전과 국가경쟁력에도 상당한 영향을 미칩니다. 문화 융합을 잘하는 나라일수록 강대국의 대열에 오르기 쉽다는 것은 이미 세계사 속에서 확인된 사실입니다. 하지만 다문화 확대의 부작용도 만만치 않습니다. 외국인 범죄에 따른 제노포비아 현상,[14] 이에 대한 역차별 논란과 감정적 대응은 우리가 해결해야 하는 과제입니다. 그렇다면, 다문화 정책을 추진할 때 중요하게 고려해야 할 점은 무엇일까요?

첫째, 다문화가정의 접근방법은 시혜적 접근이 되어서는 곤란합니다. 다문화가정이라는 이유만으로 지원을 받지 않아도 되는데 또는 지원 받기를 원하지 않는데 받을 수밖에 없는 불편한 일도 생기고 있습니다. 그러니

---

14 외국인혐오증(外國人嫌惡症) 혹은 외국인혐오(外國人嫌惡)는 외국인 또는 이민족 집단을 혐오, 배척이나 증오하는 것을 말합니다. 제노포비아(Xenophobia)입니다. 이는 이방인이라는 의미의 '제노(Xeno)'와 혐오를 의미하는 '포비아(Phobia)'가 합성된 말입니다. 경제대공황으로 서구 사회에서는 외국인 노동자에 대한 혐오주의가 도래하였습니다. 이것이 경제적 빈곤 속에서 자신들과 동등하거나, 아니면 더 잘 사는 타민족에 대한 혐오로 변질되어 나치즘으로 나타났습니다. 유럽인권기구에는 극렬인종주의, 인종차별, 외국인 혐오, 반유대주의, 불관용에 대응하여 인권 보호를 목적으로 2002년에 채택된 인종주의 및 불관용에 관한 유럽평의회 법령에 따라, 인종주의 및 불관용 인권위원회(European Commission against Racism and Intolerance, ECRI)가 설치되어 있습니다.

지원방법에 대한 접근이 개선되어야 합니다. 둘째, 민감한 사안인 "예산" 문제입니다. 예산을 따기 위해 일단 지르고 보자는 식의 진단 없는 처방은 곤란합니다. 정책의 효과성과 실효성을 위해서 "수치"로 평가하는 방식은 피해야 합니다. 셋째, 다문화가정에 대한 복지나 지원서비스를 복지시스템에서 분리시키지 말고 그 안에서 함께 이루어지도록 해야 합니다. 그래야만 예산낭비를 막을 수 있습니다.

우리 모두 앞으로가 아니라 "지금부터" 다문화를 우리의 가족으로 생각하고 그들과 공존의 약속을 하고 살아가야 할 것입니다.

"한국말 잘 하네" 이거, 칭찬 아닙니다

결혼이주여성들에게 하는 말이 있습니다. "하루 속히 한국 사람이 되어라!" 이게 맞는 말일까요? 꼭 한국 사람이 되어야 하나요? 언제 되는 것일까요? 이미 결혼이주여성들은 일정기간이 지나고 자격요건을 갖추면 한국 국적을 신청해서 한국 사람이 되었습니다. 그런데 어디를 가도 사람들은 어느 나라 사람이냐고 묻곤 합니다. 한국 사람이라고 답하면 놀랍니다. 분명 외국인인데, 발음도 다른데 왜 한국 사람이라고 하는지 의심하는 눈치입니다. 이들의 자녀는 엄마가 외국인이라는 이유로 자녀가 학교에서 왕따를 당하기도 합니다. 그래서 학교에 아예 가지 않는 엄마들도 더러 있습니다. 자녀가 초등학교에 들어가면 엄마인 이주여성들이 더욱 예민해집니다. 혹여 나 때문에 아이가 왕따 당할까 걱정합니다. 자녀가 학교에 들어가기 전에 서둘러 한국 국적을 받고 한국 이름으로 개명합니다. 그렇게 하면 서류상으로라도 엄마가 외국인이라는 것이 드러나지 않습니다.

중국 동포는 외모가 한국 사람과 비슷하고 한국말을 잘합니다. 중국에서 왔다는 것을 알아채기 어렵습니다. 간혹 친하게 지내던 사람들이 알게 되는 경우가 있습니다. 학부모로, 동네 친구로, 모임 구성원으로 만난 사람들이 어느 순간 다른 시선으로 바라봅니다. 통화 횟수도 줄어들고 연락이 끊기기도 합니다. 아이들과 못 놀게 합니다. 어떤 가족은 아내가, 며느리가 중국 출신이라는 것을 숨기기 위해 아이에게 엄마의 출신국가를 이야기하지 않습니다. 그리고 엄마인 이주여성에게도 당부합니다. 말하지 말라고요. 이는 명백한 이주여성에 대한 차별입니다. 어디에서 왔건 그것이 뭐가 그리 중요할까요? 중요한 것은 사람 그 자체인데 말입니다. 가족 안에서 존중받지 못하는 이주여성은 사회에서도 편견과 차별로 위축됩니다.

국제결혼 가정의 아이들이 학교에서는 다문화 자녀라고 불립니다. 엄마들은 다문화여성, 그 가족은 다문화가족이라고 따로 지칭됩니다. TV나 신문 등 언론에서는 늘 불쌍하고 도와줘야 한다는 식으로 보도됩니다. 이주여성과 이주노동자는 주로 동남아시아에서 온, 피부가 까무잡잡한 사람으로 그려집니다. 똑같이 국제결혼을 해도 서구 출신 이주여성들은 자신이 왜 다문화가족이냐고 묻습니다. 요즘은 한국 여성들도 김치를 사먹는데 다문화여성은 김치를 담글 줄 알아야 한다며 김치 만들기 프로그램에 등장합니다. 다문화자녀는 따로 읽어야 하는 책도 있습니다. 고궁 같은 한국 문화를 이해해야 한다며 한국 역사를 따로 배우게 합니다. 모두 한국에서 태어나고 성장한 한국 사람인데 말입니다.

공공기관에서도 차별은 그대로 나타납니다. 2011년 이주여성이 직접 제안하는 공공기관 서비스 개선 프로젝트가 있었습니다. 이주여성이 자주 이용하는 출입국관리사무소, 주민센터, 고용지원센터, 경찰서, 학교, 병원 등에 대해 조사했습니다. 확실히 불만족이 더 많았습니다. 직원이 불친절하거나 반말을 했다, 설명이 부족하거나 제대로 안 했다, 남편의 동반을 요구했다, 한국 사람과 같이 가면 친절하게 자세히 설명해주는데 혼자 가면 그렇지 않다는 응답들이 있었습니다.

중국 출신 이주여성 한 명은 아버지의 외국인등록증을 연장하러 출입국 관리사무소에 갔습니다. 허리 통증으로 치료를 받는 진단서를 들고 체류 연장을 요청했습니다. 그런데 담당 직원이 "허리 아파? 나도 아파"라며 소리를 지르고 체류 연장을 안 해주려고 했습니다. 포기하지 않고 요구해서 6개월 연장을 받기는 했지만 당사자는 그때 너무 충격을 받아서 생생하게 기억한다고 했습니다. 바로 옆 창구에서는 서구에서 온 사람이 직원의 정중한 인사를 받으며 체류 연장을 하고 갔기 때문입니다. 같은 외국이라도 출신국가에 따라 차별하는 대표적인 사례입니다.

한 베트남 이주여성은 귀화 허가 통지서를 받고 주민등록을 한 후 개명하러 법원에 갔습니다. 그런데 직원이 절차와 필요한 서류를 한 번에 안내해주지 않아서 왔다 갔다 하게 하더니, 귀화허가통지서 원본을 가져와야 한다며 다음에 다시 오라고 서류를 책상에 툭 던졌다고 합니다. 그 여성은 개명신청을 하지 못하고 또 한 번 방문해야 했습니다. 나중에 알고 보니 다른 법원에서는 귀화허가통지서가 필요 없다고 했습니다.

제도적인 차별도 큽니다. 이혼한 이주여성이 한국 국적인 어린 자녀를 키울 때 이주여성이 귀화 전이라면 가족관계증명이 쉽지 않습니다. 한부모가정을 대상으로 한 임대주택도 외국인 신분이면 신청할 수 없고, 어린 자녀가 세대주가 됩니다. 이주민들은 한국에서 살아가지만 여전히 이방인이 되어 여러 가지 어려움을 겪습니다. 차별은 폭력으로 이어집니다. 최근에 한 필리핀 이주여성은 택시를 탔는데 기사가 대뜸 돈을 줄 테니 성매매하자고 한 사례도 있었습니다. 2017년 1월 자동차부품업체에서 10년 동안 일한 고 추티마가 한국 남성에게 살해되는 끔찍한 사건도 있었습니다. 직장동료였던 김 씨는 "경찰 단속이 있으니 따라오라"며 미등록 태국 이주여성노동자였던 추티마를 야산으로 끌고 갔습니다. 그리고 성폭행을 시도하다 뜻대로 되지 않자 살해했습니다. 이주여성은 여성, 인종, 계급의 세 가지 층위에서 차별에 노출됩니다. 그러나 폭력에 맞서기도 쉽지 않습니다. 이주여성이 가정폭력으로 경찰에 신고를 하면 한국 가족의 말만 듣는 사례도 있습니다. 경찰이 돌아가면 이주여성은 남편을 신고했다며 죄인이 되고 가족들에게서 부당한 대우를 받습니다. 차별과 폭력의 악순환입니다.

한국의 다문화정책은 국제결혼가정 즉 혈통 중심으로 지원을 합니다. 그렇다 보니 난민, 유학생, 이주노동자, 국제결혼을 했으나 이혼이나 사별 등으로 자녀가 없는 경우 등 다양한 이주민을 포괄하는 정책이 없습니다. 한국사회에 200만 명의 이주민이 살고 있고 우리는 모두 다문화 사회에 살고 있습니다. 누구는 다문화 사람이고 누구는 한문화 사람인 것이 아닙니다.

우리가 모두 더불어 함께 살아가는 사회가 되어야 합니다. 차별이 없어져야 모두가 잘 사는 사회가 됩니다. 차별은 멀리 있는 것이 아니라 바로 우리 주변에 있습니다. 자신도 모르게 누군가, 어느 집단을 차별할 수 있습니다. 잘 몰라서, 잘못된 정보 때문에, 사회적 분위기 때문에, 자신이 이주민을 차별하는 줄 모를 수 있습니다. 그런데 그로 인해 고통 받는 사람에게는 그 고통이 오래토록 남습니다. 평생을 안고 살아가야 하는 고통일 수도 있습니다. 그러니 하루속히 '차별금지법'이 제정되어야 합니다. 차별금지법은 무심코 넘겼던 차별을 알아차리게 할 것입니다. 사람들의 인식이 조금씩 달라지고 이주민들이 선주민과 더불어 함께 살아가기를 바랍니다. 앞으로 다문화라는 말이 없어지고 그냥 한국 사람이라는 말만 남기를 바랍니다.

인구절벽 해결에 함께할 때입니다

절벽이라는 말에는 두려움과 아득함이 있습니다. 특히 인구절벽은 경제를 망치고 교육을 망치고 희망을 망칩니다. 이를 해결하기 위해서는 결국 아기를 많이 낳아야한다는 것은 당연한 일입니다. 그러나 요즘은 산아제한을 당연시 합니다. 산아제한은 출산을 억제하거나 임신의 간격을 늘이는 제도나 이념으로 1910년대 초 미국의 마거릿 생어Margaret Sanger가 모성 보호를 위해 처음 사용한 용어입니다. 이 용어는 인구를 줄인다는 측면이 강해 1939년 영국에서 계획적인 출산을 하자는 가족계획Family Planning이라는 용어로 바뀌었습니다.

우리나라는 1960년대부터 1990년대 중반까지 산아제한을 목적으로 한 가족계획이 경제발전에 지대한 영향을 미친다는 생각으로 정부 주도의 국가적인 사업으로 추진되었습니다. 1960년대는 가임여성 일인 당 출산율이 6.1명이었습니다. 이 시절에 3335 운동이 일어났습니다. 이는 3명의 자녀를 3년 터울로 낳고 35살 이전에 단산하자는 것이었습니다. 그러다가 1970년대와 80년대 들어서도 출산율이 2.8명으로 목표 수치를 웃돌자, 정부에서는 더욱 강력한 인구 증가 억제정책을 펴기 시작했습니다. 구호 역시 '딸 아들 가리지 말고 하나만 나아 잘 기르자. 또는 아들딸 구별 말고 둘만 낳아 잘 기르자'였습니다. 둘 또는 하나가 적당하다는 말이었습니다. 이 말은 남아선호 사상에 대한 반대와 인구 증가에 대한 강박을 반영하는 것이기도 했습니다.

그러던 정부가 이제 와서는 과거와는 정반대로 출산장려정책을 추진하고 있습니다. 어려운 경제를 극복하기 위해 국가적으로 출산율을 조정해야만 했던 상황이 40여 년이 지난 요즘 심각한 출산기피 현상으로 고심하고 있는 것입니다. 90년대 후반으로 들어서면서 가임여성 일인당 출산율이 1.16명으로 떨어지자 정부와 대한가족보건복지협회가 불임부부 시험관 아기 시술비와 신생아들의 선천성 대사 이상 검사를 무료로 실시하는 등 각종 출산 관련 지원도 대폭 늘리고 있습니다. '아기를 낳지 말자에서 아기를 낳자 그것도 가능한 많이 낳자'로 돌아서고 있습니다.

하지만 정작 아이를 낳아야 하는 가임여성이나 가정에서는 시큰둥한 실정입니다. 그것은 국가에서는 출산을 장려하지만 실질적으로 보조되는 게 별로 없을 뿐만 아니라 사교육비가 많이 들고, 마음 놓고 아이를 맡길 만한 시설이 없다는 것입니다. 특히 직장을 가진 여성들은 육아와 직장생활을 병행하기 어렵다는 점을 들었습니다. 그뿐이 아닙니다. 임산부에 대한 관심과 배려에 사회적 분위기가 시원찮고 모유수유실이 태부족한 상태를 꼽기도 합니다. 최근 인구절벽의 첫발이라는 경고가 여기저기서 터져 나왔습니다. 정부가 정책을 수립하고 예산을 투입하지만 정작 국민들을 설득하지 못해 공감대가 형성되지 못했기 때문입니다.

저출산으로 인한 인구절벽은 앞으로 30년 안에 전국 시·군의 1/3이 넘는 84곳과 1천383개 읍·면·동이 거주 인구가 한 명도 없는 인구소멸지역이 될 것입니다. 뿐만 아니라 행정조직이 위축되고, 수많은 학교를 폐교시키고 여기저기에 지은 아파트들이 유령의 집으로 변할 것입니다. 앞으로 5년이 초저출산 극복을 위한 마지막 골든타임입니다. 지난 10여 년간 저출산 극복대책에 엄청난 경비를 투입했어도 효과가 없었습니다. 점점 심각해지는 저출산 현상을 정부와 기업 그리고 모든 국민이 심각성을 깨닫고 상호간에 협조가 이루어질 때 효과를 거둘 수 있습니다. 인구절벽이 우리의 미래는 물론 국가발전의 발목을 잡히지 않으려면 정부가 강력한 정책으로 드라이브를 걸어야 할 때입니다.

인구절벽 문제를 해결하지 못하면 희망은 물론 미래가 없습니다. 저출산 문제가 시급한 사회문제로 부상한 요즘 이를 극복을 위해서 단순히 출산과 양육비 보조 등 복지적 측면의 강조만으로는 효과를 기대하기 어렵습니다. 결혼과 출산은 축복이며 기쁨이라는 인식이 우선 되어야 합니다. 이를 위해서 정부와 기업 그리고 시민단체 등이 이마를 맞대야 총체적인 변화와 혁신을 이루어 저출산을 극복할 수 있을 것입니다.

4장

새롭게 시작할 마을공동체 만들기

조금은 따뜻하게, 공감共感

우리나라를 찾는 난민 3만 명이 넘습니다

2017년 11월 25일 프로복싱 웰터급(66.68kg 이하) 경기에서 우리나라를 대표해 일본 바바 가즈히로(25)에게 3라운드 2분 54초 만에 KO승을 거둔 '난민 복서' 이흑산(본명 압둘라예 아산·34·춘천아트 소속)이 보도되어 본 적이 있습니다. 2015년 말 난민 지위를 신청한 그는 약 2년 만인 2017년 7월 난민 지위를 얻었습니다. 지금도 각국에서 모여든 9,000여 명이 난민 지위를 기다리고 있는 것에 비하면 그는 운이 좋은 편이다. 하지만 기본적 인권을 찾아 국경을 넘는 과정은 순탄치 않았습니다.

폴 비야 대통령(84)이 35년간 철권통치를 하고 있는 아프리카 카메룬의 수도 야운데에서 부모 없이 할머니와 함께 살던 20세 청년은 2002년 군에 복싱 선수로 입대했습니다. 열여섯에 학교를 그만두고 킥복싱과 장사로 근근이 살아온 그에게 동네 형들은 "군에서 복싱을 하면 월급에 집까지 준다"고 했습니다. 하지만 청년은 군에서 복서가 아닌 노예로 살았습니다. 월급과 집을 주기는커녕 상습적인 구타에 시달렸습니다. 가족을 먹여 살리려 탈영을 시도했다 잡혀오면 모진 몽둥이질이 돌아왔습니다.

2015년 10월 자유의 기회가 찾아왔습니다. 경북 문경시에서 열린 세계

군인체육대회에 출전했습니다. 한국이라면 카메룬 군대의 손길이 미치지 못할 것이라는 생각에 가슴이 두근거렸습니다. 경기를 마친 날 오후, 코치들이 다른 경기에 정신이 팔려 있었습니다. 그는 동료 한 명과 경기 수당만 주머니에 쑤셔 넣고 조용히 숙소를 빠져나왔습니다. 시내로 무작정 달리며 할머니와 어린 딸이 어른거렸지만 '가족을 살리려면 떠나야 한다'며 이를 악물었습니다. 그는 길 가던 남성에게 짧은 영어로 무작정 '서울 가는 길'을 물었습니다. 두 청년이 버스로 서울에 닿았을 땐 깊은 밤이었습니다. 그는 곧바로 당국에 난민 신청을 했지만 송환될 때 박해받을 근거가 부족하다는 이유로 기각됐습니다. 그는 "난민으로 인정받으려면 민감한 내용을 상세히 설명해야 하는데 당시 통역을 도와줄 사람이 부족했다"고 어려움을 털어놨습니다. 이어 "복싱으로 한국은 물론 아시아를 대표하는 챔피언이 되어 가족과 함께 행복하게 사는 게 나의 꿈"이라고 말했습니다.

이흑산처럼 우리나라 문을 두드리는 난민 신청 누적 인원이 2017년 11월 말 현재 3만 명을 돌파했습니다. 법무부는 5년 내 10만 명을 넘어설 것으로 추산합니다. 하지만 난민 인정 누적 인원은 767명에 불과합니다. 난민은 어느새 우리 곁에 성큼 다가왔지만 이들을 보호할 국내법과 심사 제도는 아직 과거형입니다. 생사를 걸고 찾아온 '진짜 난민'은 제대로 구제하고 '가짜 난민'은 제대로 걸러내야 한다는 목소리가 많습니다.

서울 강남구의 한 법률사무소에서 일하는 30대 청년 사다르는 카슈미르 독립운동가였습니다. 인도 서북부의 카슈미르는 인도를 점령했던 영국이 1947년 철수하면서 인도와 파키스탄에 의해 두 동강났습니다. 1945년 광복 뒤 미국과 소련에 양분됐던 한반도를 닮았습니다. 조국의 소녀들이 점령군에게 성폭행을 당하고 납치되는 참혹함을 보며 그는 독립 투쟁을 결심했습니다. 당에 가입한 그는 언론에 자유를 요구하는 글을 싣고 반정부 집회를 주도했습니다. 그러던 2014년 파키스탄 경찰은 수배령을 내렸습니다. 동료들이 줄줄이 처형되자 그는 도피를 결심했습니다. 부랴부랴 가짜 여권을 들고 비행기에 몸을 실었습니다. 그렇게 날아온 곳이 인천이었습니다. 그는 한국으로 오게 돼 다행이라고 여깁니다. 자신의 나라와 우리의 역사가 비슷하기 때문입니다. 그의 아픔에 공감해 주는 우리나라 친구들도 많습니다.

사다르처럼 나라의 독립, 독재 정권에 대한 항거, 내전 등의 핍박을 피해 외국으로 도피하는 이주민을 난민이라고 부릅니다. 우리나라는 2013년 시행된 난민법에 따라 심사를 거쳐 송환 시 위협이 명확한 이들에게 난민 지위를 줍니다. 그러나 죽음의 위협을 피해 우리나라에 들어온 난민들은 심사 절차의 전문성이 부족하거나 통역 오류가 생기는 등 여러 허점으로 정식 난민으로 인정받지 못할 때가 많습니다. 사다르도 마찬가지였습니다. 사다르에게 인천은 그저 환승지일 뿐이었습니다. 동지들이 사는 호주행 비행기를 타기 10분 전, 출입국관리사무소 직원들이 그를 막아섰습니다. '가짜 여권' 때문이었습니다. 그는 호주에서 난민 신청을 할 것임을 밝혔습니다. 난민 신청을 하게 변호사를 불러달라고 요청했습니다. 그는 영어로 목청 터져라 외쳤지만 허공에만 울렸습니다. 결국 한 외국인보호소에 갇혔습니다. 제네바 난민협약은 가짜 여권을 쓰더라도 난민으로서 생존을 위한 것이라면 불법으로 보지 않는다고 정하고 있습니다. 그는 가짜 여권을 문제 삼는 게 말이 되느냐고 따졌습니다만 소용이 없었습니다.

난민신청서를 받는 일도 하늘의 별 따기였습니다. 보호소 직원에게 번번이 "신청서를 받아도 쫓겨날 수밖에 없다"는 거친 말만 들었습니다. 직원에게 소란을 피우고 나서야 난민신청서를 손에 쥐었습니다. 신청서와 함께 1,600여 쪽의 증빙 자료를 제출했습니다. 하지만 돌아온 답은 기각이었습니다. 그가 받는 위협이 충분하지 않다는 이유가 덧붙었습니다. 이의신청, 행정소송으로도 퇴짜를 맞자 그는 우울증과 자살 충동에 시달렸습니다. '난민 신청 – 이의신청 – 행정소송'이란 지난한 과정을 2번 반복한 끝에 2016년 난민지위를 받았습니다. 그는 1차 심사가 제대로 이뤄졌으면 2년 가까운 세월을 날리지 않았을 것입니다. 법무부에 따르면 이의신청과 행정소송은 최근 4년 새 각각 11배, 21배로 급증했습니다.

"우리가 네 아들을 죽이고 말 것이다." 러시아 상트페테르부르크에서 살던 싱글맘 옥사나(40)는 이런 협박 e메일에 시달렸습니다. 두 살배기 아프리카계 혼혈아들을 혐오하는 이들의 글이었습니다. 안 그래도 고향 소도시에서 인종차별이 심해 이사를 왔던 터였습니다. 2008년 겨울 모자가 살던 고향 집에 누군가 불을 질렀습니다. 길 가던 학생들은 '니그로(흑인을 비하해 부르는 말)랑 잔 년'이란 욕설을 퍼부었습니다. 모자는 차별을 피해 가까운 핀란드, 영국 등을 전전하다가 2014년 말 우리나라에 여행을 왔습니다. 여행 이틀째 되던 날 아들은 갑자기 "엄마, 우리 여기에서 살자"라고 말했습니다. 아들은 지하철에서 어느 할머니한테 "이쁘게 생겼다"는 말을 듣고선 놀랐습니다. '똥', '원숭이'라고만 불렸는데, 이쁘게 생겼다는 말에 어찌나 우리나라가 좋게 느껴지는지 몰랐습니다. 그녀는 2015년 7월 난민 신청을 했지만 인터뷰는 12월 중순이 돼서야 잡혔습니다. 4시간 동안의 인터뷰만 마친 채 다음 달 '기각' 통지서를 받았습니다. 바로 이의신청을 했지만 승인 결정은 8개월 뒤에야 나왔습니다. 난민심사 결과를 기다리는 동안 미래를 계획할 수가 없었습니다. 이사를 갈지 말지, 취직은 도대체 언제 할 수 있을지 답답하기만 했습니다.

2014년 종족 간 분쟁으로 우리나라로 도피 온 예멘 공무원 A 씨는 난민 심사 과정에서 황당한 경험을 했습니다. "종족 간 분쟁으로 돌아갈 수가 없다"는 진술이 번역본에 "원수를 져서 돌아갈 수 없다"로 돌변해 있었습니다. "조국이 언제든 안정만 된다면 내년이라도 돌아가고 싶다"는 막연한 진술은 "내년에 조국으로 돌아가겠다"는 결의에 찬 말로 오역됐습니다. 난민 지위를 인정받지 못한 그는 결국 2016년 우리나라에서 강제 추방됐습니다.

난민심사가 부실한 이유는 인력과 전문성이 모두 턱없이 부족하기 때문입니다. 난민심사를 제대로 하려면 1차 심사의 질을 높이는 게 관건입니다. 정부가 독립된 난민심판원이 처음부터 심사하게 하고 직원들을 지속적으로 훈련해 전문성을 높여야 합니다. 앞으로 난민 관련 정보를 조사하는 '국가정황정보' 인력이 확충되기도 해야 할 것입니다. 난민인데 난민이 아닌 '인도적 체류자'인 경우도 있습니다. 우리나라에는 특수하게 서류상 난민 지위를 얻진 못하지만 난민과 비슷하게 체류 및 취업 기회를 얻는 '인도적 체류자' 제도가 있습니다. 시리아 내전 피란민들이 이 지위를 받습니다. 문제는 이들은 정식 난민이 아니어서 건강보험 등 기본 혜택을 못 받는다는 점입니다.

경북에 사는 20대 시리아인 누르는 시리아 알레포에서 전쟁을 피해 두 달마다 집을 옮겨 다니는 부모와 형제들을 생각하면 어떻게든 돈을 벌고 싶었습니다. 하지만 인도적 체류자에게 주어지는 임시비자(G1 비자)를 본 회사 사장들은 일을 주지 않았습니다. 취업이 불가능하다고 오해하기 때문이었습니다. 우리말도 영어도 서툴러서 일구하기가 정말 힘들었습니다.

그는 정식 난민은 아니지만 한국어를 배울 기회라도 주기를 바랐습니다. 이와 같은 인도적 체류자에게 취업, 건강보험 등 기본 혜택을 명시해 주어야 합니다. 인도적 체류자의 애매한 지위를 해결하려면 난민법을 아예 개정하는 것도 좋겠습니다. 인도적 체류자에게 난민법에서 정하지 않은 혜택을 주기 힘듭니다. 사회적 토론을 거쳐 난민법이 개정되었으면 좋겠습니다.

전 세계적으로 1990년부터 노동력 인구 증가 속도가 둔화되면서 세계 경제가 잠재적인 경기 침체 위험에 노출돼 있고, 세계 GDP도 하락 추세에 접어들었습니다. 세계 여성 1인당 평균 출산율은 1960년의 5명, 오늘날 2.5명으로 감소했고, 인구현상 유지율인 2.1명 이하로 더 떨어지고 있습니다. 출산율이 지속적으로 하락하는 반면 전 세계인의 기대 수명은 늘어나고 복지가 필요한 노년 인구는 증가가 꾸준히 늘어나고 있습니다. 인구대국인 인도의 생산가능인구 증가 속도도 현 2.2%에서 앞으로 10년 간 절반 수준인 1.1%로 줄어드는 등 신흥국은 출산율이 감소하고 평균 수명이 빠르게 증가하는 문제에서 자유롭지 못할 뿐 더러 더 심각합니다. 이런 가운데 일부 국가가 이민자를 위해 조용히 문호를 개방하고 있습니다. 이민자 수용을 늘리겠다는 국가가 2010년 10개국에서 2013년 22개국으로 늘어났습니다.

이제 전 세계는 곧 재능 있는 난민을 차지하기 위한 '유치 전쟁'을 펼치게 될 지도 모릅니다. 이주민에게 일자리를 빼앗아 간다는 논쟁을 하기에 앞서 이들 중 유능한 사람을 조기에 받아들이는 국가가 경제 번영을 유지하게 될 것입니다. 특히 유럽은 유입된 난민의 사회 적응에 초점을 맞출 필요가 있고, 그들이 들어오지 못하도록 벽을 설치해서는 안 됩니다. 2017

년 최대 80만 명의 난민 수용 계획을 밝힌 출산율이 0.8명인 독일의 경우 현재 수준의 생산 가능 인구 비율을 유지하려면 매년 150만 명의 난민을 15년 간 받아야 합니다. 이민자 유입에 따른 잠재적 기회 등 혜택은 그 위험을 훨씬 초과할 것입니다. 이제 난민에 대해서 새롭게 이해하고 접근 할 필요도 있습니다.

농촌이 살아나야 합니다

저출산·고령화·젊은이의 대도시 집중화로 지방 인구가 감소하면서 지방소멸론이 대두되고 있습니다. 이러한 위기를 겪고 있는 일본의 아베 정권은 '마을·사람·일을 위한 지방창생地方創生 본부'를 설치하여 지방 살리기에 사력을 다하고 있습니다. 아베총리는 "기존에 해왔던 노력과는 다른 대담한 정책을 중장기적인 관점에서 명확한 결과가 나올 때까지 실행하겠다"고 선언했습니다. 또한 청년농업인 경우 1~3년 동안 월급을 지급하여 농촌에 안정적으로 정착하도록 유도하고 있습니다.

우리나라 또한 같은 처지로 그동안 공업화로 관심밖에 밀려났던 농촌이 위기에 처한 현실 타개로 농촌재생과 함께 '무역이익 공유제' 실현과 '고향세도입'에 목소리를 높이고 있습니다. '무역이익 공유제'는 자유무역협정 FTA으로 손해 보는 국민(농어민)이 생긴다면 당연히 국가와 이익을 보는 산업분야에서 동반성장·사회적·정서적 차원에서 손해 보는 쪽에 피해를 보전해줘야 한다는 존 힉스의 '보상원칙'에 부합됩니다. '고향세'는 일본에서 효과를 거두고 있는 제도로 고향 발전을 위해 기부할 경우 세액을 감면해주는 제도입니다. 기부된 금액은 농촌인구증가·일자리유지·소학교

유지 등에 쓰입니다.

노벨수상자 사이먼 쿠즈네츠는 "농촌과 농업의 발전 없이는 선진국으로 갈 수가 없다"고 말한 바 있습니다. 농촌은 생명과 생태계의 기능으로 우리에게 중요한 영향을 끼치고 있습니다. 농촌은 예부터 공존·공생·공영하는 마을공동체 의식이 강하며 좋은 경관과 청정한 자연을 갖고 있습니다. 또한 정서적인 안정과 생물의 성장을 통한 성취와 즐거움도 주고 있는데, 어느 정도 농촌생활에 적응과 여건이 된다면 사람들에게 시골은 편안하고 건강과 활력을 찾는 안식처가 될 것입니다.

무한한 잠재력과 가치가 있는 농촌을 살리기 위하여 온 국민이 함께 관심을 갖고 세련되고 현명한 소비자가 되어야 합니다. 고투입·고산출의 농업이 농약과 비료의 무분별한 사용으로 토양과 생태계가 악화되고 있습니다. 땅을 살리는 유기농 퇴비와 천적활용·최적의 재배환경을 만들어 땅과 건강을 살리는 농업이 되도록 해야 합니다. 친환경과 동물복지인증이 신뢰를 줄 수가 있으며, 전통과 자연과 아름다움이 살아있는 농촌이 되도록 하면 좋겠습니다.

최근 열대과일 및 외래 식물재배가 확대되고 있습니다. 종자산업의 육성으로 환경에 맞는 우수한 다품종 농산물을 개발하여 생산성과 품질을 향상으로 자급과 수출로 견인되어야 합니다. 농업 개방화 이후 규모화, 양극화, 농업소득의 악화, 농업부분 취업자 수 및 농가인구 감소가 되었습니다. 자가영농의 경제활동 즉 다면적 활동은 가계유지 및 재생산과정으로 중요한 살림살이의 전략이 되고 있습니다. 농업의 경쟁력 향상과 경제적 일자리를 확충하고 기초 월급 등을 고려하여 농촌 가계의 안정이 되도록 해야 합니다. 지속 가능한 농촌을 만들기 위하여 종자산업 육성·친환경 고품질 농축산물 생산·유통체계혁신·개발기술 신속 보급·마을 재구조화와 함께 교육·고용·보건·의료 등 삶의 질을 높이는 사회복지가 잘 되어 매력 있는 농촌을 만들어 갈 필요가 있습니다.

마을을 재조직화하기 위해서는 젊은 농업인을 비롯한 귀농·귀촌인의 안착을 유도하고, 지역민의 역량강화와 함께 공동체 활성화가 되도록 해야 합니다. 언론과 SNS를 통하여 농업에 관심 있는 사람이면 쉽게 농산물의 특징·재배(토양관리·방재·습도·태양광·가지치기·시설 등)·가공·포장·보관·유통·요리 등 모든 정보를 접할 수 있고, 종자·묘목·작물 등을 쉽게 구할 수 있으며, 농업지도도 받을 수 있다면 농업이 발전하는 바탕이 될 것입니다. 아는 만큼 즐기고 관심을 환기시켜 지속적인 소비를 유도하는 방안이 됩니다.

이처럼 농촌에서는 노력한 만큼 성공할 수 있습니다. 합력을 하면 공동체나 6차 산업의 좋은 효과를 얻을 수가 있습니다. 농촌 재생이 곧 우리가 거듭나게 됨이요, 삶의 일부분입니다. 지금부터라도 농촌체험을 통한 일손지원 및 농산물 활용·농촌에서 휴가보내기 등 서로 의지하고 도움 받는 관계가 되었으면 좋겠습니다.

우리 농촌의 활력은
귀농귀촌 활성화에 있습니다.

침체된 우리농촌의 활력을 위한 귀농귀촌활성화를 생각해 봅니다. 전국적으로 귀농귀촌歸農歸村의 열풍이 불고 있습니다. 대도시의 귀농귀촌 희망 이들을 중앙정부 및 지자체는 지원정책을 더욱 확대하고 적극 홍보하는 유치노력을 해야 합니다. 잘 되는 농촌마을은 오지 말라 해도 들어와 사는 귀농귀촌인들이 늘어납니다. 인구가 늘어나지 않는 자치단체와 농촌마을의 미래는 없습니다. 인구가 적거나 없는 자치단체나 농촌마을에 국가의 농촌지원정책이 소극적이고 소외됨은 너무나도 당연합니다.

언젠가 수도권의 한 지방자치단체장이 왜 우리지역에서 거둔 세수입을 뺏어서 지방농촌지자체에 지원해 주느냐며 거부하여 논란이 된 적이 있습니다. 그 이유는 자체 세입으로는 공무원봉급조차 주지 못하는 재정자립도가 평균 20%대인 농촌 지자체의 1년 예산을 중앙정부가 보전해줄 수밖에 없기 때문인데 지방교부세 산정 주요항목 12개 요소 중에서 인구가 차지하는 비중이 제일 높습니다. 따라서 인구가 늘면 재정이 확대되고 그만큼 잘사는 지자체의 기틀이 됩니다.

농촌 지자체의 1년 운영예산이 평균 약 3,000억 원이니 이중 80%인 2,400억 원을 중앙정부에서 지원해주고 이렇게 보태주는 돈이 지방교부세인데 이 지방교부세의 주요 산정기준이 인구입니다. 구체적으로는 인구1인당 매년 약 100여만 원의 지방교부세가 지원되고 있으니 평균 4인기준 1가구가 전입하면 기초자치단체에 매년 400여만 원의 지역발전자금이 매년 반복 지원됩니다. 그러기에 조금 억지를 보태서 영구 정착을 꾀하는 귀농귀촌인들에게는 투자 차원에서 집지을 터도 무료로 주고 농지 등 삶의 터전도 무료로 제공해도 군소 농촌지자체는 충분히 경제성이 있고 정주인구가 늘어나니 경제 활동이 활발해지는 등 시너지효과가 증대되고 농촌이 활력을 얻게 된다는 주장도 있습니다. 실제로 지방의 모 지자체는 4일가족 기준 10년을 주민등록을 옮겨서 살아주는데 약정을 하면 5천만 원을 현금으로 지원하기도 합니다. 다시 말해서 귀농귀촌해서 최소 10년을 살겠다고 약속한다면 농지 1,000평씩을 무상으로 주고 20년을 살겠다고 약속하면 집도 무상으로 지어주어도 지자체 입장에선 남는 장사일 수 있습니다. 물론 중도 포기할 때는 이를 환수하는 제도적인 장치가 마련되어 지각없는 귀농귀촌인들의 도덕적 해이를 차단해야함은 물론입니다.

활성화된 인터넷 카페와 밴드 등 귀농귀촌커뮤니티에선 갈 곳을 찾는 귀농귀촌 희망자들이 넘쳐납니다. 비교적 여유가 있는 중산층 은퇴자들은 이미 서울과 수도권 밖으로 터를 잡아 세컨하우스와 농막을 이용 주말농장 등을 즐기는 이들이 상당수입니다. 먹고살만해지니 웰빙과 로하스, 힐링에 대한 관심과 삶의 질 향상 욕구가 늘면서 도시민들은 주거 및 생활환경에 새로운 가치를 추구하고 있습니다. 은퇴를 한 후에도 수십 년의 노후 생활을 비싼 집값과 생활비가 은퇴자들에게 부담이 되고 복잡한 도심과 콘크리트 문화인 아파트 주거에서 벗어나 오염되지 않은 농촌에서 친환경적인 생활을 계획하는 사람들이 계속 증가하고 있습니다.

얼마 전, 정부가 서울 및 6대 광역시에 거주하는 50대 1천명을 대상으로 설문조사결과를 살펴보니 56.3%가 은퇴 후에는 농촌지역으로 이주할 의향이 있다고 답했습니다. 농촌으로 은퇴할 의향이 있는 사람 중 41.4%는 지금현재 농촌으로 귀농귀촌할 준비를 하고 있다고 했습니다. 이렇듯 도시 은퇴자들은 도시를 떠나고 싶어 합니다. 하지만 이들을 받아들이겠다고 적극적으로 나서는 자치단체가 별로 없어 보입니다. 중앙정부 지원정책에 의존하는 상징적인 귀농귀촌지원조례만 있을 뿐 특성화 차별화된 지원은 인색합니다. 우리 지역에 와서 살라며 체계적으로 안내해 주는 곳을 찾기는 더욱 힘듭니다. 일부 관련 공무원들은 철저한 귀농귀촌 준비로 공부해서 오는 귀농귀촌인들의 합법적이고 당연한 민원의 증가를 귀농귀촌인들이 아는 척하고 따지기 좋아한다고 귀찮아하며 오는 것조차를 꺼린다고 합니다. 현재 서울 수도권과 일부 대도시를 제외한 모든 지역이 인구감소로 고민하고 있음에도 도시 은퇴자들에 대한 적극적인 관심을 갖는 자치단체는 극히 제한됩니다.

정부에서는 지역균형발전, 도농교류촉진 등의 정책을 펴며 서울과 수도권의 과밀화를 억제하고 지방으로 인구분산을 위해 많은 노력을 기울이고 있고 일부 지방자치단체들도 나름대로 인구유입을 위해 다양한 아이디어를 짜내고 많은 유치구호들을 외치고 있는 것 같지만 성과는 별로 없어 보입니다. 전국적으로 교통과 환경이 좋은 곳에서는 도시 은퇴자들을 흔히 만날 수 있습니다. 이들은 정책을 보고 물질적인 지원을 받고 온 사람들이 아닙니다. 살기 좋은 곳, 노후생활을 하기 좋은 곳을 찾아 왔고 사전의 모든 준비는 개인들 몫이었습니다.

지금 귀농귀촌 희망 이들이 농촌을 갈망하며 갈구하는 것은 경쟁력이 떨어진 귀농을 목적으로 대농 기업농을 꿈꾸며 영농자금 지원과 농사기술을 가르쳐 달라는 것이 아닙니다. 거의 대부분이 수준 높은 전원생활 즉, 소박한 귀촌을 목적으로 하거나 작지만 강한 농업경영체를 꿈꾸며 반귀농·반귀촌 형태를 지향하며 자연환경이 우수한 곳을 찾습니다. 다시 말해서 중요한 것은 도시민의 수준 높은 전원생활욕구를 충족시켜주는 살기 좋은 정주환경입니다. 여기에서 살기 좋은 환경이란 값싼 정착지의 제공과 교통, 전기, 통신, 교육, 의료환경개선입니다. 특히 문화생활에 젖은 도시민들에게 쾌적한 농촌환경은 필수적인 요건입니다.

은퇴자 위주의 귀농귀촌 희망 이들은 자금 준비를 한 후 움직이기 때문에 오히려 자신들의 재산을 싸가지고 옵니다. 자치단체의 입장에서 보면 투자유치의 효과가 더 큽니다. 2016년 한해 2만 명이 농촌으로 귀농귀촌을 하였다는 발표가 있었습니다. 중소도시 하나가 만들어질 인구입니다. 인구가 적거나 감소로 고민하는 지방자치단체장들은 이런 귀농귀촌인구를 적극 유치할 필요가 있고 여기에 사활을 걸어야 경쟁력이 갖추어지고 그들의 희망이 보입니다.

추세로 보아 중산층을 형성하고 있는 이들 대부분이 은퇴한 후 도심에 머물러 있지 않고 자연환경 좋고 생활비 저렴한 곳으로 빠져나갈 것입니다. 농촌 지자체들은 이들을 적극적으로 수용할 자세가 필요하고 지원대책을 강구하여 홍보하는 노력이 필요합니다. 그것이 농촌이 잘사는 길이고 자립도가 낮은 농촌지방자치단체의 미래가 거기에 있습니다. 혹자는 은퇴자위주의 인구 유입은 지역을 노령화 고령화를 촉진하여 또 다른 문제를 야기할 것 이라고도 말합니다. 그러나 짚어보면 이들이 도시로 다시 돌아갈 확률은 없습니다.

수준 높은 삶을 지향하며 가꾸어 놓은 삶의 터전이기에 자연스레 후세에 인수인계되며 이들이 농촌에 있기에 도시생활을 하고 있는 자손들의 여행문화가 바뀌고 농촌을 찾게 되는 이들에 의해서 지역경제도 활성화되는 것입니다. 다시 말해서 은퇴자위주의 귀농귀촌인 증가에 따른 시너지 효과가 농촌발전에 크게 기여하는 것입니다.

또한 세계화 정보화에 눈뜬 도시민들이 유입되어 정착과정에 좌충우돌하면서 갈등이 텃세라고 일컬어지는 고루한 농촌지킴이 기득권층의 의식개혁에 긍정적인 효과일 수 있습니다. 통상 귀농인구들이 2~3년 전부터 계획을 하고 귀농지를 찾아 발품을 파는 것으로 볼 때 지방자치단체장들은 자치단체의 사활이 달린 이슈로 인식하여 귀농귀촌인 유치정책수립 등 이에 대한 발 빠른 대책이 시급히 요구될 때입니다. 이미 정착된 귀농귀촌 희망 이들의 카페 밴드 등 인터넷 커뮤니티에서 활발하게 이루어지고 있는 귀농귀촌 동호인모임에 적극적으로 유치하겠다고 손을 내미는 지방자치단체의 노력을 기대해 봅니다. 전입해오는 귀농인들에게 일일이 환영편지를 보내고 마을 리더들에게 멘토지정 등 각별한 관심을 당부하는 혁신적인 마인드를 가진 지자체장도 있습니다. 침체된 우리 농촌의 활력은 귀농귀촌 활성화에 있습니다.

농민생활의 관점에서, 생태귀농에서 생활귀농으로 전환하는 것도 필요합니다. 우리나라 106만 농가의 한해 평균 농업소득은 1천만 원에 불과합니다. 귀농인의 기초생활을 보장하려면 물고기(=농민 기본소득)과 물고기 잡는 법(=먹고 사는 생활기술)을 동시에 지원해야 합니다. 농업귀농에서 농촌귀농으로 발전해야 합니다. 농촌에는 농부 말고 다양한 일터와 일자리에 종사하고 복무하는 이른바 '농사짓지 않는 마을시민'들이 함께 모여 살아야 합니다. 그래야 농촌은 농장이 아니라 마을공동체의 원형을 회복할 수 있습니다.

생계귀농에서 복지귀농으로 귀농의 철학이 보다 심화되어야 합니다. 귀농인의 기초생활생계는 개인의 능력이나 노력만으로 보장되지 않습니다. 무엇보다 소수의 돈 버는 농업을 위한 농업경제학에서 대다수 사람 사는 농촌을 위한 농촌사회학, 사회복지학으로 농정의 틀을 바꾸어야 합니다. 또 농업경제의 시각에서는, 마을귀농에서 지역귀농으로 확장돼야 합니다. 귀농인이 작은 마을 안에만 갇혀서는 적정한 규모의 경제사업도, 유기적인 사회활동도 영위할 수 없습니다. 지역에서는 도시의 경험과 역량을 보유한 귀농인이 절실합니다.

나아가 경제귀농에서 문화귀농으로 승화되어야 합니다. 진정한 귀농은 억대농부가 되려는 경제적, 세속적 욕심이 아니라 상실했던 사람 사는 삶의 문화적 그리움이 동인動因일 것입니다. 농촌을 상업적 관광지나 놀이터처럼 훼손하는 농촌관광사업부터 경계해야 합니다. 관광농업이 아닌, 휴양과 치유를 목적으로 하는 문화농업으로 정상화되어야 합니다.

독일의 농부는 국민의 별장지기, 국토의 정원사 등 공익요원처럼 대접받습니다. 이어 단독귀농에서 공동귀농으로 협동해야 합니다. 개별적 귀농보다는 뜻과 목적을 공감·공유하는 공동집단귀농이 합리적이고 효과적입니다. 마을공동체사업, 지역공동체활동을 벌일 때 서로 협동해서 체계적인 사업조직을 꾸릴 수 있기 때문입니다.

무엇보다 농촌사회에서는 독립귀농보다 연대귀농을 더 기대합니다. 귀농인이 혼자 좋은 농사를 짓기는 어렵습니다. 사회적 인간이려면 마을주민, 지역사회는 물론, 도시민, 소비자들과 지속적·유기적으로 교류하고 거래해야 합니다. 농촌에서도 개인주의자니 이기주의자는 불편한 존재로 환영받지 못합니다. 마을공동체의 이웃, 지역사회의 타인을 이타적으로 배려하는 공익적·공공적 시민의식과 선도적 실천역량부터 갖추어야 합니다.

기왕의 귀농운동 주체도 마음가짐과 자세를 전환해야 합니다. 관치귀농에서 자치귀농으로 자립해야 합니다. 정부의 지원정책은 농업에 대한 가치와 철학이 부족합니다. 귀농인 끼리 자조와 자립을 통한 자치와 자생이 최선의 자구책입니다. 또 운동귀농에서 사업귀농으로 전향해야 합니다. 기존의 민간 귀농운동 지원조직은 농업, 마을공동체, 사회적경제 등 귀농사업, 농가경영, 교육문화, 생활복지 등 귀농생활 전담지원 전문기관 수준의 위상과 기능으로 거듭나야 합니다. 농업농촌형 사회적경제 등 귀농사업지원센터, 가계경영, 자녀교육 등으로 귀농 패러다임 대전환을 이끄는 공공의 소임, 사회적 책무를 떠맡아야 합니다.

머리 말고 가슴과 손발로 먹고 살면 좋겠습니다. 그냥, 산과 물은 맑고, 하늘과 들은 밝고, 바람과 사람은 드문, 작고 낮고 느린 어느 마을의 마을사람이면 좋겠습니다. 그 아무것도 아닌 마을에서, 아무것도 아닌 마을사람으로 겨우 살아가다 깨끗하게 죽는 것도 좋겠다 싶습니다. 묘비 같은 흔적도 추모도 바라지 않고 말입니다. 마치 나무나 풀, 돌이나 흙, 비와 바람 같은 자연과 우주가 당연히 그런 것처럼 말입니다.

농업인의 날, 의미를 되새기며

11월 11일은 불리는 이름이 많습니다. 가장 유명한 '빼빼로데이'를 비롯해 법정기념일인 '농업인의 날'을 기념해 쌀 소비 촉진을 위해 만든 '가래떡데이', 이외에도 한국지체장애인협회에서 정한 '지체장애인의 날', 국토교통부에서 사람의 다리모양과 유사하다는 이유로 지정한 '보행자의 날', 대한안과학회가 지정한 '눈의 날' 등 수없이 많은 이름으로 불리고 있습니다.

11월 11일은 관련 기념일 수만 10개 정도입니다. 간단하고 직관적인 모양새로 인해 다양한 날의 이름을 갖게 됐습니다. 마케팅에 이용되기 쉬운 모양의 날짜이기 때문이지만 정작 그 속에서 법정기념일로 지정된 '농업인의 날'의 본질이 빛을 발하지 못하게 된 실정입니다. 농민의 날이 11월 11일인 이유는 한자 11+一을 합치면 흙 토土가 되기 때문입니다. 이는 흙을 벗 삼아 살다가 흙으로 돌아가는 농민의 모습을 나타내고 있습니다. 인간은 언젠가는 죽음을 맞이하고 다시금 흙으로 돌아가게 됩니다. 이런 순환적 순리를 받아들이고 자연친화적인 마음을 가져보는 하루입니다.

농민의 날은 원래 원홍기 전 축협 대표 등의 주도로 1964년부터 개최됐고 원 대표가 살던 강원도 원주를 중심으로 벌어지던 행사에서 1996년 정부 지정 공식 기념일이 됐습니다. 쌀 소비 촉진과 고유기념일을 만들기 위해서 정부는 농민의 날을 기념일로 지정한 지 10년 후인 2006년 이날을 '가래떡데이'로 홍보하고 있습니다. 가래떡으로 만든 궁중떡볶이, 가래떡 과자 등의 가래떡을 이용한 다른 요리로 홍보하곤 합니다. 그러나 '빼빼로 데이'는 유통업계에서 가장 성공한 마케팅으로 꼽힙니다. 앞으로는 관련 시장이 최대 1,000억 원에 이를 것으로 전망된다고도 합니다.

반대로 산업화로 인해 상대적으로 쇠퇴하고 있는 농업, 농산물이 풍년 이라도 유례없는 가격 폭락에 수확을 포기하는 농가들이 속출하고 있습니다. 빚으로 외상으로 종자를 가져와서 그것을 팔아 빚을 가린다는 농민들도 있습니다. 생산량이 줄었지만 기존 재고량 때문에 가격하락을 겪는 농산물도 있습니다. 특히 쌀값은 바닥을 찍고 있습니다. 바쁜 일상생활 속에 아침을 먹지 않고 식습관 변화로 육류 소비가 늘면서 하루에 밥 두 공기도 채 안 먹는 상황이 되면서 국민 1인당 쌀 소비량은 1985년 128.1kg에서 2017년 62.9kg으로 30여년 만에 절반 이하로 크게 감소해 농가의 시름이 커지고 있어 이 같은 행사가 절실한 실정입니다.

그러나 무조건 가래떡의 날을 정하고, 농민들의 마음을 헤아리라고만 해서는 실질적으로 관심을 갖고자 하는 마음이 들지 않습니다. 우리가 먹는 먹거리의 출처를 알고 유통과정을 알아보려고 하는 것에서부터 시작하면 어떨까요? 농민들의 마음도 마음이지만 우리의 건강도 챙기기 위해서 말입니다. 먹거리를 되돌아보면 재배과정의 수고로움을 더욱 느낄 수 있습니다. 요즘은 농촌인구가 점점 줄어들어 우리가 먹는 음식의 재배과정을 가까이서 지켜보며 알기 어렵습니다. 더불어 유전자조작식품의 등장으로 그에 대한 우려도 높아지고 있는 추세에서 더욱 안전하고 신선한 먹거리에 대한 관심을 갖고 농민들의 마음을 헤아려볼 필요가 있습니다.

공장에서 대량생산한 밀가루 스틱에 초콜릿을 덧바른 **빼빼로**를 주고받으며 '마음을 주고받는다'는 마케팅 메시지에 현혹되기보단, 건강한 우리 식품 혹은 우리밀로 된 음식을 먹으며 농업인의 날을 기념해봤으면 좋겠습니다. 또, 가공식품에 길들여진 우리가 하루쯤 자연식, 신선한 농산물을 섭취하고 몸과 마음을 정화하는 날로 생각하면 어떨까요?

제3의 농업혁명을 이루어야 합니다

"밥 먹었냐?" 농촌지역에서 1980년대까지 아는 사람을 만나면 일상적으로 했던 인사말이었습니다. 삼시세끼를 제대로 챙기기 힘들었던 상황을 잘 나타내주는 말입니다. 우리 농업의 역사는 쌀의 역사라 할 수 있습니다. 쌀은 우리 국민의 주식이고 근대화 이전에는 농업국이었으며 농업의 핵심은 쌀이었습니다. 그러나 그 쌀농사를 짓는 농민에게도 애환哀歡의 역사였습니다. 농사짓는 대부분의 농민은 농토가 없고 지주의 소유이기 때문에 농사를 열심히 짓지만 생산한 쌀의 대부분을 지주에게 소작료로 줘야만 했습니다. 그 지주는 1년에 소작료로 거둬들이는 쌀의 양이 천석이면 '천석군'이라 하였고 만석이 들어오면 '만석군'이라 불렸습니다. 그리고 조세도 쌀로 납부를 해야 했습니다.

소작료와 조세를 납부하고 나면 남는 쌀이 없어서 농민은 겨울끼니 잇기가 어려워 고구마와 싱건지로 끼니를 해결해야 했고, 때론 초근목피로 연명해야 했습니다. 일제강점기에는 곡창지대인 호남평야의 군산항에 철도를 건설하고 신작로를 만들어 1928년에는 우리나라 쌀 생산량 1,730만석 중 742만석(42.9%)를 수탈해갔습니다. 흉풍凶豊에 관계없이 매년 생산량의

271

절반 정도를 수탈해 갔으니 농민은 쌀농사를 지었지만 농민에게는 쌀이 있을 수 없었습니다. 그리고 봄이 되면 고구마와 싱건지도 바닥나고 6월 보리를 수확할 때까지 굶어 죽지 않고 생명을 힘들게 유지한다해 '보릿고개'란 가슴 아픈 말이 생겨나게 됐습니다.

이것을 해결한 것이 1997년 녹색혁명입니다. 5천년 역사상 처음으로 모든 국민이 삼시세끼 쌀밥을 먹을 수 있는 쌀의 총 생산량 4,170만석을 돌파하고 이를 지속적으로 이어나가 비로소 삼시세끼 쌀밥을 배부르게 먹을 수 있게 되었습니다. 이때부터 "밥 먹었냐?"의 인사말이 점점 사라지게 됐습니다.

농촌지도사업의 빛나는 역사적인 성과였으며, 첫 번째 농업혁명인 녹색혁명을 이룩해낸 것이었습니다. 농촌지도사업은 이에 만족하지 않고 계속해 새로운 비닐하우스 재배기술을 보급했습니다. 이제는 사시사철 비가 오나 눈이오나 언제 어느 때라도 수박, 토마토, 딸기 등 푸른 채소를 먹을 수 있는 전천후 세계 최고의 농업을 이룩했습니다. 이것이 두 번째 농업혁명인 백색혁명입니다. 불과 반세기도 안 되는 몇 십 년 만에 풍족한 세상이 되고 농업환경이 변화하면서 농촌지도사업도 변화해 다양한 농작물을 지역특성에 맞게 개발하고, 기능성농업을 선도하면서 지방화 시대 새로운 농업 패러다임을 제시하기도 하고 있습니다.

이제 글로벌 농업시대가 되면서 외국농산물이 물밀듯이 들어와 아무리 좋은 농산물을 많이 생산해도 시장에서 좋은 가격에 팔지 못하면 소득을 할 수 없는 '마케팅 농업시대'가 됐습니다. 소비자가 원하는 좋은 농산물을 최저 생산비와 차별화된 고품질로 생산하는 데 그치지 않고 여기에 소비하기 좋게 가공해 마케팅을 해야 소득이 되는 즉, 농사를 짓는 것이 아니라 농업을 '경영'해야 하는 시대가 됐습니다. 이제는 미래 유망작물 재배 육성과 전문농업인육성으로 고품질 농산물 명품화와 6차산업 등 농업과 농촌에 활력을 불어넣는 다양한 사업을 진행하면서 농업 경영에 힘써야할 때입니다. 이른바 제4차 산업혁명시대와 맞물려 글로벌 농업시대에 혁신적인 변화로 녹색혁명과 백색혁명에 이은 '제3의 농업혁명'인 '경영혁명'의 시대에 따른 대비와 지혜로 농촌의 혁신을 이룩해 나가야할 것입니다.

우리가 먹는 먹거리가 모두 생명입니다

　최근 '살충제 계란 파동'은 먹거리에 대한 반성과 함께 생태적 시각에서 우리가 사는 세상을 다시 한 번 바라보고 묵상하는 계기를 만들었습니다. 생명이 자원으로 변질된 사회에서 우리는 어떤 생태적 삶을 추구해야 하고, 실천해 나아가야 할까요? 미국에서 개발된 공장식 양계방식이 전 세계로 확산된 덕에 닭은 지구촌 대표 먹거리로 자리 잡았습니다. 매년 500억 마리가 넘는 닭이 식탁에 오릅니다. 닭을 비롯한 가축이 놓인 끔찍한 사육 환경이 오늘날 대재앙의 진앙震央입니다. 수많은 생명이 땅에 묻혔습니다. 생명의 주기를 마치지 못한 채, 한 공간에서 살던 누군가가 병들었다는 이유로 그 안에 살던 모든 생명의 몸에 흙을 덮었습니다. 20년 이상 살 수 있도록 부여받은 생명입니다. 그러나 어느 누구도 그 시간을 존중하지 않습니다. 왜 그렇게 어린 것을 좋아하는지 모릅니다. 성장하지 않은 상태, 성장을 위해 출발선에 서있는 생명의 생존권을 빼앗습니다. '쩝쩝'과 '크~억'을 반복하며 이쑤시개를 물고 나오는 사람들. 영양이 부족해 보이는 사람은 그리 많지 않습니다.

　우리가 먹은 먹거리는 생명입니다. 세상에 존재하는 모든 생명은 존엄

한 절대적인 가치를 지닌 생명입니다. 생명은 온 우주를 담고 있습니다. 모든 존재는 생명을 먹음으로써 생명을 이어갑니다. 내가 먹는 것이 곧 내가 되듯이 생명을 먹는 나는 모든 생명과 연결되어 있습니다. 이런 생명의 연결과 은혜로 생존하고 성장합니다. 언제부터인가 우리는 생명을 먹지 않게 되었습니다. 그 대신 '자원'이라고 부르는 것을 먹기 시작했습니다. 우리에게 생명이라고 지칭할 수 있는 대상은 없어 보입니다. 존재하는 풀, 나무, 꽃, 고래, 참치, 고등어, 닭, 개, 소 등은 물론 사람까지도 '자원'이라고 부릅니다. 자원은 언제든 소비되고 폐기할 수 있는 대상이라는 뜻입니다.

생명으로 존재할 수 있는 범위가 줄어들고 있습니다. 내가 서있는 사다리의 높이에서 자신보다 낮은 위치의 사다리에 서있는 존재들은 생명이라고 정의되지 않습니다. 자신의 풍요를 확대하기 위해서 사용가능한 자원일 뿐입니다. 자원으로 규정되는 타인 그리고 자원이 되어 가는 내 모습이 존재하는 구조 속에서, 나와 너는 서로의 필요에 의해 폐기하고 폐기당합니다. 손바닥 크기의 케이지에 생명을 밀어 넣고 잠 잘 시간도 주지 않고 밤낮으로 알을 낳게 강제합니다. 생명이 아닙니다. 좁은 우리에 갇혀 1년 내내 새끼만 낳아야 합니다. 생명이 아닙니다. 그래서 젖을 먹지 못하게 새끼를 어미 앞에서 죽이거나 다른 우리로 내보내고, 어미는 젖을 짜는 기계에 가두어 버립니다. 생명이 아닙니다. 산채로 가죽을 벗기고, 그 가죽으로 가방과 핸드백을 만듭니다. 그저 자원입니다. 돈을 버는 수단이고 도구입니다. 생명이 아닙니다. 더 많은 돈을 축적하기 위해 노동시간은 최대한으로, 임금은 최소한으로 주면서 심지어 폭행까지 합니다. 생명이 자원으로 변질된 사회에서 생명은 일부 사람들만이 누리는 특권이 됩니다. 정상적이지 않은 눈으로 다시 현실을 바라보니 이전에 보지 못하던 다른 것이 보입니다. 정상적이지 않아야 살아갈 수 있는 사람들. 그런데 그 숫자가 점점 많아지고 청년에서 노인까지 범위가 너무 넓어지고 있습니다. 이들에게 계란은 자판기 커피 값보다 싸야만 합니다. 식탁 위에 김치를 올려놓기 위해서 더 싸고 저렴한 가격표를 찾아 발품을 팔아야 합니다. 성장호르몬과 항생제가 투여된 육고기로 단백질을 보충해야 합니다. 지금의 생존을 위해 내일의 생존을 유보해야 하는 사람들에게 지금의 비정상은 받아들여야 하는 현실입니다.

생명과 자원을 나누는 기준은 맘몬[15]의 크기입니다. 소유한 맘몬의 크기에 의해 생명과 자원으로 구별됩니다. 그래서 맘몬의 획득을 위한 투지와 분투로 하루를 시작하고 마칩니다. 돈의 힘을 체험하고 있습니다. 맘몬이 권력이 되어 삶의 질을 결정하는 세상이 되었습니다. 자연의 아름다움 속에서 "좋구나"라는 감탄을 노래하며 회복을 위한 머무름이 불가능한 시대가 되었습니다. '살충제 계란 파동'이라고 표현합니다. 이 표현이 맞는 것인지 의문이 듭니다. '파동'이 아니라 마주하는 '일상'입니다. 맘몬중심의 사회, 자원화된 사회에서 돈의 축적을 위한 쉬운 수단은 먹거리이고, 생명의 자원화의 결과는 도구로 전락한 생명의 추락입니다.

어떤 것을 먹고 있는지요? 질문하기 이전에, 왜 그렇게 먹어야만 하는가에 대한 질문을 해야 합니다. 산다는 것은 먹는다는 것을 전제합니다. 그

---

15 맘몬(Mammon)은 재물을 인격화해서 표현한 존재를 말합니다. 예수 그리스도의 '산상수훈'에서 재물을 의인화해서 사용하면서 쓰였습니다. 재물, 탐욕, 부유, 부정직 등을 상징하는 말로 쓰입니다. 중세에 들어서는 타락천사의 하나로 마귀의 형상을 가진 존재로 그려지기도 했습니다.

래서 어떻게 사느냐는 무엇을 먹느냐에 의해서 결정됩니다. 생명은 생명을 먹어야 '제대로, 답게' 살 수 있습니다. 내가 먹는 것은 자원이 아니라 고유한 생명이라는 사실을 기억해야 합니다. '감사'는 내 생명을 위해서 자신의 생명을 먹거리로 기꺼이 내어주는 생명에 대한 절실한 고개 숙임입니다. 생명이 나를 살리는 바탕입니다. 생명살림 안에서 소품은 없습니다. 모든 생명은 나와 너를 살리는 주인공들입니다. 우리가 먹는 먹거리가 바로 '생명'입니다.

모든 것이 '자원' 되는 시대에 생명조차 돈벌이 도구로 전락했습니다. 존중이 사라지고 효율성만 강조되는 세상인가 봅니다. 영화 〈쇼생크 탈출〉 중 장기수 레드가 한 말입니다. "이 철책은 웃기지. 처음에는 싫지만 차츰 익숙해지지. 그리고 세월이 지나면 벗어날 수가 없어. 그게 '길들여진 다'는 거야." 우리 사회는 돈에 절망하면서도, 돈이라면 생명까지도 포기하는 세상이 됐습니다. 생명이 아니라 돈을 선택해 온 우리 사회의 길들여진 모습입니다. 이 영화에서 주인공 엔디는 또 이렇게 말했습니다. "공포는 당신을 죄수로 교도소에 가두고, 희망은 당신을 자유롭게 해줄 거예요." 정의를 위한 외침을 포기해서는 안 됩니다. 이런 시대에 우리는 민감하게 생명존중, 생명경외의 자세로 외쳐야 합니다. 모든 생명은 평등하고 존엄함을요. 시급히 '생명의 자원화'를 바로 잡아야 할 것입니다. 더 늦기 전에 말입니다.

사육동물들을 어찌할까요

오늘날 수많은 사육飼育 동물들이 고통스럽고 열악한 환경 속에 놓여 있습니다. 이로 인해 광우병, 구제역, 돼지콜레라, 조류독감과 같은 전염병으로 수많은 생명들을 살 처분하는 아픔이 끊이지 않고 있습니다. 이는 오늘날 육식문화가 지속 불가능함을 단적으로 보여주는 일입니다. 특히 '공장식 축산'은 생명의 생명다움을 거세하고 오직 상품으로만 대량생산하여 인간의 탐욕을 채우는 아비규환의 현장입니다. 육식은 그래서 개인적인 취향의 문제만이 아닌 사회적 차원의 문제의식을 품고 있는 것입니다.

"우리 슈퍼돼지는 크고 아름다울 뿐만 아니라 환경파괴를 최소화하고 사료도 적게 먹고 배설물도 적게 배출합니다. 그리고 맛도 끝내주게 좋죠." 봉준호 감독의 영화 〈옥자〉에서 주인공 옥자는 유전자조작GM 돼지입니다. 인터넷에 조금만 검색해 봐도 연간 인간의 육류 소비량이 나옵니다. 닭 600억 마리, 오리 · 칠면조 35억 마리, 돼지 14억 마리, 양 · 염소 10억 마리, 소 3억 마리로 총 662억 마리입니다. 그리고 이렇게 많은 동물들을 사육하는 축산업이 배출하는 온실 가스는 전체 온실 가스의 14.5%를 배출하는데, 이는 전 세계의 자동차가 배출하는 온실 가스의 양과 맞먹습니다.

278

소고기 1kg을 생산하기 위해서는 곡물 6~8kg을 먹여야 하니, 소고기 1인 분 식사는 곡물로 20인 분의 식량을 한꺼번에 먹는 셈이 됩니다. 급기야 영화 〈옥자〉에서 보여준 유전자 조작 동물이 우리 식탁에 오를 판이 되었습니다. 과연 육식의 미래가 옳은 것인가요?

저는 중년의 나이에 접어들면서 가급적 고기를 덜 먹고 있습니다. 이는 알게 모르게 뱃살이 나오는 등 건강에 유의하려는 것이 큽니다만 작게나마 생태환경을 생각하는 마음도 있습니다. 언젠가 읽은 환경운동가 존 로빈스가 쓴 책『육식, 건강을 망치고 세상을 망친다』에 보니, 고기가 인간의 식탁에 오르기까지 인류가 동물들에게 가하는 가혹한 폭력을 알게 되기도 했습니다.

제가 어렸을 적엔 인권의 가치가 참으로 약했습니다. 그러나 다행히도 점차 인권이 강화되는 인권의 시대가 되었습니다. 지금은 동물의 생명권이 매우 약합니다. 그러나 차츰 모든 존재의 생명권이 옹호되는 세상이 올 것입니다. 당연히 그래야하고 말입니다. 아, 그렇다고 강력하게 고기를 먹지 말자고 난 체하며 우기는 건 아닙니다. 그럴 수도 없을 것입니다. 다만 덜 먹고, 귀하게 먹고, 부득이한 마음으로 먹자는 것입니다. 그리고 사육되는 동물들이 조금이라도 덜 불행하게 살 수 있기를 바라는 마음입니다. 혹, 고기를 즐기거나 부득이 고기를 먹어야하는 이들이나 그것을 생업으로 하는 이들의 마음이 불편했다면 이해해 주시기 바랍니다. 그저 어느 농촌의 작은 마을에서 생각의 나래를 펼친 이의 작은 의견이라 여겨 주십시오. 이 글이 잡문이기도 합니다. 그저 잡스러운 의견이거니 생각해 주시고 한번 쯤 생각해 보시기를 바랍니다.

이야기의 과거와 미래

우리는 매순간 수많은 이야기에 둘러싸여 있습니다. 텔레비전이나 신문의 뉴스는 매일 지난 시간동안 일어난 사건을 거의 실시간으로 전해주고, 드라마와 영화는 매번 놀라운 이야기가 있다며 우리를 유혹합니다. 이런 매체뿐 아니라 우리가 만나는 사람도 자신이 아는 수많은 이야기를 전해줍니다. 게다가 무수히 많은 소문은 우리의 의지와 상관없이 우리에게 다가옵니다. 어쩌면 우리는 살아있는 동안 이런 이야기와 관계에서 자유로울 수 없을지도 모릅니다.

인류는 아주 오래 전부터 이야기를 사랑했습니다. 이야기 역시 우리를 사랑했습니다. 매순간 우리의 삶은 결국 이야기의 형태로 정리됩니다. 그런 '이야기'를 구비전승口碑傳承되는 것에 한정해서 생각할 수 있습니다. 그것이 아프리카에서 사냥이 끝난 후에 부족원에게 전해주던 옛 이야기든, 시골에서 할머니의 무릎을 베고 누워 화롯불을 들으며 듣던 옛 이야기든 말입니다. 이렇게 우리가 흔히 말로 전달하는 옛 이야기라고 부르는 것은 대부분 민담, 전설이며 이야기가 맞긴 합니다. 또한 이야기를 우리가 매번 누군가와 실제로 나누는 대화나 수다라고 생각할 수 있습니다. 그것도 이야기의 한 종류는 맞습니다. 하지만 이 글 전체에서 사용할 이야기는 조금 다른 의미를 가집니다. 이제 본격적으로 그 의미를 알아보겠습니다.

사실 우리가 잊고 있는 것 중 하나는 우리가 태어났을 때부터 존재하던 것들의 수명이 생각보다 짧다는 것입니다. 우리가 매일 만지다시피 하는 스마트폰의 역사는 길게 잡아 20년이 채 안 됐고, PC 역시 길게 잡아야 30년이 안 됐습니다. 다시 말해서 현재 우리가 당연하게 생각하고 누리는 모든 것은 생각보다 그 역사가 짧습니다. 그리고 우리가 당연한 듯 주말이면 데이트 삼아 보는 영화 역시 1885년 뤼미에르 형제의 영화를 기점으로 하면 120년을 갓 넘었을 뿐입니다. 그리고 우리가 예전부터 존재했다고 여기는 현대 문학의 역사조차도 100년 안팎의 시간을 지니고 있습니다. 이렇게 수많은 역사의 짧음을 굳이 이야기하는 이유는 바로 이야기의 그 긴 생명력을 말하고 싶어서입니다. 우리가 짧은 시간에 이룩한 수많은 것이 이렇게 짧은 시간에 이뤄진 것에 비하면 이야기의 역사는 매우 깁니다. 길게 말하자면 이야기는 인류의 역사와 일맥상통합니다. 다시 말하면 인간이 존재한 이후에 이야기는 항상 존재해왔습니다.

세상에서 가장 오래된 동굴벽화로 알려진 "알타미라 동굴벽화"[16]에 보면 그곳에도 이야기가 존재합니다. 하지만 현대에 사는 우리는 그곳에 남아있는 이야기 '듣는' 법을 잊어버렸습니다. 그 벽화가 그려진 것이 그 당시에 존재했던 들소를 그린 것인지, 아니면 누군가가 꾼 꿈을 그린 것인지 알 수 없습니다. 또 그 벽화가 보여준 이야기가 포복절도할 정도로 재미난 이야기인지 아니면 사냥법에 대한 진지한 이야기인지 그 느낌과 어조를

---

16 2012년 스페인에서 발견된 엘 카스티요 동굴벽화가 가장 오래되었다고 알려져 있습니다.

알 수 없습니다. 물론 우리는 여전히 그것을 볼 수는 있습니다. 또 어떤 것을 그린 것인지 대략적으로 알 수는 있습니다. 하지만 우린 그 이야기에 적절한 반응을 보일 수 없습니다. 그것은 우리가 그 시대에 살지 않고, 그 시대의 사람이 아니기 때문입니다. 이야기는 이런 면에서도 상당히 장소와 시간에 지배를 받는 것 같아 보입니다. 맥락에 대한 우리의 반응 문제일 뿐입니다. 예를 들면 전 세계에 존재하는 모든 국가의 사람에게 한 국가는 각기 다른 느낌을 줍니다. 우리나라에게 있어서 일본과 중국, 미국이란 텍스트는 과거의 모든 영향이 결국은 현재에 영향을 주고 다른 방향으로 읽히게 됩니다. 그것이 유럽에서 재투성이 처녀 이야기로, 중국에선 모란꽃 처녀 이야기로, 그리고 우리나라에선 콩쥐팥쥐로 바뀌듯 말입니다.

구비전승되는 이야기는 각 지역에 맞게 전파됩니다. 이런 이야기의 뿌리를 찾는 과정은 어렵습니다. 어떤 이야기가 원작이고 원조인가를 밝히는 것은 사실 별 의미가 없습니다. 왜냐면 이 당시의 이야기는 현재처럼 누군가의 창작물이 아닌 모두가 향유하는 공공재에 가까웠기 때문입니다. 그러나 그 과정에서 누가 이야기를 수집하고 정리했는가는 상당히 중요한 문제가 될 수 있습니다.

많은 민족은 자신들 사이에서 돌고 도는 이야기를 수집하고 채집해뒀습니다. 그 이유는 인간이 본래 이야기 자체를 좋아하기 때문이기도 하고, 이야기는 기록이 놓칠 수 있는 당대의 진실을 포함하고 있기 때문입니다. 다시 말해서 이야기의 기록은 그 자체로 한 시대를 기록하는 것과 마찬가지입니다. 왕조의 연대나 실록류가 그 시대에 대한 객관적인 자료로 남기려고 했고, 후세에 대한 평가를 고려해 작디작은 체로 고른 것이라면 이야기는 그에 비해서 듬성듬성한 체로 거른 것입니다. 그리고 그 수록 이유 역시 역사서와는 다릅니다. 역사는 전달하고자 하는 자가 그것이 무리 없이 전달되도록 한 것이라면 그 자체가 당대성을 지닌 동시에 모두의 이야기를 다루는 포괄성도 동시에 지니고 있습니다. 특히 이야기가 한 명의 저자로 인해 종합되고 내용이 확정되기 이전에는 더욱 그런 경향이 컸습니다.

그럼 이야기란 도대체 무엇일까요? 이야기는 사건이 존재하고 서사구조를 가진 양식입니다. 이 점에서 소설과 매우 유사하지만, 소설은 저자에 의해서 의미를 갖도록 구성된다는 점에서 차이가 발생합니다. 물론 이야기 역시도 누군가가 의해서 끊임없이 수정되고 변형되지만, 그래도 이런 변형 과정을 거쳐도 소설이 되지 않습니다. 왜냐하면 그 이야기에선 수정될 수 없는 부분이 존재하기 때문입니다. 아무리 많은 춘향전의 이본異本이 있다고 하더라도 춘향이란 등장인물의 이름이 바뀔 수 없는 것처럼 수정이 불가능한 영역이 존재합니다. 반면에 소설은 비록 유사한 형태의 이야기가 있더라도 작가의 순수한 창작물로 볼 수 있습니다. 바로 그 점이 소설과 이야기가 갈라지는 지점입니다. 작가 미상의 누군가가 만들어낸 이야기가 시간과 공간을 거치면서 다수의 손을 거쳐 집단 창작되어 의미를 갖게 된 것이 기존의 이야기라면, 소설은 다릅니다. 기존의 이야기가 과거의 대부분의 활동과 마찬가지로 집단이 만들고 집단이 향유하던 것이라면, 소설은 개인이 그 이야기의 대부분을 장악한 형태를 지닙니다. 우리는 그동안 유럽이 주체가 된 이야기에 길들여져 왔습니다. 다시 말하면, 유럽이 이룩한 수많은 역사적 변혁이 유럽인에 의해서 스스로가 잘나고 역사의 주인이여서가 아니라 주변의 상황에 의해서도 영향을 받을 수 있었다는 것입니다. 유럽이 변혁을 거치고 전 세계에서 주도적인 힘을 발휘하게 된 것이 유럽 자신만의 힘이 아닐 수 있습니다. 그리고 그런 것에 대한 이야기도 있다는 것이 하나의 핵심입니다.

사실 이야기란 단어는 우리에게 혼돈을 줄 수 있는 조금 부정확한 말입니다. 이야기는 요즘도 여러 분야에서 다른 방식으로 존재합니다. 취업을 준비하는 학생은 예전과 달리 회사가 요구하는 객관적인 이력만이 아니라, 자신을 표현할 수 있는 '이야기'를 적어야 합니다. 우리가 접하는 광고에서도 제품만이 아니라 '이야기'를 통해 상품을 더 매력적으로 꾸밉니다. 특히 소셜네트워크가 발달하면서 이제 우리는 실체가 아닌, 그 실체를 감출 수 있는 이야기가 더 필요해집니다. 자본주의가 점점 치열해지면 치열해질수록 우리의 욕구와 방향은 변해갑니다.

현재 이야기는 큰 변화를 앞두고 있습니다. 바로 인터넷이라는 기존과는 전혀 다른 매체 덕분입니다. 사실 인터넷 자체는 등장한 지 상당한 시간이 지났습니다. 하지만 이 매체가 새로워질 수 있는 것은 이런 매체를 적극적으로 활용하는 세대가 등장했기 때문입니다. 인터넷은 기존의 전달 매체와 확연히 다릅니다. 가장 오래된 이야기의 전달 매체인 말은 사람을 통해서 이야기를 다른 사람에게 전달합니다. 따라서 그 이야기는 창작자와 전달자의 죽음과 함께 소멸합니다. 그 소멸을 막기 위해선 다른 사람에게 이야기를 전달한 것이 이야기의 생명과 성격을 결정지었습니다. 이야기가 소멸되지 않기 위해서는 가치와 재미, 보존 가치가 있어야 했습니다. 하지만 이런 요소가 있다고 해도 이야기의 생명은 영원하진 않았습니다. 그건 바로 여러 가지 상황으로 인해서 전달자가 전멸할 수도 있기 때문입니다.

하나의 문명이 서면 그 문명은 다른 문명을 핍박하거나 몰살시키기도 하기 때문입니다. 바로 이런 상황에서 글은 중요한 다음 매체가 되었습니다. 이는 하나의 송신자의 메시지가 시공간의 한계를 뛰어넘어 수신자에게 전달될 수 있는 방법이었습니다. 과거에는 신화적 인물이나 영웅만이 이야기의 주체가 될 수 있었다면, 글과 책이 보편화된 근대와 현대에선 작가라는 존재가 이야기는 새로운 주축으로 나타났습니다. 앞선 말의 시대에는 창작자가 중요하지 않았지만, 이제는 이야기의 창작자가 이야기의 중심에 들어선 것입니다. 가치 있는 이야기는 작가를 거쳐 책이라는 형식을 거쳐 생명력을 얻는 것입니다. 이야기는 바로 이 과정 속에서 연구와 평론 그리고 대중의 판단을 거쳐서 자신의 가치를 증명해야 했습니다.

이야기 매체의 발전에 있어서 인터넷은 새로운 매체가 됐습니다. 인터넷은 글이라는 매체가 지닌 특성과 말의 특성이 동시에 반영되어 있습니다. 그 덕분에 인터넷은 수많은 이야기를 생산하고 변화시키는 공간이 되었습니다. 인터넷이 가진 신속성은 인간이 사유하고 반성할 시간마저 주어지지 않고 모든 것을 실시간으로 전달해버립니다. 게다가 기존의 그 어떤 매체보다도 공간의 제약도 극적으로 줄여버렸습니다. 이 새 매체는 인류에 있어서도 독특한 영향을 미치게 되었습니다. 보통 대부분의 지식은 연구와 검증을 통해서 인류의 보편 지식에 합류하는 과정을 거칩니다. 그리고 그것은 긴 시간 동안 다양한 방식으로 검증됩니다. 하지만 인터넷은 검증되지 않은 날 정보Raw Data가 그대로 돌아다닙니다. 문제는 바로 이 날정보가 여러 경로를 통해서 '이야기'로 변하며 강한 전파력을 지니게 된다는 점입니다. 이는 수많은 사람의 지식 체계를 교란시키며, 결국은 지식과 사회에 대한 근본적인 인식에도 영향을 미치고 있습니다.

인터넷 공간에서 이야기는 최근 새로운 상황에 직면했습니다. 그것은 바로 SNS입니다. 이 서비스는 한 개인의 모든 이야깃거리를 그대로 타인에게 제공합니다. 이렇게 유포되는 정보는 너무나 한정적인 보호시스템을 가지고 있습니다. 그것은 개인의 자기점검, 자기비판입니다. 현 사회는 바로 이런 새로운 종류의 이야기에 직면해 있습니다. 한 쪽에서는 의지와 상관없이 노출되는 자신의 정보를 두려워하고, 한 쪽에서는 스스로 정보를 공개하고 있습니다. 바로 이 양면성이 우리가 살고 있는 현시대의 모습입니다. 그리고 이렇게 넘쳐나는 이야기는 과거의 이야기들과는 달리 하루에도 몇 천, 그 이상이 쏟아지고 있습니다.

이런 상황 속에서 중요한 것은 이런 이야기 자체가 아닌 그 이야기를 수용하는 당사자의 태도입니다. 새 시대의 수용자는 이야기에 이끌려 다니거나 자신도 모르는 사이에 이야기를 재생산하지 않고, 정말 소중한 가치가 무엇인지 찾아볼 필요가 있습니다. 사회의 분위기는 암묵적으로 이런 '이야기'들이 지배합니다. 우리는 실제 우리의 삶의 모습을 '이야기'에서 찾기 때문입니다. 넘쳐나는 이야기 속에서 중독에 빠져버린다면 우리는 어느새 삶이 이야기에 매몰되어 버릴 수도 있습니다. 이런 상황에서 우리가 할 수 있는 것은 정확한 판단을 해야 합니다. 단지 이야기에만 빠져버린다면 우리는 삶 전체를 잃어버릴 수 있기 때문입니다.

이야기의 가장 본질적인 속성은, 그것이 인간과 인간 사이에 다리가 되어준다는 것입니다. 이야기를 찾을 수 있는 첫 장소는 바로 기억뒷마당입니다. 각자 살아온 인생 말입니다. 이것은 '과거에서 금광을 발견하는 방법'입니다. 인간에게는, 특별하게도 '기억'이라는 뒷마당이 있습니다. 무궁무진한 이야기의 금광입니다. 내가 살아온 삶의 기억이 반짝이는 이야기를 만들고 그 이야기가 더러는 전설이 되고 신화가 됩니다. 때로는 불멸의 역사가 됩니다.

내가 만들어 가는 역사입니다

"역사를 읽는 것은 즐거운 일이다. 하지만 그보다 더 매력적이고 흥미로운 일은 역사를 만드는 데 참여하는 것이다. 그리고 역사는 바로 지금 우리나라에서 만들어지고 있다." 이 말은 자와할랄 네루가 옥중서신으로 그의 딸에게 보낸 내용들이 훗날 책으로 출간된 『세계사 편력Glimpses of World History』에 나오는 말입니다. 『세계사 편력』은 영국으로부터 인도의 독립을 위해 싸우다 나이니 교도소에서 수감생활을 하면서도 어린 딸 인디라 간디에게 "우리가 살고 있는 세계에 대해" 이야기해 주기 위해 시작한 편지의 내용들이 책으로 나온 것입니다. 가장 힘들고 절망적인 순간이었던 독립투사의 수감생활조차도 책을 볼 수 있는 즐거움과 딸에게 편지를 보낼 수 있다는 희망으로 승화시켜 나간 것입니다.

네루가 역사를 만드는 일에 참여하는 것이 무엇보다 매력적이고 흥미롭다고 하면서 그 역사는 바로 지금 만들어지고 있다고 하는 말의 의미를 되새겨봅니다. 네루가 이런 말을 편지에서 딸에게 할 때는 교도소에 갇힌 네루나 영국의 지배를 받던 인도가 처한 상황은 그 어느 때보다 힘든 시간이었을 것입니다. 그러나 그는 그 힘든 시간을 오히려 인도의 독립이라는 역사를 만들어 가는 데 참여할 수 있다는 것에서 역사적 의미를 두었던 것 같습니다.

　우리가 사는 지금은 어떤가요? 많은 긍정적인 부분들도 있지만, 연일 언론을 통해 우리가 접하는 내용은 청년 취업절벽, 금수저, 연애·결혼·출산 세 가지를 포기한 세대를 일컫는 삼포세대, 더 나아가 3포뿐만 아니라 인간관계와 내 집 마련, 꿈과 희망마저 포기한 7포세대라는 자조적 용어까지 있습니다. 하지만 우리는 통일을 만들어 가는 매혹적인 역사적 순간에 살고 있고, 4차 산업혁명이 시작되는 바로 지금 살고 있습니다. 이처럼 매력적인 역사가 바로 지금 대한민국에서 만들어지고 있고, 그 역사를 만드는 데 참여할 수 있는 우리는 그 어떤 세대보다 더 멋진 삶을 살아갈 수 있다는 것에 만족감을 갖기도 합니다. 이러한 역사를 만드는데 우리는 어떻게 참여할 것인가요? 세상의 힘든 부분만 생각하며 우리의 신세를 한탄만 할 것인가요? 아니면 내가 하고 싶은 어떤 일을 하면서 남에게 그리고 우리 사회에 무엇을 기여할 것인지를 고민해 볼 것인가요?

　현재 미국에서 가장 매력적인 직업은 소방관이라고 합니다. 소방관이 돈 잘 버는 최고경영자나 의사·변호사보다 훨씬 매력적이라는 것입니다. 그 이유는 '매끈한 몸매'와 '봉사정신' 때문이라고 합니다. 매끈한 몸매는 나를 사랑할 때 가능합니다. 그리고 나만을 위한 삶이 아니라 누군가를 위해 봉사하는 삶을 살 수 있는 직업이어서 다른 어느 직업보다도 더 매력적입니다. 이런 직업이 어디 소방관뿐일까요? 무엇을 하든 나를 위해 열심히 살고, 더불어 함께 살아가는 우리와 우리 사회를 위해 조금은 마음의 문을 열 수 있는 그런 일이면, 모든 직업이 매력적인 직업이 될 수 있다고 생각합니다. 그리고 우리는 그런 일을 할 수 있는 세대를 살고 있습니다.

바로 지금 우리나라에서 만들어지고 있는 역사에 참여하는 것만으로도 우리는 행복한 삶을 살 수 있습니다. 우리는 촛불혁명을 통하여 성숙한 민주주의를 만들어 가고 있는 바로 지금에 살고 있으며, 지금은 통일이 요원한 것 같지만, 어둠이 있기에 새벽이 빛날 수 있다는 말처럼 우리 세대는 어둠이 걷히고 이제 막 새벽이 오려는 역사적 순간에 살고 있다고 상상해 봅시다. 그리고 무엇을 하고 싶은지 곰곰이 생각해 봅시다. 하고 싶은 일이 있고 꿈이 떠오르면 이제 우리가 살고 있는 이 역사적 순간의 주인공이 되어 봅시다. 어느 광고의 카피처럼 생각이 현실이 되는 바로 지금 대한민국 이 곳에서 만들어지고 있는 역사의 주인공은 바로 나임을 잊지 맙시다.

어느새 불편한 날이 돼버린 명절

온 가족이 모여 차례를 지내고 성묘를 갔던 명절의 모습이 변하고 있습니다. 1인 가구와 핵가족이 늘어나며 명절 연휴를 보통 연휴와 동일시하는 인식이 커졌습니다. 명절날 귀성 대신 여행을 가는 사람, 휴식을 취하는 사람 등 명절을 보내는 방법도 다양해졌습니다. 한편 명절 자체를 부정적으로 인식하는 경향도 커졌습니다. 사람들은 명절을 꺼리게 되는 원인으로 명절 때마다 늘어나는 스트레스를 꼽았습니다. 과거와 다른 명절, 명절은 휴일일 뿐입니다. 많은 사람이 명절이 다가오면 차례와 성묘를 걱정하기보다 어떤 곳을 여행할지, 어떤 취미활동을 할지 고민합니다. 2016년 트렌드모니터의 설문에 따르면, 1,000명의 응답자 중 약 60%의 성인남녀가 명절에 항상 가족들이 모여야 할 필요는 없다고 응답했습니다. 명절에 고향을 가지 않는 것에 대한 부정적 인식 역시 줄어들었습니다. 매장 대신 화장을 택하는 인구가 늘어나며 그에 따라 귀성하는 인구가 줄었다는 분석도 있습니다. 과거처럼 성묘를 위해 고향에 갈 필요가 없어진 것입니다.

명절 연휴를 이용해 여행을 가는 사람들도 늘어났습니다. 2017년 8월 리얼미터가 진행한 설문조사에 따르면 30%가 넘는 사람들이 이번 추석 연휴에 여행을 계획 중인 것으로 집계됐습니다. 고향에 가 스트레스를 받는 대신 함께 있고 싶은 사람과 시간을 보내는 방법을 선택한 것입니다. 교통체증이 부담돼 연휴에 혼자 시간을 보내는 사람도 많습니다. 고향이 멀고 기차가 사람들로 붐벼 내려가기 힘듭니다. 방학 외에는 긴 시간을 마음 놓고 쉴 수 있는 기간이 없는데 이번 연휴를 통해 읽고 싶은 책과 보고 싶은 영화를 보는 이들도 많습니다. 이렇듯 명절의 모습이 변화하는 이유는 과거에 비해 가족 구성원의 수가 현저히 줄어들었기 때문입니다. 실제로 통계청에 따르면 2016년 조출생률(인구 1,000명당 출생아 수)은 7.9명, 조혼인율(인구 1,000명당 혼인 건수)은 5.5건으로 1970년 통계 작성 이후 최저 치를 기록했습니다. 이처럼 가족의 구성과 개념이 변화하면서 제사, 성묘 등 전통적인 명절의 모습도 함께 사라지고 있습니다. 집성촌도 적고, 귀성 인구도 줄어 과거에 비해 명절이 주는 느낌 자체가 달라졌습니다. 명절 자체의 규모가 작아지다 보니 이제는 사람들이 휴일과 명절을 다르게 생각하지 않는 수준입니다.

명절 때면 찾아오는 스트레스도 문제입니다. 명절에 받는 일종의 스트 레스도 명절의 변화에 영향을 미쳤습니다. 오늘날 명절은 많은 이들에게 피하고만 싶은 날로 여겨집니다. 명절날의 장거리 운전과 가사노동은 바쁘게 사는 현대인들에게 큰 부담으로 작용합니다. 기혼 여성들은 시댁에 있는 기간이 길수록 가사노동을 하는 시간이 늘어나기에 꺼립니다. 명절 만 되면 하루라도 빨리 명절이 끝나기를 바라게 됩니다. 실제로 남성과 여성의 명절 스트레스를 비교한 실험에서 여성이 남성보다 더 많은 스트 레스를 받습니다. 가사노동이 늘어나는 것은 물론 시댁에서 시간을 보내 면서 외로움도 더 많이 느낍니다. 여성에게만 가사노동을 시키는 명절 문화는 잘못됐습니다. 의례에 참여하는 가족과 노동을 하는 가족을 구분하는 한 한국인들이 받는 명절 스트레스는 없어지지 않을 것입니다. 하지만 남성이라고 스트레스에서 자유로운 것만은 아닙니다. 기혼 남성들은 경제적 부담과 교통체증으로 인한 장시간 운전을 명절 스트레스 요인으로 꼽습니다. 장시간 운전으로 인해 근육이 뭉치고 스트레스를 받아 명절 이후 피로를 호소하며 병원을 찾는 남성이 많습니다. 장시간 운전을 해야 할 때는 바른 자세로 피로를 예방하고 회복해야 합니다. 대학 진학을 앞둔 수험생들도 명절날 적잖은 스트레스를 받습니다. 수험생들은 다른 학생과의 비교가 부담된다고 입을 모읍니다. 수능을 앞둔 학생들은 친척들이 다른 사람과 비교하면 좋은 결과를 요구하는 것 같아 스트레스를 받습니다. 자신의 대학진학에 지나치게 관심이 많은 친척들이 부담스러워 합니다. 친척들이 모이면 자신의 대학 얘기가 항상 나와서 이제 친척들이 모이는 자리는 부담될 정도입니다.

갈등이 깊어지는 명절로 향후 전통적인 명절의 모습이 더욱 보기 힘들어질 것입니다. 한국에서 명절이 단지 일가친척과 식사를 하는 날로 바뀌어 가고 있습니다. 이는 더욱 심화돼 앞으로 명절은 함께 하고 싶은 사람과 시간을 보내는 연휴와 마찬가지로 변화할 것입니다. 명절의 의미가 퇴색되지 않기 위해선 명절날 받는 스트레스를 줄일 필요가 있습니다. 명절 스트레스는 가족 간 갈등과 불화를 불러옵니다. 실제로 명절 이후엔 부부 상담, 고민 상담 등 갈등을 해소하기 위한 상담 건수가 늘어납니다. 최근엔 청소년과 청년의 상담신청도 늘어나고 있습니다. 가족 간 갈등을 피하기 위해서는 자신의 기준을 다른 가족에게 적용하면 안 됩니다. 상대방에게 자신의 기준을 적용하며 판단하거나 비교하면 옳은 얘기더라도 상대방이 거부감을 일으킬 수 있습니다.

방탄소년단, 그들의 성공은요

'방탄소년단BTS'이 아메리칸 뮤직 어워즈AMA에 참석하여 시상과 축하공연으로 한국 가수 최초로 퍼포먼스를 펼쳤습니다. '방탄소년단'은 Time이 선정한 '인터넷에서 가장 영향력 있는 인물'에도 뽑혔고, 트럼프조차 해리포터 작가와 동등하게 여길 정도로 그들은 지금 한미 양국에서 화제 몰이를 계속하고 있습니다. 도대체 작은 체구의 동양인 아이돌을 보고 열광하고 울며 일사불란하게 호응하는 미국 팬들의 모습을 우리는 어떻게 이해할 수 있을까요?

BTS(방탄소년단)는 영어로 된 노래도 하지 않았고, 미국시장을 겨냥해서 어떤 프로덕션이나 홍보를 위한 노력도 하지 않았음에도 그런 폭발적 반응이 가능했던 것은 서태지처럼 시대적인 반항 속에 사회적 주제가 참여라는 소통을 통해 터치했기에 언어의 벽을 넘어 거대한 회오리로 이어갔습니다. 이들은 SM이나 YG같은 빅 기획사 소속도 아닙니다. 흔히 말하듯 '흙수저 아이돌'이었기에 미래가 불투명하여 먹고살 일을 가장 우선해야 함에도 BTS는 그것보다는 소통을 가장 중요하게 여겼습니다. 소셜미디어도 멤버 각자가 아니라 팀으로 꾸려 나갔습니다. 내용도 또래의 성장 소설

같이 지금 겪고 있는 자잘한 일상 속의 고민들이 그대로 여과 없이 올려졌습니다. '개인적인 유대감personal connection'이 특별합니다. 다른 아이돌 그룹은 거리감이 있고 만질 수 없는untouchable 존재 같지만 방탄소년단은 그렇지 않습니다. 대형 연예기획사가 키운 아이돌 그룹은 체계적인 마케팅 프로모션을 진행하다 보니 팬들과의 소통이 제한됩니다. 커뮤니케이션 스타일이 형식적으로 보일 정도입니다. 방탄소년단은 상대적으로 소규모 기획이라 팬들과 자유롭게 소통했고, 거대 시스템의 일부가 아닌 진짜 '사람'으로 대한 것입니다. 싸이가 히트곡 한 곡을 낸 뒤 일관된 스타일을 유지하지 못한 것과 달리 방탄소년단은 10대 팬들이 공감할 노래를 꾸준히 내고 있습니다. 이들은 팬과 소통하는 방법을 알고 있기 때문에 인기가 이어질 것입니다.

이들이 다루는 주제들은 우정, 사랑, 고뇌, 방황 그리고 부조리 등 사회의 온갖 편견의 총알을 막아낸다는 의미에서 팀 이름도 '방탄'防彈이라고 지었습니다. 그들은 대중들이 무엇에 목말라 하는지를 의도한 것은 아니었겠지만, 결과적으론 정확하게 파악했기에, '싸이'는 〈강남스타일〉로 30억뷰를 달성했지만 '방탄'은 3년 만에 52억뷰를 했으니 말 그대로 지구인들과 제대로 소통한 셈이었습니다. 소통은 거창한 일이 아니었습니다. 그냥 우리 시대의 보편적인 고민을 이야기한 것입니다. '방탄'은 지금 전 세계 트위터 리트윗수가 1위가 된 것은 그들의 노랫말들은 현실의 거울이 되었다는 증명입니다. 최근 낸 새 앨범에서는 '자신을 사랑하지 못하면 타인을 사랑할 수 없다'는 고민에서 시작된 앨범입니다.

내 마음이 무성한 가시나무 숲이라면 누가 나와 함께 살 수 있을까요? 먼저 나 자신을 사랑해야 한다는 메시지는 당연한 말 같은데 듣다보면 내 이야기를 듣는 것 같은 착각이 들게 합니다. 명품 패딩이 청소년들 사이에 유행하자 〈등골브레이커〉에서 "휘어지는 부모 등골을 봐도 넌 매몰차"라며 같은 세대에게 자성의 채찍까지 들었습니다. 입시와 취업 경쟁에 숨 가쁜 청년들 사이에서 '3포 세대'라는 탄식이 나오자, 노래 〈쩔어〉를 통해 '왜 벌써부터 고개를 숙여 받아 energy……'라며 자조를 패기로 전복시켰습니다. 이들을 키워낸 방시혁 대표는 기획 단계부터 해외 시장을 공략한 건 아니었습니다. 다만 자신들이 만드는 음악은 인종, 국가 상관없이 모든 젊은이들이 공감하길 원했습니다. 노래는 모두를 대상으로 해야 하지만 그들은 주요 타켓을 젊은이의 고통이나 압박감을 막아주겠다는 의도로 오로지 '청춘'에 코드를 맞췄습니다. 즐겁고 행복한 노래보단 지금 젊은이들이 가혹한 현실에서 겪는 내용을 가사에 담으려고 노력한 것이 의외의 반응을 얻었습니다. 세계 각지의 언어로 '자살하고 싶었는데 힘이 났다'는 댓글이 얼마나 많이 달렸는지 담당자들도 놀랐다고 합니다.

결국 '방탄'의 성공은 현실을 그대로 반영하는 선명한 스토리와 꾸준한 진심이 담긴 소통의 힘이 팬덤이 쌓이면서 오늘의 성공을 가능하게 만들었습니다. 오늘 이 시대의 최대 화두는 공감과 소통입니다. 이것은 관계를 떠나서는 살 수 없는 현대사회에서는 매우 중요한 부분입니다. 사람들은 '성공하면 행복할 것이다'라는 믿음이 있습니다. 하지만 연구결과 행복한 사람들이 더 성공했고 행복한 사람들이 더 부유했습니다. 성공이 먼저가 아니라 행복이 먼저였습니다. 행복은 무엇인가요? 공감 속에 서로 소통되고 있을 때 느끼는 호르몬입니다. 소통의 본질은 서로 간에 의미나 정서 공유에 있습니다. 작은 일이라도 서로 공감하면서 성취될 때 느껴지는 행복감은 세상 무엇으로도 바꿀 수 없습니다.

하지만 이런 소통을 위해선 서로 간에 과제가 있습니다. 바로 그 공감을 위해선 때론 보이는 것과 진실이 다를 수도 있음을 철저히 인정해야 합니다. 내가 보는 것과 추측하는 것이 상대의 모든 것이 아님을 인정해야만 서로 다른 객체 속에서 참된 소통을 확보할 수 있습니다. 서로의 차이를 이해하지 못하면 행복한 소통이란 애시 당초 불가능하기 때문입니다. 소통의 핵심은 의미 공유에 있기에 서로 무엇을 원하는지를 알고 최대한 모두가 만족할 수 있도록, 지극히 작은 일에서부터 공감이 되도록 많은 연습이 필요합니다.

물론 다른 사람과 공감하기 전에 자신을 바르게 이해할 필요가 있습니다. 자신을 모르는데 어떻게 다른 사람과 공감이 될까요? 자기이해를 위해 가장 먼저 해야 할 일은 자신의 생각과 느낌을 인식하는 일입니다. 자아를 제대로 관찰하다보면 이웃이 더욱 이해되어집니다. 더 정확한 표현은 이웃을 더 품을 수 있기에 더 큰 공감을 이끌어 낸다는 것입니다. 알고 보면 상대가 원하는 것은 대단한 것이 아니었습니다. 또한 내가 그와 공감할 수 있는 내 안의 장막도 별 것 아니었습니다. 내가 먼저 헐고 화해의 손을 내밀 때 어느 덧 공감의 물결은 나를 잠기고 상대를 잠기고 공동체를 잠겨 평온한 꿈을 갖게 합니다. 그리하면 방탄의 성공은 내게도 가능할 것입니다. 물론 우리도 이룰 수 있습니다.

안녕하세요? 1달러짜리 하나님을 파시나요?

어린 소년과 백만장자 노인의 훈훈한 미담이 미국 사회에 화제가 된 적이 있습니다. 20세기 초, 미국 서부의 작은 도시에서 일어난 일입니다. 어느 날, 10살 정도인 남자아이가 1달러를 손에 꼭 쥐고 거리에 있는 상점마다 들어가 이렇게 물었습니다. "안녕하세요? 혹시 하나님을 파시나요?" 가게 주인들은 안 판다고 말하거나 혹은 아이가 장사를 방해한다고 생각해 매몰차게 내쫓기도 했습니다. 해가 점점 지고 있었지만 아이는 끝까지 포기하지 않고 69번째 가게에 들어갔습니다. "안녕하세요? 혹시 하나님을 좀 파시나요?" 가게 주인은 60살이 넘은 머리가 하얀 노인이었습니다. 그는 미소를 지으며 아이에게 물었습니다. "얘야, 하나님은 사서 무엇하려고 그러니?" 자신에게 제대로 말을 걸어주는 사람을 처음 본 아이는 감격하여 눈물을 흘렸고, 자신의 사연을 노인에게 털어놨습니다. 아이의 부모는 오래전 세상을 떠났다고 했습니다. 그리고 지금은 삼촌이 돌봐주고 있는데, 얼마 전 삼촌마저 건축 현장에서 떨어지는 사고를 당해 현재 혼수상태에 빠졌다고 말했습니다.

그런데 삼촌을 치료하던 의사가 아이에게 "삼촌을 구해줄 것은 하나님밖에 없다"라고 말한 것입니다. 아이는 이 말을 듣고 하나님이라는 것이 정말 신기한 물건이라고 생각했습니다. 천진한 아이는 의사에게 "제가 하나님을 사 와서 삼촌에게 먹일게요. 그러면 꼭 나을거예요!"라고 말했습니다. 아이의 말을 들은 노인은 눈시울이 붉어졌습니다. "돈은 얼마나 갖고 있니?" 아이는 대답했습니다. "1달러요." "마침 잘 됐구나. 하나님은 딱 1달러거든."

노인은 아이의 돈을 받아 선반에 있던 '하나님의 키스'라는 음료수를 건네주었습니다. 그리고 아이에게 "여기 있단다. 얘야, 이 '하나님'을 마시면 삼촌이 금방 나을 거야"라고 말했습니다. 아이는 기뻐하며 음료수를 품에 안고 쏜살같이 병원으로 뛰어갔습니다. 병실에 들어가자마자 아이는 자랑스럽게 소리쳤습니다. "삼촌! 제가 하나님을 사왔어요! 이제 곧 나으실 거예요!" 다음 날, 세계 최고의 의료전문가들이 전용기를 타고 이 작은 도시에 몰려왔습니다. 그리고 아이의 삼촌이 있는 병원으로 달려와 삼촌의 상태를 진찰했습니다. 아이의 삼촌은 정말로 병이 금방 낫게 되었습니다. 삼촌은 퇴원할 때 천문학적인 병원 고지서를 보고 깜짝 놀라 쓰러질 뻔했습니다. 하지만 병원 측은 어떤 억만장자 노인이 이미 비용을 전부 냈다고 말했습니다. 삼촌을 진찰한 의료진도 이 노인이 고용한 사람들이었습니다.

삼촌은 나중에야 아이가 마지막으로 들른 가게의 주인이 억만장자 노인이었다는 사실을 알게 됐습니다. 이 노인은 할 일이 없을 때 가게에서 적적한 시간을 보내곤 했던 것입니다. 감격한 삼촌은 아이와 함께 노인의 가게로 찾아갔습니다. 하지만 노인은 여행을 떠난 상태였습니다. 가게 점원은 이들에게 이번 도움을 마음에 크게 담아주지 말라는 말과 함께 노인이 쓴 편지를 전했습니다. 삼촌은 그 자리에서 편지를 열어봤습니다. "젊은이, 내게 고마워할 필요 없네. 사실 모든 비용은 자네의 조카가 다 낸 것이니 말일세. 자네에게 이런 기특한 조카가 있다는 것이 정말로 행운이라는 걸 말해주고 싶네. 자네를 위해서 1달러를 쥐고 온 거리를 누비며 하나님을 찾아 다녔으니 말이야…… 하나님에게 감사하게. 자네를 살린 건 그분이니 말일세!"

100만 명 넘어섰다는 무당과 역술인, 10년 새 배로 늘었다는데……

　　무당과 역술인이 크게 늘고 있습니다. 업계에서는 경제 침체를 가장 큰 이유로 꼽습니다. 먹고 살기 어려워질 때 학위나 자격증을 비롯한 진입 장벽이 거의 없다시피 한 무당·역술인으로 전업轉業하는 사람들이 많습니다. 지난 IMF 외환 위기에도 비슷한 현상이 벌어졌습니다. 회원 수가 가장 많은 두 단체인 대한경신연합회(무당 단체)와 한국역술인협회(역술인 단체)에 따르면 두 단체 각각 현재 가입회원이 약 30만 명, 비회원까지 추산하면 50만 명에 이른다고 합니다. 2006년 대한경신연합회에 가입한 무당은 약 14만 명, 역술인연합회에 가입한 역술인은 20만 명으로 회원 수만 지난 10년 새 1.5~2배 늘었습니다. 협회들의 비회원 추산치까지 더하면 무당과 역술인은 100만 명가량으로 짐작됩니다.

　　무당과 역술인의 목적은 비슷하지만 그 방식이 다릅니다. 무당은 '신을 섬겨 길흉을 점치고 그 결과에 따라 예언·치병治病 목적의 굿 의식을 하는 사람'을 뜻합니다. 주로 여성을 의미하고 남성은 박수 또는 박수무당이라 부릅니다. 이와는 달리 역술인들은 주역, 명리학 등 동양철학을 바탕으로 점을 치고 사주 풀이를 하거나 관상으로 미래를 내다봅니다.

정년퇴직 없는 무당·역술인 100만 시대입니다. 문화체육관광부 '2011년 한국의 종교현황'에 따르면 국내 대표 종교의 성직자 수는 개신교 14만 483명, 불교 4만 6,905명, 천주교 1만 5,918명이었습니다. 이들은 '종교 관련 종사자'로 분류되고, 무당과 역술인은 서비스 종사자에 포함됩니다. 각각 '민속신앙 종사원', '점술가'로 미래 예측 서비스를 제공하는 직업입니다.

경제가 어려우면 점집도 불황을 겪는 것은 마찬가지지만, 그때마다 직업으로 무당과 역술을 택하는 사람이 늘어 종사자 숫자는 증가하는 경향이 있습니다. 무당은 명퇴(명예퇴직)·정퇴(정년퇴직) 없는 직업입니다. 줄초상을 당했을 때 신 내림을 받는 경우가 많은데 집안이 줄줄이 망하는 사회적 파산도 줄초상으로 볼 수 있습니다. 경제가 어려워 파산하면서 신 내림을 받아 무당이 되는 경우도 있습니다.

취업이 힘든 현실과 고령화 사회를 대비해 평생 직업으로 안정성이 높습니다. 역학 수업을 하는 곳들도 늘고 집에서 사주풀이 애플리케이션과 책으로 독학하는 사람도 많이 늘고 있습니다. 굿 한 번에 수백만~수천만 원을 받는다는 소문이 돌면서 신 내림을 받지 않은 사람도 굿판에 뛰어들기도 합니다. 취업이 잘 안 된 무용 전공 학생들이 굿을 배워 조수로 일하는 경우도 있습니다. 이런 현상에 우려되는 것은 선무당이 사람 잡는 일입니다.

무당은 보통 도제식 교육으로 키워집니다. '신神아버지, 신어머니'로 불리는 선배 무당이 '애동제자'라 불리는 무당을 가르치는데 무당이 되는 의식으로 내림굿을 받게 합니다. 내림굿 한 번 받는 비용은 지역마다 다르지만 수천만 원은 기본입니다. 내림굿 후에도 "굿이 잘못됐다", "정성이 부족해서 신이 제대로 내려오지 않았다"라며 돈을 요구하는 경우가 잦아 신부모와 신자녀가 갈라서는 일도 종종 발생합니다. '사람이 신을 오게 한다'는 내림굿이라는 의식 자체가 정체 불분명합니다. 수년에 걸쳐 굿을 비롯한 의식을 전수받아야 진정한 무당이 될 수 있는데 돈 때문에 틀어져 '애동고아'가 되는 초보 무당들도 많습니다.

문제가 반복되다 보니 'DIYDo It Yourself'로 무당 되는 방법을 소개한 책도 나왔습니다. 우리 민속에 따르면 신을 모셔야 하는 운명을 타고난 사람은 분명히 있고, 그 경우 굿이 필요하지만 멀쩡한 사람에게 내림굿을 강요하고 무당이 되어야 한다고 속이는 일도 있습니다. 이미 내림굿 사기를 당한 사람에게 "제대로 된 굿을 해주겠다"며 거듭 돈을 뜯어내거나 자신이 잃은 돈을 만회하기 위해 똑같이 제자를 받아 돈을 갈취하는 경우도 많습니다.

무속이 전통 민속문화로 계승되지 않고 돈을 좇는 직업으로 변질하는 것을 우려하는 목소리도 있습니다. 무당은 하나의 직업이기도 하지만 민속문화를 계승하는 의무도 중요합니다. 최근 민속신앙에 대한 이해 없이 직업적으로 아무 굿이나 배워서 바로 '무당업'을 시작하는 일이 안타깝습니다. 무당과 역술인 수가 꾸준히 증가하고 있지만, 이를 '미신'으로 치부하는 사회적 분위기도 여전합니다. 대한경신연합회는 2012년부터 '무속심리상담사' 자격시험을 시행하고 있습니다. 이는 미신으로 치부되는 현실을 극복하고 신뢰받는 무속 신앙으로 거듭나야 한다는 취지입니다. 한국역술인협회도 '역학상담사', '작명사자격증' 등 자격시험을 도입했습니다. 미래를 두려워하거나 기대하는 사람 심리는 변하지 않기 때문에 절대 없어지지 않을 직업입니다.

이른바 고등종교로서 기성종교는 체계적인 교단과 교육기관을 갖추고 있습니다. 이에 비해 무속인 단체나 양성체계는 조심스러운 것이 사실입니다. 첨단과학시대를 살아가는 오늘 우리에게 무속은 어떤 의미일지요? 경제난으로 무속인이 늘어나는 현실 또한 진지하게 바라볼 우리 사회의 현실문제일 것입니다. 점을 맹신하는 사람과 이를 악용하는 역술인 또한 자성해야 할 것입니다. 첨단과학시대를 살아가는 현대인들에게 갈급한 영성과 정신문화의 문제, 불안한 사회현실로 인해 무속인의 증가와 무속에 의존하려는 이들이 늘 것입니다. 이에 대한 앞으로 무속에 대한 종교사회학적 연구와 무속인인 증가하는 사회현실에 대한 진지한 고민이 필요한 때인 듯합니다.

신뢰의 위기를 겪는 우리나라입니다

　최근 대학 입시와 관련하여 '학생부종합전형'이 관심과 논란의 중심에 섰습니다. 학생부종합전형은 대학이 지원자의 고등학교 3년간 학업성적, 교과 및 교과 외 활동, 교사의 평가가 기록되어 있는 학생부를 주로 이용하여 지원자의 전공에 대한 관심, 지적 능력, 인성 등 여러 면을 평가하고 합격 여부를 결정하는 전형입니다. 제가 대학에 진학하던 시절에는 시험 점수만으로 지원자의 합격 여부를 결정하는 방식이었지만 최근에는 이 전형방식의 비중이 높아져서 많은 관심을 끌고 있습니다.

　그런데 학생부종합전형에 대한 여론은 호의적이지 않은 것 같습니다. 너무 많은 것을 요구해서 대비하기가 어렵습니다. 그 이유는 교사의 관심이나 고등학교의 교육 여건에 따라 결과가 좌우되는 측면이 있기 때문입니다. 또한 이로 인해 학생부를 위한 사교육이 횡행하는 현실입니다. 그러다 보니 학생부 내용을 신뢰하기 어렵습니다. 객관적이지 않습니다. 대학이 특수목적 고등학교에 비해 일반 고등학교 출신 지원자를 차별할 것이라는 등 비판이 거셉니다. 최근 한 조사에서는 심지어 예전과 같이 시험 점수만으로 합격을 정하자는 여론이 높게 나타나기도 했습니다. 1990년대에 "행복은 성적순이 아니다"라며 시험 일변도의 입시를 비판하는 여론이 높아서 현재의 다양한 전형방식이 고안되었던 것을 생각하면 놀라운 조사 결과입니다. 그 조사결과를 보면 우리 사회에 교사와 대학에 대한 불신이 얼마나 큰지를 알 수 있습니다. 고등학교 교사가 성실하고 공정하게 학생을 평가하리라 믿고, 대학이 최선을 다해 공정하게 지원자를 평가할 것이라고 믿는 사람이 과연 타당한가에 대한 의문이 팽배합니다. 분명 결코 교육적이지는 않았던 시험 일변도의 입시제도로 돌아가자는 여론은 정말 가슴 아픈 현실입니다.

이처럼 신뢰가 구축되지 못한 현실은 입시제도만이 아닙니다. 우리 사회 곳곳에 불신이 강합니다. 예를 들어 최근에 살균제가 들어간 계란이나 생리대의 화학약품 문제에서 나타난 일들을 보면 일부 제품에서 문제가 있다고 하는데 모든 제품이 다 그럴 것이라고 의심하는 분위기입니다. 제품의 유해성에 대해 정부, 기업이나 전문가가 내놓은 설명도 믿지 않는 분위기입니다. 그러다보니 모든 업체를 다 조사해보고 검사를 반복하고 경찰과 검찰이 동원되어야 했습니다. 신뢰가 부족하니 국가는 불필요한 비용을 지불하고 사람들은 무슨 일이 생길 때마다 큰 불안과 스트레스를 겪습니다.

『논어』의 '안연'편에는 이런 대화가 있습니다. 제자 자공이 국가가 해야 할 일을 물었습니다. 공자가 답하였습니다. "먹을 것을 풍족히 하고 군대를 강하게 하고 백성의 믿음을 얻어야 합니다." 자공이 다시 물었습니다. "그 세 가지 중 한 가지를 부득이 포기해야 한다면 무엇을 버려야 합니까?" "군대를 포기해야 합니다." 자공이 또 물었습니다. "남은 두 가지 중 또 한 가지를 부득이 포기해야 한다면 무엇을 버려야 합니까?" "먹을 것입니다. 사람은 결국 모두 죽지만 백성들이 신뢰하지 않으면 나라가 설 수 없습니다民無信不立."

현대식으로 표현하면 한 나라의 미래에 경제적 풍요와 강한 군대보다 중요한 것은 국가에 대한 국민의 신뢰라는 말입니다. 나라의 법률과 제도, 정부기관의 선의와 능력에 대한 믿음이 없으면 나라는 분열하고 위기에 무너지며 빈약해질 수밖에 없습니다. 국가뿐만 아닙니다. 단체는 구성원이 지도자를 신뢰하지 않으면 쇠락하고 가정은 가족이 서로를 믿지 못하면 불행해집니다.

우리나라가 더욱 발전하기 위해서는 사회 구성원 간에 신뢰가 서야 합니다. 그런데 우리나라의 역사를 보면 국가에 위기가 닥치면 통치자가 국민을 버리고 지도할 위치에 있는 사람이 이득을 얻고자 지도받는 사람을 속이고 이용한 일이 너무 많았습니다. 신뢰의 위기를 겪는 우리 사회를 구하기 위해 지도자의 위치에 있는 사람들이 모범이 되었으면 좋겠습니다. 우리 모두 자라나는 세대들에게 귀감이 되는 길을 보여주고 실천해 나갔으면 좋겠습니다. 가정에서, 학교에서, 직장에서 신뢰받는 지도자와 신뢰하는 공동체의 모범을 보여줍시다. 두렵고 떨리는 마음으로 대학입시를 준비하는 미래 세대들이 더 나은 나라, 더 좋은 나라에서 살도록 할 책임이 우리 모두에게 있음을 잊지 맙시다.

농촌청소년의 건강한 자아상을 생각해 봅니다

최근 농촌은 귀농歸農과 귀촌歸村이 늘어나면서 '살기 좋은 농촌'의 의미로 재해석되고 있습니다. '살기 좋은 농촌'이란 정주定住에 필요한 시설 및 서비스가 충분히 제공되면서 아름답고 깨끗한 환경과 경관을 보유하는 매력적인 공간으로 정의해볼 수 있을 것입니다. 이러한 의미에서 살기 좋은 농촌을 만들기 위한 다양한 정책 및 논의가 이루어지고 있으나, 여전히 농촌을 바라보는 관점은 경제적 자본주의 관점에서 농촌의 부족함에 초점이 맞춰진 것이 대부분입니다. 농촌지역에 거주하는 청소년에 대한 연구도 비행이나 부적응, 심리정서적인 문제 발생 등과 같이 농촌의 여러 환경적 요인들은 농촌지역 청소년의 건강한 발달을 저해하는 장애요인으로 해석됩니다. 이런 논의가 주는 장점도 있으나 이에 가려진 농촌의 긍정적인 측면과 강점도 함께 바라보는 것도 필요할 것입니다. 이는 농촌지역 거주 청소년이 가지고 있는 자원과 강점의 풍요로움에 대한 새로운 관점입니다.

도시 청소년에 비해 농촌지역 청소년이 노인에 대한 긍정적인 이미지를 가지고 있으며, 이것이 노인과 어우러져 살아가기 위한 공동체 의식으로 강점이 될 수도 있습니다. 농촌지역 청소년에게 지역적인 유대를 통해 행복감의 자원이 축적되는 것도 강점입니다. 이에 따라 농촌지역 청소년의 공동체성은 농촌문화 환경의 강점으로 재조명될 필요가 있습니다. 이런 시각을 통해 농촌은 '살만한 곳'이며, 마을 공동체가 유지되면서 행복과 희망을 가지고 청소년기를 보내기 안전한 공간으로 재인식될 수 있습니다.

청소년의 삶은 개인적 요인과 가족, 환경적인 요인의 복잡한 상호작용에 의해 삶의 태도를 선택하게 되는 시기입니다. 이러한 시기에 경험되는 환경적 요인은 청소년의 건강한 발달에 가볍게 여겨질 수 없는 중요한 과업 중에 하나입니다. 이는 '동네효과'의 관점으로 청소년이 살고 있는 거주 지역의 의미와 동네를 어떻게 인식하고 있는지는 청소년의 삶을 이해하는 데 중요합니다. 동네의 생활양식과 환경, 그리고 이를 어떻게 인식하는지는 청소년 시기의 긍정적 자아존중감 형성에 영향을 미칩니다.

'농촌청소년'을 바라보는 시각은 두 가지 방향 정도로 이해할 수 있습니다. 첫째, 경제적인 관점에서 비경제적이며, 낙후된 지역으로 인식하고 있습니다. 그 대표적인 의미로 낙후됨, 오래됨에 머물러 있습니다. 둘째, 농촌은 청소년의 여가와 문화 시설의 부족으로 도시와 비교된 자원 부족으로 청소년의 건강한 성장을 저해하는 요인으로 지적합니다. 이렇듯 기존의 농촌을 바라보는 관점은 부정적인 시선에 초점을 두는 것이 있습니다. 이는 농촌지역 청소년의 환경 개선 및 자원 발굴 등의 다양한 정책적 제언을 제시하는 중요한 근거가 되었습니다. 그러나 이런 시각은 농촌만의 자원, 농촌만이 가지고 있는 강점에 대한 논의를 매우 제한시키는 문제가 있습니다. 이를 극복하는 방안으로 사람이 적응하는 중요한 요인 중, 하나로 그 지역의 특성이나 질qualities or attributes of a place을 어떻게 인지하느냐에 따라 지역 발전과 성장이 이루어진다는 관점으로 보는 개념이 '농촌성 rurality'입니다.

농촌성이란 농촌의 특징적인 모습들features을 총칭하는 용어로, 농촌의 독특한 문화나 전통과 환경 등이 모두 포괄하는 의미입니다. 이는 '농촌다 움'과 같은 의미로 해석할 수도 있습니다. 편의시설이나 환경이 좋다고 지역이 성장하는 것이 아니라, 그 지역을 어떻게 인식하고 명명하냐에 따 라 지역 성장이 달라짐을 강조하는 관점입니다. 이 대표적인 현상이 자발 적인 귀농인, 귀촌인의 증가입니다. 농촌이라는 지역은 분명 도시에 비하 면, 여러 면에 부족함과 불편함이 있지만 그 불편함을 추구하면서 선택하 는 귀농인들의 현상은 농촌성의 재인식과 명명이 이루어지고 있음을 증명 합니다. 이러한 농촌성은 농촌공간의 주관적인 해석과 의미부여로 지역에 대한 인식을 통한 적응의 과정으로 정의할 수 있습니다. 특히 농촌을 도시 와 비교하면서 농촌만의 특색을 가볍게 여겨온 기존의 관점에서 최근에는 '어메니티자원',[17] '6차산업'[18]이라는 관점에서 농촌만의 쾌적성, 자원, 상품

17 요즘 '어메니티(amenity)'란 말이 자주 거론되고 있습니다. 농촌의 자연환경을 이야기할 때 이 단어가 자주 사용됩니다. 이 개념은 '쾌적한 환경', '농촌다움', '좋은 기분', '상쾌함' 등 다양한 의미로 쓰이고 있습니다. 농촌어메니티는 '농촌지역의 풍부한 자연, 역사, 풍토 등을 기반으로 하여 여유, 정감, 평온이 가득하고 사람과 사람의 접촉에 바탕을 둔 삶의 쾌적성을 갖는 상황'으로 정의되고 있습니다. 따라서 농촌어메니티는 도시민들 이 그리워하는 농촌의 아름다운 자연환경과 전원의 품, 이에 더해 지역 문화유산이나 특산물, 향토음식 등 다양한 차원에서 사람들에게 만족과 쾌적함을 주는 농촌의 모든 자연적·환경적 자원이 이에 해당한다고 볼 수 있습니다. '어메니티 농촌'하면 연상되는 두 마을이 있습니다. 강원도 평창에 있는 봉평마을입니다. 이효석의 단편소설 「메밀꽃 필 무렵」에서 묘사한 메밀밭이 상품화되어 연중 관광객이 찾아오는 지역입니다. 매년 9월이 되면 메밀꽃이 흐드러지게 펴 메밀밭을 보러온 사람들로 북적대 발 디딜 틈이 없을 정도라고 합니다. 이효석 작가가 나고 자란 봉평면에는 생가터와 봉평초등학교 등이 남아 있고, '메밀꽃 필 무렵'의 작품 배경이 된 봉평장터도 여전히 5일장이 서는

화 가능성 등의 재해석이 이루어지기도 합니다. 농촌이라는 공간은 자연과 어우러져 살면서 삶을 여유 있게 즐길 수 있는 풍요로움이 존재하는 매력적 요소를 가지고 있습니다.

등 전통이 잘 보존되어 있는 곳입니다. 새롭게 단장된 '이효석의 문학관'은 이효석의 일대기와 문학작품을 엿볼 수 있게 정돈 되어 있습니다. 연간 2백여 만 명이 넘게 방문객이 다녀가는 곳입니다. 농촌관광객이 늘면서 사라져 가던 메밀밭이 더욱 각광을 받고 있습니다. 농촌문화와 자연이 어우러져 매력적인 관광지로 탄생된 셈입니다. 또 하나의 어메니티적 향기가 물씬 담겨 있는 곳은 삼척의 두메산골에 위치한 '너와마을'입니다. 험준한 태백산맥 줄기의 산자락 끝에 깊은 골짜기를 따라 마을이 형성되어 있습니다. 이곳에는 민속문화재로 지정된 너와집이 150년 이상 온전히 보존되고 있습니다. 너와(瓦)는 수백 년 된 붉은 소나무를 일정한 크기로 잘라 쪼갠 널판을 가리킵니다. 너와집은 과거 화전민이나 산간지대 주민들이 거주한 주택양식으로 소나무 조각으로 지붕을 이은 집을 가리킵니다. 오랜 세월이 흘렀어도 썩지 않아 비가 새지 않습니다. 그 비결은 나뭇결에 따라 비 흐름이 잘 되도록 연결선 매무새에 조상들의 기술적 지혜가 담겨 있기 때문입니다. 맑은 물과 아름다운 산새, 고유의 전통주택양식 그리고 푸근한 농촌인심이 아우러져 있는 곳입니다. 부녀회에서 제공하는 전통음식인 곤드레나물밥은 일품입니다. 천혜의 자연 속에 그윽하게 솟아나는 어메니티 향기를 느낄 수 있습니다. 자연자원이 더욱 가치를 발휘하고 있는 시대입니다. 어메니티가 나타내는 휴양적, 심미적 가치를 제공하는 자연자원은 어느 마을에도 있습니다. 다만 그것을 어떤 관점에서 경제적 가치로 보고 상품화 시키느냐는 것입니다. 어메니티는 보석의 '원석'에 비유되기도 합니다. 원석은 정성스럽게 깎고 다듬어야 찬란한 보석이 됩니다. 정돈되지 않은 모습을 벗고 중요한 의미로 다가오도록 정성을 들여 가꾸어야 합니다.

18 6차 산업은 1차, 2차, 3차 산업의 복합된 산업을 말합니다. 쉽게 말하면 멀티플레이어에 해당합니다. 1차 산업의 농수산업, 2차 산업인 제조업, 3차 산업인 서비스업이 융·복합된 산업일 일컫는 말입니다. 어렵고 복잡한 의미를 담고 있는 듯하지만 이미 우리 농가에서 시행하고 있는 행태이며 이를 경제용어로 풀어 놨을 뿐입니다. 농업과 특산물 제조가공, 유통/관광/체험/서비스 등을 연계하여 새로운 부가가치를 창출하는 활동을 의미합니다. 좀 더 들어가면, 6차 산업은 농업농촌 창조경제의 대표적 체계로 인식됩니다. 여기서 창조경제라하면 창의력/상상력, 과학기술, ICT(정보통신기술) 융합을 통한 새로운 시장과 산업육성으로 양질의 일자리를 창출한다는 경제 패러다임입니다. 농산물을 생산 및 판매하고, 가공하여 2차 특산물로 유통하고, 다양한 창의력과 상상력으로 기획된 농촌체험 상품을 만들고 ICT 융합을 통해 플랫폼을 만들어 홍보하고 커뮤니케이션하면서 도시민을 불러들이고 관광객이 찾게 만든다면 성공적인 6차 산업이라고 할 수 있습니다.

농촌청소년들이 느끼는 부정적인 농촌성은 좀 더 살펴보면 첫째로 '오래됨'입니다. 여기 저기 오래된 주택과 낡은 물리적 공간들은 낙후된 생활 여건으로 표현할 수 있습니다. 또한 젊은이가 부족하고 나이든 장년 및 노년층이 인구의 대다수를 차지하고 있습니다. "우리 동네에서 저만 중학생이에요"라고 표현하는 경우도 있습니다. 이처럼 노년층의 인구 집중화 현상이 두드러집니다. 이미 농촌의 노인세대 증가는 오래된 사회문제 중에 하나입니다. 이에 따라 사생활침해가 있습니다. 태어나면서 만났던 오래된 동네 아저씨, 아주머니들, 할머니, 그리고 친구들과의 인간관계가 전부라고 표현할 정도로 오랫동안 이들과 긴밀한 관계를 맺습니다. 이러한 인간관계는 긴밀함으로 긍정적인 부분도 있겠지만 너무 오래된 인간관계로 익명성이 보장되지 않습니다.

다음으로는 '부족함'입니다. 도시와 비교할수록 더 많은 부족함을 경험하고 있습니다. 문화 및 여가시설의 절대적인 부족을 느낍니다. 친구와 같이 수다 떨 수 있는 곳과 같은 문화 및 여가시설의 부족이 있습니다. 농촌이라는 공간에서 청소년기를 보내고 있지만 이들은 스마트폰과 인터넷 사용 증가로 단순한 물리적 공간에만 머물고 있지는 않습니다. 특히 이러한 매체 발전으로 청소년들은 농촌의 공간을 넘어 도시로 확대되는 관계성을 가지고 있습니다. 사회복지를 비롯한 청소년을 지원해 주는 자원들도 부족합니다. 더 심각한 것은 그나마 있는 자원에 대한 정확한 이해 및 정보 접근이 부족합니다. 이를 위해서는 적극적인 홍보와 프로그램의 안내와 방법의 통로개발이 요구됩니다. 청소년의 참여 동기 및 흥미 유발을 위한 프로그램도 부족합니다. 특히 농촌의 매력적인 삶이 반영된 프로그램 개발이 시급한 상황입니다. 농촌의 매력적인 삶이란 도시적인 자본주의 복지로는 해석되지 않는 공동체, 전통성, 자연의 치유력 등 농촌만의 강점을 강조하고 이를 청소년이 경험할 수 있도록 지원할 때 농촌청소년의 건강한 농촌성이 형성될 수 있습니다.

농촌이라는 공간은 청소년의 삶에 여러 모로 부족함이 많은 곳입니다. 그러나 이러한 부족함에만 머무는 것이 아닌 또 다른 풍요로움을 동시에 가지고 있습니다. 가장 먼저 중요하게 드러난 풍요로움은 바로 '자연'입니다. 농촌지역 청소년은 비록 도시에 비해 활용가능한 자원이나 문화는 부족하지만 다양한 자연환경을 광활한 놀이터로 삼아 여러 놀이를 창조할 수 있습니다. 이러한 자연의 치유력과 강점을 여러 전문 사회복지기관에서 적극 활용할 필요가 있습니다. 다음으로 농촌 지역에서 이루어지고 있는 다양한 축제 문화는 이들의 중요한 놀거리이자 자부심입니다. 단순히 구전 동화로 들었던 이야기가 마을의 뿌리 깊은 자부심으로 자리 잡을 수 있습니다. 여기저기 구전동화를 재연한 공간은 애향심으로 이어질 수 있습니다. 특히 지역 축제와 농촌지역의 전통성은 과거와 현재를 이어주는 중요한 자원으로 농촌의 행복감과 긍정적인 농촌성의 이미지를 만들어줄 수 있습니다.

좁은 물리적 공간과 농촌의 환경은 청소년들의 참여 기회가 확대될 수 있는 긍정적인 농촌성입니다. 먼저 학교 환경의 참여 기회 확대입니다. 자원이 많지 않은 농촌에서 학교라는 공간은 청소년의 학습의 장이자 동시에 문화 및 여가 시설의 공간으로 중요한 역할을 합니다. 학교에서는 악기, 미술, 영화, 문화 체험, 다른 지역 방문 같은 다양한 경험이 이루어지고 있습니다. 더불어 동아리 활동, 이중언어 말하기대회 등 학교 내에서 이루어지고 있는 여러 참여활동들을 적극 활용하면서 이것저것의 긍정적인 성취감을 맛볼 수 있습니다. 다음으로 마을 행사 및 지역 축제의 참여 기회는 청소년의 긍정적인 농촌성으로 단순 행사 참여에 그치는 것이 아닌 이러한 축제들을 기획하는 주체자로서 중요한 역할을 할 수 있습니다. 축제 무대에 올라간 경험을 통해 자아존중감의 고취 및 성취감을 맛 볼 수 있습니다. 이는 몇 명의 학생에게만 집중 되는 도시와는 달리 농촌지역 청소년은 대다수가 학교별, 부락별로 참여가 가능해서 건강한 정서 향상의 장이 되고 측면이 있습니다.

농촌지역 거주 청소년이 인식하는 농촌성은 '느림 속에서 경험하는 풍요로움'으로 농촌의 약점과 강점을 모두 인식하면서 농촌만의 매력을 경험할 수 있습니다. 생각이 많고 호기심 많고 감성이 풍부하고 활동적인 청소년이 농촌이라는 공간에서 오래됨과 부족함을 경험하고 있습니다. 오래된 주택 공간 및 노후화 된 건축물들은 농촌지역 거주 청소년이 자신의 마을에 대한 부끄러움, 불편함으로 부정적인 농촌성으로 인식합니다. 더불어 도시와 비교하면 비교할수록 부족한 문화와 여가시설, 교육 환경 등으로 상대적인 박탈감을 느끼면서 성장하고 있습니다. 하지만 이러한 부정적인 농촌성만 있는 것이 아닌 긍정적인 농촌성도 동시에 공존하고 있습니다. '우리 마을', '우리 동네'와 같이 '우리'라는 공동체성을 가지면서 이들은 '예쁜 꽃'으로 마을 어르신들에게 사랑과 지지를 받고 있습니다. 이는 이웃의 정이었으며, 청소년들은 같이 살아가는 방법을 자연스럽게 터득해 가고 있습니다. 뿐만 아니라 부족한 자원을 채워나가기 위해 자연이라는 광활한 놀이터에서 또 다른 놀거리를 만들어 내고 있습니다. 그러면서 자연스럽게 자연의 아름다움을 알게 되고 삶의 이치를 터득하게 됩니다. '꽃'이 따스한 태양과 부드러운 땅, 그리고 생명과도 같은 물과 공기들에 의해 커가듯이 우리의 농촌지역 청소년들은 다양한 자연의 위대함과 사랑, 치유력 속에서 건강하게 자라고 있습니다. 이러한 다양성 속에서 학교, 마을이 어우러진 농촌이라는 공간에서 도시에서 미처 경험할 수 없는 또 다른 참여기회가 확대 되고 있습니다. 그러면서 이들이 느끼는 농촌은 모든 것이 느리게 흘러가고 있지만 그 속에서 경험되는 풍요로움, 아름다움이 바로 농촌만의 매력이자 자원입니다. 마치 이제 막 피어나는 꽃버들처럼 이들 역시 농촌의 느림 속에서 경험하는 풍요로움으로 또 다른 건강한 청소년기를 보내고 있습니다.

농촌지역 청소년들이 건강한 자아상을 구축하기 위한 지원을 위한 구체화하고 미래지향적인 방안을 위해 현재 농촌에서 살고 있는 청소년들이 농촌을 어떻게 인식하고 살아가고 있는지에 대한 통찰력을 살펴보는 것도 중요할 것입니다. 농촌에서 살아가고 있는 청소년이 인식하고 느낀 생생한 삶을 통해 농촌성의 의미를 고찰해보고 이를 바탕으로 법적 제도적 방안을 강구하고 농촌마을의 다양한 기관이 협력해 나가야할 것입니다. 이를 통해 단순히 도시민의 휴양지, 농업발달을 위한 농촌이 아닌 농촌만의 강점과 자원에 대한 정보 축적이 이루어질 때 참된 농촌다움이 반영된 개발과 청소년환경 지원이 이루어질 수 있을 것입니다.

농촌 마을학교란 무엇일까요

오래전부터 농촌지역에 살면서 마을에서 사람답게 먹고 사는 법을 서로 가르치고 배우는 것이 필요하다는 생각을 해왔습니다. 평소 귀촌귀농인들을 접하다 보면 안타깝고 답답했기 때문입니다. 귀농귀촌을 해서 농촌마을에서 먹고 살려면, 지역사회에서 사람답게 살아가려면 일단 '마을이란 무엇인지' 잘 알아야 할 것 같습니다. 대부분의 사람들이 '마을'에 대해 잘 모른 채 무작정 귀농하는 것 같습니다. 농사를 그렇게 보듯 마을의 삶 또한 만만하게 보는 것 같습니다. 마을공동체사업에 뛰어든 원주민들도 사정은 귀농인들과 크게 다르지 않습니다. 사회적경제 기반 농촌마을공동체를 통해 농업·농촌·농민은 물론, 도시와 국가의 지속발전 가능한 활로를 되찾을 수 있습니다. 마을에서 마을사람으로 살아가는 한, 마을공동체사업이란 포기도 방임도 할 수 없는 과제입니다.

이 과제를 제대로 수행하려면 더 열심히 '마을'을 공부해야 합니다. 그래서 마을로 들어가 마을공동체를 일굴 마을시민과 마을주의자들이 서로 배우고 가르칠 '마을학교'가 필요합니다. 이 공부는 읽고 말하고 듣는 공부에 그치지 말고 현장에서 행동하고 실천하고 체화할 수 있는 '사람답게 먹고사는' 실용적 공부라야 합니다. 마을학개론이 '마을에서 먹고사는 법'에 집중해야 하는 이유이자 목표입니다.

마을학개론이랄까, 마을의 기본이해의 발상은 이와 같은 절박한 문제의식에서 출발합니다. 농사짓는 비법, 집 짓는 기술, 땅 고르는 요령보다 우선 '마을, 공동체, 마을시민, 마을기업, 대안마을, 대안농정, 그리고 대안사회'에 대해 충분히 공부하는 교육과정이 필요합니다. 이를 위한 교육과정으로 '마을주민의 자세' '마을기업운영론' '사람 사는 대안마을' '농부의 나라' '농촌마을 활성화' '행복사랑농촌' '농촌마을주의자' '귀농의 대전환' '농가소득중대론' 등과 같은 교과목강좌를 개설하거나 콘텐츠를 개발하는 것이 필요합니다. 구체적으로는 마을·공동체·귀농의 이론과 실제, 마을과 공동체의 주체인 '마을시민'과 '마을주의자'의 실제와 사례, 마을공동체 사업의 주체인 '마을기업'의 실제와 사례, 농촌마을·생태공동체마을의 실제와 사례, 농업·농촌·농민·사회적 경제 관련 대안농정의 해법, 그리고 EU(유럽연합) 등 대안사회의 현장사례와 대안모델 등에 대해 교육하고 토의하는 것도 좋겠습니다.

'마을'이란 무엇일까요? 사전에 적힌 대로 보면 '마을'이란 '주로 시골에서 사람 사는 집들이 모여 있는 곳'입니다. 아무래도 생업에 주로 매달리는 도시 동네는 '마을'의 사전적 의미나 원형과는 서로 어긋나거나 어울리지 않습니다. 모름지기 '마을'이려면 최소한 삶(생활)과 일(생업)이 하나의 시공간에서 조화롭게 이루어질 필요가 있습니다. 그러기에 도시보다는 농촌이 적합합니다. 거기에 쉼(휴식)과 놀이(문화)까지 보태 누릴 수 있다면 더 할 나위 없는 '살기 좋은 마을'일 것입니다. '마을학개론'에서 의미하고 소망하는 '마을'이 바로 그런 마을입니다.

316

그런데 '먹고 사는 일'에 자꾸 치이는 도시 동네를 벗어난 마을에서도 결국 '먹고 사는 게' 문제입니다. 농사를 짓든, 농사를 짓지 않던 '먹고 사는 일'에 다시 매달리게 됩니다. 결코 개인이 온전히 해결할 수 없는 구조적, 사회적 난제라는 결론에 이릅니다. 결국 국가와 사회가 나서야 합니다. 기본소득, 무상교육, 무상의료, 무상급식, 고용안정, 보편적 사회복지 같은 사회안전망social safety net이 열쇠를 쥐고 있습니다. 여기에 '먹고 사는 생활의 기술을 가르치는 직업학교', '지역공유 사회적 경제 자산은행', '지역단위 협동연대 농업 · 농촌경영체', '마을공동체와 사회적경제의 융합 플랫폼' 등의 정책과 제도를 통해 사회적 자본social capital을 지속적으로 생산하고 축적해야 합니다. 물고기(기본소득)와 물고기 잡는 법(생활기술), 소득과 일자리를 동시에 해결해야 합니다. 그래야 '마을에서 먹고사는 문제'가 풀릴 수 있습니다.

마을이란 그렇게 '사람으로서, 사람답게, 사람들과 더불어 나눠먹고 살 수 있는 곳'이라야 합니다. 사회안전망과 사회적 자본의 힘으로 서로가 서로를 믿고 기대고 돌보고 보살필 수 있는 곳이라야 합니다. 그렇게 삶과 일, 그리고 쉼과 놀이가 하나 되는 곳이라야 합니다. '마을이란 무엇인지', '공동체를 왜 하는지', '지역사회는 어디쯤 가고 있는지', '마을자치를 어떻게 할지' 끊임없이 묻고 답을 구해야 비로소 마을은 보일 것입니다. 그게 '마을학개론'에서 함께 하려는 공부의 목적일 것입니다.

그러나 마을학 공부도, 마을공동체의 실천은 결코 쉽지 않습니다. 이는 오늘날 사회적 동물로서, 사회적 인간은 몰락하고 있기 때문입니다. 에밀 뒤르켐은 『사회분업론』[19]에서 '기계적 연대로부터 분업에 따라 개성적이고 이질적인 개인들의 유기적 연대'로 발전해야 한다고 주장했습니다. 그 이유는 집합의식이 약하고 개인의식이 우월한 근대사회에서 사회적 인간의 몰락을 염려한 것 같습니다. 서구를 중심으로 추구해온 산업화와 근대화 과정은 최근 가공스러운 '위험사회'를 낳는다고 보는 이들도 있습니다.

다행히 도시든, 농촌이든 몰락하는 사회의 출구와 해방구를 찾으려는 새로운 사회의 시민들이 마을공동체를 재생하고 복원하려 애를 쓰고 있습니다. 걱정과 우려는 적지 않지만 문재인 정부도 '50조원의 도시재생'사업을 야심차게 준비하고 있습니다. 그동안 경제학자들이 주로 구축해놓은 자유시장의 진지, 현대 자본주의의 패러다임과 플랫폼에 갇혀있는 도시나, 국가에서는 해법과 출구가 잘 보이지 않습니다. 그래서 마을학개론의 결론은 마을로 내려가자는 것입니다. 마을에 가야 비로소 사회적 인간으로 살아갈 수 있습니다. 사람답게, 사람의 도리를 다 하며 먹고 살 수 있습니다. 마하트마 간디가 꿈꾼 마을은 개인의 자유에 기초한 완전한 민주주의를 바탕으로 한 마을자치Swaraji로 작동하는 마을공화국이라 할 만합니다. 간디는 "마을이 세계를 구할 수 있다"고 믿었습니다. 농촌마을을 재생

---

19 에밀 뒤르켐(Emile Durkheim)은 『사회분업론(Division of Labor in Society)』에서 분업이 사회질서의 기초임을 밝히고 있습니다. 분업은 단순히 경제적 효용에 그 가치가 한정되는 것은 아니며, 사회적 연대를 일으키는 것으로 도덕적인 성격을 띤다는 사실을 밝히고 있습니다. 이 저서에서 뒤르켐은 사회에서 분업의 증가가 기계적 사회에서 유기적 사회의 이동을 일으키며 사회적 연대도 그에 따라 변한다고 지적합니다. 기계적 연대(mechanical solidarity)는 구성원들의 동일한 가치와 규범의 공유(집합의식, collective conscience)가 사회의 통합과 개인의 결속의 기초로 작용하는 상태이고 유기적 연대(organic solidarity)는 전문화된 각각의 개인들이 상호의존성에 기반을 두어 결속된 상태입니다. 뒤르켐은 분업이 진행될수록 집합의식이 약화되고 개인상호 간의 이질성이 증대하지만, 이것이 사회적 유대 자체를 없애는 것은 아니며 오히려 개인 간의 상호의존을 증대시킨다고 보았습니다. 이러한 전문화되고 이질적인 개인 간의 상호의존성의 증대는 집합의식의 대안적 형태로 나타납니다. 곧 분업은 집합의식을 약화시키고 개인성을 증대시키는 동시에 유기적 연대를 촉진한다는 것입니다.

하려면 농민, 주민 말고도 마을에 시민이 많이 살아야 합니다. 즉 다종다양한 '마을시민'들이 어서, 많이 지역에, 마을 속에 깊이 뿌리를 내려야 합니다.

여기서 말하는 '시민'이란 도시에 사는 행정적 협의의 시민이 아닙니다. 근대 이후 사회에서 도시 지역이나 국가의 중심을 이루는 구성원이었던 그 '시민Citizen'을 말합니다. 정치적 권리와 사회적 의무를 가지는 존재인 '시민'입니다. 이와 같은 시민의 개념은 18세기 봉건사회를 혁파하려는 영국의 명예혁명, 프랑스의 프랑스혁명 등 '시민혁명'을 계기로 본격 등장한 것입니다. 특히 프랑스혁명 이후 '인간과 시민의 권리선언' 제1조의 기본원칙에서는 "인간은 자유롭게, 평등한 권리를 가지고 태어났다"고 천명합니다. 제2조는 자유, 소유, 안전, 그리고 압제에 대한 저항으로 시민의 권리를 새기고 있습니다. 시민과 민주주의는 따로 떼어놓을 수 없습니다.

농촌마을학교, 결국은 사람이 주체랍니다

오늘날 우리 농촌마을의 문제는 결국 사람입니다. 근본적, 궁극적으로는 사람이, 사람으로 풀어야 합니다. 농촌마을의 근본적 병인病因과 한계는 일단 사람의 수도 부족하고 사람의 근본적 질도 모자라다는 점일 것입니다. 농촌마을에는 일단 일을 할 만한 사람이 별로 없습니다. 있다 해도 농사기술 전문가 말고는 거의 없습니다. 그것도 노인 말고는 별로 없습니다. 지역 내부의 기존의 인적자원만으로는 협동농업이나 마을공동체사업을 감당하는 데 본질적이고 구조적인 장벽이 높습니다.

하물며 농사도 아무나 지어서는 안 되듯, 농촌 일도 아무나 해서 안 됩니다. 마을공동체의 미래와 운명을 사사로운 외부 용역업자에게 맡길 수 없습니다. 이는 아주 위험한 일입니다. 상부의 행정, 외부의 전문가가 아닌 내부의 마을주민들이 스스로 책임질 수 있어야 합니다. 그래서 농촌마을에는 다양한 경험과 기술을 가진 '마을시민'이 절실합니다. 이러한 '마을시민Commune Citizen'이란 지역공동체적 사회자본, 혁신적 인적자본으로서, 마을 또는 지역사회공동체사업에서 주체적 역할을 감당하는, 농촌 및 지역 주민을 뜻합니다.

마을시민은 마을공동체사업의 책임주체인 '마을기업'을 관리하고 경영하는 역량을 갖춘 책임 있는 사업주체 역할과 책무를 감당할만한 유능한 인력입니다. 가령 귀농인 출신 마을주민이라면 '왜, 귀농했는지' 이제는 스스로 깨닫고 자족할 수 있는 단계로서, 뭘 해서 먹고 살지 농사를 짓든, 농사를 짓지 않던 마을에서 먹고 살 자신감과 사회적 책무를 깨달은 상태입니다. 마땅히 그럴만한 수준과 경지에 이르면 귀농한 외지인 처지라 해도 더 이상 주변인이 아닌 당당한 마을·지역사회공동체의 권리와 책임의 주체로 설 수 있을 것이기 때문입니다.

무엇보다 거의 대부분 소농, 영세농으로 분류되는 평균적 귀농인들은 농사로 먹고 살기 어렵습니다. 아쉽지만 전업농부의 꿈과 욕심을 합리적으로 조절하고 조정할 필요가 있습니다. 구체적으로 정부의 겸업농업인, 일본의 반농半農의 개념과도 일맥상통하는 '마을시민'으로서 현실에 기반을 둔 귀농생활계획을 정교하게 세울 필요가 있습니다. 여기서 '마을시민'이란 어설픈 낫과 호미 보다, 저마다 도시의 소시민으로 용케 버티면서 챙겨둔 생활의 농기구를 꺼내드는 용기 있고 지혜로운 창조적 귀농인을 말합니다.

마을이라면 농부는 물론 농부가 육체를 다치면 고쳐줄 의사, 농부가 마음이 아프면 달래줄 성직자, 농부가 아이를 낳으면 보살피고 가르칠 교사, 농부의 고민을 함께 풀어줄 연구원, 농부가 사는 마을을 아름답게 표현할 문화예술인이 함께 살아야 마땅합니다. 또 농부의 살아가는 이야기를 세상에 대신 들려줄 작가, 농부의 삶과 운명을 고쳐줄 사회운동가, 농부의 소득을 높여주고 일자리를 만들어줄 기업가, 농부의 집을 짓고 농기계를 고쳐줄 기술자, 농부의 농산물을 제값 받고 팔아줄 상인도 한 데 어우러져야 합니다. 그래야 마을은 공동체도 되고 사회도 되고 우주 같은 대동大同 세상으로 나아갈 수 있습니다.

그런데 이미 우리 농촌에는 이런 마을시민들이 잘 보이지 않습니다. 근본적으로 마을시민들이 살아갈 만한 이유와 조건이 미비하거나 성립하기 어려운 공간으로 우리 농촌은 충분히 공동화, 황폐화된 상태입니다. 이런 농촌을 살려보겠다는 선의를 품고 작심하고 귀농귀촌을 감행하는 도시민조차 마을시민으로 살아갈 실제적인 준비와 훈련이 부족하기는 마찬가지입니다. 그래서 마을과 지역을 재생하려면 그 일을 책임지고 맡아할 마을시민부터 발굴하고 양성하는 '지역사회디자이너 생활기술 직업전문학교' 같은 실질적인 정책과 제도가 시급합니다.

나아가 귀농인 또는 마을주민이 '마을시민'의 단계를 넘어 2차로 진화하면 '마을주의자'의 경지로 올라설 것입니다. '마을주의자'는 "왜 도시를 벗어나 귀농을 해야 하는지" 남에게 자신의 생각과 경험을 충분히 설명, 설득할 수 있는 경지에 오른 상태입니다. 무엇보다 나와 내 가족만 챙기지 않고, 남과 더불어 협동하고 연대할 수 있는 이타적인 몸과 공익적인 마음가짐, 그리고 사회경제적인 마을공동체사업의 계획이 준비된 성숙하고 안정된 마을주민을 말합니다.

결국 '마을주의자Commune-ist'란 국가와 정부, 자본주의와 정치경제학의 구조악에 휘둘리지 않는 단단한 사람입니다. 마을 속으로 뛰어 들어가, 마을사람들과 더불어 부대끼며 생활하며 마을을 먹여 살리는 마을기업을 앞장 서 세우고 꾸립니다. 사람 사는 대안마을을 일구면서 더불어 함께 사는 게 꿈입니다. 머리는 도덕적이고 진보적이며 마음은 정의롭고 양심적입니다. 말과 글은 용기 있고 지혜롭고 슬기로우면서 행동은 이타적이고 공동체적입니다. 곧 세상을 좀 더 사람이 살 만한 곳으로 바꾸려는 사회혁신적인 인간입니다. 이런 인간형을 기존의 무정부주의나 사회주의로 충분히 표현할 길이 없으니 '마을주의'라는 말로 이해할 수 있을 것입니다.

'마을주의자'들의 정체성은 어느 정도 '공동체주의자'라 할 수 있습니다. '마을Commune'이라는 공동체의 가치를 따르는 공동체주의communitarianism를 믿고 받아들입니다. 따라서 '공유된 가치'와 '공동선'을 무시하거나 훼손하는 일체의 '자유주의적 개인주의'는 반대합니다. 자유주의자들은 자신이 처한 현재 상태와 보유한 가치가 그를 둘러싼 사회에 의해서 형성된다는 사실 조차 미처 자각하지 못합니다. 자유주의자들이란 오로지 자기 혼자 잘 나서 잘 사는 것으로 착각하고 사는 존재라고 공동체주의자들은 비판합니다. 하지만 마을주의자들은 공동체주의communitarianism의 정의Justice를 믿습니다.

19세기 웨일스의 직물업자로서 공장개혁가이자 공상적 사회주의자인 로버트 오언Robert Owen의 사례는 공동체주의, 마을주의의 정의와 선의에 대한 확신을 주기에 충분합니다. 오언은 산업에 대한 공동협동통제와 '통일과 협동 마을'의 창설을 주장했습니다. 이 마을에서 주민은 수확고를 증가시키고 더불어 그들의 육체와 정신을 향상시킬 수 있습니다. 이와 같은 오언식 공동체는 인디애나 뉴하모니를 비롯한 미국의 여러 곳에 설립되었습니다. 하지만 모두 실패했습니다. 그의 협동조합과 노동조합운동도 실패했습니다.

오언의 혁명은 시기상조였을까요? 무모하고 무의미한 것일까요? 그렇지 않습니다. 경쟁체제에 대한 비난, 협동과 교육에 대한 강조, '불건전한 환경이 일으킨 어리석은 결과를 없애면 인간은 자신의 지위를 향상시킬 수 있다'는 오언식 사회주의 또는 공동체주의 운동의 교훈과 메시지는 후세에 인류공동체의 경험자산으로 전승되었습니다. 가령 오늘날 우리 농촌 지역에서 마을시민들과 마을주의자들이 함께 벌이고 꾸리는 '사회적경제 기반의 공산·공유 생활공동체마을'의 모습으로 말입니다.

새롭게 시작할 마을공동체 만들기

한국의 마을만들기 또는 마을공동체사업은 새로, 다시 시작할 필요가 있습니다. 그것도 '마을기업'에서부터 또는 마을기업으로부터 말입니다. 행정, 전문가, 주민 등 이른바 마을만들기 사업의 3주체 가운데, 행정과 전문가와 같은 상부와 외부의 간섭과 통제는 불필요할 수도 있습니다. 어쩌면 마을공동체의 자조·자율·자치·자생을 위한 유일한 사업주체로서 역할과 책무는 행정이나 전문가의 지원과 조력이 없을 때 비로소 가능할 수 있습니다. 이때 '주민'이 행정과 전문가의 몫까지 온전히 감당해 내부화하려면 주민들 스스로 함께 '마을기업'을 세우고 꾸리는 게 상책입니다. 여기서 마을기업이란 행정안전부의 그 좁은 의미의 마을기업만 의미하지 않습니다. '마을공동체사업의 역량 있는 책임주체'라는 넓고 근본적인 개념과 목적을 실천하는 마을기업 또는 일반적인 사회적경제 조직을 뜻합니다.

지난 십 수 년 동안 전국 수천 곳의 농촌마을에, 천문적인 농촌지역개발사업비가 투입되었습니다. 하지만 성과는 애초의 정책목적과 기대에 크게 미치지 못하곤 했습니다. 문제의 원인은 여러 가지가 있겠으나 '마을기업'의 부재가 주요 원인일 수 있습니다. 처음부터 마을공동체사업의 의사결정구조와 책임소재 자체가 불명확한 상태에서 사업에 뛰어드는 게 문제의 발단이었습니다. 마을만들기 사업은 사업의 결정권과 예산권을 틀어쥔 행정의 지침대로, 전문가의 역할과 책임을 떠맡은 용역업자의 훈수대로, 위원장 등 일부 소수의 리더가 사업의 책임과 권한을 도맡는 형식입니다. 위원장이 주도하는 사업추진운영위원회는 사업을 책임지고 싶어도 책임질 수 없는 처지입니다. 사업실무 집행조직이 아니라 사실상 요식적 회의체에 불과하기 때문입니다. 마을공동체사업을 벌이기 전에 법적, 도의적 책임소재부터 명확히 설정하고 시작해야 하는데, 그러자면 유명무실한 위원회가 아니라 '마을기업'이 사업의 실행조직, 책임주체가 되어야 합니다. 그래서 마을기업이 미처 준비되지 않은 마을, 준비할 생각이나 의지가 부족한 마을에는 사업을 지원하면 안 됩니다. 자의든 타의든 책임을 질 준비도, 책임을 질 의사도 없는 것으로 간주할 수밖에 없습니다. 합리적인 원칙부터 제대로 세워두면, 아무 마을이나 마을공동체사업에 함부로 뛰어드는 만용과 욕심을 부리지 못할 것입니다.

'잘 학습되고 훈련된 마을시민'들이 모여 '잘 조직된 책임주체로서 마을기업'을 만들고 마을공동체사업에 뛰어든다면 당장 사업의 책임주체부터 분명해질 것입니다. 이장, 개발위원장, 부녀회장, 노인회장, 새마을지도자 등을 비롯한 마을주민, 그리고 마을시민들은 마을기업에 출자와 참여를 결심하는 순간, "마을공동체사업을 내가 책임지겠다"는 사명감과 책임감이 작동하기 시작합니다. 이렇게 하면 사업이 표류하거나 실패할 불안요소와 위험요인이 원천적으로 제거되는 셈입니다.

마을기업의 효용은 단지 마을공동체사업의 책임주체로만 그치지 않습니다. '마을기업'이 사업의 중심을 잡으면 마을공동체사업과 사회적 경제

사업이 서로 연계하고 융합되는 효과도 덩달아 발생합니다. 무엇보다 일반적 경제가 부실하거나 부재한 농촌지역에서 사회적 경제는 마을·지역 공동체 재생과 활성화를 위한 효과적인 수단이나 방법론으로 기능할 수 있습니다. 사회적 경제를 기반이자 가치로 삼아야 마을공동체사업의 명분도 강화되고 실질적인 시너지효과까지 거둘 수 있습니다. 최소한 일자리 창출이나 소득 제고라는 정책적 당면 목표의 근거 없는 강박과 착오에서 벗어날 수 있습니다. 가령 마을·지역사회 공동체사업의 사전 준비와 입문단계에서 마을기업으로서 사회적경제 조직인 사회적기업, 협동조합, 마을기업, 자활기업 등은 마을공동체사업의 학습과 훈련을 위한 학교로서, 실습장으로서 역할을 맡을 수 있습니다. 이후 마을공동체사업이 본격 추진되는 과정에서는 사업의 관리·경영 책임 주체로서 핵심적 기능과 책무를 감당할 수 있습니다.

최근 마을기업 등 사회적경제인들은 새로 제정될 '사회적경제기본법안'에 기대를 걸고 있습니다. 각 부처마다 경쟁적으로 양산, 도처에 산재한 이른바 '사회적 경제조직'들을 한곳으로 통합해 효과적으로 관리하려는 취지의 법률입니다. 차제에 '마을기업'을 보다 체계적으로, 효과적으로 지원하기 위해 관련 정책과 제도의 외형과 내실을 정확하게 재정비, 재정립할 필요가 있습니다. 단지 일자리 창출과 소득 제고라는 단기적, 행정적 외형 목표 추구에서 벗어나, 오히려 마을공동체 사업의 책임경영주체라는 지원 역할을 더 본질적이고 궁극적인 목표이자 가치로 삼을 필요가 있습니다. 마을공동체사업을 잘 관리하고 경영하는 도구이자 수단의 소임에 충실해야 합니다. 아예 이름도 마을기업이 아니라 '마을공동체기업' 또는 '마을공동체형 사회적기업'이라고 부르면 의미와 목표지점이 더 명확해지지 않을까 싶습니다.

어차피 마을기업 등의 사회적 경제란 그 자체가 목적이나 완성이 될 수 없습니다. 차라리 지속발전가능한 마을·지역공동체 생태계의 건설이라는 목적을 실현하는 유력한 수단이나 도구에 가깝다고 해야 합니다. 따라서 사회적 경제라는 수단과 마을·지역공동체의 목적이 서로 돌고 돌아, 결국 서로가 서로를 살리는 선순환의 생태계구조부터 재설계해야 합니다. 결국, 마을기업이라는 이름, 사회적경제라는 법안이 가장 중요한 건 아닙니다.

그런데 기존에 마을이나 권역단위의 범위와 규모로 이루어진 마을공동체사업이나 농촌지역개발사업은 근본적 한계와 구조적 취약점을 안고 있습니다. 바로 주민 역량의 한계, 적정 사업조직 구성 역부족, 규모의 경제 부적합 등의 실패 요인이 내재, 상존하는 것입니다. 일단 마을, 권역 단위로는 적재적소에 배치할만한 기본적인 업무인력이나 역량 있는 경영자, 기획자, 관리자조차 구하기 쉽지 않습니다. 마을시민과 마을기업을 준비할 수 없는데 '마을만들기' 사업을 제대로 할 수는 없습니다. 따라서 사업의 범위와 규모를 최소한 '지자체 단위'로 확장할 필요가 있습니다. 이른바 '지자체 협동경영체'라는 '적정한 규모의 경제가 가능한 마을기업'을 마을공동체사업의 센터와 허브 역할로서 중심에 놓으면 어떨까 싶습니다. 이는 기초지자체 단위로 지역주민들이 자발적이고 주체적으로, 서로를 위해, 그리고 마을과 지역공동체를 위해 설립한 공동사업체의 모습입니다. 일종의 '지역단위 네트워크형, 사회적 경제조직 방식의 공동사업체'를 뜻합니다.

마을공동체 단위에서는 좋은 농산물을 생산하고 가공식품을 기획하는 고민까지만 하면 됩니다. 부가가치를 높여 가공하고 홍보하고 마케팅하는 나머지 어려운 일은 지자체 협동경영체에 떠맡기면 됩니다. 그렇게 믿을 만한 '마케팅 에이전시'가 지자체마다 버티고 있다면 사람도, 조직도 부족한 마을에서도 안심하고 마을공동체사업을 벌일 의욕과 용기가 생길 것입니다. 마을공동체끼리 서로 묶이고 엮이는, 서로 채워주고 나누는 이상적인 네트워크형 지역사회 발전 모델로 진화할 것입니다.

'마을 만들기'로 마을공동체를 이루는 건 참으로 어려운 일입니다. 마을 만들기의 3주체인 행정, 주민, 전문가의 역량과 진정성의 부족 때문만은 아닙니다. 구조적이고 태생적인 문제입니다. 잘 하고 싶어도 잘 할 수 없는 구조악을 안고 있습니다. 일단 행정편의적이고 기술만능적인 '마을 만들기' 방법론이 문제입니다. 그 질곡에서 어서 벗어나야 합니다. 많은 행정과 주민들이 막연히 소망하는 대로 대부분의 마을은 관광지나 공원이 될 수 없습니다. 아무리 홍보, 마케팅, 호객행위를 열심히 해도 농외소득이나 일자리를 창출하는 일은 만만치 않습니다.

무엇보다 마을은 결코 상품이 될 수 없습니다. 마을로 돈을 벌 수는 없습니다. 마을은 단지 주민들의 생활의 터전일 뿐입니다. 굳이 마을에 손을 대려면, 예산을 퍼부으려면 마을이 품고 있는 사회적이고, 인문적이고, 문화적인 요소와 자원들을 융·복합적으로 결합, 마치 종합예술 작품처럼 승화시키려는 사업목표를 세우는 게 좋습니다. 결국 '마을 만들기'의 방법론은 '마을 살리기'또는 '마을살이'로 가치관, 그리고 자세와 마을가짐부터 전향하는 게 순서입니다. 이런 마을이 이른바 '대안마을'입니다. 경제적 측면으로는 1차 유기농산물 생산, 2차 고부가 농특산물 가공, 3차 도농교류와 도농직거래 서비스 등의 밸류체인Value Chain이 작동되는 융복합형 농업·농촌 발전전략이 유효합니다. 마을공동체사업을 책임지는 '마을시민'과 '마을기업'을 중심으로 주체적이고 사회혁신적으로 지속발전가능한 농촌·지역공동체마을입니다.

사회적 측면으로 대안마을은, 도시민, 견학단 등 외부인에게 보여주기 위한 구경거리나 체험놀이터를 조성하는 '마을 만들기'는 하지 않습니다. 대신, 원주민, 출향인, 귀농인 등 내부인의 안정된 생활과 예측 가능한 생애설계를 위한 '마을 살리기' 또는 '마을살이'를 실천하는 생활과 생존의 공간입니다. 물론 이를 위한 학습과 훈련을 게을리 하지 않는 '깨어있는 마을시민'들이 모여 '마을기업'을 함께 조직해 협동해서 관리하고 공동으로 경영하는 생활공동체마을일 것입니다.

대안마을은 이른바 '사람 사는 농촌'을 뜻합니다. 즉 마을사람들끼리 서로 돌보고 보살피는 마을단위의 마을복지시스템이 정상적으로 작동하는 마을입니다. 오늘날 우리 농촌사회에는 복지의 공백지대, 사각지대가 마치 함정이나 지뢰밭처럼 도처에 산재해 있습니다. 마을 만들기를 열심히 한다고, 법을 몇 군데 고치고 예산을 좀 늘린다고 해결될 문제가 아닙니다. 아예 기왕의 '돈 버는 농업'이라는 경제적 잣대와 '농촌지역개발'이라는 토건적 잣대는 걷어치우고 '사람 사는 농촌'이라는 사회복지의 시각으로 농정을 새로 바라볼 필요가 있습니다. 무엇보다 우리 농민의 주력인 소농, 영세농, 가족농은 고소득, 고부가가치의 농정구호가 여전히 어렵고 버겁습니다. 그보다 보건, 의료, 주거, 고용, 교육 등의 사회복지망이 그들에게는 더욱 절실합니다. 최근 복지전달체계를 '행정단위'에서 '마을단위'로 전환해야 한다는 주장과 연구도 이어지고 있습니다. 관주도 복지서비스에 의존하는 복지는 한계에 달했습니다. 복지체감도 향상을 위해 마을단위로 전달하는 마을복지 모델이 효율적입니다.

330

마을공동체복지 모델을 실현하기 위해 행정 읍면동 단위의 복지전달체계를 마을단위로 세분화하면 복지시설을 이용하지 못하는 동네주민까지 복지에 쉽게 접근할 수 있다는 주장입니다. 이때 복지제공 기관을 복지시설로 제한하지 않고 복지의 제공 방식을 다원화해야 합니다. 마을의 병원, 보건소, 경로당, 반상회, 주민자치회 등으로 복지의 주체로 확대합니다. 그러면 공적재원이 미처 투입되지 못하는 복지사각지대를 마을의 조직과 자원이 주체적으로, 내생적으로 보완할 수 있을 것이라는 기대입니다. 이와 같은 '마을단위 복지' 제안은 마을단위에서 민간의 자발적 참여가 결합되는 주민참여형 공동체 복지가 대안이라는 진단의 결과입니다. 다만, 복지예산의 부족을 이유로 자칫 국가와 정부의 기본적인 책무마저 민간에 전가하는 식의 정책은 불필요한 오해를 살 수도 있습니다. 당연히 정부의 복지예산의 확충과 집행 효율 제고부터 우선 노력하는 게 일의 순서입니다.

나아가 농민은 국가의 식량주권과 국민의 먹을거리를 책임지는 국가기간산업 농업에 복무하고 있으니 마땅히 공익농민, 또는 사회적 농민이라 할 것입니다. 국가와 정부가 나서서 농민을 '사회적 농민' 수준으로 대접하는 게 보다 근본적인 '사회복지 대책'이 될 것입니다. 가령 농사만 지어서도 먹고 살 수 있도록 기본소득 생활비를 지급하거나, 농사를 지을 수 없는 농민 또는 농촌주민, 귀농귀촌인에게는 따로 먹고 사는 생활기술을 가르치는 마을이 있다면 그 마을이 바로 대안마을입니다. 사람 사는 복지농촌마을입니다.

하지만 한국사회에서 대안마을로 가는 길은 험로險路입니다. 마을을 둘러싼 사회의 현실과 전망이 그다지 밝지 않기 때문입니다. 현대 신자유주의 천민자본주의의 표본이자 신식민지 반봉건사회 같은 '헬조선' 한국에서

331

마을이나 공동체는 해묵은 난제입니다. 한국사회의 평균적인 시민들은 오로지 '먹고 사는 문제', '안전하게 사는 문제'에 진력하고 매진하느라 남을 돌보거나 보살필 시간도, 여유도 거의 없습니다. 그런 처지와 형편에서 마을공동체사업이나 사회적 경제를 시작하거나 참여하는 건 실로 어려운 일입니다. 마음은 있어도 몸이 잘 할 수 없습니다.

특히 생업과 생활공간이 분리, 격절된 도시에서는 일상의 대부분을 생업 현장에서 탕진하느라 삶의 터전인 마을은 그저 숙소 또는 수용소의 모양과 기능으로 전락하고 있습니다. 그래서 마을이나 공동체사업현장에 가서 속을 들여다보면 세 부류의 사람들만 유독 눈에 띕니다. 마을공동체사업을 생업 삼아 하는 전문 활동가, 어쨌든 '먹고 살만한' 이른바 중산층들, 그리고 다른 기회나 대안이 차단된 이른바 '삼포세대'의 청년들입니다. 정작 마을공동체의 주력으로 참여하고 활동해야할, 공동체의 돌봄과 보살핌이 절실한 중하위 계층의 주민들, 시민들은 잘 보이지 않습니다. '먹고 사는 일터'에 오로지 매달려 있기 때문에 마을공동체를 기웃거릴 시간도, 힘도 없습니다.

그런 주민들과 함께 공동체사업을 모두 함께, 잘 하려면 법과 제도와 정책을 개발하기 전에, 공동체 사업계획서를 쓰기 전에 먼저 해야 할 일이 있습니다. '먹고 살아야 한다'는 강박증, 두려움, 공포심으로부터 주민과 시민들은 우선 해방시켜줘야 합니다. 그러자면, 먹고사는 전장의 경쟁 상대인 이웃을, 친구를, 타인을 서로 믿지 못해 공동체에 다가가지 못하는 것이니, 우선 서로 믿고, 서로 약속한 규범을 잘 지킬 수 있도록 '사회적 자본'부터 키우고 공유해야 합니다.

그리고 국가나 정부가 시민과 국민을 돌보고 보살피지 않아서, 내가 스스로와 처자식까지 돌보고 보살피느라 남 따위는 쳐다볼 여유나 이유가 없으니, 그래서 나도, 너도, 우리 모두 불안하고 위험하니 튼튼한 '사회안전망'부터 구축해야 합니다. 기본소득제로 상징되는 '사회안전망'이 일단 구축되면, 공동체 구성원마다 서로 믿고 남을 도울만한 생활의 여유가 생겨 신뢰, 협동, 연대, 규범, 네트워크 같은 '사회적 자본'은 저절로 생성, 축적될 것입니다. 이런 사회적 자본이 만들어지면 마을공동체는, 사회적 경제는 누가 시키지 않아도 저절로 발생하고 진화할 것입니다. 지금처럼 국가나 정부가 마치 생색내듯 돈 몇 푼씩 나눠주며 훈련시키듯 다그치거나 감독하거나 평가하지 않아도 자생적으로, 자조적으로, 자치해나갈 것입니다. 그러니까 1단계로 사회안전망(무상교육, 무상의료, 사회주택, 고용안정, 기본소득 등), 2단계로 사회적 자본(생활기술 학교, 공유재 은행, 협동경영 조합, 공동체융합 플랫폼 등), 3단계로 법·제도·정책(마을공동체, 사회적 경제, 커뮤니티 비즈니스, 도시재생, 귀농 등)의 순서와 단계로 '공동체사업'의 설계도와 추진전략도 새로, 다시 그릴 필요가 있습니다.

앞으로 수십 년이 걸리든, 수백 년이 걸리든, 그 길이 '불량사회 한국, 불행사회 한국'에서 탈출, 마침내 '사람 사는 마을공동체', '정의로운 대안사회'로 들어가는 옳고 바른 외길로 보입니다. 꿈이나 욕심이 아닙니다. 독일, 오스트리아, 스위스 등 선진유럽의 국민들은 이미 그렇게 살고 있습니다.

지은이 **한승진**   소통 길잡이 esea-@hanmail.net

전북 익산 황등중학교 교목과 교사이다. 성공회대 신학과를 시작으로 온라인과 오프라인을 넘나드는 평생학습으로 다양한 분야의 인문학적 소양을 쌓았다. 공주대 대학원 윤리교육학과에서 교육학박사를 취득하였다. 지난 2004년 6월 2일 초저체중 조산아로 태어난 딸이 98일간의 신생아중환자실의 고통을 이기고 잘 자라주는 것에 늘 감사하며 감격하면서, 이 일을 통해 한 생명의 소중함을 깨달았다.
책 읽기를 즐겨하다가 책을 쓰는 글쟁이가 되었다. 월간『창조문예』신인작품상 수필로 등단하였고, 신문과 방송에서 칼럼을 펼치고 있다.
공동 집필로는 고등학교 교과서『종교학』이 있으며, 단독 저서로는『산들바람 불어오면』,『같이 가치』,『민주시민의 길 한복판에서』외 다수가 있다. 역서로는『예수님이라면 어떻게 하실까』가 있다.

조금은 따뜻하게, 공감共感

초판인쇄 2018년 4월 30일
초판발행 2018년 5월 10일
저   자 한승진
발 행 인 윤석현
책임편집 박인려
발 행 처 도서출판 박문사
주   소 서울시 도봉구 우이천로 353 성주빌딩 3F
전   화 (02) 992-3253(대)
전   송 (02) 991-1285
전자우편 bakmunsa@hanmail.net
홈페이지 http://jnc.jncbms.co.kr
등록번호 제2009-11호

ⓒ 한승진 2018 Printed in KOREA.

ISBN 979-11-87425-90-8 (03810)   정가 19,000원